GOLDMANN

Buch

In diesem Sommer, den sie mit ihrem dreizehnjährigen Sohn Tony, der kaum von einer schweren Krankheit genesen war, an einem See in Vermont verbrachte, begann Lucy Crown mit dem zwanzigjährigen Studenten Jeff Bunner, den ihr Mann als Gefährten für Tony engagiert hatte, eine Liebesaffäre und gab dadurch nicht nur ihrem Leben eine neue Richtung, sondern auch dem ihres Mannes und ihres Sohnes. Aus Trotz, aus Selbsterhaltungstrieb ihrem allzu dominierenden Mann Oliver gegenüber hatte Lucy dem Werben des Studenten nachgegeben, es sollte ›nur für den Sommer‹ sein. Aber Tony, der seine Mutter abgöttisch liebt, entdeckt sie bei einem Zusammensein mit dem Studenten und ruft telefonisch seinen Vater herbei.

Die Jahre vergehen; Oliver, zwischen Lucy und Tony stehend, hat durch den Bruch in seiner Familie seinen inneren Halt verloren, und der Ausbruch des Zweiten Weltkrieges gibt ihm Gelegenheit, im Heeresdienst Vergessen zu suchen, bis er in Frankreich fällt. Tony, in Abneigung und Verachtung gegen seine Eltern aufgewachsen, verläßt Amerika und läßt sich in Paris nieder, wo es später zwischen ihm und Lucy zu einer Art Versöhnung kommt.

Autor

Irwin Shaw, 1913 in New York geboren, begann früh zu schreiben. Sein Kriegsroman »Die jungen Löwen« machte ihn weltberühmt. Dieses Buch, das man oft mit Remarques Bestseller »Im Westen nichts Neues« verglichen hat, ist vor einiger Zeit in der Reihe Goldmann Original (30002) neu herausgekommen. Als Goldmann-Taschenbuch liegen vor:
»Griff nach den Sternen« (6598) und »Der Wohltäter« (6644).
Irwin Shaw starb am 16. Mai 1984 in Davos.

IRWIN SHAW

Lucy Crown

Im Augenblick das Leben

Roman

GOLDMANN VERLAG

Aus dem Amerikanischen übertragen von Werner Jochens
Titel der Originalausgabe: Lucy Crown

Made in Germany · 9/84 · 1. Auflage · 1.–20. Tsd.
Genehmigte Taschenbuchausgabe

Die gebundene Ausgabe erschien 1959 im Diana Verlag, Zürich
Umschlaggestaltung: Design Team München
Umschlagfoto: Mauritius, Stock
Satz: IBV Lichtsatz KG, Berlin
Druck: Elsnerdruck GmbH, Berlin
Verlagsnummer: 6733
Lektorat: Elga Sondermann
Herstellung: Sebastian Strohmaier
ISBN 3-442-06733-2

I

In jenem Augenblick sang man auch noch in vielen anderen Bars und Nachtlokalen der Großstadt »I love Paris in the Springtime, I love Paris in the Fall...« Es war zwei Uhr morgens, im Monat Juli, im Jahre 1955; der Sekt kostete achttausend Francs die Flasche, und die Sängerinnen und Sänger gaben sich große Mühe, die Touristen zu überzeugen, daß Pariser Luft zu atmen achttausend Francs pro Flasche wert war.

Ein Neger mit breitem, wachem Gesicht – Harlem-Typ –, der im Hintergrund des langen schmalen Raumes an einem gelben Klavier saß, sang es, als ob er jedes Wort selbst glaube, als die Frau zur Tür hereinkam. Sie blieb zögernd stehen, zurückgehalten durch den plärrenden Gesang, das Stimmengewirr und die Blicke der in der Nähe des Eingangs am Bartisch hockenden Gäste. Der Barbesitzer ging, beflissen lächelnd, auf sie zu, denn sie war offensichtlich Amerikanerin, gut angezogen und nicht betrunken. »Guten Abend«, sagte er auf englisch. Er sprach englisch, weil sein Lokal im achtzehnten Arrondissement lag und seine Kundschaft, zum mindesten im Sommer, größtenteils aus Amerikanern bestand. »Madame sind allein?«

»Ja«, sagte die Frau.

»Wünschen Madame an der Bar oder an einem Tisch Platz zu nehmen?«

Die Frau musterte die Bar mit einem raschen Blick. Drei oder vier Männer verschiedenen Alters, von denen zwei sie ungeniert anstarrten, und ein gelbhaariges Mädchen saßen auf den Hockern, und das Mädchen sagte eben vernehmlich: »Aber Charlie, dreimal ich 'abe dir schon gesagt, 'eute nacht ich bin mit George.«

»Einen Tisch, bitte«, sagte die Frau.

Während er zwischen den Tischen hindurch zum Mittelteil des Raumes voranging, suchte er sie schnell fachmännisch einzustufen. Er beschloß, sie an einen Tisch in nächster Nähe von drei anderen amerikanischen Gästen, zwei Herren und einer Dame, zu setzen, die zwar ein bißchen geräuschvoll, aber sonst harmlos waren und vom Pianisten immer wieder »St. Louis Woman« hören wollten; vielleicht würden sie die Dame zu einem Drink einladen, schließlich war es spät in der Nacht, sie war allein, und französisch konnten sie ohnehin nicht.

Muß eine Schönheit gewesen sein, dachte der Barbesitzer. Sieht heute noch gut aus. Bei diesem Licht. Das blonde Haar, offenbar ungefärbt, und die großen, sanften grauen Augen. Die Falten sieht man kaum. Und sie versteht sich anzuziehen und weiß sich zu bewegen auf ihren langen, schlanken Beinen. Trauring, Ehemann aber nicht anwesend. Ehemann, wahrscheinlich Opfer der Strapazen des *tourisme* und zu reichlichen Essens, liegt ruhebedürftig im Hotel im Bett, während seine Frau, noch immer energiegeladen, sich allein aufgemacht hat, um das *eigentliche* Paris kennenzulernen und womöglich ein Abenteuer zu erleben, das einer Frau ihres Alters daheim, im Mittelwesten oder wo immer sie in den USA zu Hause sein mochte, nie begegnen würde.

Er rückte ihr mit einer Verbeugung den Stuhl zurecht und sah mit Wohlgefallen die gutgeformten Schultern, den faltenlosen Hals und den festen Busen, das schicke schwarze Kleid, das freundliche, fast mädchenhafte Lächeln des Dankes, als sie sich niederließ. Er revidierte seine Schätzung ihres Alters. Nicht älter als drei- oder vierundvierzig der äußeren Erscheinung nach. Vielleicht ist ihr Mann überhaupt nicht in Paris. Vielleicht ist sie eine von diesen Frauen in leitender Stellung, die es bei den Amerikanern gibt und die überall umherreisen, beständig von einem Flugzeug ins andere steigen, Presseleuten Interviews gewähren und immer unter allen Umständen aussehen wie aus dem Ei gepellt.

»Eine halbe Flasche Champagner, Madame?«

»Nein, danke.« Der Klang ihrer Stimme ließ den Barbesitzer nicht zusammenzucken. Er war empfindlich, und viele amerikanische und englische Stimmen verursachten ihm ein unbehagliches Gefühl in den Achselhöhlen. Aber diese nicht. Sie war leise, klar und wohltuend und nicht affektiert. »Ich möchte nur ein Schinkenbrot und eine Flasche Bier, bitte.«

Seine andeutungsweise emporgezogenen Brauen verrieten Überraschung und leichtes Mißfallen. »Gestatten Sie, Madame, wir haben einen Mindestpreis, der verschiedene Drinks einschließt, und ich möchte Ihnen vorschlagen...«

»Nein, danke«, sagte sie entschieden. »Im Hotel wurde mir gesagt, daß ich hier etwas zu essen bekommen könne.«

»Natürlich, selbstverständlich. Wir haben eine Spezialität, Zwiebelsuppe, gratinée, die ich...«

»Nur ein Schinkenbrot, bitte.«

Der Barbesitzer zuckte die Achseln, verbeugte sich leicht, gab die Bestellung an einen Kellner weiter und ging an seinen Platz an der Bar zurück. Ein Schinkenbrot, dachte er, weshalb ist sie dann um diese Zeit noch unterwegs?

Wenn er nicht gerade neue Gäste begrüßen oder andere zur Tür geleiten mußte, kehrte sein Blick immer wieder zu ihr zurück. Frauen ohne Begleitung um zwei Uhr nachts waren in seinem Lokal keine Seltenheit, und er wußte auch fast immer ganz genau, weshalb sie kamen. Da waren die Alkoholikerinnen, die sich das Trinken auf eigene Kosten nicht leisten konnten, und die abenteuerlustigen jungen Amerikanerinnen, die nahmen, was sie kriegen konnten, ehe Papa die Geldzufuhr sperrte und sie zur Rückreise zwang, und die Lebenshungrigen, meistens geschiedene Frauen, die sich von Minute zu Minute älter fühlten, ihre Unterhaltsgelder streckten und fürchteten, Selbstmord zu begehen, wenn sie noch einmal allein in ihr einsames Hotelzimmer zurückkehren mußten. Ein Nachtlokal war natürlich als eine Stätte der Fröhlichkeit gedacht, und der Barbesitzer tat, was er konnte, um eine entsprechende Atmosphäre zu schaffen, aber er wußte Bescheid.

Die Frau, die dort an ihrem kleinen Tisch saß, ruhig ihr Schinkenbrot verzehrte und ihr Bier dazu trank, war jedenfalls nicht auf Abenteuer aus, auch sicherlich keine Alkoholikerin und ihrer Kleidung nach ganz bestimmt nicht bemüht, mit einem Unterhaltsgeld auszukommen. Und wenn sie sich einsam fühlte, ließ sie es sich jedenfalls nicht anmerken. Er beobachtete, daß die Amerikaner am Nebentisch sich ihr zuwandten und mit ihr sprachen, wie er es vorausgesehen hatte, aber sie schüttelte höflich lächelnd den Kopf und lehnte ab, was sie ihr angeboten haben mochten, und sie ließen sie daraufhin in Ruhe.

Es war ein ruhiger Abend, und der Barbesitzer hatte Zeit, sich Gedanken über die Fremde zu machen. Jetzt lehnte sie sich zurück und lauschte auf das Klavierspiel des Negers, und als er sie verstohlen durch den Rauch seiner Zigarette betrachtete, fiel ihm ein, daß sie ihn an die zwei oder drei Frauen, denen er in seinem Leben begegnet war, erinnerte, und die, wie er von Anfang an gewußt hatte, zu schade für ihn gewesen waren. Die Frauen hatten es auch gewußt, darum waren seine Erinnerungen an sie romantisch gefärbt, und der letzten von ihnen, die später einen Oberst der französischen Luftwaffe geheiratet hatte, schickte er noch immer alljährlich Blumen zu ihrem Geburtstag. Sie ist eine seltene Mischung, dachte der Barbesitzer; Sanftheit, gepaart mit Selbstvertrauen. Warum ist sie nicht zehn Jahre früher gekommen?

Dann mußte er in die Küche. Er ging an ihrem Tisch vorbei, lächelte ihr zu, und als sie zurücklächelte, entging ihm weder das Weiß und die leichte Unregelmäßigkeit ihrer Zähne noch die gesunde Straffheit ihrer Haut. Kopfschüttelnd verschwand er durch die Küchentür; sie war ihm ein Rätsel. Was in aller Welt, dachte er, will eine solche Frau in einem Lokal wie dem meinen? Er beschloß, auf dem Rückweg bei ihr stehenzubleiben und ihr einen Drink anzubieten, vielleicht konnte er dabei Näheres erfahren.

Als er wieder aus der Küche trat, sah er, daß sich inzwischen zwei amerikanische Collegestudenten, die vorher irgendwo im Hintergrund des Raumes saßen, zu ihr gesellt hatten und sich angeregt mit ihr unterhielten, und die Frau lächelte zuerst dem einen, dann dem anderen zu, beugte sich vor und berührte den Besseraussehenden der beiden jungen Leute am Arm, während sie etwas zu ihm sagte.

Der Barbesitzer blieb nicht an ihrem Tisch stehen. Das ist also, dachte er, des Rätsels verblüffend einfache Lösung. Sie interessiert sich für die ganz Jungen. Er fühlte sich irgendwie betrogen, als sei die Erinnerung an die zwei oder drei Frauen, die zu schade für ihn gewesen waren, auf irgendeine Weise befleckt worden.

Er ging wieder an die Bar zurück und versuchte, sie nicht mehr zu beachten. Collegejünglinge, dachte er. Und der eine trägt auch noch eine Brille. Für den Barbesitzer waren zwar alle Amerikaner mit kurzgeschnittenen Haaren und unter fünfunddreißig Collegejünglinge, aber die dort waren tatsächlich Prototypen, groß, schlaksig, mager, mit großen Händen und einer Schuhgröße, die die jedes Franzosen um das Doppelte übertraf. Sanftheit und Selbstvertrauen, dachte er, von seiner eigenen Fehlbeurteilung enttäuscht. Das kann man wohl sagen.

Der Betrieb wurde lebhafter, und der Barbesitzer war fast eine halbe Stunde durch das Kommen und Gehen von Gästen in Anspruch genommen. Dann wurde es etwas ruhiger, und er sah wieder zu der Frau hinüber. Die Studenten saßen noch immer an ihrem Tisch und waren unverändert gesprächig, aber sie hörte anscheinend nicht mehr so aufmerksam zu. Sie beugte sich zwischen den beiden Jungen über den Tisch vor und sah angespannt zur Bar herüber. Der Barbesitzer dachte zuerst, sie schaue ihn an, und deutete versuchsweise ein Lächeln an, um nicht unhöflich zu erscheinen. Aber im Gesicht der Frau zeigte sich keine Reaktion, und er erkannte, daß sie nicht ihn, sondern einen Mann ansah, der zwei Hocker weiter unten an der Bar saß.

Der Barbesitzer wandte den Kopf, sah ebenfalls den Mann an und dachte mit einem leisen Anflug von Bitterkeit, ach so, natürlich. Der Mann war ein Amerikaner namens Crown, jung, etwa dreißig, das Haar mit einer Spur Grau vermischt, hochgewachsen, aber nicht so übergroß wie die Studenten. Er hatte große, graue, wachsame Augen mit schweren schwarzen Wimpern und unbekümmerte, weichgeschwungene Lippen, die aussahen, als könnten sie ihn leicht in Ungelegenheiten bringen. Der Barbesitzer kannte ihn, wie er etwa hundert andere Leute auch kannte, die ein paarmal in der Woche auf einen Drink hereinzukommen pflegten. Crown wohnte, wie der Barbesitzer wußte, ganz in der Nähe, lebte schon seit langem in Paris und kam gewöhnlich spät in der Nacht, allein.

Er trank jeweils nicht viel, vielleicht zwei Whiskys, sprach gut französisch, und wenn er es zufällig bemerkte, schien ihn die Tatsache, daß er unweigerlich die Blicke der Frauen auf sich zog, höchstens zu belustigen.

Der Barbesitzer begrüßte Crown mit Handschlag und sah, daß Crown von der Sonne tiefgebräunt war. »Guten Abend«, sagte er. »Ich habe Sie in der letzten Zeit gar nicht mehr gesehen. Waren Sie verreist?«

»Spanien«, sagte Crown. »Ich bin erst vor drei Tagen zurückgekommen.«

»Ah, daher sind Sie so braungebrannt.« Der Barbesitzer strich sich bedauernd über die Backe. »Meine Gesichtsfarbe ist leider ein sattes Grün.«

»Für den Besitzer eines Nachtlokals ist das die richtige Farbe. Beklagen Sie sich nicht darüber«, antwortete Crown ernsthaft. »Ihren Gästen wäre es höchstens unangenehm, wenn Sie so frisch und rosig aussähen. Sie würden gleich Verdacht schöpfen, daß es in Ihrer Bar nicht geheuer ist.«

Der Barbesitzer lachte. »Da könnten Sie recht haben. Darf ich Sie zu einem Drink einladen?« Er gab dem Mixer einen Wink.

»Hier ist es tatsächlich nicht geheuer«, antwortete Crown. »Lassen Sie nur die Polizei nichts davon erfahren, daß Sie einem Amerikaner einen Drink umsonst geben wollen.«

Aha, dachte der Barbesitzer, er hat heute abend schon mehr getrunken, als ich dachte, und er blinzelte dem Mixer zu, nur einen leichten Drink zu machen. »Waren Sie geschäftlich in Spanien?« fragte er.

»Nein«, sagte Crown.

»Oh, zum Vergnügen.«

»Nein.«

Der Barbesitzer grinste verschwörerhaft. »Ah – eine Dame ...«

Crown lachte belustigt. »Es macht mir wirklich Spaß, hier hereinzukommen und mit Ihnen zu reden, Jean«, sagte er. »Wie intelligent von Ihnen, die Begriffe Dame und Vergnügen zu trennen.« Er schüttelte den Kopf. »Nein – keine Dame. Nein, ich bin nur nach Spanien gefahren, weil ich nicht spanisch kann. Ich brauchte

Erholung, und nichts ist so erholsam wie der Aufenthalt in einem Land, in dem einen niemand versteht und man selbst auch niemanden.«

»Alle Welt fährt dorthin«, sagte der Barbesitzer. »Spanien ist heute große Mode.«

»Natürlich«, erwiderte Crown und nippte an seinem Drink. »Es ist trocken, schlecht verwaltet und unterbevölkert. Solch ein Land muß man doch lieben.«

»Sie sind heute abend sehr gut aufgelegt, Mr. Crown, nicht wahr?«

Crown nickte nüchtern. »Glänzend«, sagte er. Er trank rasch sein Glas aus und warf eine Fünftausendfrancnote auf den Bartisch für die Whiskys, die er getrunken hatte, ehe der Barbesitzer sich zu ihm gesellte. »Sollte ich jemals Eigentümer einer Bar werden, Jean, dann kommen Sie zu mir, und ich werde *Sie* zu einem Drink einladen.«

Während Crown auf das Wechselgeld wartete, blickte der Barbesitzer zu der Frau hinüber und sah, daß sie, zwischen den beiden Studenten sitzend, noch immer unverwandt an ihm vorbei zu Crown herüberschaute.

Nichts für Sie, Madame, dachte er mit einem Anflug von grimmiger Befriedigung. Halten Sie sich für heute nacht ruhig an Ihre Collegejünglinge.

Er begleitete Crown zur Tür und ging mit ihm hinaus, um ein paar Züge frischer Luft zu atmen. Crown blieb einen Augenblick bei ihm stehen und sah zum gestirnten Nachthimmel auf, gegen den sich dunkel die Dächer und Schornsteine der umliegenden Häuser abzeichneten. »Als Collegestudent«, sagte er, »war ich fest davon überzeugt, daß Paris eine heitere Stadt sei.« Er wandte sich dem Barbesitzer zu, gab ihm die Hand und verabschiedete sich.

Die Straße war dunkel und leer und die Luft kühl; der Barbesitzer sah dem Mann nach, der sich dort langsam entfernte. In der Stille der nächtlichen Großstadt, in der seine Schritte schwach von den Häusern mit ihren herabgelassenen Rolläden widerhallten, erweckte Crown den Eindruck eines Menschen, der unentschlossen und traurig seines Weges geht. Eine komische Zeit zum Alleinsein, dachte der Barbesitzer, als er die kleiner werdende Gestalt den blassen Lichtkegel einer Lampe kreuzen sah; nicht die geeignete Stunde dafür. Ob er wohl in einer Straße in Amerika ebenso aussehen würde?

Nach einer Weile ging er in die Bar zurück, unwillkürlich das Gesicht verziehend, als ihm die schale Luft des raucherfüllten Raumes entgegenschlug. Sobald er den Bartisch erreicht hatte, sah er die Frau aufstehen. Die Studenten, die sich gar nicht schnell genug erheben konnten, sahen ihr überrascht nach, als sie hastig auf ihn zuging.

»Ich möchte Sie um eine Gefälligkeit bitten«, sagte sie. Ihre Stimme klang gepreßt, als mache es ihr Mühe, sie zu beherrschen, und ihr Gesicht hatte einen sonderbaren Ausdruck, erschöpft und gleichzeitig erregt und gezeichnet von der späten Nachtstunde.

Ich habe mich gründlich geirrt, dachte der Barbesitzer, während er sich höflich verbeugte. Sie ist längst über fünfundvierzig hinaus. »Ich stehe Ihnen gerne zur Verfügung, Madame«, sagte er.

»Der Herr, der vorhin hier stand...«, fuhr sie fort. »Den Sie eben hinausbegleitet haben...«

»Ja?« Er setzte eine vorsichtige, verständnisleere, abwartende Miene auf und dachte bei sich, du lieber Gott, in dem Alter noch.

»Wissen Sie, wie er heißt?«

»Hm, ja... wie heißt er doch...?« Er tat, als suche er in seinem Gedächtnis, quälte sie absichtlich vor Mißfallen über ihren unverhohlenen, unziemlichen Eifer und aus Respekt vor der Erinnerung an die Frauen, die anfänglich die Dame in ihm wachgerufen hatte. »Richtig, ja, jetzt fällt es mir ein«, sagte er, »Crown. Tony Crown.«

Die Frau schloß die Augen und tastete nach dem Bartisch, als brauche sie eine Stütze. Der Barbesitzer sah sie verblüfft an. Sie öffnete die Augen und trat mit einer kleinen ungeduldigen Bewegung von der Bar zurück. »Wissen Sie zufällig, wo er wohnt?« fragte sie. Ihre Stimme klang jetzt ganz sachlich, und für einen Augenblick hatte er merkwürdigerweise das Gefühl, daß sie erleichtert wäre, wenn er nein sagte.

Er zögerte. Dann zuckte er die Achseln und nannte ihr die

Adresse. Er war nicht dazu da, Fremde zu anständigem Benehmen anzuhalten. Seine Bar war ein Geschäftsunternehmen, und folglich hatte er die Aufgabe, seinen Gästen gefällig zu sein. Wenn alternde Damen durchaus von ihm die Adressen junger Männer erfahren wollten, bitte sehr; sie mußten ja wissen, was sie taten.

»Einen Augenblick«, sagte er, »ich schreibe es Ihnen auf.« Er kritzelte die Adresse rasch auf einen Zettel und gab ihn ihr. Sie hielt ihn mit steifen Fingern, er bemerkte, daß das Papier leise raschelte, weil ihre Hand zitterte.

Er konnte es sich nicht länger versagen, boshaft zu sein. »Darf ich Ihnen empfehlen, Madame, zuerst anzurufen«, sagte er. »Oder besser noch, zu schreiben. Mr. Crown ist verheiratet. Mit einer sehr schönen, reizvollen Frau.«

Sie sah ihn an, als könne sie nicht glauben, daß sie richtig gehört hatte. Dann lachte sie. Ihr Lachen war echt, ungezwungen, wohlklingend. »Aber hören Sie«, sagte sie lachend. »Er ist mein Sohn.«

Sie sah sich die Adresse sorgfältig an, faltete den Zettel zusammen und steckte ihn in ihre Handtasche. »Vielen Dank«, sagte sie. »Die Rechnung habe ich schon bezahlt. Guten Abend.«

Er verbeugte sich und sah ihr verdutzt nach, bis die Tür sich hinter ihr geschlossen hatte.

Diese Amerikaner, dachte er. Die rätselhaftesten Menschen der Welt.

2

Blicken wir in die Vergangenheit zurück, so erkennen wir, daß es einmal einen Augenblick in der Zeit gegeben hat, der für unsere Zukunft bestimmend war und die bisherigen Gegebenheiten unseres Daseins grundlegend veränderte, einen Augenblick, der unserem Lebenslauf unwiderruflich eine neue Richtung gab. Der Wechsel kann ein Ereignis eigener Planung oder eines Zufalls sein; es kann sein, daß wir ein Glück hinter uns lassen oder Trümmer und daß wir einem Glück anderer Art entgegengehen oder noch schwerwiegenderer Zerstörung; aber ein Zurück gibt es nicht. Der Augenblick kann wirklich nur ein Augenblick sein, in dem ein Rad gedreht, ein Blick getauscht, ein Satz ausgesprochen wird – er kann sich aber auch über einen langen Nachmittag, eine Woche, eine Jahreszeit ausdehnen, einen gewissen Zeitraum also, in dem der Zweifel regiert, das Rad hundertmal gedreht wird und kleine, unscheinbare Einzelheiten sich aneinanderfügen.

Für Lucy Crown war es ein Sommer.

Er fing an wie andere Sommer.

Hammerschläge hallten von den kleinen, Cottage genannten Sommerhäuschen über den See, an denen die Fliegengitter vor den Fenstern angebracht wurden, und auf der Wasserfläche schwammen in Erwartung der ersten Badegäste schon die Flöße. Im Jungenferienlager am anderen Ende des Sees wurden der Baseballplatz gejätet und gewalzt, die Kanus aufgebockt und ein neuer, goldfarbener Knauf auf dem Flaggenmast vor dem Speisesaal befestigt. Die Eigentümer der beiden Hotels hatten im Mai ihre Gebäude neu streichen lassen, denn es war 1937, und selbst in Vermont hatte es endlich den Anschein, als sei die Depression überstanden.

Als die Crowns Ende Juni vor dem gleichen Cottage anlangten, das sie auch im Jahr zuvor gemietet hatten, empfanden alle drei, Oliver, Lucy und der dreizehnjährige Tony, voller Freude die schläfrig-erwartungsvolle Vorferienstimmung, die um den See lag. Ihre Freude wurde noch durch die Tatsache erhöht, daß Tony, seit sie das letztemal hiergewesen waren, beinahe gestorben wäre und dann doch nicht gestorben war.

Oliver konnte nur vierzehn Tage am See verbringen, ehe er wieder nach Hartford zurück mußte, und widmete den größten Teil dieser Zeit Tony, ging mit ihm fischen, schwamm ein bißchen mit ihm oder schlenderte mit ihm durch den Wald, stets bemüht, Tony so behutsam wie möglich das Gefühl zu geben, ein ebenso reges, normales Leben zu führen wie andere Jungen seines Alters auch, und dennoch immer darauf bedacht, alle körperlichen Anstrengungen in dem von Sam Patterson, dem Hausarzt der Familie, als ungefährlich bezeichneten Rahmen zu halten.

Die zwei Wochen waren jetzt vorüber, es war Sonntagnachmittag, und einer von Olivers Koffern stand bereits gepackt in der Veranda des Cottage. Überall am See herrschte heute ein bißchen mehr Unruhe als sonst, hervorgerufen durch den Abschied von Ehegatten und Vätern, die, schläfrig vom Sonntagessen und vom Sonnenbrand, den sie sich übers Wochenende zugezogen hatten, geplagt in ihre Wagen stiegen, um zu ihren Arbeitsplätzen in die Großstädte zurückzukehren, während Frau und Kinder nach amerikanischem Brauch, der verlangt, daß diejenigen am längsten Ferien haben, die sie am wenigsten brauchen, am See zurückblieben.

Oliver und Patterson saßen unter einem Ahornbaum in Liegestühlen auf dem Rasen, von dem aus sie den See überblicken konnten. Sie hielten Gläser mit Whisky und Soda in den Händen, und der eine oder andere bewegte gelegentlich sein Glas, um den leisen Klang zu genießen, mit dem die Eiswürfel gegen die Glaswand klirrten.

Beide waren hochgewachsen, etwa gleichaltrig, und gehörten offensichtlich nach Herkommen und Erziehung dem gleichen Stand an, doch verriet schon ihre äußere Erscheinung tiefgehende Unterschiede des Temperaments und der Veranlagung. Oliver besaß noch immer die Figur und die raschen, präzisen, energischen Bewegungen eines Sportsmannes. Patterson dagegen hatte sich offenbar mit den Jahren etwas gehenlassen. Eine etwas schlaffe Haltung schien ihm angeboren zu sein, und selbst wenn er saß, hatte man den Eindruck, daß er sich im Stehen und Gehen ein wenig vornübergebeugt hielt. Seine klugen Augen waren meistens halb unter träge herabfallenden Lidern verborgen, und um die Augenwinkel hatten sich von häufigem Lachen Fältchen in die Haut eingegraben. Die Brauen hingen dick, buschig und ungepflegt herab, und sein Haar war grob, ungleich geschnitten und reichlich mit Grau durchsetzt. Oliver, der Patterson sehr genau kannte, hatte einmal zu Lucy gesagt, er sei überzeugt, Patterson habe sich eines Tages im Spiegel betrachtet und kaltblütig festgestellt, daß er die Wahl habe, entweder in ziemlich konventioneller Art gut auszusehen, etwa wie der zweite Liebhaber in einem Gesellschaftsfilm, oder sich ein bißchen gehenzulassen und der interessante Graukopf zu sein. »Sam ist ein kluger Mann«, hatte Oliver anerkennend hinzugefügt, »und darum entschied er sich für den Graukopf.«

Oliver war schon für die Stadt gekleidet. Er trug einen Anzug aus Baumwollstoff, dazu ein blaues Hemd, sein Haar war ein bißchen zu lang, weil er sich während seines Urlaubs nicht die Mühe gemacht hatte, zum Friseur zu gehen, und seine Haut hatte sich in den vielen Stunden auf dem Wasser gleichmäßig gebräunt. Patterson schaute ihn an und dachte, daß Oliver jetzt, da man ihm die Urlaubserholung so deutlich ansah und er in einer Art gekleidet war, die ihm in dieser Umgebung eine städtische Eleganz verlieh, ganz besonders vorteilhaft wirke. Er müßte sich noch einen Schnurrbart stehen lassen, dachte Patterson müßig; das würde ihm ausgezeichnet stehen. Er sieht aus wie einer, von dem man unwillkürlich annimmt, daß er einen schwierigen, wichtigen und ziemlich gefährlichen Beruf ausübt; er erinnert an die Bilder von jungen Kavalleriekommandeuren der Konföderierten, die man in illustrierten Geschichtswerken findet. Wenn ich aussähe wie er, dachte Patterson weiter, und nichts weiter wäre als der Besitzer einer Druckerei, die mir mein Vater vererbt hat, dann wäre ich, glaube ich, von mir selbst enttäuscht.

Am gegenüberliegenden Seeufer, wo eine steile Granitklippe ins Wasser vorstieß, konnten sie Lucy und Tony als winzige Gestalten in einem kleinen Boot auf der sonnenüberglänzten Wasserfläche erkennen. Tony fischte vom Boot aus. Lucy hatte nicht mit ihm hinausfahren wollen, weil es Olivers letzter Nachmittag war, aber Oliver hatte darauf bestanden, nicht nur um Tonys willen, sondern auch weil Lucy eine nach seiner Meinung ungesunde Neigung besaß, aus jeder Ankunft und jedem Abschied und jedem Geburtstag und jedem Feiertag eine allzu gefühlsbetonte Angelegenheit zu machen.

Patterson trug noch Cordhosen und ein kurzärmeliges Sporthemd; er mußte erst in das etwa zweihundert Meter entfernt auf dem gleichen Grundstück gelegene Hotel gehen, um sich umzuziehen und seine Koffer zu packen. Das Cottage war zu klein, um Gäste zu beherbergen.

Als Patterson sich erboten hatte, über das Wochenende heraufzukommen, um Tonys Gesundheitszustand zu überprüfen und dadurch Lucy und Tony eine lange Fahrt nach Hartford hinunter zu ersparen, war Oliver über diesen Beweis rücksichtsvollen Entgegenkommens ganz gerührt gewesen. Dann sah er Patterson mit einer Mrs. Wales zusammen, die im Hotel wohnte, und war nicht mehr so gerührt. Mrs. Wales war eine gutaussehende Brünette, klein, mollig, mit gierigen Augen, die in New York wohnte, wohin Patterson, ohne seine Frau, mindestens zweimal im Monat unter irgendwelchen Vorwänden zu fahren pflegte. Mrs. Wales war, wie sich herausstellte, am Donnerstag im Hotel eingetroffen, einen Tag ehe Patterson mit dem Zug ankam, und wollte, durchaus diskret, am kommenden Dienstag nach New York zurückkehren. Sie und Patterson verkehrten betont höflich und korrekt miteinander und verzichteten sogar darauf, sich gegenseitig beim Vornamen zu nennen. Aber nach zwanzigjähriger Freundschaft mit dem Arzt, der, wie Oliver sich ausdrückte, in bezug auf Frauen von jeher ehrgeizig gewesen war, ließ Oliver sich nicht hinters Licht führen. Er war zu zurückhaltend, um etwas zu sagen, aber in seine Dankbarkeit für Pattersons lange Reise nach Vermont mischte sich ein Schuß gutartiger, zynischer Belustigung.

Aus dem Ferienlager am anderen Ende des Sees, etwa eine halbe Meile entfernt, wurden die dünnen Klänge eines Horns vernehmbar. Die beiden Männer tranken hin und wieder einen Schluck und lauschten schweigend, bis die Töne und ihr leises Echo über dem Wasser verklangen.

»Hörner«, sagte Oliver. »Sie klingen so altmodisch, nicht?« Sein Blick ruhte schläfrig auf dem fernen Boot, in dem seine Frau und sein Sohn genau am Rande des Schattens trieben, den die Granitklippe über das Wasser breitete. »Wecken, Antreten, Sammeln, Zapfenstreich.« Er schüttelte den Kopf. »Die Jugend wird auf die Welt von morgen vorbereitet.«

»Vielleicht täten sie besser, eine Sirene zu benutzen«, sagte Patterson. »Volle Deckung. Fliegeralarm. Entwarnung...«

»Bist du schlechter Laune?« fragte Oliver gutmütig.

Patterson lächelte. »Nein, gar nicht. Nur – ein Arzt wirkt viel intelligenter, wenn er sich düster gibt. Ich kann der Versuchung nicht widerstehen.«

Sie schwiegen einen Augenblick, riefen sich den Klang des Hornes ins Gedächtnis zurück und dachten an frühere Kriege, an denen man noch seine Freude haben konnte. Auf dem Rasen neben Olivers Stuhl lag Tonys Teleskop. Er nahm es gedankenlos auf und blickte über den See. Die ferne Klippe wurde im Rund der Linse deutlicher und größer, er konnte erkennen, daß Tony eben seine Angelschnur einzog und Lucy begann, heimwärts zu rudern. Tony hatte trotz der Hitze einen roten Sweater an. Lucy war im Badeanzug, und ihr Rücken hob sich tiefbraun gegen das ferne Blaugrau des Granits ab. Sie ruderte stetig und kraftvoll, ab und zu verursachten die Ruder einen kleinen weißen Spritzer im ruhigen Wasser. Mein Schiff läuft ein, dachte Oliver und lächelte innerlich über den seemännischen Ausdruck für ein so bescheidenes Ereignis.

»Sam«, sagte Oliver, noch immer durch das Teleskop schauend, »ich möchte dich um etwas bitten.«

»Ja?«

»Ich möchte, daß du Lucy und Tony auch sagst, was du mir gesagt hast.«

Patterson schien fast eingeschlafen zu sein. Er war in seinem Stuhl zusammengesunken, das Kinn auf der Brust, die Augen halb geschlossen, die Beine ausgestreckt. »Tony auch?« brummte er.

»Tony vor allen Dingen.«

»Meinst du wirklich?«

Oliver ließ das Teleskop sinken und nickte nachdrücklich. »Unbedingt«, sagte er. »Er vertraut uns völlig... bis jetzt.«

»Wie alt ist er jetzt?« fragte Patterson.

»Dreizehn.«

»Erstaunlich.«

»Was ist erstaunlich?«

Patterson lächelte breit. »In unserer Zeit und in diesem Alter. Ein dreizehnjähriger Junge, der seinen Eltern noch immer vertraut.«

»Du verstellst dich wohl wieder, um intelligent zu wirken, Sam?«

»Vielleicht«, antwortete Patterson freundlich, nahm einen Schluck aus seinem Glas und hielt nach dem Boot Ausschau, das noch immer weit draußen auf der sonnenbeglänzten Wasserfläche war. »Die Leute bitten die Ärzte beständig, ihnen die Wahrheit zu sagen. Und wenn man sie ihnen sagt...« Er zuckte die Achseln. »Der Prozentsatz des Bedauerns ist sehr hoch, den solche Wahrheitsforschung erzeugt, Oliver.«

»Sag mal, Sam, sagst du immer die Wahrheit, wenn man dich darum bittet?«

»Selten. Ich verfolge ein anderes Prinzip.«

»Und welches?«

»Das Prinzip«, sagte Patterson, »der sanften, heilenden Lüge.«

»Ich glaube kaum, daß es das gibt, eine heilende Lüge.«

»Du stammst aus dem Norden«, antwortete Patterson lächelnd. »Vergiß nicht, daß ich aus Virginia komme.«

»Du stammst ebensowenig aus Virginia wie ich«, sagte Oliver, »*ein*mal mußt du die Wahrheit sagen, Sam.«

»Ja.«

»Wenn ich denke, daß die Menschen sie vertragen können«, erklärte Patterson in absichtlich leichtem, fast scherzendem Ton.

»Tony kann sie vertragen. Er hat allerhand Courage.«

Patterson nickte. »Ja, die hat er. Warum auch nicht – mit dreizehn Jahren.« Er nahm wieder einen Schluck, hielt sein Glas vors Gesicht und besah es. »Und Lucy?«

»Mach dir keine Kopfschmerzen wegen Lucy«, antwortete Oliver steif.

»Denkt sie genauso wie du?« fragte Patterson hartnäckig.

»Nein.« Oliver machte eine ungeduldige Bewegung. »Wenn es nach ihr ginge, würde Tony noch mit dreißig glauben, daß Babys im Gemüsegarten wachsen, daß niemals jemand stirbt und daß aufgrund der Verfassung jedermann verpflichtet sei, Anthony Crown mehr als alles andere auf der Welt zu lieben oder auf Lebenszeit ins Gefängnis zu wandern.«

Patterson lachte.

»Du lachst«, sagte Oliver. »Solange man noch keinen Sohn hat, denkt man, wenn man einen bekommt, werde man ihn aufziehen und erziehen. Aber das tut man dann durchaus nicht. Sondern man kämpft Schritt für Schritt um seine unsterbliche Seele.«

»Du müßtest noch ein paar Söhne dazu haben«, sagte Patterson. »Dann verliert der Kampf an Intensität.«

»Wir haben aber nur den einen«, erwiderte Oliver nüchtern. »Willst du es Tony sagen oder nicht?«

»Warum sagst du es ihm nicht selbst?«

»Weil ich möchte, daß es offiziell klingt«, sagte Oliver. »Ich will, daß er sich an die Sprache der Autorität gewöhnt, ungemildert durch Liebe.«

»Ungemildert durch Liebe«, wiederholte Patterson leise und dachte bei sich: Was ist er doch für ein merkwürdiger Mann. Ich kenne keinen anderen, der einen solchen Ausdruck gebrauchen würde. Die Sprache der Autorität, dachte er. *Mein lieber Junge, denke nicht, daß du ein hohes Alter erreichst.* »Gut, Oliver«, sagte er. »Auf deine Verantwortung.«

»Auf meine Verantwortung«, wiederholte Oliver.

»Mr. Crown...?«

Oliver wandte sich in seinem Stuhl um. Ein junger Mann kam vom Hause her über den Rasen auf sie zu. »Ja?« sagte Oliver.

Der junge Mann ging um die beiden Männer herum und blieb vor ihnen stehen. »Ich heiße Jeffrey Bunner«, sagte er. »Mr. Miles, der Hotelmanager, hat mich hergeschickt.«

»Ja?« Oliver sah ihn erstaunt an.

»Er sagte mir, Sie suchten für den Sommer einen Gefährten für Ihren Sohn. Mr. Miles hat mir auch gesagt, daß Sie heute abend wegfahren, darum bin ich sofort hergekommen.«

»Ach so, ja«, sagte Oliver. Er stand auf und gab dem jungen Mann die Hand. Bunner war schlank und ein bißchen über mittelgroß. Sein dichtes schwarzes Haar war kurz geschnitten und seine von Natur dunkle Haut von der Sonne noch tiefer gebräunt, so daß er fast wie ein Italiener oder Spanier aussah. Die Augen waren von einem tiefen, mädchenhaften Blau, das ins Violette hinüberspielte, und einer kindhaften, glänzenden Klarheit. Sein hageres, lebhaftes Gesicht erweckte den Eindruck unerschöpflicher jugendlicher Energie, die hohe Stirn hatte die Farbe dunkler Bronze. In seinem verschossenen grauen Trikothemd, den ungebügelten Flanellhosen und den mit Grasflecken bedeckten Tennisschuhen sah er etwa aus wie ein intellektueller Sportruderer. Der Art, wie er dastand, ungezwungen, ohne eine Spur von Verlegenheit und dennoch respektvoll, war der vielleicht etwas verwöhnte, aber wohlerzogene Sohn aus gutem Hause anzumerken. Oliver, der Wert darauf legte, wenn irgend möglich nur gutaussehende Menschen um sich zu haben (das farbige Dienstmädchen zu Hause in Hartford war eines der hübschesten Mädchen der Stadt), war der junge Mensch auf den ersten Blick sympathisch.

»Herr Doktor Patterson«, sagte Oliver mit einer flüchtigen Handbewegung.

Bunner machte eine leichte Verbeugung.

Patterson hob lässig sein Glas. »Entschuldigen Sie, daß ich nicht aufstehe«, sagte er. »Sonntags bleibe ich meistens sitzen.«

»Natürlich«, sagte Bunner.

»Willst du den jungen Mann lieber unter vier Augen in die Zange nehmen?« fragte Patterson. »In diesem Falle könnte ich mich entfernen.«

»Nein, das heißt, wenn Mr. Bunner nichts dagegen hat.«

»Durchaus nicht«, sagte Bunner. »Mir ist es einerlei, wer zuhört. Bei verfänglichen Fragen lüge ich ohnehin.«

Oliver lachte. »Das fängt ja gut an. Zigarette?« Er hielt Bunner die Packung hin.

»Nein, danke.«

Oliver nahm sich eine Zigarette, zündete sie an und warf Patterson die Packung zu. »Sie gehören doch nicht etwa zu den jungen Leuten, die Pfeife rauchen?«

»Nein.«

»Gut«, sagte Oliver. »Wie alt sind Sie?«

»Zwanzig.«

»Wenn ich das Wort höre«, warf Patterson ein, »möchte ich gleich zur Pistole greifen.«

Oliver spähte auf den See hinaus. Lucy ruderte gleichmäßig, das

Boot war schon wesentlich größer, und Tonys roter Sweater leuchtete heller. »Sagen Sie, Mr. Bunner, sind Sie schon einmal krank gewesen?«

»Nehmen Sie es ihm nicht übel«, sagte Patterson. »Er gehört zu den Leuten, die noch nie in ihrem Leben krank waren, und so betrachtet er Krankheit als willkürliche Schwäche.«

»Das macht gar nichts«, sagte Bunner. »Wenn ich jemanden einstellen würde, der meinem Sohn Gesellschaft leisten soll, wollte ich auch wissen, ob er gesund ist oder krank.« Er wandte sich Oliver zu. »Ich habe mir einmal das Bein gebrochen. Damals war ich neun Jahre alt.«

Oliver nickte, der junge Mann gefiel ihm immer besser. »Ist das alles?«

»So ziemlich.«

»Besuchen Sie ein College?«

»Dartmouth«, antwortete Bunner. »Ich hoffe, Sie haben nichts gegen Dartmouth einzuwenden.«

»Meine Einstellung für Dartmouth ist ganz neutral«, sagte Oliver. »Wo sind Sie zu Hause?«

»Boston«, antwortete Patterson.

»Woher weißt du denn das?« Oliver sah Patterson erstaunt an.

»Ich bin ja nicht taub.«

»Ich hätte nicht gedacht, daß man mir das sofort anmerkt«, sagte Bunner.

»Macht nichts«, sagte Patterson. »Klingt gar nicht unangenehm. Eben Boston.«

»Wie kommt es«, fragte Oliver, »daß Sie nicht nach Harvard gegangen sind?«

»Jetzt gehst du, glaube ich, etwas zu weit«, bemerkte Patterson.

Bunner lachte. Die Unterredung schien ihm Vergnügen zu bereiten. »Mein Vater meinte, es wäre besser für mich, wenn ich nicht immer in meinem Elternhaus wohnte. Ich habe vier Schwestern und bin zu Hause der Jüngste; mein Vater findet, ich hätte bisher mehr liebende Rücksichtnahme erfahren, als mir zusteht. Ich müsse allmählich einsehen lernen, daß diese Welt kein Ort ist, wo einem fünf hingebungsvolle Frauen beständig alles Unangenehme ersparen und jeden Schritt abnehmen.«

»Was gedenken Sie zu tun, wenn Sie das College absolviert haben?« fragte Oliver. Er war offensichtlich sehr eingenommen von dem jungen Menschen, wollte aber dennoch alles wissen, was Rückschlüsse auf dessen Fähigkeiten ermöglichte.

»Ich möchte in den Auswärtigen Dienst eintreten«, sagte Bunner.

»Warum?«

»Reisen. Fremde Länder sehen. Ich habe mit sechzehn *Die Sieben Säulen der Weisheit* gelesen.«

»Ich glaube kaum, daß Sie mit der Führung von Kamelkarawanen betraut würden«, sagte Patterson, »auch wenn Sie eine noch so glänzende Karriere machen.«

»Natürlich ist das nicht der einzige Grund«, sagte Bunner. »Ich habe das Gefühl, daß in den nächsten Jahren entscheidende Wendungen eintreten werden, und wenn das geschieht, möchte ich gern alles an der Quelle miterleben.« Er lachte, sich selbst verspottend. »Es ist schwierig, über seine Zukunftspläne zu reden, ohne daß es aufgeblasen klingt, nicht wahr? Vielleicht stelle ich es mir nur so wirkungsvoll vor, wenn ich im Cut am Konferenztisch säße und erklärte: ›Ich lehne es ab, auf Venezuela zu verzichten.‹«

Oliver blickte auf seine Armbanduhr und beschloß, dem Gespräch eine mehr aufs Praktische gerichtete Wendung zu geben. »Sagen Sie, Mr. Bunner, sind Sie Sportler?«

»Ich spiele ein bißchen Tennis, schwimme, kann auch Ski laufen...«

»Ich meinte, spielen Sie in einer Mannschaft?«

»Nein.«

»Gut«, sagte Oliver. »Sportler haben zu viel mit sich selbst zu tun; man kann sich nicht darauf verlassen, daß sie sich um jemand anderen kümmern. Und um meinen Sohn müßte sich einer vermutlich sehr intensiv kümmern...«

»Ich weiß«, sagte Bunner. »Ich habe ihn schon gesehen.«

»So?« fragte Oliver überrascht. »Wann denn?«

»Ich bin schon seit ein paar Tagen hier am See. Und vergangenes Jahr war ich auch beinahe den ganzen Sommer hier. Meine Schwester hat eine halbe Meile seeabwärts ein Sommerhaus.«

»Wohnen Sie jetzt auch bei ihr?«

»Ja.«

»Weshalb bewerben Sie sich eigentlich bei mir?« fragte Oliver plötzlich.

Bunner lächelte. »Aus dem üblichen Grund. Außerdem wäre ich dadurch den ganzen Sommer über in der frischen Luft.«

»Haben Ihre Eltern kein Geld?«

Der junge Mann zuckte die Achseln. »Mein Vater hat die Depression überstanden. Aber er hinkt noch.«

Oliver und Patterson nickten beide in Erinnerung an die Depression.

»Haben Sie Kinder gern, Mr. Bunner?« fragte Oliver.

Bunner zögerte, als müsse er sich die Antwort genau überlegen. »Nicht mehr und nicht weniger als Erwachsene«, sagte er schließlich. »Ich kenne ein paar Kinder, die ich mit Freuden einzementieren würde.«

»Durchaus begreiflich«, sagte Oliver. »Aber ich glaube nicht, daß Sie Tony auch gern einzementieren würden. Wissen Sie, daß er krank war?«

»Ich habe gehört, daß er letztes Jahr Gelenkrheumatismus hatte.«

»Ja, das stimmt«, sagte Oliver. »Er hat etwas an den Augen und am Herzen zurückbehalten. Er wird sich wohl noch lange Zeit sehr in acht nehmen müssen.« Oliver sah auf den See hinaus. Das Boot war jetzt nicht mehr weit vom Ufer entfernt, und Lucy ruderte mit gleichmäßigen Schlägen. »Seiner Krankheit wegen konnte er letztes Jahr nicht zur Schule gehen«, sagte er, »und dadurch war er allzu viel mit seiner Mutter zusammen...«

»Jeder war zu viel mit seiner Mutter zusammen«, warf Patterson dazwischen. »Ich auch.« Er trank sein Glas aus.

»Es kommt in der Hauptsache darauf an«, sagte Oliver, »ihm möglichst weitgehend alles zu erlauben, was ein anderer Junge auch tun würde, und gleichzeitig darauf zu achten, daß er sich keinesfalls übernimmt. Er soll sich nicht überanstrengen und nicht übermüden – aber er soll sich auch nicht wie ein Krüppel vorkommen. Die nächsten zwei Jahre sind kritisch – aber ich will nicht, daß er in Angst und Mutlosigkeit heranwächst...«

»Der arme Kerl«, sagte Bunner, den Blick starr auf das näherkommende Boot gerichtet.

»Das ist gerade die verkehrte Einstellung«, sagte Oliver schnell. »Kein Mitleid. Nur ja kein Mitleid, bitte. Unter anderem bin ich gerade deshalb froh, daß ich die kommenden Wochen nicht selbst mit Tony verbringen kann. Eben deshalb möchte ich ihn seiner Mutter nicht allein überlassen. Sonst brauchte ich ihm ja nicht einen Gefährten zu suchen. Ich möchte ihn ja gerade der natürlichen Rauheit eines Zwanzigjährigen ausgesetzt wissen. Sie würden, glaube ich, das wohl machen können?«

Bunner lächelte. »Soll ich Ihnen ein paar Empfehlungen vorlegen?«

»Haben Sie ein Mädchen?« fragte Oliver.

»Na, hör mal, Oliver«, sagte Patterson.

Oliver wandte sich Patterson zu. »Wenn man über einen zwanzigjährigen Jungen etwas wissen möchte, gehört die Frage, ob er ein Mädchen hat oder nicht, zu den wichtigsten«, sagte er ruhig. »Ob er eines gehabt hat, ob er gegenwärtig an einem oder mehreren Mädchen interessiert ist.«

»Ich habe eines«, sagte Bunner und fügte dann hinzu: »Beinahe wenigstens.«

»Ist sie hier?« fragte Oliver.

»Wenn ich mit Ja antworten würde«, sagte Bunner, »bekäme ich dann die Stellung bei Ihnen?«

»Nein.«

»Sie ist nicht hier«, sagte Bunner prompt.

Oliver bückte sich, ein Lächeln verbergend, und nahm das Teleskop vom Rasen auf. »Verstehen Sie etwas von Astronomie?« fragte er, das Teleskop zusammenschiebend.

»Du stellst aber auch Fragen«, brummte Patterson.

»Tony möchte durchaus Astronom werden«, erklärte Oliver. »Es wäre natürlich schön, wenn...«

»Naja«, sagte Bunner unsicher, »ein bißchen weiß ich wohl...«

»Was glauben Sie«, fragte Oliver wie ein Schulmeister, »um wieviel Uhr etwa kann man heute abend das Sternbild des Orion sehen?«

Patterson stand kopfschüttelnd auf. »Ich bin nur froh«, sagte er, »daß ich mich nie um eine Anstellung bei dir werde bewerben müssen.«

Bunner lächelte Oliver an. »Sie wollen mich wohl gern aufs Glatteis führen, Mr. Crown?«

»Wieso?« fragte Oliver unschuldig.

»Weil Sie ganz genau wissen, daß der Orion auf der nördlichen Halbkugel erst im September sichtbar wird«, antwortete Bunner fröhlich. »Sie dachten, ich würde auf Ihre Frage hereinfallen.«

»Die Bezahlung beträgt wöchentlich dreißig Dollar«, sagte Oliver. »Dafür müßten Sie Tony schwimmen lehren, mit ihm fischen gehen, Sternbeobachtungen mit ihm anstellen und ihn möglichst daran hindern, diese verdammten Seriensendungen im Radio zu hören.« Oliver zögerte einen Augenblick und fuhr dann in leiserem, ernsterem Ton fort: »Außerdem müßten Sie ihn – auf diplomatische Art – seiner Mutter etwas fernhalten, denn die Beziehungen zwischen beiden sind gegenwärtig ...« Er hielt inne, da er merkte, daß er im Begriff war, etwas Unfreundlicheres zu sagen, als er eigentlich wollte. »Ich meine, es wäre für beide besser, wenn sie nicht ganz so abhängig voneinander wären. Wollen Sie die Stellung annehmen?«

»Ja«, sagte Bunner.

»Gut. Morgen können Sie anfangen.«

Patterson seufzte in gespielter Erleichterung. »Ich bin ganz erledigt«, sagte er und sank wieder in seinen Stuhl.

»Ich habe drei andere junge Leute abgewiesen, müssen Sie wissen«, sagte Oliver.

»Ich habe davon gehört«, sagte Bunner.

»Junge Männer sind heutzutage anscheinend entweder vulgär oder haben eine zynische Lebenseinstellung, und die schlimmsten sind beides«, sagte Oliver.

»Sie hätten es schon früher mit einem Studenten von Dartmouth versuchen sollen«, meinte Bunner.

»Ich glaube, einer von ihnen *war* ein Dartmouth-Student.«

»Dann muß er wohl lediglich aufgrund seiner sportlichen Leistungen aufgenommen worden sein.«

»Auf einen unliebsamen Zug in Tonys Charakter muß ich Sie wohl aufmerksam machen«, sagte Oliver. »Ich denke, bei einem Dreizehnjährigen kann man doch schon von Charakter sprechen, nicht wahr?« fuhr Oliver fort. »In den langen Monaten, die er während seiner Krankheit im Bett liegen mußte, bildete sich bei ihm eine Neigung zum – sagen wir – Fabulieren heraus. Übertreibungen, Flunkereien, Lügen, Erfindungen. Nicht weiter schlimm« – Patterson bemerkte, wie schwer es Oliver wurde, so etwas über seinen Sohn sagen zu müssen –, »und meine Frau und ich haben in Anbetracht der Begleitumstände keine große Angelegenheit daraus gemacht. Ich habe ihn allerdings einmal deswegen ins Gebet genommen, und er versprach, seine – Einbildungskraft zu zügeln. Wenn Sie ihn also beim Flunkern ertappen, brauchen Sie sich nicht zu wundern, und gleichzeitig sähe ich es gern, wenn Sie diese Tendenz bekämpften, damit sie sich nicht zur Gewohnheit auswächst.«

Patterson gewann beim Zuhören plötzlich einen Einblick in Olivers Wesen, bei dem ihn fröstelte. Er *muß* enttäuscht sein, dachte er, er muß das Gefühl haben, daß sein eigenes Leben irgendwie unerfüllt ist, wenn er sich um das seines Sohnes solche Mühe gibt. Aber dann verwarf Patterson diesen Gedanken. Nein, dachte er, er ist eben gewöhnt, in allem die Führung zu übernehmen. Für ihn ist es leichter, die Dinge selbst in die Hand zu nehmen, als anderen die Führung zu überlassen. Sein Sohn gehört eben auch zu den Dingen, die er leitet.

»Oh...« sagte Oliver jetzt, »und noch etwas... sexuelle Aufklärung.«

Patterson machte eine beschwichtigende Handbewegung. »Oliver, ich finde, das geht aber nun wirklich zu weit.«

»Tony hat keine Geschwister«, erklärte Oliver, »und ist bis jetzt, wie ich schon sagte, aus höchst naheliegenden Gründen allzu sehr behütet worden. Ich muß leider sagen, daß sowohl meine Frau wie ich selbst bisher dieser Frage ausgewichen sind. Wenn alles gutgeht, kann er im Herbst wieder in die Schule gehen, und da wäre es mir schon lieber, wenn er von einem intelligenten jungen Mann, der ohnehin Diplomat werden will, über diese Dinge aufgeklärt wird, als von frühverdorbenen dreizehnjährigen Zöglingen einer vornehmen Privatschule.«

Bunner zupfte sich ernsthaft an der Nase. »Und wo soll ich anfangen?«

»Wo haben *Sie* angefangen?« fragte Oliver.

»Ich fürchte, da könnte ich bei ihm nicht gut anfangen«, sagte Bunner. »Wie Sie sich vielleicht erinnern werden, habe ich vier ältere Schwestern.«

»Ich überlasse es Ihrem Geschick«, sagte Oliver. »In sechs Wochen soll er eine sachliche... eh... theoretische Vorstellung der Zusammenhänge besitzen, ohne heftiges Verlangen zu empfinden, die Sache... eh... sofort praktisch zu... eh... erproben –«

»Ich werde mir Mühe geben, klar zu sein, ohne lasziv zu werden. Alles in streng wissenschaftlicher Ausdrucksweise. Und die... eh... erfreulicheren Aspekte soll ich wohl so wenig wie möglich erwähnen?«

»Genau das«, sagte Oliver. Er blickte auf den See hinaus. Das Boot hatte jetzt beinahe das Ufer erreicht, und Tony, im Heck stehend, winkte ihm über die Schulter seiner Mutter zu. In seinen dunklen Augengläsern brachen sich blitzend die Sonnenstrahlen. Oliver winkte zurück. »Wahrscheinlich klingt es für andere etwas verstiegen, wie ich über den Jungen spreche«, sagte er zu Bunner, den Blick auf seine Frau und seinen Sohn gerichtet, »aber ich finde die Art, in der heute die meisten Kinder aufwachsen, abscheulich. Entweder läßt man ihnen zu viel Freiheit, dann werden sie zu schlecht erzogenen Tieren – oder man duckt sie beständig, dann werden sie im geheimen rachsüchtig und bösartig und stellen sich gegen ihre Eltern, sobald sie auf irgendeine Art anderwärts Nahrung und Unterkunft finden können. Vor allen Dingen – er soll nicht in Angst aufwachsen...«

»Wie ist es denn bei dir, Oliver?« fragte Patterson neugierig. »Hast du keine Angst?«

»Schreckliche Angst«, sagte Oliver. »Hallo, Tony«, rief er und ging hinunter ans Ufer, um zu helfen, das Boot an Land zu ziehen.

Patterson stand auf, und er und Bunner sahen zu, wie Lucy das Boot mit zwei kräftigen Ruderschlägen auf die schräge Steinplatte trieb. Oliver hielt es am Bug fest, während Lucy einen Sweater und ein Buch aufnahm und ausstieg. Tony, der sich nicht helfen lassen wollte, sprang allein aus dem Boot in das seichte Wasser.

»Die Heilige Familie«, sagte Patterson.

»Wie meinten Sie?« fragte Bunner überrascht und nicht ganz sicher, ob er richtig gehört hatte.

»Ach, nichts«, antwortete Patterson. »Er weiß, was er will, nicht wahr?«

Bunner lächelte. »Ganz bestimmt.«

»Halten Sie es für möglich, daß ein Sohn genau so wird, wie sein Vater ihn sich wünscht?« fragte Patterson.

Bunner forschte im Gesicht des Arztes nach einer eventuellen Falle. »Ich habe noch nicht darüber nachgedacht«, antwortete er vorsichtig.

»Sind *Sie* genau so, wie Ihr Vater es sich wünscht?«

Bunner konnte kaum ein Lächeln unterdrücken. »Nein.«

Patterson nickte.

Sie sahen Oliver entgegen, der, von Lucy auf der einen und Tony mit seiner Angelrute auf der anderen Seite flankiert, auf sie zukam. Lucy zog im Gehen über ihren Badeanzug einen weiten weißen Sweater an. Auf ihrer Stirn und ihrer Oberlippe glänzten schwach kleine Schweißtröpfchen vom langen Rudern, und die Holzsohlen der Sandalen an ihren nackten Füßen senkten sich lautlos in das kurzgeschnittene Gras. Die Gruppe bewegte sich durch das Muster von Hell und Halbdunkel, das die Sonnenstrahlen zwischen den Bäumen bildeten, und Lucys lange nackte Schenkel leuchteten jedesmal für einen Augenblick golden auf, wenn sie aus dem Schatten eines Baumes trat. Sie hielt sich sehr gerade und vermied es, beim Gehen die Hüften zu bewegen, als sollte ihre Weiblichkeit möglichst wenig auffallen. Einmal blieb sie stehen, stützte die Hand auf die Schulter ihres Mannes und hob den Fuß, um einen Stein aus der Sandale zu entfernen; für einen kurzen Mittsommeraugenblick stand die Gruppe im Sonnenschein, der schräg durch das Laubwerk der Bäume fiel, unbeweglich da.

Patterson und Bunner hörten Tony, als die drei sich näherten. »Der See ist ganz ausgefischt«, sagte er eben. Er hatte eine klare, kindlich hohe Stimme, und sein Körper erschien Bunner kränklich und unterentwickelt, obwohl der Junge für sein Alter recht groß war. »Er ist eben zu nah bei der Zivilisation. Wir müßten in die Wälder im Norden gehen. Aber dort gibt es Moskitos und Elche. Vor Elchen muß man sich sehr in acht nehmen. Und Bert sagt, das Kanu muß man auf dem Kopf ins Wasser tragen. Es wimmelt so von Fischen, sagt Bert, daß die Paddel an ihnen zersplittern.«

»Tony«, sagte Oliver ernst, »weißt du, was ein Salzkorn ist?«

»Klar«, sagte der Junge.

»Das brauchst du für Bert.«

»Du meinst, er lügt?«

»Das nicht gerade«, sagte Oliver. »Nur sollte man ihn mit Salz genießen, wie Erdnüsse.«

»Das muß ich ihm sagen«, meinte Tony. »Wie Erdnüsse.«

Bei Patterson und Bunner blieben sie stehen. »Mr. Bunner«, stellte Oliver vor, »meine Frau. Und Tony.«

»Guten Tag«, sagte Lucy. Sie nickte kurz und knöpfte ihren Sweater bis zum Hals zu.

Tony ging zu Bunner und gab ihm höflich die Hand.

»Tag, Tony«, sagte Bunner.

»Tag. Oh, Sie haben aber schwielige Hände.«

»Das kommt vom Tennisspielen«, erklärte Bunner.

»Wetten, daß ich Sie in vier Wochen schlagen könnte?« sagte Tony. »Vielleicht auch erst in fünf Wochen.«

»Tony…« sagte Lucy warnend.

»Ist das Aufspielerei?« Tony wandte sich seiner Mutter zu.

»Ja.«

Tony zuckte die Achseln und wandte sich wieder an Bunner. »Ich darf mich nicht aufspielen«, erklärte er. »Meine Vorhand ist sehr gut, aber mit der Rückhand hapert es. Ich kann es Ihnen ja ruhig sagen, weil Sie es sowieso gleich beim ersten Spiel merken werden. Einmal habe ich Ellsworth Vines spielen sehen.«

»Wie hat er dir gefallen?« fragte Bunner.

Tony zog eine Grimasse. »Er wird überschätzt«, sagte er nachlässig. »Nur weil er aus Kalifornien kommt und jeden Tag spielen kann. Sie sind schwimmen gewesen.«

»Stimmt«, sagte Bunner überrascht. »Woher weißt du das?«

»Ganz einfach. Ich rieche das Seewasser an Ihnen.«

»Sein Lieblingstrick«, sagte Oliver. Er trat näher und fuhr dem Jungen mit der Hand durchs Haar. »Während seiner Krankheit mußte er eine Binde vor den Augen tragen und bekam allmählich einen Geruchssinn wie ein Polizeihund.«

»Ich kann auch schwimmen«, sagte Tony. »Wie ein Strich.«

»Tony...« ließ Lucy sich wieder warnend vernehmen.

Tony fühlte sich ertappt und lächelte. »Aber nur für zehn Züge. Dann sinke ich unter. Ich weiß nicht, wie man atmet.«

»Das werden wir schon kriegen«, sagte Bunner. »Du kannst doch nicht durchs Leben gehen, ohne zu wissen, wie man atmet.«

»Ich muß mich darauf konzentrieren«, meinte Tony.

»Jeff wird es dich lehren, Tony«, sagte Oliver. »Er bleibt den ganzen Sommer über bei dir.«

Lucy sah ihren Mann scharf an und senkte dann den Blick. Auch Tony sah Oliver an, wachsam, mit verstecktem Mißtrauen, denn er dachte gleich an Krankenschwestern, Medizin, ärztliche Vorschriften, Schmerzen, Gefangenschaft. »Oh«, sagte er. »Er soll wohl auf mich aufpassen?«

»Das nicht gerade«, antwortete Oliver. »Er wird dir nur helfen, manches nachzuholen.«

Tony musterte Oliver eingehend einen langen Augenblick, in dem er zu erkennen suchte, wieweit der Offenheit seines Vaters zu trauen war. Dann wandte er sich um und betrachtete Bunner, als müsse er ihn sich jetzt unbedingt erst einmal genau anschauen.

»Jeff«, sagte Tony schließlich, »kannst du gut fischen?«

»Die Fische schreien vor Lachen, wenn sie mich kommen sehen«, antwortete Bunner.

Patterson sah auf seine Uhr. »Ich glaube, wir müssen bald abfahren, Oliver. Ich muß nur noch meine Rechnung bezahlen und ein paar Sachen einpacken, dann bin ich fertig.«

»Du wolltest doch Tony noch etwas sagen«, erinnerte Oliver.

Lucy blickte mißtrauisch von ihm zu Patterson.

»Ja«, sagte Patterson. Jetzt, da der Augenblick gekommen war, bedauerte er, Olivers Verlangen nachgegeben zu haben. »Aber«, fügte er, sich seiner Feigheit wohl bewußt, hinzu, »meinst du nicht, das hätte Zeit bis zum nächsten Mal?«

»Ich glaube, dieses Mal ist die geeignete Zeit dafür«, erwiderte Oliver ruhig. »Bis du Tony wiedersiehst, vergeht mindestens ein Monat, Tony ist selbst dafür verantwortlich, daß er auf sich achtet, und deshalb halte ich es für besser, wenn er genau weiß, was er zu tun hat, und warum...«

»Oliver...« wollte Lucy unterbrechen.

»Sam und ich haben bereits alles besprochen, Lucy«, sagte Oliver, ihre Hand berührend.

»Was muß ich denn jetzt schon wieder tun?« fragte Tony und sah Patterson argwöhnisch an.

»Du brauchst gar nichts zu tun, Tony«, antwortete der Arzt, »ich möchte dir nur sagen, wie es um dich steht.«

»Ich fühle mich doch wohl.« Tonys Stimme klang mürrisch, er blickte niedergeschlagen zu Boden.

»Natürlich«, sagte Patterson. »Und du wirst dich noch viel wohler fühlen.«

»Ich fühle mich wohl genug«, entgegnete Tony eigensinnig. »Warum muß ich mich denn noch wohler als wohl fühlen?«

Darüber mußten Patterson und Oliver lachen, und einen Augenblick später fiel Bunner ebenfalls ein.

»Natürlich, aber...« begann Patterson wieder.

»Aber ich will nicht wieder was aufgeben«, sagte Tony warnend. »Ich habe in meinem Leben schon viel zu viel aufgegeben.«

»Tony«, warf Oliver ein, »laß Dr. Patterson ausreden.«

»Ja, Papa.«

»Ich wollte dir nichts weiter sagen«, fuhr Patterson fort, »als daß du vorläufig noch nicht lesen sollst, aber abgesehen davon kannst du fast alles tun, was du willst – mit Maßen. Weißt du, was mit Maßen heißt?«

»Es heißt, nicht ein zweites Schokoladeneis essen wollen«, antwortete Tony prompt.

Alle lachten, und Tony sah mit verschlagenem Blick in die Gesichter der Erwachsenen, denn er hatte wohl gewußt, daß sie lachen würden.

»Genau das«, sagte Patterson. »Du kannst Tennis spielen, du kannst schwimmen, alle Ballspiele mitmachen, aber unter einer Bedingung. Und diese Bedingung ist, daß du sofort aufhörst, sobald du anfängst, müde zu werden. Ein ganz kleines bißchen müde genügt schon...«

»Und wenn ich nicht aufhöre?« fragte der Junge scharf. »Was passiert dann?«

Patterson sah Oliver fragend an.

»Sag es ihm ruhig«, sagte Oliver.

Patterson zuckte die Achseln und wandte sich wieder Tony zu.

»Dann könnte es sein, daß du ins Bett zurück und wieder lange liegen mußt. Das möchtest du doch nicht?«

»Sie meinen, dann könnte ich sterben«, sagte Tony, die Frage übergehend.

»Tony!« rief Lucy. »Davon hat Dr. Patterson nichts gesagt.«

In Tonys Haltung lag Feindseligkeit, als er die Erwachsenen der Reihe nach ansah, und Patterson hatte für einen Augenblick den Eindruck, daß der Junge in ihnen nicht seine Eltern und seine Freunde erblickte, sondern die Urheber und Sachwalter seiner Krankheit.

»Keine Angst«, sagte Tony. Er lächelte, und die Feindseligkeit verschwand aus seiner Haltung. »Ich sterbe schon nicht.«

»Natürlich nicht«, bekräftigte Patterson, innerlich über Oliver verärgert, weil er ihm eine solche Szene zugemutet hatte. Er trat auf den Jungen zu.

»Tony, ich möchte dir gratulieren.«

»Warum?« fragte Tony, ein wenig zurückhaltend in der Befürchtung, der Arzt wolle ihn aufziehen.

»Du bist ein Musterpatient. Du bist wieder gesund geworden. Vielen Dank.«

»Und wann kann ich die da endlich wegwerfen?« fragte Tony. Er hob mit einer raschen Bewegung die Hand und nahm seine Brille ab. Seine Stimme klang plötzlich gereift und verbittert. Ohne die Gläser sah man, daß seine Augen tiefliegend waren, forschend, richtend, voll Schwermut, bestürzend in dem mageren Jungengesicht.

»Vielleicht in ein bis zwei Jahren«, antwortete Patterson. »Vorausgesetzt, daß du jeden Tag deine Übungen machst. Morgens eine Stunde, abends eine Stunde. Ja nicht vergessen!«

»Nein«, sagte Tony. Er setzte die Brille auf und sah wieder aus wie ein Junge seines Alters.

»Deine Mutter kennt alle Übungen«, fuhr Patterson fort, »und hat mir versprochen, sie um keine Minute abzukürzen...«

»Zeigen Sie sie mir auch, Herr Doktor«, sagte Bunner, »dann braucht Mrs. Crown sich nicht darum zu kümmern.«

»Das ist nicht nötig«, erklärte Lucy schnell. »Ich will es selbst tun.«

»Selbstverständlich«, sagte Jeff. »Wie Sie wünschen.«

Tony trat neben seinen Vater. »Papa, mußt du unbedingt nach Hause fahren?«

»Ja, leider. Aber ich will versuchen, noch in diesem Monat für ein Wochenende heraufzukommen.«

»Dein Vater muß zurück in die Stadt und arbeiten«, sagte Patterson, »damit er meine Rechnung bezahlen kann, Tony.«

Oliver lächelte. »Diesen Scherz zu machen, hättest du mir überlassen sollen, Sam.«

»Entschuldige.« Patterson ging zu Lucy und küßte sie auf die Wange. »Blühe nur«, sagte er, »blühe wie eine wilde Rose.«

»Ich muß am Hotel vorbei«, sagte Bunner. »Haben Sie etwas dagegen, Herr Doktor, wenn ich mit Ihnen gehe?«

»Aber nein, im Gegenteil«, antwortete Patterson. »Sie können mir unterwegs erzählen, wie man sich fühlt, wenn man zwanzig ist.«

»Bis morgen, Tony«, sagte Bunner. »Um wieviel Uhr soll ich hier sein? Um neun Uhr?«

»Um halb elf«, sagte Lucy schnell. »Das ist früh genug.«

Bunner sah Oliver an. »Also, um halb elf.«

Er und Patterson schlugen den Pfad zum Hotel ein, ein großer, schwerer Mann mit schwerfälligen Bewegungen, und ein behender, schlanker dunkelhaariger Junge mit fleckigen Leinenschuhen.

Lucy und Oliver sahen ihnen einen Augenblick schweigend nach.

Der Junge ist zu selbstsicher, dachte Lucy, der geschmeidigen Gestalt nachschauend. Die Idee, in einem Trikothemd daherzukommen, wenn man sich um eine Stellung bewirbt! Einen Augenblick erwog sie, Oliver Vorwürfe zu machen und ihm zu sagen, daß Bunner ihr nicht gefalle. Zum mindestens, dachte sie, hätte er mir Gelegenheit geben sollen, dabeizusein, als er mit ihm sprach. Doch dann beschloß sie, lieber nichts zu sagen. Es war nun einmal geschehen, und sie kannte Oliver zu gut, um zu hoffen, daß sie an seinem Entschluß etwas ändern könnte. Sie würde eben versuchen müssen, mit dem jungen Mann auf ihre Art fertig zu werden.

Sie zog die Schultern ein und rieb ihre bloßen Schenkel. »Mir wird kalt«, sagte sie. »Ich will mir etwas anziehen. Hast du schon alles gepackt, Oliver?«

»Ungefähr. Ein paar Sachen muß ich noch zusammensuchen. Ich gehe mit dir hinein.«

»Tony«, sagte Lucy, »zieh jetzt lieber auch ein Paar Hosen an und Schuhe.«

»Ach, Mutter.«

»Tony«, sagte sie. Bei Oliver riskierte er nie eine Widerrede, dachte sie.

»Naja, gut«, sagte Tony und ging, genußvoll durch das dichte kühle Gras schlurfend, voraus zum Cottage.

3

Oliver, mit Lucy allein im Schlafzimmer, packte seine Koffer fertig. Er war keineswegs umständlich dabei und tat es rasch, aber wenn er einen Koffer gepackt hatte, lag der Inhalt peinlich sauber und geordnet darin, fast als sei eine Maschine am Werk gewesen. Lucy, die beim Kofferpacken stets viel Energie nutzlos mit wiederholtem Ein-, Aus- und Umpacken verschwenden mußte, kam es vor, als sei seinen Händen Behendigkeit und Ordnungssinn angeboren. Während Oliver noch mit seinen Koffern beschäftigt war, zog sie Sweater und Badeanzug aus und betrachtete im Spiegel ihren nackten Körper. Ich werde alt, dachte sie. An den Schenkeln zeigen sich schon die ersten geheimen Spuren der Zeit. Ich muß mehr zu Fuß gehen. Mehr schlafen. Und nicht daran denken. Fünfunddreißig.

Sie bürstete ihr Haar. Auf Olivers Wunsch trug sie es so lang, daß es etwas über die Schultern herabfiel. Ihr selbst wäre es kürzer lieber gewesen, namentlich im Sommer.

»Oliver«, sagte sie während des Bürstens und beobachtete im Spiegel, wie er flink und säuberlich einen mit Schriftstücken angefüllten Schnellhefter, ein Paar Pantoffeln, einen Pullover in den Koffer auf dem Bett legte.

»Ja?« Er ließ das Kofferschloß zuschnappen, kurz und energisch, wie man ein Pferd sattelt.

»Ich will nicht, daß du nach Hause fährst.«

Oliver kam herüber, stellte sich hinter sie und legte die Hände um ihren Leib. Sie fühlte seinen Griff und am Rücken den kühlen Stoff seines Anzugs, und plötzlich mußte sie sich zusammennehmen, um sich nicht vor Widerwillen zu schütteln. Ich bin wie sein Eigentum, dachte sie, er soll sich nicht benehmen, als ob ich sein Eigentum wäre. Oliver küßte ihren Hals, unter dem Ohr.

»Du hast einen herrlichen Körper«, sagte er, bewegte die Hände, küßte sie.

Sie wandte sich in seinen Armen um und hielt ihn fest. »Bleib noch eine Woche hier.«

»Du hast doch gehört, daß Sam sagte, ich müsse Geld verdienen, um seine Rechnung bezahlen zu können.« Er streichelte leicht ihre Schulter. »Das hat er nicht etwa im Spaß gesagt.«

»Aber die vielen Leute in der Druckerei...«

»Die vielen Leute in der Druckerei sind um Schlag zwei Uhr mittags verschwunden, wenn ich nicht da bin«, sagte Oliver gutmütig. »Du bekommst eine wunderbare Bräune.«

»Ich mag nun einmal nicht allein sein. Ich hab' kein Talent zum Alleinsein. Ich bin zu dumm dafür.«

Oliver lachte und zog sie fester an sich. »Du bist keine Spur dumm.«

»Doch, das bin ich. Du kennst mich nur nicht. Wenn ich allein bin, ist mein Gehirn wie ein alter Lumpen. Ich hasse die Sommer. Während der Sommerzeit lebe ich in der Verbannung.«

»Ich bewundere die Bräune, die du in der Sommerzeit annimmst«, sagte Oliver.

In Lucy kam ein leichter Ärger auf, weil er so leichtnahm, was sie sagte. »Verbannung«, wiederholte sie starrköpfig. »Die Sommerzeit ist mein Elba.«

Oliver lachte wieder. »Siehst du«, sagte er, »du bist gar nicht so dumm. Einer dummen Frau fiele so eine Bemerkung nie ein.«

»Ich bin literarisch interessiert, aber trotzdem dumm. Ich werde hier so einsam sein.«

»Aber Lucy...« Oliver ließ sie stehen und ging im Zimmer umher, zog Schubladen auf und öffnete Schränke, um sich zu überzeugen, daß er nichts hatte liegenlassen. »Hunderte von Menschen sind hier draußen an den Seeufern.«

»Hunderte von Vogelscheuchen«, sagte Lucy. »Frauen, deren Männer es nicht mit ihnen aushalten. Du brauchst sie nur anzusehen, wenn sie in der Hotelveranda sitzen, und du kannst dir lebhaft vorstellen, wie ihre Männer in den Städten jubeln, sie für eine Weile los zu sein.«

»Ich verspreche dir, in der Stadt nicht zu jubeln, weil ich dich für eine Weile los bin.«

»Oder möchtest du vielleicht, daß ich mich Mrs. Wales anschließe? Damit ich Erfahrungen sammle und ein paar interessante Tatsachen aufschnappe, die ich dann in Gesellschaft zum besten geben kann, wenn wir nächsten Winter mit den Pattersons Bridge spielen?«

Oliver blieb stehen. »Ach, weißt du«, sagte er obenhin, »das mußt du nicht so ernst nehmen. Du kennst ja Sam...«

»Ich wollte dich nur wissen lassen, daß ich es gemerkt habe«, erwiderte Lucy in unklugem Verlangen, Oliver zu beunruhigen. »Ich finde es scheußlich. Das kannst du Sam während der Heimfahrt ruhig sagen, da ja heute nachmittag allgemein ein so ausgesprochenes Bedürfnis nach Offenherzigkeit zu bestehen scheint.«

»Gut. Ich sage es ihm. Wenn du solchen Wert darauf legst.«

Lucy begann sich anzuziehen. »Ich möchte mit dir nach Hause fahren. Jetzt sofort.«

Oliver öffnete die Tür zum Badezimmer und ging hinein. »Und Tony?« rief er über die Schulter zurück.

»Tony nehmen wir mit.«

»Aber der Aufenthalt hier ist so gesund für ihn.« Er kam ins Schlafzimmer zurück, befriedigt, daß er nichts hatte liegenlassen. Er ließ niemals etwas zurück, in keinem Zimmer, aber er unterließ nie eine letzte rasche Überprüfung. »Der See. Die Sonne.«

»Ja, ich weiß, der See und die Sonne«, sagte Lucy. Sie bückte sich und zog ein Paar Mokassins an, deren Leder sich kühl und angenehm fest um ihre nackten Füße legte. »Ich glaube, es würde ihm aber noch besser bekommen, wenn er mit beiden Eltern zusammen wäre.«

»Liebling«, sagte Oliver freundlich, »tu mir einen Gefallen.«

»Was denn?«

»Versteif dich nicht darauf.«

Lucy zog eine Bluse an. Die Bluse hatte am Rücken eine lange Knopfreihe, und sie ging zu Oliver und drehte sich um, damit er sie zuknöpfen konnte. Er tat es ganz automatisch, von unten beginnend, mit raschen, geschickten Händen.

»Mir ist schon der Gedanke zuwider, daß du ganz allein in dem großen leeren Haus herumpolterst. Außerdem arbeitest du immer bis spät in die Nacht, wenn ich nicht da bin.«

»Ich verspreche, nicht bis spät in die Nacht zu arbeiten«, sagte Oliver. »Ich will dir etwas sagen... Versuch es eine Woche lang hier draußen. Sieh zu, wie es dir gefällt. Wie es Tony bekommt. Wenn du dann immer noch nach Hause willst...«

»Ja?«

»Mal sehen.« Er schloß die letzten Knöpfe und gab ihr einen leichten Stoß.

»Mal sehen«, wiederholte Lucy. »Immer, wenn du sagst ›mal sehen‹, bedeutet es nein. Ich kenne dich doch.«

Oliver lachte und küßte sie aufs Haar. »Diesmal heißt es wirklich mal sehen.«

Lucy ging vor den Spiegel zurück, um Lippenstift aufzulegen.

»Wie kommt es«, fragte sie kalt, »daß wir immer tun, was *du* willst?«

»Weil ich ein altmodischer Ehemann und Vater bin«, antwortete Oliver, selbst über seinen Ausspruch belustigt.

Lucy trug den Lippenstift dick auf, weil sie wußte, daß Oliver das nicht leiden konnte und sie ihn, wenn auch nur durch eine solche Kleinigkeit, dafür bestrafen wollte, daß er ihren Wunsch ablehnte. »Wenn es mir nun eines Tages einfiele, mich in eine neumodische Ehefrau zu verwandeln?«

»Das tust du sicher nicht.« Oliver zündete sich eine Zigarette an, bemerkte das Lippenrot und runzelte die Brauen, wie immer, wenn er sich ärgerte. »Das tust du nicht«, wiederholte er in absichtlich leichtem Ton. »Deshalb habe ich dich ja so jung geheiratet. Um dich zu bekommen, ehe dein Wesen sich gefestigt hatte.«

»Tu nicht, als sei ich ein Stück Knetgummi. Das ist beleidigend.«

»Ich schwöre«, sagte Oliver mit komisch übertriebener Feierlichkeit, bewußt einen Streit vermeidend, »daß ich dich völlig unbildsam finde. Klingt das besser?«

»Nein«, antwortete Lucy. Sie zog die Konturen ihres Mundes mit einem dicken, grellroten Strich nach, schürzte die Lippen und nahm den kleinen Finger zu Hilfe. Oliver hatte nie etwas gesagt, aber sie wußte, daß ihm der Augenblick vor dem Spiegel mißfiel, in dem ihre Lippen diese eitle, selbstgefällige Pose einnahmen und die Spitze ihres kleinen Fingers rötlich-fettig glänzte, und sie dehnte ihn jetzt boshaft länger als nötig aus.

»Wir kennen viele moderne Ehepaare«, sagte Oliver. Er wandte sich ab und tat, als suche er einen Aschenbecher, damit er ihr Tun nicht zu bemerken brauchte. »Beständig wollen beide Teile Entscheidungen treffen. Jedesmal, wenn ich eine Frau mit einem unzufriedenen Ausdruck im Gesicht sehe, weiß ich, daß ihr Mann sie selbst entscheiden läßt.«

»Wenn ich nicht mit dir verheiratet wäre, Oliver, ich glaube, ich würde dich hassen.«

»Denk nur an die Ehen, die wir kennen. Und dann sag mir, ob ich recht habe oder nicht.«

»Du hast recht. Natürlich. Immer hast du recht.« Sie wandte sich um und machte ihm eine spöttische Verbeugung. »Ich beuge den Nacken, du hast immer recht.«

Oliver lachte, und Lucy mußte nun selbst lachen.

»Komisch«, sagte Oliver, auf sie zutretend.

»Was ist komisch?«

»Wenn du lachst. Schon als du noch ein junges Mädchen warst. Es klingt, als sei da drinnen« – er berührte ihre Kehle – »eine andere, die statt deiner lacht.«

»Eine andere?« fragte Lucy. »Wie sieht sie aus?«

»Sie hat einen heiseren Klang in der Stimme, einen wiegenden Gang und wildes rotes Haar«, sagte Oliver leise.

»Dann sollte ich vielleicht lieber nicht mehr lachen.«

»Doch. Ich liebe es.«

»Ich habe darauf gewartet, dieses Wort zu hören.«

»Liebe?«

»Ja-a. Ich habe es schon lange nicht mehr gehört.« Lucy griff nach den Aufschlägen seines Jacketts und zog ihn sanft an sich.

»Keinem unserer heutigen Schriftsteller würde es im Traum einfallen, es zu gebrauchen«, sagte Oliver ernst.

»Weiter.«

»Wieso weiter?«

»Mach weiter und gebrauche es. Niemand sieht uns.«

»Mutter... Papa...« rief Tony aus dem Wohnzimmer. »Ich bin schon angezogen. Seid ihr noch nicht fertig?«

»Noch eine Minute, Tony«, rief Oliver zurück und versuchte, sich von Lucy zu lösen. »Wir kommen sofort.«

»Ach, Oliver«, sagte Lucy leise. Sie hielt ihn noch immer fest. »Es ist schrecklich.«

»Was ist schrecklich?« fragte er erstaunt.

»Daß ich so abhängig bin von dir.«

»Papa...« rief Tony wieder, höflich vor der geschlossenen Tür auf dem Gang stehenbleibend.

»Ja, Tony?«

»Ich gehe voraus zum Hotel und warte dort auf dich. Ich möchte so gern bis zum Tor mitfahren.«

»Schön, Tony«, sagte Oliver. »Sag Dr. Patterson, in fünf Minuten sei ich dort.«

»Okay«, rief Tony.

Oliver verzog das Gesicht. »Wo hat er denn *das* aufgeschnappt?« flüsterte er.

Lucy zuckte die Achseln. An der Schulter von Olivers Jackett zeigte sich ein kleiner Flecken Lippenrot von ihrem Finger, aber sie beschloß mit schlechtem Gewissen, nichts zu sagen. Sie hörten Tony das Haus verlassen und dann auf dem Kies vor dem Fenster seine verklingenden Schritte.

»Na...« sagte Oliver, sich noch einmal im Zimmer umsehend, »dann muß ich mich wohl auf den Weg machen.« Er nahm die beiden Koffer auf. »Machst du mir bitte die Tür auf, Lucy?«

Lucy öffnete die Tür, und sie gingen durch das Wohnzimmer auf die Veranda hinaus. Das Wohnzimmer war von Blumen erfüllt, als Gegengewicht gegen den Anblick des schäbigen Mietmobiliars, und ihr Duft mischte sich mit dem frischen Geruch, der vom See hereinströmte.

Auf der Veranda blieb Lucy stehen. »Ich hätte gern einen Drink«, sagte sie. In Wirklichkeit lag ihr wenig daran, aber auf diese Weise würde Olivers Abreise sich um weitere zehn Minuten verzögern. Sie wußte, daß Oliver ihre Absicht durchschaute und meistens ärgerlich oder bestenfalls nervös-belustigt auf ihre redseligen Abschiedssentimentalitäten, wie er es nannte, reagierte, aber sie fürchtete sich so sehr vor dem Augenblick, wenn das Geräusch des davonfahrenden Wagens auf dem Fahrweg immer schwächer wurde und sie endgültig allein war.

»Also gut«, sagte Oliver nach fast unmerklichem Zögern und stellte seine Koffer ab. Er selbst pflegte sich stets kurz und entschieden mit einem einmaligen Auf Wiedersehen zu verabschieden, das wirklich als Abschiedswort gedacht war, und sich dann sofort zu entfernen. Er sah gedankenverloren auf den See hinaus, während Lucy zum Tisch an der Wand hinüberging und aus der Flasche Whisky und dann etwas Eiswasser in zwei Gläser füllte.

Ein Habicht strich von einem der Bäume am Seeufer ab und kreiste mit unbewegten Schwingen über dem Wasser, und vom

Lager am anderen Seeufer klang wieder der ferne Hornruf herüber, das kriegerische Signal mit seinem Echo von Kanonendonner, Niederlage und Sieg, das die Kinder zum gemeinsamen Schwimmen oder zu einem Ballspiel zusammenrief. Der Habicht erweiterte in ruhigem Segelflug seine Kreise und wartete auf die kleinen, schicksalhaften Ereignisse in der Welt unter ihm, eine Bewegung im Gras, das Schwanken eines Zweiges, die ihm die Anwesenheit seiner Abendmahlzeit verraten sollten.

»Oliver«, sagte Lucy, während sie, in jeder Hand ein Glas, auf ihn zukam.

»Ja?«

»Was zahlst du diesem Jungen? Diesem Bunner?«

Oliver zerstreute mit einem Kopfschütteln die verworrenen Eindrücke und Vorstellungen, die der Vogel und der Hornruf und der bevorstehende Abschied in ihm wachgerufen hatten. »Dreißig Dollar die Woche«, antwortete er, während er das eine der beiden Gläser entgegennahm.

»Ist das nicht ein bißchen viel?«

»Doch.«

»Können wir uns das leisten?«

»Nein«, antwortete er, über ihre Frage verärgert. Für gewöhnlich war Lucy in Geldangelegenheiten völlig sorglos und neigte nach seiner Meinung zu sonderbaren Ausbrüchen von Verschwendungssucht, nicht aus Habgier oder besonderer Vorliebe für Luxus, sondern weil sie eine unklare Vorstellung vom Wert des Geldes und der Schwierigkeit, es zu verdienen, besaß. Aber wenn er etwas tat, das ihr nicht paßte, wie jetzt die Anstellung Bunners, war sie plötzlich die schwer zu überzeugende, sparsame Hausfrau.

»Meinst du denn wirklich, daß wir ihn brauchen?« fragte sie. Ihre Augen folgten den Kreisen des Habichts über dem Wasser.

»Ja«, sagte Oliver. Er hob mit einer zeremoniellen Geste das Glas. »Auf den kleinen Jungen mit dem Teleskop.«

Lucy hob ebenfalls ihr Glas, fast mechanisch, und trank einen kleinen Schluck. »Warum?«

»Warum was?«

»Warum brauchen wir ihn?«

Oliver strich leicht über ihren Arm. »Damit du auch ein bißchen Zeit für dich selbst hast.«

»Ich beschäftige mich gern mit Tony.«

»Das weiß ich. Aber ich glaube, wenn er in diesen paar Wochen einen lebhaften, klugen jungen Menschen um sich hat, der auch gelegentlich ein bißchen rauher mit ihm umgehen kann...«

»Du denkst, ich verzärtele ihn.«

»Nein, das nicht. Sondern ich...« Oliver suchte nach möglichst harmlosen und zugleich einleuchtenden Gründen für seinen Entschluß. »Naja, Kinder, die keine Geschwister haben, namentlich, wenn sie nach einer schweren Krankheit lange Zeit unter dem Einfluß der Mutter standen... Später kann man damit rechnen, sie beim Ballett wiederzufinden.«

Lucy lachte. »Das ist doch Unsinn.«

»Du weißt, was ich meine«, sagte Oliver, ärgerlich über sich selbst, weil er fühlte, wie spießig sich das anhörte. »Glaube ja nicht, die Sache sei so unproblematisch. Du kannst es in jedem Werk über Psychoanalyse nachlesen.«

»Ich brauche überhaupt nichts zu lesen, um zu wissen, wie ich meinen Sohn aufziehen muß.«

»Der gesunde Menschenverstand...« begann Oliver.

»Ich merke schon, du willst sagen, daß ich alles falsch mache«, sagte Lucy bitter. »Sag es doch, dann...«

»Aber Lucy«, sagte Oliver beschwichtigend, »das wollte ich damit wirklich nicht sagen. Aber vielleicht sehe ich eine andere Art von Problemen als du, vielleicht möchte ich Tony auf gewisse Dinge vorbereitet sehen, an die du noch nicht gedacht hast.«

»Auf was für Dinge?« fragte Lucy störrisch.

»Wir leben in einer chaotischen Zeit, Lucy«, antwortete Oliver. Er fühlte selbst, wie hohl und bombastisch die Worte klangen, wußte aber nicht, wie er das, was er sagen wollte, anders ausdrükken sollte. »In einer wandelbaren, gefährlichen Zeit. Man muß schon ein Gigant sein, um ihr gewachsen zu sein.«

»Und darum willst du aus dem armen kleinen Tony einen Giganten machen«, sagte Lucy sarkastisch.

»Ja«, sagte er gereizt. »Und sprich nicht vom armen kleinen

Tony. In sieben oder acht Jahren ist er ein Mann.«

»Ein Mann, ja. Ein Gigant ist etwas ganz anderes.«

»Heute nicht mehr. Heute muß man zuerst ein Gigant sein. Dann, danach, kann man vielleicht auch ein Mann sein.«

»Armer kleiner Tony. Und ein unbedeutender kleiner Collegestudent kann aus meinem Jungen einen Giganten machen, aber ich, seine Mutter, kann es nicht.«

»Das habe ich nicht gesagt.« Er wurde allmählich ärgerlich und beherrschte sich bewußt, um nicht in der erbitterten Stimmung einer Auseinandersetzung abreisen zu müssen. Er zwang sich, mit ruhiger Stimme zu sprechen. »Zunächst ist Bunner kein unbedeutender kleiner Collegestudent. Er ist intelligent und selbstbewußt und humorvoll...«

»Und ich bin natürlich dumm und schüchtern und trübselig.« Sie drehte sich um und wollte ins Haus gehen.

»Nein, Lucy.« Oliver ging ihr nach. »Auch das habe ich nicht gesagt.«

Lucy blieb stehen und wandte sich um. »Du brauchst es gar nicht erst zu sagen«, fuhr sie ihn ärgerlich an. »Monatelang gelingt es mir, nicht daran zu denken. Dann sagst du irgendwas... oder ich sehe eine andere Frau in meinem Alter, die es fertiggebracht hat...«

»Herrgott, Lucy«, sagte Oliver, bei dem der Ärger stärker wurde als seine Absicht, einen Streit zu vermeiden, »verfalle nicht wieder in *die* alte Leier.«

»Bitte, Oliver.« Sie verlegte sich plötzlich aufs Bitten. »Überlaß Tony noch diesen Sommer mir allein. Es sind doch nur noch sechs Wochen. Ich habe in der Schulfrage nachgegeben – du kannst in dieser Sache nachgeben. Er wird so lange Zeit von zu Hause fort sein und immer unter einer Horde von kleinen Rüpeln... Ich kann es noch nicht ertragen, ihn aus den Augen zu lassen, nach allem, was wir mit ihm durchgemacht haben. Selbst jetzt, da ich genau weiß, daß er nur zum Hotel vorausgegangen ist, um mit dir bis zum Tor zu fahren, selbst jetzt muß ich mich zusammennehmen, um ihm nicht nachzulaufen und mich zu überzeugen, daß ihm nichts fehlt.«

»Das ist es ja gerade, Lucy«, sagte Oliver.

Lucys Augen blickten plötzlich kalt. Sie sah ihn einen Moment starr an. Dann stellte sie mit einer Art unbeholfenem Knicks ihr Glas auf den Rasen, erhob sich und neigte mit einer leichten, spöttischen Bewegung den Kopf. »Ich beuge den Nacken«, sagte sie, »du hast natürlich recht. Wie üblich.«

Oliver faßte sie mit einer jähen Bewegung am Kinn und hob mit einem Ruck ihren Kopf. Lucy machte keinen Versuch, sich zu befreien. Sie stand ganz still und starrte ihn mit einem verzerrten Lächeln an. »Erlaub dir das nicht noch einmal! Ganz im Ernst, Lucy.«

Sie riß sich los, wandte sich ab und ging ins Haus. Die Fliegengittertür fiel mit einem leichten Knall hinter ihr zu. Oliver sah ihr einen Augenblick nach, dann trank er sein Glas aus, nahm seine Koffer auf und ging zum Wagen, den er neben dem Haus unter einem Baum geparkt hatte. Er verstaute die Koffer und blieb noch einen Moment unschlüssig stehen, zuckte die Achseln, stieg ein und ließ den Motor an. Er fuhr eben rückwärts auf den Fahrweg hinaus, als Lucy aus dem Haus kam und an den Wagen trat. Oliver stellte den Motor ab und wartete.

»Entschuldige bitte«, sagte sie leise. Sie lehnte sich gegen die Wagentür, die Hand auf der herabgelassenen Scheibe.

Er nahm ihre Hand und streichelte sie. »Denken wir nicht mehr daran«, sagte er ruhig.

Lucy beugte sich vor und küßte ihn auf die Wange. Dann berührte sie mit einer unsicheren Bewegung seine Krawatte. »Kauf dir ein paar neue Krawatten«, sagte sie. »Alle deine Krawatten sehen aus, als hättest du sie 1929 zu Weihnachten geschenkt bekommen.« Sie sah ihn mit einem schüchternen, bittenden Lächeln an. »Und sei mir nicht böse.«

»Natürlich nicht«, erwiderte Oliver, erleichtert, daß der Nachmittag und der Abschied geheilt waren. Oder fast geheilt. Oder zum mindestens oberflächlich geheilt.

»Ruf mich im Laufe der Woche an«, sagte Lucy. »Und sag das verpönte Wort.«

»Das tu ich.« Er beugte sich heraus und küßte sie. Dann ließ er den Motor zum zweiten Mal an. Lucy trat einen Schritt zurück. Sie winkten einander zu, als Oliver auf das Hotel zu abfuhr.

Lucy stand im Schatten des Baumes und sah dem Wagen nach, bis er um eine Kurve bog und hinter den Bäumen verschwand. Sie seufzte und ging ins Wohnzimmer zurück. Sie ließ sich schwer auf einen dunkelgebeizten Holzstuhl sinken. Ihr Blick schweifte durch das Zimmer. Man kann hier noch so viele Vasen mit Blumen aufstellen, dachte sie, der Raum bleibt unmöglich. Sie saß da und hörte im Geist noch das Geräusch, mit dem der Wagen eben den schmalen Sandweg entlang davonfuhr. Sie saß da in dem häßlichen, blumendufterfüllten Zimmer und dachte: besiegt, besiegt. Immer bin ich die Verlierende. Immer bin ich es, die sagt: Entschuldige bitte.

4

Als sie in dem soliden Buick durch die weißen Städte Vermonts fuhren, lehnte Patterson, der neben Oliver saß, sich behaglich zurück, zufrieden mit sich und der Welt, zufrieden mit dem Wetter, mit dem Wochenende, mit der Erinnerung an die Stunden mit Mrs. Wales, mit seiner Freundschaft mit den Crowns, mit Tonys Genesung, zufrieden mit der Klarheit, mit der er das Bild Lucys vor sich sah, mit nackten Beinen, dem weiten weißen Sweater über dem Badeanzug, wie sie dann im Sonnenschein dastand, auf Olivers Schulter gestützt, und den Stein aus ihrer Sandale schüttelte, der sich zwischen ihren Zehen verfangen hatte.

Er sah Oliver an, der gelassen am Steuer saß, der strenge, intelligente Ausdruck seines Gesichtes fast unmerklich gemildert durch einen Anflug absichtslosen Wagemutes, jener altmodischen, nahezu militärischen Verwegenheit, die Patterson beobachtet hatte, als sie auf dem Rasen ihren Whisky tranken. Gott, dachte Patterson, wenn er sich für andere Frauen interessierte, das gäbe eine schöne Prozession! Wenn ich so aussähe... Er lächelte in Gedanken. Mit halbgeschlossenen Augen dachte er wieder an Lucy, im

Sonnenschein, auf dem Pfad, der vom See heraufführte, wie ihr das Haar lose übers Gesicht fiel, als sie sich über ihr nacktes schlankes Bein beugte.

Natürlich, dachte er, wenn ich mit Lucy Crown verheiratet wäre, würde ich auch keine andere ansehen.

Manchmal, wenn er zuviel getrunken hatte oder in melancholischer Stimmung war, sagte er sich, daß er sich an jenem Abend, einen Monat vor ihrer Heirat mit Oliver, als er sie zum ersten Male sah, unweigerlich in Lucy Crown, die damals noch Lucy Hammond hieß, verliebt hätte, wenn er es sich gestattet hätte. Und später, an einem Tanzabend im Klub, hätte er es ihr beinahe gesagt. Oder, vielleicht hatte er es ihr tatsächlich gesagt. Es war alles etwas verworren gewesen und sehr schnell gegangen, die Tanzkapelle spielte sehr laut, und er hatte Lucy einen Augenblick im Arm gehabt und im nächsten schon nicht mehr, und es hatte keinen Zweifel geben können, daß er an *diesem* Abend zuviel getrunken hatte.

Das erste Mal hatte Patterson Lucy Anfang der zwanziger Jahre gesehen, als Oliver mit ihr nach Hartford gekommen war, um sie seiner Familie vorzustellen. Patterson war älter als Oliver und damals schon über ein Jahr verheiratet, und er hatte eben erst in Hartford seine Praxis eröffnet. Die Crowns lebten schon in der vierten Generation in Hartford, der alte Crown betrieb eine Druckerei, die sich in der Familie weitervererbt hatte und ihr seit fünfzig Jahren ein höchst angenehmes Auskommen sicherte. Oliver hatte zwei Schwestern, die beide älter waren als er und damals bereits verheiratet, und einen Bruder, der im Krieg durch einen Flugzeugabsturz ums Leben gekommen war. Auch Oliver hatte eine Flugzeugführerausbildung, war aber sehr spät nach Frankreich versetzt worden und nicht mehr zum Einsatz gekommen.

Nach dem Krieg und nach Frankreich hatte Oliver sich in New York niedergelassen und zusammen mit zwei anderen ehemaligen Kriegsteilnehmern eine kleine Flugzeugfabrik gegründet. Der alte Crown hatte Olivers Einstandsgeld bezahlt, und die Fabrik, die von den drei jungen Männern bei Jersey City gebaut worden war, hatte sich nach ein paar Jahren beinahe rentiert.

Patterson kannte Oliver schon seit dessen Eintritt in die High School, als er sich um die Mitgliedschaft in einer Baseballmannschaft bewarb, der Patterson als älteres Mitglied angehörte. Schon damals, als Oliver kaum älter als vierzehn oder fünfzehn sein konnte, hatte Patterson den großen, wohlerzogenen Jungen um die Würde und gelassene Sicherheit beneidet, mit der er sich im Kreise seiner Mitschüler bewegte, und um die Mühelosigkeit, mit der er die besten Noten errang, Mitglied sämtlicher Sportmannschaften und der Favorit der hübschesten Mädchen in der Schule wurde. Später beneidete Patterson ihn um seine Teilnahme am Krieg, seinen Aufenthalt in Frankreich, sein Leben in New York, um die Flugzeugfabrik, die Gesellschaft der sorglos fröhlichen, trinkfreudigen jungen Männer, die seine Partner waren, und als er Lucy kennenlernte, beneidete er ihn um Lucy. Wenn jemand Patterson oder Crown über ihr beiderseitiges Verhältnis befragt hätte, so hätten beide ohne Zögern versichert, der andere sei sein bester Freund. Soviel Patterson wußte, gab es nichts, um das Crown irgendeinen Menschen beneidete.

Lucy war um diese Zeit etwa zwanzig Jahre alt, und Patterson empfand von dem Augenblick an, da er ihr vorgestellt wurde, das unbestimmte schmerzliche Gefühl, etwas Unwiederbringliches verloren zu haben. Sie war hochgewachsen und schlank, mit weichem, blondem Haar und großen grauen, gesprenkelten Augen. Ihr Gesicht hatte etwas eigenartig Orientalisches. Die Nase war flach und sehr gerade, und der Nasenrücken ging weich in die breite, niedere Stirn über. Die Augen standen eine Idee schräg, und die Oberlippe verlief auf merkwürdige Art in eine ebene Fläche und sah aus, als sei sie an den Mundwinkeln unvermittelt abgeschnitten worden. Als er sie schon lange Zeit kannte, versuchte Patterson einmal, sie zu beschreiben, und sagte, Lucy erwecke den Eindruck, als stamme sie aus einer Familie von Blondinen, in die einmal heimlich und vielleicht nur für eine Nacht eine Ahne in Gestalt einer balinesischen Tänzerin eingedrungen sei. Lucy hatte volle, schüchterne Lippen und eine leise, ein wenig stockende Sprechweise, als sei sie nie ganz sicher, ob die Menschen auch hören wollten, was sie zu sagen hatte. Ihre Kleidung war nie ganz nach der Mode, aber bei der besonders häßlichen Mode jenes Jahres war das nur um so besser. Sie schien auf eine statuarische Haltung hinzustreben, namentlich was ihre Hände anbelangte, die sie im Sitzen gefaltet in den Schoß legte und im Stehen an den Seiten herabhängen ließ, wie ein höfliches, gutgedrilltes Schulmädchen. Ihre Eltern waren gestorben, und sie besaß keine Verwandten außer einer schattenhaften Tante in Chicago, über die Patterson nie mehr erfuhr, als daß sie die gleiche Figur wie Lucy hatte und ihr scheußliche Kleider überließ, die sie selbst nicht mehr tragen mochte. Da er wesentlich älter war und mehr der Reflexion ergeben, erkannte Patterson, daß die ein wenig bizarre Altmodischkeit, die ihr die alten Kleider ihrer Tante verlieh, Lucys Reize nur noch erhöhte, weil sie dadurch von den anderen Mädchen um sie her abstach, von denen keine so schön war wie Lucy, und weil sie ein warmes Gefühl der Schutzbedürftigkeit und der Anteilnahme an ihrer Armut und jugendlichen Steifheit erweckte.

Lucy arbeitete damals als Assistentin eines Biologen an der Columbia-Universität, der sich laut Oliver aufs eingehendste mit einzelligen Meerespflanzen befaßte. Es war eine unwahrscheinliche Beschäftigung für ein so schönes Mädchen, aber noch unwahrscheinlicher war, daß sie Oliver von vorneherein erklärt hatte, ob sie heirate oder nicht, sie wolle auf jeden Fall ihre Arbeit fortsetzen, ihren Doktor machen und wenn möglich Dozentin werden und eigene Forschungsprojekte durchführen. Oliver war bei dem Gedanken, mit einer so fanatischen Wissenschaftlerin verheiratet zu sein, die den ganzen Tag mit ›Algen‹ herumwirtschaftete, nachsichtig belustigt gewesen, hatte aber, sofern ihre Tätigkeit ihr Äußeres nicht beeinträchtigte und sofern sie bei ihm in New York blieb, vorläufig keinen Protest erhoben.

Soweit Patterson es beurteilen konnte, waren sie sehr ineinander verliebt, wenn Lucy auch in Gegenwart anderer recht zurückhaltend war, auch hier wieder das wohlerzogene Kind, dem man eingedrillt hatte, daß es ungehörig sei, sich irgendwie auffällig zu benehmen. Oliver war schon immer humorvoll-ungezwungen und reserviert gewesen, eine Haltung, die sich durch die Etikette der Piloten, unter die er geraten war, noch verstärkt hatte, und nur weil Patterson ihn so gut kannte, vermochte er in seiner Art Lucy gegenüber seine stetige Zärtlichkeit und seine beglückte Verliebtheit zu erkennen.

Alles in allem waren sie prächtige, strahlende, unschuldige junge Leute, und wenn sich später auch herausgestellt hatte, daß sie nicht ganz so strahlend gewesen waren, wie es den Anschein gehabt hatte, so hatte Patterson jedenfalls, als er sie ernsthaft vor dem Altar in einer New Yorker Kirche stehen sah (Oliver hatte gesagt, er wolle seine Ehe nicht von vorneherein durch eine Trauung in Hartford vergiften), das Gefühl gehabt, daß diese Ehe unter all den vielen, die an diesem Junitag in den USA geschlossen wurden, zu den aussichtsreichsten gehören dürfte.

Im Verlauf des anschließenden Empfangs hatte Patterson, dem der Sekt, den Vater Crown vor Einführung der Prohibition noch schnell gehortet hatte, ein wenig zu Kopf gestiegen war, sich im Saal umgeblickt und etwas boshaft bemerkt: »Wirklich eine höchst merkwürdige Hochzeit. Kein einziger der anwesenden Gäste hat mit der Braut geschlafen.« Alle hatten gelacht, und die Bemerkung hatte seinen Ruf eines Witzboldes und eines Mannes, dem man nicht allzuweit trauen durfte, noch mehr gefestigt.

Als Patterson am nächsten Tag mit Catherine, seiner Frau, im Zug saß, um nach Hartford zurückzufahren, war er sich nicht nur eines Brummschädels, sondern auch der Tatsache bewußt, daß seine gerade dreizehn Monate alte Ehe ein Irrtum war. Daran ließ sich nun nichts mehr ändern, Catherine konnte nichts dafür, und Patterson wußte, daß er nicht auf Scheidung ausgehen und daß er seiner Frau das Zusammenleben so leicht wie möglich machen würde. Er war in dieser Periode seines Lebens ein Zyniker und Pessimist und fand es daher ganz normal, mit siebenundzwanzig zu erkennen, daß er einen Fehler gemacht hatte, mit dem er sich für den Rest seines Lebens abfinden mußte.

Nach der Rückkehr von der Hochzeitsreise lebten Oliver und Lucy Crown eine Zeitlang genau so, wie sie es sich vorgestellt hatten. Das große Wohnzimmer ihrer Wohnung auf Murray Hill war meistens voll von ehrgeizigen jungen Leuten des Typs, der damals New York überschwemmte. Oliver fuhr jeden Morgen in seine kleine Fabrik bei Jersey City und stürzte gelegentlich mit den Flugzeugen, die er und seine Partner fabrizierten, in eine Wiese, und Lucy fuhr an fünf Tagen in der Woche mit der Untergrundbahn ins Laboratorium zu ihren Algen, und wenn sie nach Hause kam, bereitete sie das Abendessen oder gab eine Gesellschaft oder ging ins Theater oder schrieb, was allerdings seltener vorkam, an ihrer Doktorarbeit. Sie trug jetzt nicht mehr die alten Kleider ihrer Tante, aber es zeigte sich, daß ihr eigener Geschmack unsicher oder vielleicht, ihren jugendlichen Begriffen von Sittsamkeit entsprechend, bewußt hausbacken war, und sie sah eigentlich nie aus, als sei sie in New York zu Hause.

Patterson kam, so oft er es einrichten konnte, nach New York. Wenn möglich, kam er ohne Catherine und schlug regelmäßig bei den Crowns sein Hauptquartier auf; der langen Liste der Dinge, um die er Oliver Crown beneidete, fügte er jetzt auch seine Wohnung und seine Freunde hinzu. Lucy machte einen glücklichen, zufriedenen Eindruck, aber Patterson fiel auf, daß sie zu dieser Zeit in ihrer Ehe mehr ein Gast als Olivers Ehepartnerin zu sein schien. Zum Teil mochte das an ihrer Schüchternheit liegen, die sie noch immer nicht überwunden hatte, und an Olivers Eigenschaft, in jeder Umgebung, in der er sich befand, mühelos, auf eine heitere, höfliche, selbstverständliche Art unbedingt tonangebend zu sein, selbst wenn er es nicht darauf anlegte.

Als Patterson einmal von einem seiner Besuche in New York zurückkam, fragte ihn Catherine, ob er glaube, daß Lucy in ihrer Ehe glücklich sei. Patterson dachte einen Augenblick nach und sagte dann: »Ja, ich glaube wohl. Oder doch beinahe glücklich. Aber sie erwartet noch mehr von der Zukunft...«

Olivers Vater ertrank bei Watch Hill, und Lucy gebar im gleichen Jahr einen Sohn. Oliver fuhr nach Hartford, überprüfte die Finanzlage der Druckerei, besprach sich mit seiner Mutter und dem Geschäftsführer, kehrte nach Hause zurück und sagte zu Lucy, sie solle anfangen zu packen. Sie müßten nach Hartford übersiedeln und voraussichtlich lange Zeit dort bleiben. Wenn er Kummer darüber empfand, seine Flugzeugfabrik und das Leben in New York aufgeben zu müssen, so überwand er ihn auf der Eisenbahnfahrt nach Hartford und erwähnte niemals Lucy oder Patterson gegenüber ein Wort davon und, soweit Patterson unterrichtet war, auch keinem anderen Menschen gegenüber. Lucy packte ihre Aufzeichnungen für die Doktorarbeit, die sie nun niemals schreiben würde, zusammen, nahm mit dem Spezialisten für einzellige Meerespflanzen einen Abschiedslunch ein, schloß die Wohnung ab und folgte ihrem Mann in das große Haus der Familie Crown in Hartford nach, in dem er geboren und aufgewachsen war und dem zu entkommen er sich so lange Zeit bemüht hatte.

Patterson war voll egoistischer Freude, Lucy und Oliver in nächster Nähe seiner Wohnung zu haben. Sie waren der Mittelpunkt von Frohsinn und Leben in einer Art, die Patterson und seiner Frau versagt war, und Patterson erschien in seiner Rolle als alter Freund und bald auch als Hausarzt drei- bis viermal in der Woche in ihrem Hause, nahm an improvisierten Mahlzeiten teil, wurde zu allen Partys eingeladen, war für den kleinen Jungen nicht nur der Arzt, sondern auch der gute Onkel, wurde bei allem ins Vertrauen gezogen, erteilte Ratschläge (allerdings nur Lucy, denn Oliver fragte niemals jemanden um Rat), arrangierte Urlaube und Wochenenden, betätigte sich als Bridgepartner und Hausphilosoph am Kaminfeuer. Für viele der erfreulicheren jungen Ehepaare der Stadt wurde das Haus der Crowns Mittelpunkt des Gesellschaftslebens, und hier war es auch, wo Patterson im Laufe der Jahre zwei hübsche Frauen kennenlernte, mit denen er später ein Verhältnis anfing.

Patterson hatte keine Ahnung, ob Lucy und Oliver von seinen Beziehungen zu den beiden Damen und den anderen Liebschaften wußten, die, geheim oder auch nicht so geheim, in den zwanziger und Anfang der dreißiger Jahre in einem solchen Kreise unvermeidlich waren. Sie klatschten beide nicht und wollten auch keine Klatschgeschichten hören; überhaupt zeigten beide in den ganzen Jahren niemals das mindeste Interesse für anderer Leute Angelegenheiten. Bei Oliver, der vor der Ehe den Piloten und anderen frohgemuten Kumpanen, mit denen er aus dem Krieg heimgekehrt war, ein leicht zugänglicher, teilnehmender Gefährte gewesen war, überraschte diese Haltung zunächst etwas.

Aber mit jedem Jahr, das verging, schien er sich ausschließlicher und beglückter seiner Frau zuzuwenden, nicht in sentimentaler oder besonders gefühlsbetonter Art, sondern in einer freien, männlichen Zuneigung und Verbundenheit, die Pattersons Ehe, wenn er darüber nachdachte, was selten geschah, leer und zwecklos erscheinen ließ.

Lucy war mit der Zeit durch das Leben in der kleineren Stadt und die Beschäftigung mit ihrem Kind reifer und freier geworden, und nur selten, etwa auf großen Gesellschaften, wenn Oliver wie üblich der Mittelpunkt war und sie selbst kaum beachtet irgendwo herumsaß, hatte Patterson wie in früheren Tagen den Eindruck, daß sie in ihrer Ehe eher ein Gast als die andere Hälfte sei.

Sie hatten nur das eine Kind. Tony war ein hübscher, aufgeweckter kleiner Junge mit sehr guten Manieren, dessen einzige Beeinträchtigung durch die Einkindehe seiner Eltern in einer übergroßen, ängstlichen Anhänglichkeit an seine Mutter zu bestehen schien. Wenn er von der Schule nach Hause kam und Lucy war nicht daheim, oder wenn sie sich beim Einkaufen verspätete, pflegte er, auf ihrem Bett sitzend, beunruhigt auf sie zu warten und über das Telefon auf ihrem Nachttisch sämtliche Freunde und Bekannte anzurufen, bei denen er sie vermutete. Seine ernste, leise Stimme – »Hallo, hier ist Tony Crown. Ich möchte nur fragen, ob meine Mutter zufällig bei Ihnen ist. Vielen Dank. Nein, es ist nichts passiert.« – kannte man in mindestens zehn verschiedenen Häusern. Oliver, dem diese Angewohnheit natürlich mißfiel, nannte ihn, halb zärtlich, halb ärgerlich, ›unser Telefonist‹.

Es war, wie Patterson gesagt hatte: Dem Kleinen fehlten lediglich ein paar Geschwister; aber aus irgendeinem Grunde bekam Lucy keine Kinder mehr, und als Tony zehn Jahre alt war, hatten seine Eltern alle Hoffnung auf weiteren Kindersegen aufgegeben.

Für Patterson waren diese Jahre die besten seines Lebens. Das lag natürlich nicht nur an seinem Verkehr mit den Crowns, nicht einmal in erster Linie. In dieser Periode festigte und vergrößerte er seine Praxis, wurde wohlhabend, und stetig eröffneten sich neue Aussichten vor ihm. Aber das Haus der Crowns mit seiner gastlich geöffneten Tür, seiner ungezwungenen Atmosphäre, die Freundschaft mit Oliver, Lucys schüchterne Wärme, die vertrauensvolle Zuneigung des kleinen Tony, die er um so mehr schätzte, weil er selbst keine Kinder hatte, das alles bildete einen farbenfrohen Hintergrund zu Pattersons beruflichen Erfolgen, wie er ihn nirgends sonst hätte finden können. Und seine Empfindungen Lucy gegenüber, die er hin und wieder und nur, wenn er mit sich allein war, und auch dann nicht ohne Belustigung über sich selbst, mit Liebe bezeichnete, erfüllten ihn jedesmal, wenn er vor der Haustür stand und auf den Klingelknopf drückte, mit einem Gefühl wohltuender Spannung und geheimer Freude.

Während der Buick in bequemem Achtzigkilometertempo durch den Sonntagsverkehr glitt, blickte er wieder zu Oliver hinüber. Was er wohl sagen würde, dachte er, wenn er wüßte, woran ich jetzt denke. Welch ein Glück, daß wir die Gedanken unserer Freunde nicht ablesen können.

»Sam...«, sagte Oliver, ohne den Blick von der Straße zu wenden.

»Ja?«

»Glaubst du, daß du in diesem Sommer noch einmal zum See hinauffahren kannst?«

»Ich will es jedenfalls versuchen«, sagte Patterson.

»Wirst du mir einen Gefallen tun?«

»Welchen?«

»Laß Mrs. Wales zu Hause.«

»Sag mal, wovon redest du eigentlich...?« begann Patterson mit, wie er meinte, gut gespielter Überraschung.

Oliver lächelte das Steuerrad an. »Laß nur, Sam...«, sagte er freundlich.

Patterson lachte. »Also schön. Adieu, Mrs. Wales.«

»Mir wäre es ganz einerlei«, sagte Oliver, »aber Lucy nicht!«

»Lucy«, sagte Patterson. »Ach so.« Er fühlte, daß er vor Verlegenheit rot wurde, und wußte im gleichen Augenblick, daß er sich diesen Sommer nicht mehr am See würde blicken lassen, weder mit noch ohne Mrs. Wales.

»Solidaritätsgefühl der Ehefrauen unter sich«, bemerkte Oliver.

Sie fuhren ein paar Meilen, ohne daß einer von beiden etwas

sagte. Dann fing Oliver wieder an zu reden. »Sam, was hältst du von dem Jungen? Diesem Bunner?«

»Ich glaube, daß er gerade der richtige Umgang für Tony sein wird.«

»Wenn er bleibt.«

»Warum sollte er nicht bleiben?« fragte Patterson.

»Lucy wird ihm das Leben sauer machen«, antwortete Oliver lachend. »Ich wette, in einer Woche habe ich einen Brief von ihr, in dem sie schreibt, Tony sei durch seine Schuld beinahe ertrunken oder hätte einen ordinären Ausdruck von ihm gelernt, und sie habe ihm leider kündigen müssen.« Oliver schüttelte den Kopf. »Gott, es ist schwierig mit einem einzelnen Kind. Noch dazu, wenn der Junge krank ist. Manchmal, wenn ich ihn anschaue, graust es mir bei dem Gedanken, wie er sich wahrscheinlich entwickeln wird.«

»Keine Sorge, er wird schon recht werden«, sagte Patterson, bemüht, Tony zu verteidigen, obwohl er Oliver im stillen beipflichtete. »Du machst dir zu viele Gedanken.«

Oliver brummte etwas Unverständliches.

»Ich weiß gar nicht, was du eigentlich willst. Vielleicht einen Garantieschein, daß er später Staatsgouverneur wird oder Weltmeister im Schwergewicht? Was sollte er denn deiner Ansicht nach tun?«

Oliver verminderte die Geschwindigkeit des Wagens ein wenig und lehnte sich gedankenvoll in seinem Sitz zurück. »Er soll gar nichts Besonderes tun«, sagte er. Dann mußte er unwillkürlich über sich selbst lächeln. »Ich will eben, daß er sich glücklich entwickelt.«

»Keine Angst«, sagte Patterson, »er kann gar nicht anders, bei *dem* Vater und *der* Mutter. Das liegt bei euch in der Familie.«

Oliver lächelte, und Patterson sah deutlich, daß sich Ironie und Bitterkeit in diesem Lächeln mischten. »Ich freue mich, daß du eine so günstige Meinung von uns hast«, sagte Oliver.

Naja, dachte Patterson, bei Licht besehen, was weiß ich schon von ihnen, und er mußte plötzlich an den intuitiven Eindruck denken, den er vor ein paar Stunden, als er mit Oliver unter dem

Ahornbaum saß, gehabt hatte: daß Oliver innerlich von seinem Leben enttäuscht war. Er hat so viel und ist noch immer nicht zufrieden, dachte er. Was zum Teufel erwartet er eigentlich von seinem Leben?

5

Als die erste Woche verstrichen war, schrieb Lucy an Oliver, daß der junge Bunner sich sehr gut mache und Tonys Zuneigung dadurch gewonnen habe, daß er sich intelligenterweise zurückhielt und es Tony überließ, das Tempo der Annäherung zu bestimmen. Bunner sei sehr kurzweilig und sorge mit überraschender Geschicklichkeit dafür, daß Tony sich nicht überanstrenge. Selbst an Regentagen sei es ihm gelungen, Tony bei Laune zu halten.

Am Ende der zweiten Woche wußte Lucy nicht recht, was sie schreiben sollte, denn Jeff hatte ihr inzwischen eine Liebeserklärung gemacht.

Zuerst hatte sie ihn ausgelacht und befangen die über einen grünen Jungen belustigte reife Frau gespielt, eine Rolle, zu der sie bisher noch nie Gelegenheit gehabt hatte. Dann hatte sie beschlossen, Oliver darüber zu schreiben und ihn zu fragen, was sie tun solle, den Brief aber aufgeschoben, weil sie befürchtete, Oliver werde sich darüber lustig machen, daß sie so etwas so ernst nahm. Dann hatte sie Jeff fast herablassend erlaubt, sie zu küssen, um ihm zu beweisen, daß es weder ihm noch ihr etwas bedeutete. Hinterher wußte sie, daß sie Oliver, was auch geschehen mochte, nicht schreiben würde.

Drei Tage lang hatte sie es vermieden, mit Jeff allein zu sein, und war während dieser drei Tage dutzendmal drauf und dran gewesen, ihm zu kündigen, aber auch das hatte sie nicht getan.

Lucy gehörte zu den Frauen, die durch die Ehe in den Stand der Unschuld eintreten. So begehrenswert sie war – die Macht, die sie durch ihre Schönheit besaß, und der tatsächliche Umfang ihrer Wirkung auf Männer waren ihr noch nie voll zum Bewußtsein gekommen –, ihre Unerreichbarkeit war so offensichtlich, daß selten ein Mann versucht hatte, sich an sie heranzumachen.

Die einzige nennenswerte Ausnahme war Sam Patterson gewesen, während eines Tanzabends im Klub, als er sich, ziemlich angetrunken, allein mit ihr auf der Terrasse befand. Er hatte sie in den Arm genommen und war nicht einmal auf Widerstand gestoßen, weil sie seine Verliebtheit im ersten Augenblick für Freundschaft hielt.

»Lucy, Liebste«, hatte er geflüstert, »ich muß dir etwas sagen, ich...«

Beim Klang seiner Stimme hatte sie sofort begriffen und es für besser gehalten, nicht zuzuhören, was er sagen wollte.

Sie hatte sich aus seiner Umarmung befreit, gelacht und gutmütig gefragt: »Aber Sam, hast du schon so viel getrunken heute abend?«

Verlegen, trotzig, beinahe tragisch hatte er vor ihr gestanden. »Mit dem Trinken hat das nichts zu tun.« Dann hatte er sich umgedreht und war schnell in den Saal zurückgegangen, und sie hatte gedacht: Es war ja nur Sam, und wie *der* ist, weiß die ganze Stadt. Und als sie wieder im Saal war, hatte sie sich damit unterhalten, unter den anwesenden Frauen diejenigen zu zählen, mit denen Sam ein Verhältnis gehabt hatte, und drei gefunden, von denen sie es bestimmt wußte, zwei, bei denen sie beinahe sicher war, und eine, bei der sie es vermutete. Oliver gegenüber hatte sie den Vorfall nie erwähnt – wozu auch, er hätte sich sehr geärgert, den Verkehr mit Patterson abgebrochen, und jedermann wäre durch diese dumme Sache benachteiligt gewesen. Patterson war nie mehr auf den Abend auf der Terrasse zurückgekommen und sie ebenfalls nicht, das Ganze lag weit zurück, Oliver und sie waren damals erst fünf Jahre verheiratet, und jetzt kam es ihr manchmal so vor, als sei es überhaupt nicht geschehen.

Ihre eheliche Treue beruhte weniger auf moralischen Grundsätzen, als auf einer Mischung von Liebe, Dankbarkeit und Furcht vor Oliver. Nach ihrer Überzeugung hatte Oliver sie aus einer verworrenen, peinvollen Jugend errettet, und beim Gedanken an diese Befreiung, wie sie es innerlich nannte, unterdrückte sie fast automatisch sofort jedes flüchtige Verlangen nach anderen Männern, das sie vielleicht im Lauf der Jahre hin und wieder empfunden haben mochte.

Trotz seiner gewandten Art war Jeff unerfahren genug, die meisten Frauen für ebenso erreichbar wie unerreichbar zu halten. Überraschenderweise war er auf sein attraktives Aussehen keine Spur eingebildet und eines Nachmittags, als sie nach dem Lunch auf dem Rasen saßen, plötzlich mit seinen Gefühlen herausgeplatzt. Sie waren eine Stunde allein, während Tony seinen Mittagsschlaf hielt, der einen unverrückbaren Platz in seinem Tagesablauf einnahm.

Über dem See lag mittägliche Ruhe, der Morgenwind hatte sich gelegt, und selbst die Insekten schienen zu schlafen. Lucy saß in einem geblümten Baumwollkleid, die Beine lang ausgestreckt und die Füße gekreuzt, gegen einen Baum gelehnt im Gras, ein aufgeschlagenes Buch im Schoß. Jeff hatte sich, ein paar Schritte von ihr entfernt, auf ein Knie niedergelassen, wie ein Fußballspieler während einer Spielpause. Er hatte einen Grashalm im Mund, blickte vor sich hin auf den Rasen und pflückte von Zeit zu Zeit einen Kleehalm ab, den er dann kurz betrachtete und wegwarf. Es war kühl im Schatten des Baumes, und Lucy, in deren Haut noch die weiche Berührung des Wassers von ihrem morgendlichen Schwimmbad her nachschwang, fühlte sich an einem jener vollkommen ausgewogenen stillen Augenblicke ihres Lebens angelangt, die sie am liebsten unverändert bis in die Ewigkeit ausgedehnt hätte.

Jeff trug eine verschossene Hose aus blauem Köper und ein weißes, kurzärmeliges Sporthemd ohne Kragen. Im flirrenden Schatten des Blattwerkes über ihnen wirkte seine Haut im Kontrast zum Weiß seines Hemdes mahagonifarben. Seine Arme waren glatt, aber muskulös, und wenn er einen Halm abriß, konnte Lucy die leichte Bewegung der Sehnen unter der dunklen Haut seines Handgelenks erkennen. Er war barfuß, seine Füße waren von hellerer Farbe als der übrige Körper und kamen Lucy gewissermaßen kindlich schutzlos vor. Irgendwann im Laufe der Zeit, dachte Lucy, habe ich vergessen, wie junge Männer aussehen.

Jeff schielte auf ein Kleeblatt, das er in der Hand hielt. »Zeit meines Lebens suche ich nun schon«, sagte er, »und noch nie habe ich eines gefunden.«

»Was haben Sie noch nie gefunden?« fragte Lucy.

»Ein vierblätteriges Kleeblatt.« Er warf den Halm weg. »Glauben Sie, das hat etwas zu bedeuten?«

»Natürlich«, sagte Lucy.

»Das glaube ich auch.« Er setzte sich mit einer exakten, sparsamen Bewegung auf den Boden und legte die Arme um die Knie.

Was für schmale, biegsame Taillen junge Männer haben, dachte Lucy. Sie schüttelte den Kopf, nahm ihr Buch und blickte auf die aufgeschlagene Seite. »Alles ging daneben«, las sie. »In Arles gab es Moskitos, und als sie nach Carcassone kamen, erfuhren sie, daß für den Nachmittag das Wasser abgestellt worden war.«

»Ich möchte die Bedingungen wissen«, sagte Jeff.

»Ich möchte lesen«, sagte Lucy.

»Warum sind Sie mir in den letzten drei Tagen aus dem Weg gegangen?«

»Ich kann es kaum erwarten, bis ich weiß, wie das Buch hier ausgeht«, sagte Lucy. »Sie sind reich und jung und schön und reisen durch ganz Europa, und ihre Ehe geht in die Brüche.«

»Ich habe Sie etwas gefragt.«

»Waren Sie schon einmal in Arles?« fragte Lucy.

»Nein. Ich bin noch nirgends gewesen. Wollen Sie mit mir nach Arles reisen?«

Lucy blätterte um. »Sehen Sie, deshalb gehe ich Ihnen seit drei Tagen aus dem Weg. Wenn Sie weiter solche Sachen sagen, halte ich es wirklich für besser, daß Sie gehen...« Aber während sie noch sprach, erkannte sie, daß sie in Wirklichkeit dachte: Ist das nicht nett, hier unter einem Baum zu sitzen und einem jungen Mann zuzuhören, der so töricht daherredet! *Wollen Sie mit mir nach Arles reisen?*

»Ich möchte Ihnen etwas über Sie selbst sagen.«

»Ich möchte aber lesen. Seien Sie nicht unhöflich.«

»Sie lassen sich an die Wand drücken.«

»Was?« Lucy legte überrascht ihr Buch nieder.

»Von Ihrem Mann.« Er erhob sich und sprach stehend auf sie herunter. »Er hält Sie eingesperrt, abgeriegelt, eingeschlossen, er erstickt Sie...«

»Sie reden über Dinge, von denen Sie nichts verstehen«, unterbrach Lucy ihn, um so heftiger, weil sie hin und wieder das gleiche, sogar mit den gleichen Worten, zu Oliver gesagt hatte. »Sie kennen ihn ja kaum.«

»Ich kenne ihn, ich kenne ihn«, sagte Jeff. »Und wenn ich ihn nicht persönlich kennen würde, so wäre mir doch der Typ bekannt. Mein Vater hat zehn von dieser Art unter seinen Freunden. Seit ich geboren bin, gehen sie schon in meinem Elternhaus ein und aus, diese erhabenen, überlegenen, alleswissenden, akademisch gebildeten Besitzer der Erde.«

»Sie haben keinen Schimmer, wovon Sie reden.«

»Meinen Sie?« Jeff begann ruhelos auf und ab zu gehen. »Vergangenes Jahr habe ich Sie den ganzen August hindurch beobachtet. Ich habe im Kino hinter Ihnen gesessen, ich war im Drugstore, wenn Sie dort waren, um ein Eis zu essen. Unter dem Vorwand, eine Illustrierte zu kaufen, hielt ich mich im Buchladen auf, wenn Sie sich ein Buch aus der Leihbibliothek holten. Jeden Tag bin ich dreimal hier vorbeigerudert. Ich habe Sie nicht aus den Augen gelassen, beständig habe ich Sie im Auge behalten«, rief er leidenschaftlich aus. »Weshalb glauben Sie, daß ich diesen Sommer wieder hierher gekommen bin?«

»Ssst«, sagte Lucy. »Sie machen zuviel Lärm.«

»Nichts ist mir entgangen«, sagte Jeff melodramatisch. »Gar nichts. Haben Sie mich denn nicht einmal bemerkt?«

»Nein.«

»Sehen Sie!« rief Jeff, als hätte er einen Punkt gewonnen. »Er hat Ihnen Scheuklappen angelegt! Blind gemacht hat er Sie! Sie *sehen* nicht einmal mehr mit Ihren Augen, sondern nur noch mit seinen kalten Registrieraugen.«

»Wissen Sie«, sagte Lucy verständig, in der Hoffnung, Jeff zu beruhigen, »ich finde nichts Ungewöhnliches dabei, wenn eine verheiratete Frau meines Alters einen neunzehnjährigen Jungen in einem Drugstore nicht bemerkt.«

»Nennen Sie mich nur nicht einen neunzehnjährigen Jungen«, schrie Jeff gequält. »Und sprechen Sie doch nicht von sich selbst als von einer verheirateten Frau Ihres Alters.«

»Mit Ihnen hat man es wirklich nicht leicht.« Sie nahm ihr Buch wieder auf. »Und jetzt will ich lesen«, sagte sie entschieden.

»Ja, lesen Sie ruhig.« Jeff kreuzte die Arme über der Brust und blickte auf sie herunter. »Mir ist es einerlei, ob Sie hören, was ich zu sagen habe, oder nicht. Ich sage es auf jeden Fall. Ich habe Sie beobachtet, weil Sie in meinen Augen die wundervollste Frau sind, die ich je in meinem Leben gesehen habe...«

»Nach Carcassone«, las Lucy laut mit klarer, melodischer Stimme, »wurden sie durch Überschwemmungen aufgehalten, und da sie glaubten, Spanien werde ohnehin langweilig sein, wandten sie sich nordwärts nach...«

Mit einem erstickten Laut beugte Jeff sich herunter, ergriff das Buch und schleuderte es mit aller Kraft weit weg über den Rasen.

»So.« Lucy stand auf. »Jetzt habe ich genug. Ein etwas verstiegener, unterhaltsamer Junge – meinetwegen. Ein ungezogener, anmaßender Flegel – nein. Bitte – Sie können gehen.«

Jeff sah sie mit zusammengepreßten Lippen an. »Verzeihen Sie mir«, sagte er heiser. »Ich bin nicht anmaßend. Kein Mann könnte weniger anmaßend sein als ich. Ich kann nicht vergessen, wie herrlich es war, Sie zu küssen, und ich...«

»Das können Sie ruhig vergessen«, sagte Lucy kurz. »Ich habe es Ihnen erlaubt, weil Sie wie ein kleiner Junge darum baten, für mich war es so, als hätte ich einem Neffen einen Gutenachtkuß gegeben.« Noch während sie sprach, gratulierte sie sich zu ihrer überlegenen Art, ihn zu behandeln.

»Lügen Sie nicht«, flüsterte er. »Tun Sie, was Sie wollen, nur lügen Sie nicht.«

»Ich habe Sie ersucht, zu gehen«, sagte Lucy.

Jeff starrte sie an. Wenn uns jetzt jemand beobachtete, dachte Lucy, müßte er unweigerlich denken, der Junge hätte mir eben erklärt, daß er mich hasse. Jeff wandte sich plötzlich um und schritt steif mit seinen nackten Füßen über den Rasen zu der Stelle, wo das Buch lag. Er nahm es auf, strich die zerknitterte Seite glatt und kam langsam zu ihr unter den Baum zurück.

»Ich bringe Ihnen das Buch zurück«, sagte er und reichte es ihr. »Ich gebe zu, daß ich ein Esel bin. Ich gebe alles zu.« Er lächelte sie versuchsweise an. »Ich gebe sogar zu, daß ich letzten Sommer neunzehn Jahre alt war. Ich vergesse alles, was zu vergessen Sie mir auftragen. Ich erinnere mich nicht, jemals gesagt zu haben, Sie seien eine wundervolle Frau, und ich erinnere mich nicht, über Oliver Crown jemals etwas anderes gesagt zu haben, als daß er das Muster eines Mannes sei. Und vor allem, ich erinnere mich nicht, Sie jemals geküßt zu haben. Ich bin unterwürfig und demütig nach Art der östlichsten der Orientalen, und ich verspreche, unterwürfig und demütig zu bleiben bis zum Tag der Arbeit*.«

Er wartete, ob sie lächelte, aber sie lächelte nicht. Sie suchte im Buch die Stelle, wo sie stehengeblieben war.

»Ich bin so armselig wie ein Wurm«, fuhr Jeff fort, ohne sie aus den Augen zu lassen. »Ich bin respektvoll wie der Butler eines Millionärs, ich bin so geschlechtslos wie ein siebzigjähriger Eunuche in einem Heim für bejahrte Türkinnen ... da!« rief er triumphierend, »Sie haben gelacht.«

»Also gut«, sagte Lucy. Sie setzte sich wieder unter den Baum. »Sie können bleiben. Unter einer Bedingung.«

»Unter welcher?« Er sah mißtrauisch auf sie hinunter.

»Sie müssen mir versprechen, nicht wieder tragisch zu werden.«

»Ich werde so frivol sein«, erwiderte er mit ernster Miene, »daß kleine Kinder sich mit Abscheu von mir abwenden.«

Über den See ertönte das Horn aus dem Ferienlager, und als ob das Signal ihm gelte, salutierte er mit steifer Förmlichkeit und machte eine militärisch exakte Kehrtwendung. »Ich lasse Sie jetzt allein«, sagte er. »Künftig werde ich mein Leben der Suche nach dem dreiblätterigen Kleeblatt widmen.«

Er entfernte sich langsam mit gesenktem Kopf über den Rasen, den Blick auf den Boden geheftet, in methodischem Zickzackkurs, ab und zu stehenbleibend, um eine der kleinen Pflanzen zu pflükken. Lucy saß, gegen den Baum gelehnt, mit halbgeschlossenen Li-

* In den USA der erste Montag im September. A. d. Ü.

dern da und sah ihm nach, wie er sich in seinem weißen Sporthemd über das sonnenbeschienene Gras bewegte. Hinter ihm dehnte sich gleißend die Wasserfläche des Sees, und die Berge standen bläulich im Mittagsglast. *Den ganzen Sommer über hat er mich beobachtet,* dachte sie schläfrig, *was soll man nun dazu sagen?*

6

»Lucy, du mußt dich doch noch erinnern können, wo du sie hingetan hast«, sagte Oliver über das Telefon mit jener müden Geduld in der Stimme, die Lucy so wohl kannte und die jedesmal ihr Erinnerungsvermögen nahezu bis zum Gedächtnisschwund lähmte, weil sie wußte, welches Maß an gereizter Ungeduld sich dahinter verbarg. »Denk einmal scharf nach.«

»Ich *denke* ja scharf nach«, sagte Lucy. Sie wußte, daß ihre Art mürrisch und kindisch wirken mußte, aber sie konnte es nicht ändern. »Ich weiß genau, daß ich alle Rechnungen in meinen Schreibtisch gelegt habe.«

Sie stand im Wohnzimmer des Cottage am Telefon und beobachtete beim Sprechen Tony und Jeff, die unter der Lampe an dem großen Mitteltisch Schach spielten. Beide beugten die Köpfe über das Schachbrett, völlig auf das Spiel konzentriert, Tony, weil er unbedingt gewinnen wollte, und Jeff, weil er sich als wohlerzogener junger Mann nicht den Anschein geben wollte, als lausche er auf das Telefongespräch, das kaum zwei Meter von ihm entfernt geführt wurde.

»Liebling«, Olivers Stimme war eine Mischung von Müdigkeit und Geduld, »ich habe zweimal in deinem Schreibtisch nachgesehen. Sie ist nicht darin. In der Schublade liegen Rechnungen von 1932 und Rezepte für Fischsuppe und eine Einladung zur Hochzeit von Leuten, die vor drei Jahren geschieden wurden – aber die Rechnung von der Autoreparaturwerkstätte ist nicht da. Ich wiederhole«, sagte er langsam, mit aufreizend geduldiger Stimme, »die Rechnung von der Reparaturwerkstätte ist nicht da.«

Ihr war zum Weinen zumute. Jedesmal, wenn Oliver auf ein Anzeichen der Untüchtigkeit stieß, mit der sie die Geldangelegenheiten des Haushalts besorgte, wurde sie verlegen und verfiel in die tragische Vorstellung, daß die heutige Welt zu kompliziert für sie sei, daß Unbekannte während ihrer Abwesenheit in ihr Zimmer gingen und aus Bosheit ihre Papiere wegnahmen, daß Oliver sie für eine Vollidiotin hielt und bedauerte, sie geheiratet zu haben. Wären Tony und Jeff nicht im Zimmer gewesen, hätte sie jetzt angefangen zu weinen und damit erreicht, daß Oliver milder wurde und gesagt hätte: Ach, laß nur. So wichtig ist es ja gar nicht. Ich bringe die Sache schon irgendwie in Ordnung.

Aber wenn Tony und Jeff sie auch nicht beobachteten, konnte sie natürlich nicht weinen. Sie konnte nur sagen: »Ich weiß genau, daß ich sie bezahlt habe. Ich weiß es ganz genau.«

»Jenkins sagt, sie sei nicht bezahlt«, antwortete Oliver. Jenkins war der Besitzer der Reparaturwerkstatt, und Lucy verachtete ihn, weil er den Trick anwandte, unversehens aus wärmstem Entgegenkommen in jammerndes Protestieren zu verfallen, wenn man ihn länger als bis zum fünften des Monats auf sein Geld warten ließ.

»Und wem glaubst du? Jenkins oder mir?« fragte sie.

»Im Scheckbuch ist nichts vermerkt«, sagte Oliver. Sie hätte schreien können bei der kühlen Hartnäckigkeit im Klang seiner Stimme. »Und die quittierte Rechnung kann ich nicht finden. Jenkins wurde sehr ausfallend, als ich heute dort war, um zu tanken. Es ist höchst unangenehm, Lucy, auf diese Art zu erfahren, daß man jemandem seit einem Vierteljahr siebzig Dollar schuldig ist, die man längst bezahlt glaubte.«

»Wir *haben* sie bezahlt«, sagte Lucy eigensinnig, obwohl sie sich an nichts erinnern konnte.

»Lucy, ich wiederhole, wir müssen die Rechnung haben.«

»Ja, was soll ich denn tun?« rief Lucy, gegen ihren Willen mit erhobener Stimme. »Soll ich nach Hause kommen und sie selbst suchen? Wenn du das willst, fahre ich morgen mit dem Frühzug hinunter.«

Jeff blickte rasch auf und wandte sich dann wieder dem Spiel zu. »Paß auf deine Königin auf«, sagte er zu Tony.

»Ich habe einen vernichtenden Plan«, sagte Tony. »Du wirst schon sehen.«

»Nein, nein«, sagte Oliver müde. »Ich spreche noch einmal mit Jenkins darüber. Schon gut.«

Als er »Schon gut« sagte, wußte Lucy, daß die zwei Worte ein Urteil bedeuteten, ein kleines, aber oft wiederkehrendes Strafurteil, das durch die häufige Wiederholung Gewicht bekam.

»Wie geht es bei euch?« fragte Oliver in kühlem Ton, der Bestrafung enthielt. »Was macht Tony?«

»Er spielt mit Jeff Schach. Willst du ihn sprechen?«

»Ja, bitte.«

Lucy legte den Hörer hin. »Vater möchte dich sprechen, Tony«, sagte sie. Sie ging hinaus. Unter der Tür hörte sie noch Tonys »Hallo, Papa«.

Lucy wußte, daß Jeff sie vom Tisch aus durchs Fenster beobachtete, als sie auf die Veranda hinaustrat, und es kam ihr vor, als ob sie angespannt und gedemütigt aussähe.

»Wir haben heute ein Reh gesehen«, hörte sie Tony sagen. »Unten am See. Es kam zur Tränke.«

Sie ging über den Rasen zum Seeufer hinunter, um nicht noch einmal mit Oliver sprechen zu müssen. Der Mond stand voll über den Bäumen, es war ein warmer Abend, und aus dem See stieg ein leichter, milchiger Nebel auf. Vom gegenüberliegenden Ufer klang das Horn herüber. Der Hornbläser gab jeden Abend nach dem Zapfenstreich im Lager ein kurzes Konzert. Heute blies er französische Kavalleriesignale, sehr geschickt, und die fremdartige, flotte Musik, die im Nebel dunkel verschwimmenden Seeufer ließen das vertraute Bild unbekannt und melancholisch erscheinen.

Lucy schützte fröstelnd mit den Händen ihre nackten Arme vor der kühleren Luft am Ufer und ließ den Mondschein und die Hornrufe ihre Ängste in Selbstmitleid verklären.

Sie hörte die Schritte hinter sich, wandte sich aber nicht um, und als Jeff die Arme um sie legte, kam sie sich nicht wie eine von einem jungen Mann begehrte Frau vor, sondern wie ein Kind, das ein Erwachsener schützend in den Arm nimmt. Und als sie sich in seinen

Armen umwandte und er sie küßte, fühlte sie sich im ersten Augenblick, wenn dieses Empfinden sich auch rasch in ein anderes verwandelte, wie ein Kind, dem jemand weh getan hat und das nun von jemand anderem getröstet wird. Sie fühlte seine Hände glatt und hart auf ihrem nackten Rücken, verhalten, suchend, verlangend. Sie zog den Kopf zurück und legte, immer noch in seiner Umarmung, das Gesicht gegen seine Schulter.

»Lucy...« flüsterte Jeff. Er legte die Hand unter ihr Kinn und versuchte, ihren Kopf zu heben, aber sie widerstrebte und schmiegte sich tiefer in den losen Flanell seines Hemdes.

»Nein«, sagte sie. »Nein. Nicht mehr...«

»Später«, flüsterte er. »Ich habe das ganze Haus für mich. Meine Schwester ist die Woche über in der Stadt.«

»Hören Sie auf...«

»Ich habe mir solche Mühe gegeben. Ich kann nicht mehr. Lucy...«

»Mutter...« Tonys Stimme, kindlich hoch, rief vom Haus her über den Rasen. »Mutter...«

Lucy schob ihn zurück und hastete über den Rasen.

»Ja, Tony«, rief sie, an der Veranda angelangt.

»Papa fragt, ob du noch einmal mit ihm sprechen willst.«

Lucy lehnte sich an einen Pfeiler der Veranda und bemühte sich, normal zu atmen. »Nur, wenn er mir etwas Besonderes sagen will«, sagte sie durchs offene Fenster.

»Mutter sagt, nur wenn du ihr etwas Besonderes sagen willst«, hörte sie Tony am Telefon wiederholen.

Sie wartete. Einen Augenblick herrschte Schweigen, dann wieder Tony: »Gut, Papa. Ich sag' es ihr. Wiedersehen«, dann das Klicken des Telefons, als Tony auflegte. Er schob das Fliegengitter in die Höhe und steckte den Kopf durchs Fenster.

»Mutter«, rief er.

»Hier bin ich«, sagte sie aus dem Schatten der Veranda.

»Ich soll dir sagen, Papa kann übers Wochenende nicht kommen. Er hat Besuch von einem Herrn aus Detroit.«

»Danke, Tony«, sagte sie. Sie sah Jeff langsam im Mondlicht über den Rasen aufs Haus zukommen. »Wenn du heute nacht hier draußen schlafen willst, dann fang jetzt gleich an, dein Bett zu machen.«

»Wir haben unsere Schachpartie noch nicht zu Ende gespielt. Ich habe ihn in eine ganz gräßliche Lage gebracht.«

»Spielt morgen zu Ende. Morgen ist seine Lage noch genauso gräßlich.«

»Na schön«, sagte Tony, zog den Kopf zurück und ließ das Fliegengitter mit einem Knall herunterfallen.

Jeff kam in die Veranda und trat zu ihr. Er wollte sie wieder in den Arm nehmen, aber sie wich schnell aus und schaltete die Lampe auf dem Bambustisch neben der großen Gartenschaukel ein, auf der Tony für die Nacht sein Bett aufschlagen wollte.

»Lucy«, flüsterte Jeff und kam ihr nach. »Lauf doch nicht weg.«

»Das vorhin ist nicht geschehen«, sagte sie. Sie stopfte nervös eines von Tonys Hemden, an das sie am Nachmittag Knöpfe angenäht hatte, in ihren Nähkorb, der auf dem Tisch stand. »Nichts ist geschehen. Vergessen Sie es. Ich bitte Sie darum. Vergessen Sie es.«

»Nie«, sagte er dicht bei ihr. Er streckte die Hand aus und berührte ihren Mund. »Ihre Lippen...«

Sie hörte sich stöhnen und war, noch während der Laut hörbar wurde, überrascht darüber. Sie hatte das Gefühl, die Herrschaft über die einfachsten mechanischen Bewegungen zu verlieren, die Bewegungen ihrer Arme, die Stimme in ihrer Kehle. »Nein«, sagte sie wieder, drängte sich an Jeff vorbei und wischte rauh mit dem Handrücken über ihre Lippen.

Tony kam bettzeugbeladen heraus und warf seine Last auf die Schaukel. »Jeff«, sagte er, »du darfst das Schachspiel nicht mehr angucken vor morgen früh.«

»Wie? Was meinst du?« Jeff wandte sich langsam dem Jungen zu.

»Keine unfairen Vorteile. Ehrenwort?«

»Ehrenwort«, sagte Jeff. Er lächelte Tony mühsam an, hob das Teleskop auf, das unter einem Stuhl lag, und schien nichts anderes im Kopf zu haben, als die Linse mit seinem Hemdärmel blank zu reiben.

Lucy sah zu, wie Tony auf der Schaukel sein Bett baute. »Willst du denn wirklich heute nacht hier draußen schlafen?« fragte sie und dachte im stillen, ich will recht mütterlich sein, das bringt mich wieder ins Geleise. »Wird es dir nicht zu kalt werden?«

»Es ist doch gar nicht kalt«, sagte Tony vergnügt. »Millionen von Menschen schlafen im Sommer im Freien, nicht, Jeff?«

»Millionen«, sagte Jeff, noch immer mit Reiben beschäftigt. Er hatte sich inzwischen hingesetzt und beugte sich über das Teleskop, so daß Lucy sein Gesicht nicht sehen konnte.

»Soldaten, Jäger, Bergsteiger«, sagte Tony. »Ich schreibe an Papa und bitte ihn, mir einen Schlafsack mitzubringen. Dann kann ich sogar im Schnee schlafen.«

»Dann hast du ja noch Zeit«, sagte Jeff. Er stand auf, und Lucy sah jetzt, daß sein Gesicht ruhig war und wieder den Ausdruck freundlicher, skeptischer Nachsicht trug, den er Tony gegenüber gewöhnlich aufsetzte.

Ich muß mich vor ihm in acht nehmen, dachte Lucy. Er ist mir zu elastisch. Bei jungen Männern sind nicht nur die Taillen biegsam.

»Noch viel Zeit, Tony«, sagte Jeff nachlässig. »Bis zum Zwölften Weltkrieg.«

»Ich finde die Bemerkung nicht witzig«, sagte Lucy scharf. Sie ging zu Tony und half ihm mit seinem Bett.

»Verzeihung«, sagte Jeff. »Bis zum Fünfzehnten Weltkrieg.«

»Du darfst ihm nicht böse sein, Mama«, erklärte Tony. »Wir haben eine Abmachung. Er spricht mit mir genauso, als ob ich zwanzig Jahre alt wäre.«

»Es wird keinen Zwölften oder Fünfzehnten oder sonst einen Weltkrieg geben«, sagte Lucy. Der Gedanke an einen Krieg erschreckte sie, und sie war nicht zu bewegen, die Nachrichten aus Spanien zu lesen, wo seit einem Jahr Bürgerkrieg herrschte, und sie hatte auch verhindert, daß Tony, als er kleiner war, Zinnsoldaten oder ein Luftgewehr von Oliver bekam. Allerdings wäre sie gegen das Thema Krieg nicht so empfindlich gewesen, hätte sie die Garantie gehabt, daß Tony, sollte je ein Krieg ausbrechen, entweder zu jung oder zu alt sein würde, um daran teilzunehmen. Wäre sie gezwungen gewesen, eine klare Meinungsäußerung abzugeben, so hätte sie gesagt, Patriotismus sei nur in Familien mit vielen Kindern angebracht. »Sprecht lieber über etwas anderes«, sagte sie.

»Sprich über etwas anderes, Tony«, sagte Jeff gehorsam.

»Hast du dir heute abend schon einmal den Mond angesehen, Jeff?« fragte Tony. »Er ist beinahe voll. Man kann fast alles erkennen.«

»Der Mond«, sagte Jeff. Er legte sich auf dem Verandafußboden auf den Rücken, klemmte sich einen Stuhl, die Stuhlbeine nach oben, zwischen die Knie und benutzte die Querleiste zwischen den Stuhlbeinen als Auflage für das Teleskop.

»Was machen Sie denn da?« fragte Lucy beinahe mißtrauisch.

»Das hat Tony mir gezeigt«, antwortete Jeff, während er durch das Teleskop zum Himmel aufblickte und es auf seine Augen einstellte. »Man braucht ein ruhiges Gesichtsfeld, nicht, Tony?«

»Ja«, sagte Tony, emsig mit seinem Lager beschäftigt, »sonst sieht man die Sterne ganz unklar.«

»Und was wir hier am wenigsten wollen«, sagte Jeff, »sind unklare Sterne.« Er machte eine letzte Drehung an der Einstellvorrichtung. »Man betrachte den Mond durch das scharf eingestellte Teleskop«, fuhr er in professoralem Ton fort. »Ein sehr interessantes Reiseziel für Leute, die gern reisen. Man fährt in einem steinernen Schiff über das Mare Crisium ... was heißt das, Tony?«

»Meer der Krisen«, antwortete Tony automatisch.

»Krisen«, sagte Jeff. »Sogar auf dem toten, kalten Mond.«

Es war ihm vorhin nicht ernst mit dem, was er sagte, dachte Lucy grollend, er hat nur so getan, sonst könnte er jetzt nicht mit Tony so spaßhaft sein.

»Und im Süden«, sprach Jeff weiter, »gelangen wir an einen erfreulicheren Ort. An das Mare Foecunditatis.«

»Meer der Fruchtbarkeit«, übersetzte Tony prompt.

»Wir werden dich zwei- oder dreimal hineintauchen, nur zur Sicherheit.« Jeff lag lächelnd auf dem Rücken, das Teleskop auf den Sternenhimmel gerichtet.

»Jeff!« sagte Lucy mahnend.

»Das Meer der Ruhe, die Weide des Schlafes, der See der Träume«, fuhr Jeff fort, als hätte er nichts gehört; die Namen, wie er sie mit seiner tiefen, jugendlichen Stimme und in seiner wohlklingenden, kultivierten Aussprache sagte, klangen wie verzaubernde Musik. »Vielleicht kommen wir noch in diesem Jahrhundert auf den Mond. Wann bist du geboren, Tony?«

»Am sechsundzwanzigsten März«, sagte Tony. Er baute am unteren Ende der Schaukel sorgsam aus Decken und Kissen eine Höhle für die Füße.

»Widder«, sagte Jeff. Er legte das Teleskop beiseite und blieb auf dem Holzfußboden liegen. Seine Augen waren geschlossen, als erwarte er Visionen, lausche auf überirdische Stimmen, hoffe auf Zeichen vom Himmel. »Das Sternbild des Widders, das gehörnte Tier am Firmament. Weißt du, wie der Widder dorthin gekommen ist, Tony?«

»Glaubst du denn dieses Zeug?« fragte Tony. Er hielt einen Augenblick in seiner Tätigkeit inne und sah Jeff an.

»Ich glaube an alles«, erwiderte Jeff, noch immer mit geschlossenen Augen und mit feierlich-liturgischer Stimme. »Ich glaube an den Tierkreis und das Glück und die Seelenwanderung und Menschenopfer und Geheimdiplomatie, auf geheime Weise eingefädelt.«

»Menschenopfer«, sagte Tony ungläubig. »Hat es wirklich Menschenopfer gegeben?«

»Natürlich.«

»Bis wann?« fragte Tony skeptisch.

»Bis gestern nachmittag, drei Uhr fünfzehn. Es ist die einzige Art von Opfern, die hilft. Warte nur, wenn du es erst zwei-, dreimal versucht hast, wirst du schon wissen, was ich meine.«

»Genug davon, Jeff«, sagte Lucy. Er will mich absichtlich ärgern, dachte sie, er rächt sich an mir. »Tony, gib acht, was du tust.«

»Phrixus und Helle«, fuhr Jeff fort, als hätte sie nichts gesagt, »die Söhne des Königs von Thessalien, wurden von ihrer Stiefmutter schlecht behandelt...«

»Gehört das zu Ihrer Erziehungsaufgabe?« fragte Lucy, entschlossen, sich nichts anmerken zu lassen.

»Unbedingt«, antwortete Jeff.

»Wie hieß sie?« fragte Tony.

»Wer?«

»Die Stiefmutter.«

»Das kommt in der nächsten Lektion«, sagte Jeff. »Merkur hatte Mitleid mit den Jungen und schickte einen Widder mit goldenem Vlies, der ihnen zur Flucht verhelfen sollte. Der Widder trug sie auf seinem Rücken hoch durch die Luft über die Erde, und alles ging gut, bis sie an die Meerenge kamen, die Europa von Asien trennt. Da fiel Helle vom Rücken des Widders herunter ins Wasser und ertrank, und seither heißt die Meerenge bis zum heutigen Tage Hellespont. Und als Phrixus nach Kolchis kam, einer heiteren Stadt, wenn das Wetter schön war, brachte er aus Dankbarkeit den Widder den Göttern zum Opfer, und Jupiter versetzte das arme geflügelte Tier in Anerkennung seiner Verdienste um die Rettung der Königssöhne an den Himmel unter die Sterne...«

Lucy sah neugierig auf Jeff hinunter. »Wußten Sie das alles schon, ehe Sie Tony kennenlernten?« fragte sie.

»Kein Wort davon«, antwortete er. »Jeden Abend, wenn ich nach Hause komme, studiere ich die halbe Nacht, damit Tony mich für den klügsten Menschen hält, der je gelebt hat.« Er lächelte. »Ich möchte, daß er in Zukunft von jedem Lehrer enttäuscht ist und nichts mehr von Bildung wissen will und keinem mehr zuhört. Das ist das mindeste, was ich für ihn tun kann.« Er setzte sich plötzlich auf, sein Gesichtsausdruck war offen und naiv, und seine Augen glänzten unschuldig im Schein der Lampe. »Tony«, sagte er, »zeig deiner Mutter, wie du beim Schwimmen atmest.«

»So«, sagte Tony, zog den Kopf ein und machte mit den Armen eine Schwimmbewegung. »Eins, zwei, drei, vier, ATMEN!« Er legte den Kopf auf die Seite, öffnete weit den einen Mundwinkel, als sei sein Mund halb im, halb aus dem Wasser, und saugte mit einem lauten, feuchten Geräusch die Luft ein.

»Gibt es denn keine feinere Art zu atmen?« fragte Lucy. Die Gefahr ist vorüber, dachte sie, der Ton und alles andere ist wieder ganz normal.

»Nein«, sagte Jeff. »Das habe ich ihm auch beigebracht.« Er kreuzte die Beine zum Schneidersitz und wandte sich an Tony.

»Meinst du, daß ich das Geld wert bin, das dein Vater mir bezahlt?«

»Naja«, antwortete Tony neckend, »so ungefähr.«

»Schwindle ein bißchen in deinem nächsten Brief. Aus Freundschaft.« Er stand mit dem Teleskop in der Hand auf, setzte es ans Auge und betrachtete Tony aus drei Meter Entfernung. »In genau drei Jahren, zwei Monaten und vierzehn Tagen mußt du dich zum ersten Mal rasieren.«

Tony rieb sich lachend das Kinn.

»Ich möchte dich etwas fragen, junger Mann.« Jeff trat vor und lehnte sich gegen die Kette. »Wäre es nicht schön, wenn ich am Ende des Sommers mit zu euch zöge und den Winter über bei dir bliebe, um dich noch ein bißchen weiter zu erleuchten?«

»Würdest du das tun?« Lucy sah, daß der Gedanke Tony ungemein gefiel.

»Beeile dich, Tony«, sagte sie scharf. »Jeff macht doch nur Spaß. Er muß wieder ins College zurück und bis zum nächsten Sommer vernünftig sein. Bitte, Jeff, lehnen Sie sich nicht an die Kette, damit die Schaukel ruhig bleibt. Es ist schwierig genug, das Bett zu machen.«

»Das ist das Gräßliche an den Sommern«, sagte Tony, »gegen das Ende zu vergehen sie zu schnell. Könnten wir uns wirklich im Winter auch sehen, Jeff?«

»Natürlich. Deine Mutter brauchte dich nur zu den Fußballspielen und zum Karneval nach Dartmouth zu bringen. Vielleicht kannst du sie dazu bewegen.«

»Mutter, würdest du das tun?«

»Vielleicht«, sagte Lucy, denn sie wollte es nicht erst zu langen Erörterungen kommen lassen. »Wenn Jeff nicht vergißt, uns eine Einladung zu schicken.«

»Morgen, Tony«, sagte Jeff, »steche ich mich in die Hand und schreibe die Einladung mit Blut, dadurch wird sie zu einem heiligen Vertrag. Ich sorge dafür, daß deine Mutter zur Königin des Karnevals erwählt, auf einem großen Schneeball sitzend fotografiert wird. Und alle, die das Bild sehen, werden sagen: Alle Wetter, so etwas Schönes haben wir in New Hampshire noch nie gesehen.«

Lucy sah Tony unsicher an. Wäre er ein Jahr älter, dachte sie, würde er etwas merken. Vielleicht ist er jetzt schon... »Hören Sie auf«, sagte sie zu Jeff auf die Gefahr hin, daß Tony hellhörig würde, »machen Sie sich nicht über mich lustig.«

»Ich mache mich nicht über Sie lustig«, sagte Jeff langsam. Er trat mit dem Teleskop ans Geländer und richtete es auf den Himmel. »Mars«, sagte er mit kehliger, dramatischer Stimme, »der unheilbringende, rote, unerbittliche Planet. Das ist dein Schicksalsstern, Tony, weil du ein Widder bist. Er begünstigt das Gemetzel der Schlacht und die Kriegskunst. Werde Soldat, Tony, du wirst hundert Städte einnehmen und mit dreiundzwanzig mindestens Oberstleutnant sein.«

»Also wirklich, Jeff«, sagte Lucy, »jetzt ist es genug mit dem Unsinn.«

»Unsinn?« fragte Jeff zurück, scheinbar überrascht. »Tony, hältst du es auch für Unsinn?«

»Ja«, sagte Tony verständig, »aber es ist interessant.«

»Die Menschen richten sich seit fünftausend Jahren nach den Sternen. Die ägyptischen Könige... Lucy«, unterbrach er sich, und seine Stimme klang jetzt wie die eines boshaften Jungen, »wann sind Sie geboren?«

»Das ist schon lange her.«

»Tony, wann hat deine Mutter Geburtstag?«

»Am fünfundzwanzigsten August.« Tony machte die Unterhaltung Vergnügen. »Es schadet doch nicht«, sagte er begütigend zu Lucy.

»Am fünfundzwanzigsten August«, wiederholte Jeff. »Sternbild der Jungfrau. Die Jungfrau...«

»Mutter...« Tony sah Lucy fragend an.

»Ich erkläre es dir ein andermal.«

»In der Gegend um den Euphrat«, fuhr Jeff fort, als müsse er einen Vortrag halten, schnell sprechend und ohne besondere Betonung, »wurde die Jungfrau mit der Venus identifiziert, einer Göttin, die traurig war und makellos, und die von den Liebenden angebetet wurde. Der beherrschende Planet ist Merkur, der hellste Stern, der der Sonne immer die gleiche Seite zukehrt und auf der einen Seite eiskalt, auf der anderen glühend heiß ist. Jungfraugeborene sind schüchtern und scheuen sich davor, ihr Licht leuchten zu lassen...«

Lucy fand, daß er es nun weit genug getrieben hatte. »Sagen Sie, woher haben Sie nur all diesen Unsinn?«

»Aus Madame Vietchas *Buch der Sterne*«, lächelte er, »erhältlich für fünfunddreißig Cents in jeder guten Buchhandlung und in jedem Drugstore. Jungfraugeborene verabscheuen Unkeuschheit und Unordnung und neigen zu Magengeschwüren. Wenn sie lieben, lieben sie leidenschaftlich und legen großen Wert auf Treue...«

»Und wie ist es bei Ihnen?« unterbrach Lucy ihn fast feindselig, herausfordernd, ohne im Augenblick an Tony zu denken. »Wie lautet Ihr Horoskop?«

»Ach...« Jeff legte das Teleskop aus der Hand und wiegte den Kopf. »Mein Horoskop ist so trübe, daß man es gar nicht erwähnen sollte. Ich stehe in Opposition zu meinen Sternen. Dort oben stehen sie« – er machte eine traurige Geste gen Himmel –, »winken, verhöhnen mich und sagen: Keine Aussichten, keine Aussichten für dich... Ich möchte führen, und sie wollen, daß ich folge. Ich möchte tapfer sein, und sie sagen: Sei vorsichtig. Ich möchte ein großer Mann werden, und sie sagen: Vielleicht in einem anderen Leben. Ich sage: Liebe, und sie sagen: Unheil. Ich bin ein Held im unrechten Zwölftel des Zodiakus.«

Auf dem Kiesweg neben der Veranda wurden Schritte hörbar, und einen Augenblick später sah Lucy ein kleines Mädchen in blauen Jeans und weitem Sweater auftauchen. Im ersten Moment erkannte Lucy die Kleine nicht, erinnerte sich aber dann, daß sie die Tochter einer Mrs. Nickerson war, die Lucy am Nachmittag dieses Tages im Hotel kennengelernt hatte. Tony hielt in seiner Beschäftigung an der Schaukel inne und starrte das Mädchen wortlos an.

»'n Abend«, sagte sie, in die Veranda tretend. Sie war dick, körperlich frühreif entwickelt, und die blauen Jeans saßen stramm über ihrem soliden kleinen Hinterteil. Die streifige, ungleiche Farbe ihres Haares, stellte Lucy im stillen mißbilligend fest, kam höchstwahrscheinlich vom Tönen. »'n Abend«, wiederholte sie, breitbeinig dastehend, die Hände in den Taschen ihrer Jeans. Sie blickte die Anwesenden mit der kühlen Selbstsicherheit einer Tierbändigerin an. »Ich bin Susan Nickerson«, sagte sie, und hätte man sie nicht gesehen und nur ihre Stimme gehört, wäre man überzeugt gewesen, eine reife und ziemlich unsympathische Frau hätte gesprochen. »Wir sind einander heute nachmittag vorgestellt worden.«

»Natürlich, Susan«, sagte Lucy. »Das ist mein Sohn Tony.«

»Angenehm«, sagte Susan forsch. »Ich habe schon viel von dir gehört.« Jeff zog eine Grimasse.

»Meine Mutter schickt mich, Mrs. Crown. Ich soll fragen, ob Sie Lust hätten, heute abend zu einer Partie Bridge herüberzukommen.«

Jeff warf einen schnellen Blick auf Lucy und bückte sich dann nach dem Stuhl, den er vorhin zu seinen Sternbeobachtungen benutzt hatte.

Lucy zögerte. Im Geiste sah sie die Hotelveranda mit den zahlreichen verblühten Strohwitwen vor sich. »Heute abend nicht, Susan. Sag deiner Mutter, ich lasse ihr danken, aber ich sei zu müde und möchte früh zu Bett gehen.«

»Gut«, sagte Susan trocken.

»Das Bridgespiel«, bemerkte Jeff, »hat das Land weiter zurückgebracht als die Prohibition.«

Susan musterte ihn kalt. Sie hatte helle, kalte, blaue Augen, die wie Münzen aussahen. »Ich habe von Ihnen gehört«, sagte sie. Sie benutzte den Kunstgriff, die einfachste Feststellung in einer Art auszusprechen, daß sie wie eine Anklage klang. Lucy bemerkte es und dachte, sicherlich würde sie damit großen Erfolg haben, wenn sie später der weiblichen Polizei beiträte.

Jeff lachte. »Dann behältst du wohl am besten für dich, was du gehört hast, Susan.«

»Sie gehen in Dartmouth aufs College. Meine Mutter findet, daß Sie sehr gut aussehen.«

Jeff nickte ernsthaft. »Und was findest du?« fragte er.

»Soweit in Ordnung.« Sie zuckte die Achseln, es war eine

plumpe, kurze Bewegung unter ihrem losen Sweater. »Aber beim Film würde man Sie nicht nehmen.«

»Das habe ich gefürchtet«, sagte Jeff. »Wie lange bleibst du denn noch hier am See?«

»Hoffentlich nicht mehr lange. In Nevada gefällt es mir besser.«

»Warum?« fragte Jeff.

»Dort war mehr los als hier. Hier ist alles tot. Die Altersgruppen passen nicht zusammen. Nicht einmal Kino gibt es außer samstags und sonntags. Was soll man abends anfangen?«

»Wir beobachten die Sterne«, sagte Tony, der sie bisher hingerissen betrachtet hatte.

»Mhm«, sagte Susan, wenig beeindruckt.

Wahrscheinlich ist sie erst vierzehn, dachte Lucy belustigt und abgestoßen zugleich, aber sie redet, als könnten nur die verruchtesten Laster ihr Interesse länger als fünf Minuten wachhalten.

Tony ging zu Susan hinüber und bot ihr das Teleskop an. »Möchtest du einmal durchschauen?«

Susan zuckte wieder die Achseln. »Ich mache mir nicht viel daraus.« Aber sie nahm doch das Teleskop und hielt es lässig ans Auge.

»Hast du schon einmal durch ein Teleskop geguckt?« fragte Tony.

»Nein.«

»Mit diesem hier kann man die Mondgebirge sehen.«

Susan sah kritisch und wenig interessiert zum Mond hinauf.

»Wie gefällt er dir?« fragte Tony, der Eigentümer des Mondes.

»Ganz gut.« Susan gab ihm das Teleskop zurück. »Eben der Mond.«

Jeff lachte kurz auf, und Susan musterte ihn mit ihrem Polizeiblick. »Ich muß jetzt gehen«, sagte sie. »Meine Mutter möchte Bescheid wissen wegen der Bridgepartie.«

Sie hob mit abscheulicher Grazie die Hand, als erteile sie einen Segen. »Wiedersehen«, sagte sie.

»Bis morgen«, sagte Tony, und sein Versuch, lässig zu tun, verursachte Lucy das Gefühl, als bräche ihr vor Mitgefühl mit ihm der Schweiß aus.

»Vielleicht«, erwiderte Susan müde.

Der arme Tony, dachte Lucy. Das erste Mädchen, das er bisher angeschaut hat.

»Angenehm, Sie alle kennengelernt zu haben«, sagte Susan. »Nochmals, Wiedersehen.«

Sie blickten ihr nach, als sie den Pfad entlangging. Ihre Hinterbacken bewegten sich wie zwei stramme aufgepumpte Bälle unter dem dichtanliegenden Stoff der Jeans.

Jeff schüttelte sich nachdrücklich, als sie um die Hausecke verschwunden war. »Ich wette, mit ihrer Mutter ist irgend etwas los«, sagte er. »Dreimal dürfen Sie raten, weshalb die Dame wohl in Nevada war.«

»Keinen Klatsch, bitte«, sagte Lucy. »Tony, beeil dich.«

Tony kehrte langsam in die Welt der Erwachsenen zurück. »Sie sieht komisch aus in ihren Hosen, nicht? So knollig.«

»Mit der Zeit wirst du merken, daß sie immer knolliger werden, wenn sie Hosen anhaben«, sagte Jeff.

Im Augenblick verärgerte Lucy, in der noch die Erinnerung an die trockene, mühelose Abfuhr nachwirkte, die das Mädchen ihrem Sohn erteilt hatte, dieser Scherz über geschlechtliche Dinge. Ein anderes Mal, dachte sie, hätte ich darüber gelacht. Heute nicht.

»Tony«, sagte sie, »ins Haus mit dir. Zieh deinen Schlafanzug an. Und vergiß das Zähneputzen nicht.«

Tony setzte sich langsam in Bewegung. »Jeff«, fragte er, »liest du mir noch etwas vor, wenn ich im Bett bin?«

»Natürlich.«

»Heute abend will *ich* dir vorlesen«, sagte Lucy fast automatisch.

»Eigentlich finde ich es schöner, wie Jeff vorliest.« Tony blieb an der Tür stehen. »Er überschlägt alle langen Beschreibungen.«

»Jeff hat einen langen Tag hinter sich«, erwiderte Lucy halsstarrig. Sie bedauerte selbst, den Stein ins Rollen gebracht zu haben, aber nun war es zu spät. »Wahrscheinlich hat er eine Verabredung oder sonst etwas vor.«

»Nein«, fing Jeff an, »ich...«

»Also, jedenfalls gehst du jetzt hinein, Tony«, sagte Lucy in scharfem Befehlston, den sie Tony gegenüber fast nie anwandte, »und ziehst deinen Schlafanzug an. Schnell.«

»Ich geh' ja schon«, sagte Tony beleidigt. »Ich wollte nicht unfreundlich...«

»Nun geh schon endlich!« rief Lucy fast hysterisch.

Bestürzt und ein bißchen verängstigt ging Tony ins Haus. Lucy lief nervös, mit kleinen, abgerissenen Bewegungen in der Veranda umher, räumte Illustrierte zusammen, schloß den Deckel ihres Nähkorbes, stellte das Teleskop auf einen Stuhl neben der Schaukel und war sich die ganze Zeit bewußt, daß Jeff sie genau beobachtete.

Sie blieb vor ihm stehen. Er lehnte an einem Pfeiler, scin Kopf war im Dunkeln, nur ein schwaches Glitzern verriet, wo seine Augen waren.

»Hören Sie, mir paßt die Art nicht, in der Sie mit Tony verkehren.«

»Mit Tony?« Jeff richtete sich erstaunt auf und trat vor in den Lichtkreis der Lampe. »Wieso? Ich gebe mich doch ganz natürlich.«

»Kindern gegenüber gibt sich niemand ganz natürlich«, antwortete Lucy. Sie wußte, daß ihre Stimme gespannt und fremd klang. »Das gibt es gar nicht. Immer diese zweideutigen Witze. Und immer dieses Getue...«

»Welches Getue?«

»Als ob Sie ihn wer weiß wie gern mögen. Als ob er fast ebenso alt wäre wie Sie. Als ob Sie Wert darauf legten, ihn im Winter wiederzusehen...«

»Ich lege Wert darauf.«

»Machen Sie mir doch nichts vor. Bis zum Erntedankfest wissen Sie nicht einmal mehr seinen Namen. Sie erwecken große Hoffnungen in ihm... und alles, was er davon haben wird, ist ein langer Herbst voller Enttäuschungen. Tun Sie Ihren Job. Und weiter nichts.«

»Soviel ich verstanden habe«, sagte Jeff, »soll mein Job darin bestehen, ihm das Gefühl zu geben, daß er ein normaler, gesunder Junge sei.«

»Sie haben eine krankhafte Anhänglichkeit an Sie in ihm erweckt.«

»Aber, Lucy...« sagte Jeff ärgerlich.

»Wozu? Warum?« Sie schrie jetzt beinahe. »Aus Eitelkeit? Ist das etwas so Besonderes, einen armen, einsamen, kranken kleinen Jungen soweit zu bringen, daß er wie eine Klette an Ihnen hängt? Wozu alle diese Tricks? Das Sternbild des Widders, das Meer der Fruchtbarkeit, Menschenopfer, die Jungfrau, der Karneval...« Sie keuchte, als sei sie eine lange Strecke gerannt, die Worte klangen, wie gewaltsam an Schluchzern vorbeigepreßt. »Gehen Sie doch! Lassen Sie uns beide in Frieden!«

Jeff nahm ihre Arme und hielt sie fest. Sie versuchte nicht, sich loszumachen. »Wollen Sie das wirklich?«

»Ja. Sie haben nicht das richtige Alter. Für ihn sind Sie zu alt und für mich zu jung. Suchen Sie sich jemanden in Ihrem Alter.« Mit einer heftigen Bewegung entzog sie ihre Arme seinem Griff. »Jemand, dem Sie nicht schaden können. Jemand für den Sommer. Jemand, den Sie im September vergessen werden, genau wie uns.«

»Lucy«, flüsterte er, »hören Sie auf.«

»Gehen Sie doch.« Sie weinte beinahe.

Aber er hielt sie wieder fest, diesmal weiter oben, dicht unter den Schultern. »Wie, glauben Sie, ist es für mich gewesen, die ganze Zeit?« fragte er leise, weil Tony nichts hören durfte. »Ihnen so nahe zu sein, Tag für Tag? Nach Hause gehen und nicht schlafen können, weil ich immer daran denken muß, wie ich für einen Augenblick Ihre Hand hielt, als ich Ihnen aus dem Boot half, oder wie Ihr Kleid raschelte, als Sie auf dem Weg zum Abendessen dicht an mir vorbeigingen? Immer den Klang Ihres Lachens im Ohr? Und dabei nie Sie berühren dürfen, nie Ihnen sagen dürfen... Schaden!« flüsterte er rauh. »Sprechen Sie nicht von schaden!«

»Bitte«, sagte sie, »wenn Sie das zu jeder sagen, wenn das die Technik ist, die Sie sich ausgedacht haben, wenn Sie damit bei allen Ihren Mädchen Erfolg gehabt haben... verschonen Sie mich damit. Verschonen Sie mich.«

Sekundenlang verstärkte sich der Griff seiner Hände um ihre Arme, und sie dachte, er wollte sie schütteln. Dann ließ er sie plötzlich los. Sie standen dicht nebeneinander, und als er sprach, klang seine Stimme müde und schwunglos. »Letzten Sommer trugen Sie einen großen Strohhut. Wenn Sie ihn bei Sonnenschein aufhatten, sah Ihr Gesicht darunter so wunderbar weich und rosig aus. Immer, wenn ich jetzt eine Frau mit einem roten Strohhut sehe, ist es für mich, als drücke mir jemand den Hals zu…«

»Bitte«, sagte Lucy, »zum letzten Mal… suchen Sie sich ein Mädchen in Ihrem Alter. Es gibt Dutzende. Junge, unverheiratete Mädchen, die sich niemandem gegenüber zu verantworten brauchen, wenn der Sommer vorbei ist.«

Er sah sie einen Augenblick starr an und nickte dann wie zustimmend. »Ich möchte Ihnen etwas sagen. Aber Sie müssen mir versprechen, nicht zu lachen.«

»Gut«, sagte Lucy verwundert. »Ich lache nicht.«

Jeff holte tief Atem. »Ich habe keine Mädchen gehabt. Ich habe noch nie eines gehabt.«

Lucy senkte den Kopf. Sie bemerkte, daß einer der Knöpfe an ihrer Taille offen war. Sie machte ihn sorgfältig zu. Und dann mußte sie lachen, hilflos lachen.

»Sie hatten es mir versprochen«, sagte Jeff verletzt.

»Es tut mir leid.« Sie hob die Augen und versuchte, sich zu beherrschen. »Ich lache nicht über Sie. Ich lache über mich selbst.«

»Weshalb?« fragte er argwöhnisch.

»Weil wir beide so ungeschickt sind. Weil wir beide so töricht sind. Weil keiner von uns beiden weiß, wie man so etwas macht.« Sie sah ihn jetzt freimütig und ruhig an. »Weil wir es tun werden.«

Sie standen beide eine Sekunde lang regungslos da und sahen einander an. Dann regte Jeff unsicher die Hände. Sie trat einen Schritt auf ihn zu und küßte ihn – heftig.

»Lucy«, flüsterte er. Er berührte leicht ihren Nacken.

»Und jetzt, mein Kleiner«, sagte Lucy mütterlich, fast scherzhaft, und schob ihn zurück, »gehst du in das hübsche, dunkle, menschenleere Haus deiner Schwester und setzt dich auf die Veranda und schaust in den Mond und denkst an all die jüngeren, hübscheren Frauen, die du heute nacht hättest haben können – und wartest auf mich.«

Jeff rührte sich nicht. »Sie... du kommst wirklich?« fragte er vorsichtig, beunruhigt durch den merkwürdigen Umschwung in ihrer Art. »Du machst nicht nur Spaß? Kein Trick?«

»Kein Trick«, sagte Lucy leichthin. »Ich komme schon, keine Angst.«

Jeff versuchte wieder, sie zu küssen, aber sie wehrte ihn ab, schüttelte lächelnd den Kopf. Da wandte er sich um und ging rasch über den Rasen davon. Seine Schritte blieben unhörbar im taunassen Gras. Lucy sah ihm nach, bis er verschwunden war. Dann schüttelte sie wieder den Kopf und trat gedankenverloren an die Schaukel. Als Tony ein paar Minuten später in Schlafanzug und Bademantel, ein Buch unter dem Arm, herauskam, saß sie still da, die Hände ruhig im Schoß, und blickte auf den nebelverhangenen See hinaus.

»Ich habe das Buch mitgebracht«, sagte Tony schon unter der Tür.

»Gut«, sagte Lucy. »Leg dich hin.«

Tony blickte suchend umher, während er seinen Bademantel auszog. »Wo ist Jeff?«

Lucy nahm das Buch und setzte sich neben die Schaukel, wo das Lampenlicht am besten war. »Er mußte gehen. Es ist ihm eingefallen, daß er sich mit jemand verabredet hatte.«

»Oh«, sagte Tony enttäuscht. Er rückte das Teleskop näher, so daß er es leicht erreichen konnte, und stieg ins Bett. »Das ist ja merkwürdig. Davcn hat er mir gar nichts gesagt.«

»Du kannst nicht von ihm erwarten, daß er dir immer alles erzählt«, sagte Lucy ruhig. Sie schlug das Buch auf. Es war der *Huckleberry Finn.* Oliver hatte eine Liste der Bücher aufgestellt, die Tony im Laufe des Sommers vorgelesen werden sollten, und dies war das dritte auf der Liste. Das nächste war eine Biographie Abraham Lincolns. »Von hier an?« fragte Lucy.

»Da, wo das Blatt ist«, antwortete Tony. Er benutzte ein Ahornblatt als Lesezeichen.

»Aha.«

Sie las schweigend die ersten paar Zeilen, um sich zu orientieren, und es war ganz still, bis auf das unablässige Zirpen der Grillen in den Wäldern ringsum.

Tony nahm seine Brille ab und legte sie neben das Teleskop auf den Fußboden. Er kuschelte sich unter die Bettdecke und streckte sich behaglich aus. »Ist das nicht ganz groß?« sagte er. »Wäre es nicht herrlich, wenn es das ganze Jahr durch immer Sommer wäre?«

»Ja, Tony«, sagte Lucy und begann, vorzulesen: *»Wir gingen also dorthin, wo das Kanu lag, und während er auf einer grasbedeckten Lichtung zwischen den Bäumen ein Feuer anmachte, holte ich Grütze und Speck und Kaffee und eine Kaffeekanne und eine Bratpfanne, und der Nigger war mächtig erstaunt, weil er dachte, das sei alles Hexenwerk ...«*

7

Seinen Kopf an ihrer Brust, lag sie in dem schmalen Bett und beobachtete seinen Schlaf. Als sie seine Lider schwer werden sah, hatte er gesagt: »Nein, wie könnte ich in solch einer Nacht schlafen?« Dann hatte er mit einem Seufzer den Kopf leicht an ihre Brust gelehnt und war eingeschlafen. Auf seinem Gesicht lag ein triumphierender Ausdruck, wie bei einem kleinen Jungen, der in Gegenwart Älterer etwas Schwieriges und Lobenswertes vollbracht hat, und sie lächelte darüber und berührte seine Stirn leicht mit den Fingerspitzen.

Einmal hatte er, seine Lippen an ihrem Hals, geflüstert: »Für immer«, und als es ihr jetzt wieder einfiel, dachte sie, wie jung man doch sein muß, um zu sagen, für immer.

Anfangs war er befangen und sehr unsicher gewesen, aber nachdem die ersten lähmenden Hemmungen überwunden waren, hatte er, als hätte es schon immer in ihm gelegen und zur Erweckung nur Lucys Berührung bedurft, eine Zartheit und Feinfühligkeit entfaltet, die Lucy auf eine neue, noch nie empfundene Art tief berührte.

Jetzt, da der Junge neben ihr schlief und ein wohliges Gefühl von Gelöstheit und Kraft ihre Glieder erfüllte, dachte sie mit Ruhe an den Augenblick der Leidenschaft, als läge er schon in ferner Vergangenheit, wie etwas, das vor langer Zeit einmal geschehen war und niemals wieder geschehen würde. Vielleicht würden sie gelegentlich miteinander ins Bett gehen, aber so wie heute würde es nie wieder werden.

Was hatte Jeff gesagt? Das Sternbild der Jungfrau. In der Gegend um den Euphrat – ihr war beinahe, als höre sie noch seine jugendliche, übermütig verstellte Stimme – wurde die Jungfrau mit der Venus identifiziert... Jungfraugeborene sind schüchtern und scheuen sich davor, ihr Licht leuchten zu lassen. Jungfraugeborene verabscheuen Unkeuschheit und Unordnung und neigen zu Magengeschwüren.

Sie lachte leise vor sich hin, und der Junge regte sich in ihren Armen. Ein erschreckter Ausdruck trat in sein Gesicht, er warf den Kopf auf dem Kissen zurück, als versuche er, einem Schlag auszuweichen. Lucy streichelte seine Schulter, die warm und trocken war und noch immer die Sonnenwärme auszustrahlen schien, die sie tagsüber aufgenommen hatte. Das Entsetzen verschwand aus seinem Gesicht, seine Lippen entspannten sich, und bald schlief er wieder friedlich weiter.

Wie spät es wohl ist, dachte sie. Ich sollte aufstehen und nachsehen, wieviel Uhr es ist. Es muß bald dämmerig werden. Aber sie blieb ruhig liegen; nach ihrem Empfinden war schon der bloße Gedanke an die Uhrzeit eine Art Verrat an dem Jungen neben ihr.

Sie hatte kein Verlangen zu schlafen. Schlaf würde die Vollkommenheit dieser Nacht beeinträchtigen. Sie wollte nur ruhig daliegen und auf die leisen Laute und Geräusche lauschen, die ihr Ohr erreichten – Jeffs regelmäßiges Atmen, das Quaken der jungen Frösche am Seeufer, den Schrei einer Eule zwischen den Tannen, das gelegentliche Rascheln eines Luftzuges in den Vorhängen am offenen Fenster, den fernen Klang einer Autohupe von der Straße her, die durch die Berge führte. Vor allem aber wollte sie ihren eigenen Gedanken lauschen. Ihr kam plötzlich zum Bewußtsein, daß sie sich jetzt, um drei Uhr morgens, unendlich viel wertvoller fühlte als noch vor kurzem, um zehn Uhr des vorhergehenden Abends oder zu irgendeiner anderen Zeit ihres Lebens. Wertvoll. Sie lächelte über das Wort.

Sie prüfte sich mit dem kritischen Wohlgefallen einer Frau vor dem Spiegel und fand, daß sie sich seit heute nacht endgültig erwachsen fühlte. Es kam ihr vor, als sei ein großer Teil ihres bisherigen Lebens Dingen gewidmet gewesen, wie ein Kind, das sich eifrig bemüht, erwachsen zu erscheinen, sie vielleicht unternehmen mochte. Und als hätte dahinter stets die Befürchtung gestanden, daß die Maskerade jeden Augenblick durchschaut werden könnte. Sie erinnerte sich, wie ihre Mutter mit sechzig Jahren, nach einem Leben voll Kummer, Verwirrung, Armut und Enttäuschung, todkrank und der Hoffnungslosigkeit ihres Zustandes sich bewußt, im Bett gelegen und gesagt hatte: »Ich kann es gar nicht glauben. Nichts ist so schwer zu glauben, wie daß ich eine alte Frau bin. Wenn ich mich nicht gerade im Spiegel sehe, komme ich mir irgendwie noch immer genauso vor wie damals, als ich sechzehn Jahre alt war. Und selbst jetzt, wenn der Doktor hereinkommt und ein langes Gesicht macht, und ich weiß, daß er denkt, ich werde diesen Monat nicht überleben, möchte ich am liebsten sagen: Nein, das muß ein Mißverständnis sein. Das Sterben ist viel zu erwachsen für eine, die sich nicht älter als sechzehn fühlt.«

Oliver hat mir nicht helfen können, dachte Lucy. Im Bewußtsein der eigenen Kraft hatte er ihre Furchtsamkeit verziehen, ja sogar gebilligt, von sich aus alle Entscheidungen getroffen, sie beschützt, nie mit ihr über seine eigenen Schwierigkeiten und Nöte gesprochen, und sie nur ab und zu wegen kleiner Unachtsamkeiten, wie etwa die verlorene Rechnung der Reparaturwerkstatt, ausgescholten und ihr auch dann immer rasch mit väterlicher Nachsicht verziehen. Auf Partys, wo er sich immer wie zu Hause zu fühlen schien und unbefangen, niemals unsicher, mit kühler Liebenswürdigkeit stets den Mittelpunkt einer Gruppe bildete, entging es ihm selten, wenn sie allein irgendwo in einer Ecke saß, oder wenn jemand sie mit Beschlag belegt hatte und sie fast zu Tode langweilte, oder wenn sie verzweifelt Interesse für die Bilder an den Wänden oder die Bücher in den Regalen heuchelte und insgeheim hoffte, daß es bald Zeit zum Nachhausegehen sei. Dann brach er jedes Gespräch, einerlei, mit wem er sich gerade unterhielt, ab und trat lächelnd und interessiert auf sie zu und führte sie gewandt in den Mittelpunkt des Kreises zurück.

Sie hatte sein Verhalten die Jahre hindurch anerkannt und war ihm dankbar gewesen. Jetzt dachte sie: Vielleicht war diese Dankbarkeit ein Fehler. Jetzt dachte sie: In Zukunft braucht mich niemand mehr zu beschützten; denn was sie heute nacht getan hatte, war anders als alles, was sie je zuvor getan hatte, und folglich, meinte sie, müsse auch alles, was danach kam, anders sein.

Sie überlegte, was Oliver wohl tun würde, wenn er davon erführe. Wahrscheinlich, dachte sie, würde er ihr mit der gleichen gesitteten, erdrückenden Herablassung vergeben, mit der er ihr die verlorengegangene Rechnung zweifellos längst verziehen hatte. Bei diesem Gedanken ärgerte sie sich schon im voraus über ihn und amüsierte sich gleich darauf, daß sie sich damit selbst widersprach.

Sie erinnerte sich, daß sie, Oliver und Patterson einmal über eine Bekannte gesprochen hatten, die mit einem auf Governor's Island stationierten Oberst ein Verhältnis unterhielt. »Das«, hatte Patterson bemerkt, »ist unverzeihlicher Ehebruch.«

»Einen Augenblick, Sam«, hatte Oliver eingeworfen, »was ist denn nach deiner Meinung ein *verzeihlicher* Ehebruch?«

Sam hatte jenen feierlichen, verschwiegenen Gesichtsausdruck aufgesetzt, mit dem er stets intelligente Aussprüche einzuleiten pflegte, und gesagt: »Ein verzeihlicher Ehebruch ist es, wenn man Vergnügen daran hat.«

Damals hatte Oliver herzhaft gelacht. Ob er jetzt wohl auch lachen würde? Es war ihr nie in den Sinn gekommen, daß er ihr untreu sein könnte, genau wie es ihm, dessen war sie sicher, nie eingefallen war, an ihrer Treue zu zweifeln. Vielleicht, dachte sie, ist es das, was unserer Ehe fehlte.

Indessen, es bestand kein Grund zu irgendwelchen Veränderungen. Oliver brauchte gar nichts von der Sache zu wissen. Sie war mittlerweise so gewöhnt an den Zustand der Unschuld, daß die jahrelange Gewohnheit sie jetzt, da sie nicht mehr unschuldig war, von selbst tragen würde. Außerdem hatte sie Oliver schon manchmal belogen, und immer mit Erfolg. Ihre Lügereien waren freilich nicht schwerwiegend gewesen, Flunkereien wegen eines überzogenen Bankkontos, wegen absichtlich verlegter Einladungen zu Partys, zu denen sie keine Lust hatte, oder vergessener Verabredungen. Aber, ob groß oder klein, jedenfalls waren sie nie herausgekommen, und Lucy hatte sie sich verziehen und vor sich selbst als kleine Hilfsmittel zur Sicherung eines glatten Ablaufs des ehelichen Alltags gerechtfertigt. Wenn jetzt eine Lüge ernsterer Natur erforderlich werden sollte, so traute Lucy sich zu, sie ohne Zögern und sogar mit noch größerer Berechtigung als früher vorbringen zu können. Heute nacht, dachte sie mit einem köstlich prickelnden Machtgefühl, war sie jeder Situation gewachsen.

Allzu schwierig konnte es nicht sein. Wie viele Frauen bringen es ohne weiteres zustande, dachte sie. Mrs. Wales, zum Beispiel, verschwieg ihr heimliches Wochenende am See und die zwei oder drei Nachmittage im Monat in New York. Claudia Larkin verschwieg ihren Golftrainer, der noch dazu jeden Samstagnachmittag ihrem Mann Golfunterricht gab. Edith Brown, sicherlich eine der dümmsten Frauen der Welt, erschien dennoch mit ihrem Mann gelassen zu allen gesellschaftlichen Veranstaltungen, obwohl jedermann außer ihrem Gatten von ihren Beziehungen zu einem Chemieprofessor in New Haven wußte.

Das eine stand jedenfalls fest, dachte Lucy selbstgerecht. In eine solche Lage würde sie Oliver niemals bringen. Sie würde absolutes Stillschweigen bewahren und auch Jeff zur Verschwiegenheit verpflichten. Was auch geschehen mochte, Oliver würde weder direkt noch indirekt darunter zu leiden haben. Im Gegenteil, sie würde Oliver eine bessere Frau als je zuvor sein, dachte sie, obwohl ihr die logische Begründung für diese Überlegung selbst nicht ganz klar war. Überhaupt, fand sie, es lohnte sich wirklich nicht, allzuviel über die Sache nachzudenken. Fünfzehn Ehejahre sind eine lange Zeit. Wahrscheinlich ist in keiner der Ehen, die wir kennen, auch nur halb soviel Zeit verstrichen, ohne daß einer von beiden Partnern einen Seitensprung gemacht hätte...

Ja, und Jeff... sie blickte auf sein dichtes schwarzes Jungenhaar an ihrer Brust. *Für immer*, hatte er gesagt. Nun ja, dachte sie nachsichtig, das wird sich finden.

Sie lag ganz still, sehr mit sich zufrieden. Ich habe noch nie etwas so eingehend und klug durchdacht, sagte sie sich. Noch nie habe ich die Fäden so sicher in der Hand gehabt.

Und, dachte sie, mit einer Freude am Unheilstiften, die sie bisher nie empfunden hatte, wenn mich wieder ein junger Mann den ganzen Sommer über beobachtet, wird es mir bestimmt nicht entgehen.

Jeff rührte sich in ihren Armen, seine Muskeln spannten sich, und er zitterte. Sein Kopf bewegte sich ruckhaft hin und her, und seine Lippen öffneten sich, als wollte er schreien. Sie küßte ihn auf die Wange und weckte ihn.

»Was hast du?« flüsterte sie. »Was ist denn?«

Er starrte sie an. Für den Augenblick schien er nicht zu wissen, wo er war oder wer sie war. »Was fehlt dir denn?« wiederholte sie weich und drückte ihn fester an sich.

Die Verkrampfung verging. »Nichts.« Er lächelte, legte den Kopf aufs Kissen und starrte an die Decke. »Ich muß wohl geträumt haben.«

»Wovon?«

Er zögerte. »Ach, nichts«, sagte er. Er fuhr langsam mit den Fingern durch ihr Haar. »Aber vielen Dank fürs Aufwecken.«

»Wovon?« wiederholte sie neugierig.

»Vom Krieg«, sagte er, den Blick auf die dunkle Zimmerdecke gerichtet.

»Von welchem Krieg?« fragte sie erstaunt, denn bei Kriegsende konnte Jeff höchstens zwei Jahre alt gewesen sein.

»Von dem Krieg, in dem ich fallen werde«, sagte er.

»Aber nein.« Also davon träumen junge Männer heutzutage? dachte sie. Während ich hier neben ihm lag und mich beglückwünschte.

»Immer wieder habe ich diesen verdammten Traum. Ich bin in einer großen Stadt, in der ich noch nie gewesen bin, die Aufschriften über den Schaufenstern sind in einer Sprache, die ich nicht klar identifizieren kann, und ich renne und renne eine Straße entlang und weiß nicht, wo die Geschosse herkommen, die immer näher bei mir einschlagen, und ich weiß, wenn ich nicht schnell aufwache, werde ich getroffen...«

»Wie schrecklich.«

»Ach, so schlimm ist es gar nicht. Es gelingt mir immer, rechtzeitig aufzuwachen.« Er lächelte in die Dunkelheit.

Plötzlich hatte die ganze Nacht für Lucy ein anderes Gesicht, erfüllt von Vorahnungen, von Träumen verdüstert, und der Junge auf dem Kissen neben ihr erschien ihr fremd und doch auf eine wehmütige Art notwendig. Sie beugte sich über ihn und küßte ihn. »Du sollst nicht mehr träumen«, sagte sie, und dann stellte sie ihre erste große Forderung. »Das ist treulos.«

Er lachte leise, und sie hatte das Gefühl, ihn wenigstens für kurze Zeit geborgen zu haben. »Du hast recht«, sagte er. »Ich werde aufs Träumen verzichten.«

Sie setzte sich auf. »Ich muß nachsehen, wieviel Uhr es ist. Wo ist deine Uhr?«

»Auf dem Tisch am Fenster.«

Sie stand auf und ging barfuß über den kühlen Holzfußboden durch das weiche Mondlicht. Sie fand die Uhr und hielt sie dicht an ihre Augen. Das Zifferblatt hatte Leuchtziffern, und sie konnte erkennen, daß es beinahe vier Uhr war.

»Ich muß gehen«, sagte sie und bückte sich nach ihren Schuhen.

Er saß aufrecht im Bett und sah ihr zu.

»Noch nicht«, sagte er. »Nicht gerade jetzt.«

»Ich muß.«

»Tu mir einen Gefallen.«

»Ja?« Sie stand und wartete.

»Geh noch einmal durch das Mondlicht«, sagte er leise.

Sie setzte die Schuhe nieder, lautlos, stand noch einen Augenblick regungslos und schritt dann langsam, eine hochgewachsene, nackte, mattschimmernde Frauengestalt, durch den Raum.

8

Ein Eulenschrei weckte Tony. Er hatte unruhig geschlafen, dadurch waren die Decken auf den Boden gefallen, und jetzt fror ihn. Er beugte sich herunter, zog die Decken auf die Schaukel zurück, die nun in einem unordentlichen Haufen auf ihm lagen, wartete darauf, wieder warm zu werden, und lauschte inzwischen auf die Eulenschreie. Es waren jetzt zwei Eulen. Eine in der Nähe, gleich hinter dem Haus, die andere irgendwo am See, vielleicht hundertfünfzig Meter entfernt. Sie schrien einander zu, immer wieder und immer wieder in der Dunkelheit, eintönig und drohend, wie Indianer, die sich durch Lautzeichen verständigen, ehe sie endgültig zum Angriff auf das Haus vorgehen.

Er mochte Eulen nicht. Er mochte überhaupt nichts, das nachts Geräusche machte. Wenn sie einander so viel zu sagen hatten, weshalb flogen sie sich dann nicht einfach entgegen und trafen sich in der Mitte? Aber das taten sie eben nicht. Sie saßen einfach irgendwo in den Zweigen versteckt und riefen sich mit ihren unheimlichen Stimmen alles mögliche zu. Er mochte auch ihre Art zu fliegen nicht. Sie flogen auf eine fette, mißtrauische Art, dachte er, und er hätte wetten mögen, daß sie auch schlecht rochen, wenn man in ihre Nähe kam.

Der Mond war inzwischen untergegangen, und es war sehr dunkel. Es tat ihm nun doch ein bißchen leid, daß er nicht im Haus in seinem Zimmer lag. Nicht etwa, daß er sich im Dunkeln gefürchtet hätte. Wenn diese Eulen nicht wären, würde ihm die Dunkelheit gar nichts ausmachen. Nur, wenn man so dalag und um einen herum alles stockfinster war, dann hatte man bei ihren Schreien leicht das Gefühl, daß einem irgend etwas Schlimmes drohte.

Er dachte daran, aufzustehen und ins Haus zu gehen, um nachzusehen, wieviel Uhr es war. Auf jeden Fall mußte es nach vier Uhr sein, denn er wußte, daß der Mond heute morgen um drei Uhr siebenundfünfzig unterging. Er würde wetten, daß drüben auf der anderen Seite im ganzen Ferienlager kein einziger Junge war, der wußte, daß der Mond heute morgen um drei Uhr siebenundfünfzig unterging.

Wenn er jetzt aufstünde, um nach der Uhr zu sehen, könnte er auch gleich nach seiner Mutter sehen. Aber wenn sie davon aufwachte, was sollte er dann sagen? Daß die Eulen ihm angst machten? Daß er sich im Dunkeln fürchte? Bei ihr würde das nichts schaden, aber sie würde es sicherlich seinem Vater schreiben, und der wiederum würde ihm wahrscheinlich einen langen Brief schikken und seine Späße darüber machen. An sich hatte er nichts gegen Späße, aber es war ihm lieber, wenn über gewisse Dinge nicht gespaßt wurde.

Natürlich wäre es auch möglich, daß seine Mutter nicht aufwachte. Einmal war er mitten in der Nacht in ihr Zimmer gegangen, und sie hatte so tief geschlafen, daß er sie nicht einmal atmen hörte. Sie lag einfach da, und die Decken gingen kein bißchen auf und ab. Ein schrecklicher Gedanke hatte ihn bei diesem Anblick überfallen. Sie schläft gar nicht, hatte er gedacht. Sie ist tot. Er hatte es nicht aushalten können, war an ihr Bett getreten, hatte sich über sie gebeugt und an einem Auge das Lid hochgezogen. Sie hatte sich nicht gerührt. Sie lag einfach da, und was er sah, war überhaupt nicht ihr Auge. Es war etwas Leeres, etwas, das nichts sehen konnte und gar keinen Glanz hatte. Er hatte noch nie etwas so Schreckliches gesehen. Er hatte entsetzt das Lid losgelassen, es hatte sich wieder geschlossen, und da hatte sie sich bewegt und angefangen, hörbar zu atmen und war wieder seine Mutter gewesen. Er hatte sich aus dem Zimmer geschlichen und zurück in sein Bett und sich vorgenommen, so etwas nie wieder zu tun. Er hatte ihr auch nichts davon gesagt. Überhaupt gab es viele Dinge, über die er mit niemandem sprach. Über das Totsein zum Beispiel. Jedesmal, wenn er ins Zimmer kam und sie sprachen gerade davon, wie damals, als der alte Watkins von nebenan gestorben war, schwiegen sie sofort und fingen dann an, über etwas anderes zu reden, über die Schule oder das Wetter oder sonst irgendwas. Er tat dann immer, als hätte er nichts gemerkt, aber er hatte sehr gut kapiert, was los war. Als er vier Jahre alt war, starb seine Großmutter im Haus seiner Tante in Haverford. Man hatte ihn in das große, alte Haus mit dem Gewächshaus an der Rückseite gebracht, damit er ihr Lebewohl sage. Er erinnerte sich an zwei Gerüche in diesem

Haus. An den Geruch vor dem Tod seiner Großmutter nach Äpfeln und Kürbissen und Ananastorten, und an den, als seine Großmutter starb, nach Medizin und Leuten, die unten im Zimmer rauchten, und Leuten, die sich fürchteten. In letzter Minute hatte seine Großmutter beschlossen, rasch zu sterben und so hatten sie keine Zeit mehr, ihn in ein Hotel zu bringen, das ganze Haus war voll Menschen, und ihn brachten sie in einem kleinen Zimmer neben dem Korridor unter, und die ganze Nacht hörte er die Leute an der Tür vorbeigehen und flüstern und weinen, und jemand sagte ganz laut: »Sie ruht in Frieden.«

Er hatte viel darüber nachgedacht, aber kein Wort gesagt, denn er wußte, daß man es nicht gern hatte, wenn er über so etwas sprach. Er war zu dem Ergebnis gekommen, daß seine Großmutter beschlossen hatte, mitten in der Nacht zu sterben, weil sie nicht bei Tageslicht sterben wollte, wenn alle Leute sie sehen konnten und sie sich vor ihnen genierte. Lange Zeit hatte er gedacht, daß man es so machte – man beschloß zu sterben, und dann starb man. Wenn man beschloß, nicht zu sterben, blieb man am Leben. Man war selbst maßgebend, hatte er gedacht, und man tat mit sich, was man wollte. Dann war etwas Merkwürdiges passiert, und er hatte seine Meinung geändert. Er hatte einen Baseball fangen wollen und sich dabei den Finger gebrochen. Damals mußte er etwa acht Jahre alt gewesen sein. Der Finger war danach verbogen. Das oberste Glied hing in sonderbarer Weise herab. Nach einiger Zeit tat der Finger nicht mehr weh, aber das Fingerende hing immer noch herunter. Er konnte es geradebiegen, wenn er es gegen einen Tisch drückte, aber sobald er es nicht mehr tat, sank das Glied abwärts und war wieder verbogen. Er hatte zu sich gesagt: Es ist mein Finger; wenn ich sage: »Richte dich auf«, dann hatte das Fingerende sich aufzurichten. Aber es blieb trotzdem verbogen. Und da hatte er angefangen zu verstehen, daß es gar nichts nützte, zu seinem Körper zu sagen: »Stirb nicht«, man starb trotzdem.

Es gab vieles, worüber man mit niemandem sprach. Die Schule, zum Beispiel. Sein Vater hatte ihn gefragt, ob er kommenden Herbst gern in ein Internat ginge, und er hatte geantwortet, er würde es gern tun, weil er wußte, daß sein Vater das von ihm hören wollte, und er mochte ihn nicht enttäuschen. Sein Vater sagte zwar nichts, wenn er enttäuscht war, aber man merkte es ihm dennoch an. Es war ungefähr wie ein Geruch oder wie wenn jemand im Nebenzimmer flüsterte, und man verstand zwar nicht jedes Wort, aber den Sinn. Und es war schlimmer, als wenn er etwas gesagt hätte. Er hatte seinen Vater schon genug dadurch enttäuscht, daß er so krank war. Tony wußte, daß er enttäuscht war, denn er hatte seinen Vater beobachtet, wenn sein Vater andere Jungen seines Alters sah.

Er wußte, sein Vater wollte, daß er einmal ein großer Mann würde, wenn er erwachsen war. Wenn man ihn fragte, was er einmal werden wollte, sagte er deshalb ›Astronom‹, denn daran hatte bisher noch niemand gedacht. Die anderen sagten Arzt oder Rechtsanwalt oder Berufsbaseballspieler, und sein Vater mußte immer lachen, wenn er sagte: ›Astronom‹, und Tony wußte, daß sein Vater dann dachte, daran sehe man, wie originell sein Sohn sei, es aber nicht allzu ernst nahm. Darum war es auch gar nicht nötig, etwas Besonderes zu tun oder sich Sorgen wegen guter Zeugnisse zu machen, um später nach Harvard gehen zu können.

Aber diese Schulsache. Irgend etwas mußte er unternehmen. Zur Schule zu gehen, machte ihm nichts aus, aber er wollte nicht weg von seiner Mutter. Wenn er das seinem Vater sagte, würde er wieder dieses Gesicht machen und von neuem davon anfangen, daß man nicht beständig bei seiner Mutter bleiben könne, wenn man älter wurde. Vielleicht kann ich, dachte Tony, gegen Ende des Sommers, wenn es sowieso zu spät ist, mich hier oben lange ins Bett zu stecken, einen Anfall bekommen. Einen kleinen Anfall. Ich könnte sagen, das Atmen mache mir Mühe, und ich sähe andauernd Punkte vor den Augen. Und wenn ich einen ganzen Tag in der Sonne bliebe, wäre ich am Abend ganz schön heiß, und es sähe genauso aus, als hätte ich Fieber.

Krank zu sein war eigentlich gar nicht so schlimm gewesen, außer am Anfang, als ihm alles weh tat und ihm die Augen verbunden wurden und alle zehn Minuten jemand hereinkam, um nachzusehen. Als das überstanden war, hatte seine Mutter fast den ganzen Tag an seinem Bett gesessen, jeden Tag; sie hatte ihm vorgelesen,

Ratespiele mit ihm gemacht, ihm Lieder vorgesungen und sogar ihren Lunch in seinem Zimmer eingenommen. Und wenn andere Kinder ihn besuchten, hatte er ihnen vieles voraus, weil er ihnen erzählen konnte, daß er beinahe gestorben wäre, und von ihnen war noch keines beinahe gestorben.

Albert Barker hatte versucht, den Mangel, noch nie wie Tony beinahe gestorben zu sein, dadurch auszugleichen, daß er ihm die Sache mit den Babys erzählte. Eine Dame und ein Mann, hatte Albert gesagt, legen sich ohne Kleider zusammen in ein Bett, und dann legt sich der Mann auf die Dame und sagt: »Nimm die Beine auseinander«, und die Dame macht einen ganz komischen Ton (Albert hatte versucht, ihn nachzuahmen – es war eine Art leises Grunzen, wie wenn jemand eine schwere Kiste aufnimmt), und einige Zeit danach wird die Dame sehr dick, und dann wird das Baby geboren. Er war überzeugt, daß Albert Barker das meiste davon geschwindelt hatte, aber er konnte ihn nicht genauer ausfragen, weil gerade in diesem Augenblick seine Mutter mit Milch und Gebäck hereingekommen war, und er hatte so ein Gefühl, daß dies, ähnlich wie das Sterben, auch zu den Dingen gehörte, über die man in Gegenwart von Erwachsenen besser nicht sprach.

Albert Barker hatte ihn nie wieder besucht. Die Kinder hatten ihn am Anfang ein- oder zweimal besucht, waren dann aber nicht wiedergekommen, weil man ja doch nichts weiter tun konnte als im Zimmer herumsitzen. Aber seine Mutter hatte gesagt, sie warteten nur darauf, daß er gesund würde und draußen wieder mit ihnen spielen könne, und dann sei die Freundschaft sofort wiederhergestellt.

Er war gar nicht wirklich traurig, daß sie nicht mehr zu ihm kamen, weil seine Mutter den ganzen Tag bei ihm war; aber mit Albert Barker hätte er gern noch einmal gesprochen, um *das* genau zu erfahren.

Ob Susan Nickerson wohl davon wußte? Sie schien vieles über so manche Dinge zu wissen. Aber sie beachtete ihn leider kaum. Hin und wieder ging sie mit ihm schwimmen, oder sie kam herüber und unterhielt sich mit ihm, aber sie schien immer nach jemand anderem Ausschau zu halten oder darauf zu warten, daß das Telefon klingelte, und wenn jemand anderer kam, ging sie sofort weg.

Wenn nur der Sommer länger wäre. Hätte er lang genug gedauert, wäre ihm bestimmt etwas eingefallen, um Susan Nickerson dazu zu bringen, ihn zu beachten. Der Sommer war so viel schöner als der Winter. Im Sommer waren die Menschen öfter zusammen. Im Winter waren alle immer in Eile. Im Winter blieb jeder für sich und wurde geistesabwesend.

Jeff mußte aufs College, und er würde ihn monatelang nicht sehen. Vielleicht blieb er sogar für immer verschwunden. Für immer. Es war ein übler Ausdruck, aber manchmal kam man um solche Ausdrücke nicht herum. Und selbst wenn er ihn wiedersah, würde es nicht so sein wie jetzt. Wenn man mit den Leuten immer zusammen war, jeden Tag, dann waren sie so, und wenn man sie nur alle paar Monate sah, dann waren sie ganz anders. Nach ein paar Monaten dachten sie im stillen immer an etwas anderes.

Das war auch einer der Gründe, weshalb er nicht ins Internat wollte – wenn er zurückkam, würde seine Mutter auch an etwas anderes denken. Erwachsenen machte das offenbar nichts aus. Wenn sie auseinandergingen, sagten sie auf Wiedersehen und gaben sich die Hand, und es war ihnen ganz einerlei, wenn sie sich Monate oder Jahre – oder für immer – nicht wiedersahen. Erwachsene verstanden im Grunde nichts von Freundschaft. Selbst damals, als Großmutter gestorben war und als man sie begraben hatte, war sein Vater nicht viel anders gewesen als sonst. Am nächsten Morgen hatte er beim Frühstück die Zeitung gelesen, und am Tag nach der Beerdigung war er ins Büro gegangen, wie sonst auch, und eine Woche später spielte er abends schon wieder Bridge, als sei nichts geschehen.

Tony schauderte ein bißchen und wickelte sich fester in die Decken. Er bedauerte, daß er angefangen hatte, über solche Sachen nachzudenken. Jedenfalls, wenn seine Mutter stürbe, so würde er garantiert nicht eine Woche danach Bridge spielen.

Vielleicht sollte man Arzt werden, Wissenschaftler. Dann konnte man an einem Serum arbeiten, das die Menschen für immer am Leben erhielt. Man könnte mit Affen anfangen. Zuerst würde man gar nicht darüber sprechen, und dann würde man den Affen eines Tages in die Aula eines Colleges mitnehmen, und alle würden dasitzen, voller Neugier, und warten, was man ihnen zu sagen habe, und dann würde man den Affen aufs Podium führen und sagen: »Meine Herren, vor vierzig Jahren habe ich diesen Affen mit meinem Geheimserum Nr. Qy null sieben geimpft. Wie Sie sehen, hat er keine grauen Haare bekommen, und er kann noch in den höchsten Bäumen herumturnen.«

Dann würde man einen sehr strengen Maßstab anlegen, wer von dem Serum bekommen sollte. Zuerst kämen Mutter und Vater und Jeff und Doktor Patterson an die Reihe, aber zu vielen Leuten würde man sagen: »Nein, tut mir leid, für alle ist nicht genug Serum da.« Ganz gleich, was sie boten. Die Gründe würde man nicht angeben, aber man hätte in jedem Fall sehr wichtige Gründe.

Er lachte unter der Decke leise vor sich hin bei dem Gedanken, was die Leute wohl für Gesichter machen würden, wenn er sagte: »Nein, für alle ist nicht genug Serum da.«

Er legte sich auf die Seite, dachte an den unsterblichen alten Affen und wollte eben die Augen zumachen, als er jemanden über den Rasen auf das Haus zukommen sah. Im ersten Augenblick wagte er nicht zu atmen, blieb regungslos liegen und guckte. Dann sah er, daß es seine Mutter war, in einem weiten offenen Mantel. Dicht über dem Boden war ein leichter Nebel, und seine Mutter schien über einem grauen See auf ihn zuzuschweben. Er sagte kein Wort, bis sie an der Veranda war. Dort blieb sie stehen, drehte sich um und blickte ein paar Sekunden lang zurück. Es war sehr dunkel, nur ein bißchen Licht kam aus dem Hauseingang durch die Vorhänge, aber er konnte erkennen, daß sie lächelte.

»Mama«, flüsterte er ganz leise, weil es so spät und so dunkel war.

Obwohl er ganz leise gesprochen hatte, schrak sie ein wenig zusammen. Sie kam zu ihm herüber, beugte sich über ihn und küßte ihn auf die Stirn. »Warum schläfst du denn nicht?« fragte sie.

»Ich habe den Eulen zugehört«, antwortete er. »Wo warst du?«

»Ach«, sagte sie, »ich bin ein bißchen spazierengegangen.«

»Weißt du, was ich werden will, wenn ich groß bin?«

»Nein. Was denn, Liebling?«

»Arzt. Ich will Versuche machen mit Affen.«

Sie lachte und strich ihm übers Haar. »Wann hast du dich denn dazu entschlossen?«

»Heute nacht.« Aber er sagte ihr nicht, weshalb. Dazu war später noch Zeit.

»Das war also eine sehr wichtige Nacht, nicht wahr?«

»Ja.«

Sie beugte sich herab und küßte ihn. Sie roch warm, und ihr Mantel duftete nach Tannennadeln, als hätte sie im Wald junge Tannenbäume gestreift. »Jetzt gute Nacht, Herr Doktor«, sagte sie. »Schlaf gut.«

Sie ging ins Haus, und er schloß die Augen. Er hörte sie noch eine Weile leise im Haus herumlaufen, dann ging das Licht aus, und alles war still. Ein Glück, dachte er, daß ich nicht hineingegangen bin, um nachzusehen, ob sie da war. Sie wäre nicht dagewesen, und ich hätte mich gefürchtet.

Die Eulen hörten auf zu schreien, weil es schon dämmerig wurde, und er schlief ein.

9

Tony kam mitten am Nachmittag, viel früher, als er erwartet hatte, nach Hause. Der Kinderausflug hätte eigentlich den ganzen Tag dauern sollen, mit einem Picknick beim Aussichtsfelsen am Ende des Sees und einer Besichtigung der Höhlen, die es dort gab. Das Picknick hatte stattgefunden, und für kurze Zeit waren sie auch in den Höhlen gewesen, aber Tony war froh, als es ein bißchen anfing zu regnen und Bert, der als Kutscher fungierte, sie alle zusammenholte und gegen zwei Uhr zurückfuhr. Alle Kinder, die an dem Ausflug teilnahmen, waren viel jünger als Tony, es hatte ein großes Durcheinander von Müttern und Kinderschwestern gegeben, und Tony hatte sich die ganze Zeit über abwechselnd überlegen und verlassen gefühlt. Er hätte den Ausflug überhaupt nicht mitgemacht, wenn Jeff sich den Tag nicht freigenommen hätte, um nach

Rutland zum Zahnarzt zu gehen. Seine Mutter hatte gesagt, sie habe viel zu tun, und er hatte ihr angemerkt, daß sie wollte, er ginge mit. Aber jetzt war es erst kurz vor vier, und hier saß er nun im Cottage, ganz allein. Er suchte seine Mutter im ganzen Haus, aber sie war nicht da. Endlich fand er auf dem Küchentisch einen Zettel von ihr, sie sei in die Stadt ins Kino gegangen und werde gegen fünf Uhr zurück sein.

Er nahm sich einen Apfel, ging kauend auf die Veranda hinaus und sah zum See hinüber. Es war ein kühler Tag, und der See sah grau aus und böse. Wenn nur die Sonne herauskäme, damit er schwimmen gehen könnte. Er aß den Apfel vollends auf, zielte sorgfältig und warf mit dem Kerngehäuse nach einem Baum, traf ihn aber nicht. Apfelbutzen sind für genaues Zielen nicht schwer genug, entschied er. Er dachte daran, mit dem Hotelomnibus in die Stadt zu fahren und seine Mutter zu suchen. Dann besann er sich anders. Jedesmal, wenn er seine Mutter suchte und sie irgendwo fand, lächelte sie zuerst und schien sich zu freuen, und dann sagte sie: »Aber Tony, du sollst mir nicht immerzu nachlaufen.«

Er ging hinein und sah auf die Uhr. Es lohnte sich ohnehin kaum noch, in die Stadt zu fahren und sie zu suchen, wenn sie um fünf Uhr zurück sein wollte. Außerdem hatte er kein Geld und hätte nicht gewußt, wie er in das Kino hineingelangen sollte. Er war noch nie im Kino gewesen. Erstens sei er zu jung, hatte sein Vater gesagt. Und zweitens sei es schädlich für seine Augen. Sein Vater lehnte Filme ab. Sein Vater lehnte viele Dinge ab. Sein Vater sagte immer: »Wenn du älter bist, Tony. Wenn du älter bist.« Tony hatte das Gefühl, daß er, wenn er zwanzig war, so beschäftigt sein würde, alles nachzuholen, was sein Vater ablehnte, daß ihm zum Schlafen überhaupt keine Zeit mehr blieb.

Er ging wieder auf die Veranda und legte eine Platte auf das Grammophon, das Jeff ihm geliehen hatte. Sie hieß ›I Get a Kick Out of You‹. Er lauschte kritisch auf den Text und stellte den Apparat auf größte Lautstärke ein, damit es klingen sollte, als veranstalte er eine Party auf der Veranda. Dann ging er ins Schlafzimmer seiner Mutter und holte ihren Standspiegel heraus in die Veranda.

Als er jünger war, pflegte er sich, wenn sie nicht zu Hause war, oft in ihrem Zimmer auf ihr Bett zu setzen und dort so lange zu warten, bis er sie kommen hörte. Aber dazu war er jetzt zu alt.

In der Veranda lehnte ein Baseballschläger an der Wand. Den nahm er jetzt und strich mit der Hand daran entlang. Dann stellte er sich vor dem Spiegel in Positur, das linke Bein vorangestellt, die Füße ein gutes Stück auseinander, wie Jeff es ihn gelehrt hatte. Er schwang den Schläger leicht und bedrohlich über die Schulter zurück und wartete auf den imaginären Ball. Dabei beobachtete er mit sachlicher Aufmerksamkeit jede seiner Bewegungen im Spiegel. Genau nach Jeffs Anweisungen holte er mit einer beherrschten, exakten Bewegung aus und schlug nach einem in seiner Phantasie in Gürtelhöhe vorbeifliegenden Ball, die Augen gespannt auf den Spiegel gerichtet. Zwei Bälle, die zu weit entfernt waren, ließ er, ihren Flug nur leicht mit dem Schläger markierend, vorbeigehen. Dann schlug er wieder vier- oder fünfmal zu und achtete dabei sorgsam darauf, die Handgelenke zurückschnellen zu lassen und die Schultern hinter den Ball zu bringen und ja nicht über die Linie zu treten. Nach einiger Zeit hatte er von diesen Übungen genug, zog einen Fängerhandschuh über und nahm einen Ball zur Hand. Er warf den Ball in die Höhe und übte verschiedene Arten, ihn aufzufangen. Mitten im eifrigsten Üben hörte er hinter sich jemanden die Stufen zur Veranda heraufkommen. Er wandte sich nicht um, dann sah er im Spiegel, daß es Susan Nickerson war. Sie trug die blauen Jeans und den Sweater, offenbar ihre Uniform. Er hatte sie heute schon einmal beim Hotel getroffen, kurz vor dem Aufbruch zum Kinderausflug. Auf seine Frage, ob sie auch mitfahre, hatte sie geantwortet: »Nein. Solche Ausflüge sind was für kleine Kinder.«

Er warf den Ball noch zwei-, dreimal in die Höhe, aber vorsichtig, damit er ihn auch jedesmal fangen konnte, denn er wußte ja, daß sie ihn kritisch beobachtete. Schließlich war sie es, die zuerst den Mund auftat.

»Tag«, sagte sie, und er verspürte ein leichtes Triumphgefühl.

»Tag«, sagte er, ohne sich in seiner Beschäftigung stören zu lassen.

Susan kam näher und sah ihn mißtrauisch an. »Was tust du denn da?«

»Fangübungen. Ein Jäger braucht vor allem sichere Hände.«

»Weshalb brauchst du dazu einen Spiegel?« fragte Susan. Sie blickte über Tonys Schulter selbst in den Spiegel und verbesserte mit ein paar leichten, tupfenden Handbewegungen den Sitz ihres Haares. Für ein Mädchen ihres Alters trug sie es ziemlich lang, und der Schnitt ließ sie viel älter erscheinen, als sie war.

»Um meine Technik zu korrigieren«, sagte Tony. »Alle großen Baseballspieler benutzen Spiegel.« Susan seufzte, als hätte sich auch dieses Thema, wie alle anderen, bei näherem Zuschauen augenblicklich als langweilig erwiesen. Einen Augenblick sah sie Tony mit ihrem Dompteusenblick scharf an, als überlege sie, wie gerade dieses Tier in eben diesem Moment zu behandeln sei. Dann begann sie lässig in der Veranda herumzustöbern, nahm Bücher in die Hand, las kalten Auges die Titel, ließ sie wieder fallen, strich mit den Fingerspitzen über eine Illustrierte, stellte sich neben das Grammophon und hörte lustlos auf die Musik. »Bist du allein?« fragte sie.

»Ja.«

»Es ist zum Sterben langweilig hier, nicht?«

Tony zuckte die Achseln und ging weg vom Spiegel. »Ich weiß nicht. Für Mädchen, vielleicht.«

»Wo ist Jeff?«

»Er ist nach Rutland gefahren. Zum Zahnarzt.«

»Soso«, sagte Susan im Ton einer Polizistin. »Nach Rutland.« Sie stellte das Grammophon etwas leiser. »Wo ist deine Mutter?« fragte sie in der Art einer höflichen Gastgeberin, die mit einem schüchternen Gast Konversation macht über ein Thema, das sie selbst nicht weiter interessiert.

»Im Kino. In einem Monat oder so bin ich auch soweit, daß ich ins Kino gehen kann.«

»Im Kino ist sie«, sagte Susan mit einer kaum merklich fragenden Hebung der Stimme.

»Ja.«

»Wie heißt der Film?«

»Ich weiß nicht.«

»Frag sie, wenn sie zurückkommt.« Susan drehte die Lautstärke des Grammophons noch weiter herunter.

»Warum?«

»Nur so«, sagte Susan. »Vielleicht bitte ich meine Mutter, daß sie heute abend mit mir hingeht. Woher hast du das Grammophon?«

»Es gehört Jeff. Seine Tante schenkte es ihm, als er aufs College ging. Sie ist sehr reich und macht ihm andauernd Geschenke. Er hat eine Sammlung von achthundertfünfundvierzig Platten. Er ist ein Experte in Swingplatten.«

»Er hält sich für weiß Gott was für einen Kerl, nicht?«

»Er ist auch ein Kerl.«

»Reden tut er, als wäre er fünfzig Jahre alt«, sagte Susan. Ihrem Ton war deutlich anzumerken, daß sie dies für einen der schlimmsten Vorwürfe hielt, die man gegen einen Mann vorbringen konnte.

»Jedenfalls wirst du nie einen klügeren Mann kennenlernen«, sagte Tony kampflustig.

»Das denkst *du*.«

Tony hätte gern etwas Niederschmetterndes und Endgültiges geantwortet. Aber es fiel ihm nichts Niederschmetterndes ein. »Ja«, sagte er lahm und wußte, daß es lahm klang, »das denke ich.«

Susan zuckte die Achseln. Sie trat zum Grammophon und stellte es ab. Die Musik hörte mit einem scharrenden, unangenehmen Geräusch auf.

»Warum hast du das getan?« fragte Tony.

»Ich kann Jazz nicht ausstehen. Ich mag nur klassische Musik. Ich spiele selbst drei Instrumente.«

Tony ging zum Grammophon und setzte es wieder in Gang. »Ich mag Jazz«, sagte er. »Und hier bin ich in *meinem* Haus.«

»Im Haus deines Vaters«, sagte Susan wie eine Rechtsanwältin. »Er bezahlt die Miete.«

»Wenn es meinem Vater gehört, gehört es mir auch.«

»Nicht unbedingt. Aber wenn du so bist, dann gehe ich eben.«

»Geh doch«, sagte Tony, aber nicht sehr überzeugend.

»Schön. Ich bin sowieso nur gekommen, weil ich vor Langeweile nichts Besseres wußte.« Sie ging mit ihren kurzen, wippenden Schritten langsam die Stufen hinunter. Tony sah ihr mit düsterer Miene nach. Mit einer plötzlichen Bewegung nahm er den Tonarm ab und schaltete den Apparat aus. »Ach«, sagte er, »auf die Platte bin ich selbst nicht so verrückt.«

Ein kaltes Lächeln der Befriedigung glitt rasch über das Gesicht des Mädchens – die Polizistin im Augenblick des Geständnisses. »Na also«, sagte sie und kam die Stufen wieder herauf.

»Welche drei Instrumente spielst du denn?« fragte Tony.

»Klavier, Posaune und Cello.«

Wider seinen Willen beeindruckt und entschlossen, es sich nicht anmerken zu lassen, suchte Tony auf seine Art mit ihr zu konkurrieren, indem er sein Teleskop aufnahm und mit fachmännischer Miene zum Himmel emporblickte. »Der Himmel ist voller Cirruskumuluswolken«, sagte er. »Die Wolkendecke liegt bei etwa dreihundert Meter, und die Sicht beträgt kaum eine Meile.«

Susan zuckte die Achseln. »Wer will schon solches Zeug wissen?«

»Und auf dem Mount Wilson, der ist in Kalifornien, haben sie ein so starkes Teleskop, daß man damit die Sterne am hellichten Tag sehen kann. Ich wette, das hast du auch nicht gewußt.«

»Wer will das schon wissen?«

Ruhig, triumphierend ließ Tony die Falle zuschnappen. »Wer will schon wissen, wie man Cello spielt?«

»Ich«, sagte Susan. »Ich habe eine vielversprechende Begabung.«

»Wer sagt das?« fragte Tony skeptisch. Er hatte bemerkt, daß eine Mischung aus Skepsis und Feindseligkeit dazu dienen kann, den Unterschied des Alters und des Geschlechts, der zwischen ihnen bestand, auszugleichen und sie beide, wenigstens für den Augenblick, auf die gleiche Stufe zu stellen.

»Mr. Bradley«, erwiderte Susan. »Unser Musiklehrer in der Schule. Er dirigiert das Orchester und die Blechkapelle. In der Kapelle spiele ich bei Fußballspielen die Posaune, weil man ein Cello nicht mit sich herumtragen kann. Mr. Bradley sagt, ich hätte eine große natürliche Begabung für Musik. Letzten Winter hat er in der Aula versucht, mich zu küssen. Er will immer alle Mädchen küssen. Vergangenes Jahr hat er drei von den ersten Geigen geküßt.«

»Wozu denn das?« fragte Tony und versuchte zu verbergen, wie sehr ihn das Thema interessierte.

Susan zuckte die Achseln. »Er tut es eben gern.«

»Was hast du gemacht, als er dich küssen wollte?«

»Ich habe ihn gewähren lassen«, sagte Susan sachlich.

»Warum?«

»Warum nicht? Aber als er auch noch anfangen wollte, mich zu streicheln, sagte ich, ich ginge zum Direktor, und da hörte er auf. Mr. Bradley ist wie ein richtiger Künstler. Wenn er Geige spielt, macht er die Augen zu. Im Film machen sie auch immer die Augen zu, wenn sie sich küssen. Deine Mutter ist im Kino – jetzt?«

»Das sagte ich doch schon.«

»Ich wollte mich nur vergewissern.« Sie machte eine langsame, wohlberechnete Runde durch die Veranda und hob sich bei jedem Schritt wie eine Ballettänzerin auf die Zehenspitzen. »Hast du schon einmal ein Mädchen geküßt?« fragte sie.

»Ich... ich... klar.«

»Wie viele?«

Tony zögerte mit der Anwort und suchte in Gedanken eine passende Anzahl. »Siebzehn«, sagte er schließlich.

Susan ging auf ihn zu und pflanzte sich vor ihm auf. Er bemerkte mit Unbehagen, daß sie mindestens fünf Zentimeter größer war als er. »Laß mich mal sehen«, sagte sie kalt.

»Was meinst du?« fragte Tony, um Zeit zu gewinnen, bemüht, seiner Stimme einen rauhen Klang zu geben.

»Laß mal sehen.« Der müde Anflug eines Lächelns zuckte flüchtig über Susans Gesicht, ohne daß sich der Ausdruck ihrer kalten, mißtrauischen, münzenartigen blauen Augen änderte. »Ich wette, du hast in deinem Leben noch kein Mädchen geküßt.«

»Natürlich hab' ich.« Tony fühlte sich in die Enge getrieben und wäre gern mindestens fünf Zentimeter größer gewesen.

»Beweise es mir.«

»Gut«, sagte Tony. Er fühlte sich wie im Fieber und hoffte sehnlichst, daß jemand käme und die ganze Sache unterbräche. Aber niemand kam. Er trat vorsichtig einen Schritt vor und küßte Susan. Der erste Kuß verfehlte sein Ziel und landete mehr oder weniger auf ihrem Kinn. Sie ging ein wenig tiefer in die Knie, und diesmal fand er ihren Mund. Er küßte sie schnell, gerade lange genug, um zu zeigen, daß er sich nicht davor fürchtete. »Siehst du«, sagte er; seine Arme lagen noch um ihren Leib.

»Nimm die Brille ab.«

Tony nahm seine Brille ab und legte sie sorgfältig aufs Grammophon. Dann küßte er sie nochmals. Ihre Lippen schmeckten angenehm nach Spearmint-Kaugummi. Er fing an, am Küssen Gefallen zu finden.

Befriedigt von ihrem Experiment, trat Susan einen Schritt zurück. »Langweilig ist es hier«, sagte sie. Aus ihren blauen Jeans holte sie Taschenspiegel und Lippenstift hervor und zog ihre Lippen nach. Tony sah fasziniert zu und wünschte, er wäre mindestens fünf Jahre älter und hätte nicht dieses Fiebergefühl. »Wenn Jungen da wären, die im Alter zu mir paßten, wäre ich gar nicht erst hergekommen.«

Tony starrte sie verblüfft an. Er fühlte wohl, daß sie ihn beleidigt hatte, wußte aber nicht genau, inwiefern eigentlich. Zerstreut nahm er sein Teleskop und sah nach dem Himmel. »Die Wolkendecke wird höher«, sagte er.

Susan musterte ihn kalt – die Dompteuse, entschlossen, noch ein letztes Kunststück zu probieren, ehe sie den Käfig für die Nacht verschließt. »Weißt du, was die Erwachsenen tun, wenn sie miteinander schlafen?« fragte sie.

»Natürlich«, sagte Tony unzutreffenderweise.

»So? Was denn?«

Tony wußte noch, was Albert Barker ihm darüber gesagt hatte. Aber in seiner Vorstellung war alles sehr verworren, außerdem hatte sich Barker, was Einzelheiten anbetraf, so unbestimmt ausgedrückt, daß Tony fürchtete, wenn er wiederholte, was Barker gesagt hatte, würde Susan sofort merken, wie hoffnungslos unwissend er war. »Tja«, sagte er unbehaglich, »eigentlich weiß ich nur...«

»Weißt du es, oder weißt du es nicht?« fragte Susan unerbittlich.

Um Zeit zu gewinnen, wandte Tony sich um, griff nach seiner Brille, setzte sie langsam auf. »Jeff fing neulich davon an«, sagte er zögernd. »Mein Vater hätte es ihm aufgetragen, sagte er mir. Es war was über... über Samenkörner.«

»Samenkörner«, wiederholte Susan verächtlich. »Du hast also keine Ahnung.«

»Woher weißt *du* denn soviel?« fragte Tony in der Hoffnung, sich durch einen Angriff retten zu können.

»Ich habe einmal nachts meinen Vater und meine Mutter beobachtet. Das heißt, es war mein Stiefvater. Sie kamen spät nach Hause und dachten, ich schlafe, und vergaßen, die Türe zuzumachen. Hast du deine Eltern noch nie beobachtet?«

»Nein. Die tun so was nie.«

»Natürlich tun sie es.«

»Nein.«

»Sei doch nicht so kindisch«, sagte Susan müde. »Alle tun es.«

»Meine Eltern aber nicht.« Er sprach jetzt mit sehr hoher Stimme. Weshalb er es so heftig abstreiten mußte, wußte er selbst nicht, aber irgendwie hing es mit dem grunzenden Ton, der an ein Schwein erinnerte, zusammen, den Albert Barker imitiert hatte.

»Komm, hör auf«, sagte Susan.

Tony war nahe daran, in Tränen auszubrechen, er haßte sie, weil sie hier war und solche Sachen sagte. »Du bist schmutzig«, sagte er. »Schmutzig bist du.«

»Keine Beleidigungen«, sagte sie warnend.

»Du bist schmutzig.«

»Geh doch hin und sieh selbst nach. Und nicht einmal mit deinem Vater.«

»Du lügst.«

»Im Kino!« Susan machte eine verächtliche Handbewegung. »Kino ist nur samstags und sonntags. Dir können sie alles erzählen, was? Du glaubst alles. Wie ein kleines Kind bist du!« Sie machte eine heftige, ziellose Geste nach rückwärts. »Los, geh doch zum Haus von seiner Schwester und guck durchs Fenster, wie ich es gemacht habe, dann wirst du schon sehen, ob ich lüge oder nicht.«

Tony holte aus und schlug unbeholfen mit dem Teleskop nach ihr, aber sie war sehr flink und stärker als er. Sie rangen einen Augenblick um das Teleskop, dann riß sie es ihm aus den Händen und warf es auf den Boden. Sie standen sich keuchend gegenüber und starrten einander an. »Schlag ja nicht noch einmal nach mir, du!« sagte Susan. Sie schob ihn verächtlich beiseite. »Du Baby! Blödes kleines Baby. Und vergiß nicht, deine Brille mitzunehmen.« Sie drehte sich auf dem Absatz um und ging langsam mit wiegenden Hüften davon.

Tony sah ihr nach, mit den Tränen kämpfend. Dann ging er, ohne zu wissen, weshalb er es tat, ins Haus und ins Schlafzimmer seiner Mutter und setzte sich auf seiner Mutter Bett. Das Zimmer duftete nach dem Parfüm seiner Mutter und nach der Seife, die sie sich aus New York schicken ließ. Nach einer Weile sprang er auf und ging wieder auf die Veranda. Ringsumher war alles still, die Wolken hingen noch tiefer unter dem Himmel, und der See sah noch grauer und bösartiger aus als zuvor. Einen Augenblick verharrte er noch in dem tiefen Schweigen, dann sprang er die Stufen hinunter und rannte durch den Wald, am Seeufer entlang, auf das Haus von Jeffs Schwester zu.

10

Es war beinahe dunkel, als Lucy und Jeff sich dem Cottage näherten. Durch einen breiten Riß in den Wolken sah man die Sonne hinter den Bergen untergehen, und ihre fast waagerechten Strahlen färbten den See bleigrau mit einem rötlichen Hauch darüber. Ein Horn tönte über das Wasser. Sein Klang, undeutlich und verzerrt durch die diesige Luft, schien aus weiterer Entfernung zu kommen als sonst. Lucy hatte sich ihren Regenmantel wie einen Umhang über die Schultern gelegt, der in steifen, archaischen Falten herabfiel, als sie langsam, von Jeff gefolgt, über den Rasen auf das Cottage zuging. Sie stieg die zwei Stufen hinauf und blieb, dem Horn lauschend, stehen. Sie wollte ihren Regenmantel ablegen, aber Jeff kam ihr zuvor, nahm ihn ihr von den Schultern, legte ihn über einen Stuhl und drehte sie dann langsam zu sich her. Sie sah lächelnd, den Kopf leicht zur Seite geneigt, zu ihm auf. Im Licht der untergehenden Sonne schien sein Gesicht gleichzeitig vier oder fünf verschiedene Empfindungen widerzuspiegeln, als sei er nicht ganz sicher, ob er im Augenblick der Sieger oder der Besiegte war, ob er sich durch die Erinnerung an den Nachmittag beglückt fühlen oder verzweifelt sein sollte, weil er vorüber war. Das Horn am anderen Ufer des Sees verklang, und Lucy trat an den Tisch und griff nach einer Packung Zigaretten, die dort lag.

»Mein Leben lang werde ich«, sagte Jeff, ihr Feuer gebend, »wenn ich einen Hornruf höre, an diesen Nachmittag denken.«

»Schsch...«, sagte Lucy.

Jeff warf das Streichholz weg und sah sie an, die langgeschlitzten, grauen, halbgeschlossenen, lächelnden Augen mit ihrem fremdartigen Anklang an den Orient, die ein Geheimnis zu bewahren schienen, das sie niemals preisgeben würde, die weichen, vollen Lippen, die jetzt, ohne eine Spur von Lippenstift darauf, in ihrem sonnengebräunten Gesicht fast farblos wirkten. »O Gott«, sagte er leise. Er fuhr mit der Hand langsam über ihre Hüfte und dann mit einer langsamen, streichelnden Bewegung über ihren Leib. »Der herrlichste Platz von der Welt«, flüsterte er.

Lucy lachte leise. »Schsch...«, sagte sie.

Sie ergriff seine Hand, hob sie an ihren Mund und küßte die Handfläche.

»Heute abend«, begann Jeff.

Sie küßte mit einem leisen, kurzen, schmatzenden Laut seine Fingerspitzen, wie man die Hand eines Kindes küssen mag. »Schluß«, sagte sie. Sie ließ seine Hand los und öffnete die Tür des Cottage. »Tony!« rief sie hinein. »Tony, wo bist du?« Sie erhielt keine Antwort und wandte sich wieder Jeff zu. Er hatte inzwischen den Handschuh und den Ball aufgenommen, die Tony eine Stunde zuvor benutzt hatte, und angefangen, kunstvolle kleine Fangübungen zu machen.

»Wahrscheinlich ist er noch nicht vom Ausflug zurück«, sagte er. »Mach dir keine Sorgen. Zum Abendessen wird er schon da sein.«

»Ich gehe hinein und ziehe mich um«, sagte Lucy.

Jeff legte den Ball weg und streifte den Handschuh ab. »Bitte nicht«, sagte er. »Bleib hier. Du brauchst dich nicht umzuziehen. Ich bin ganz vernarrt in dieses Kleid.« Er berührte die Stelle, wo der Stoff sich über der Hüfte bauschte. »Ich bin grausam gefesselt an dieses Kleid.«

»Nun gut«, sagte sie. »Wir machen alles so, wie du es willst, weil...« Sie schwieg.

»Weil?« fragte Jeff.

»Weil du zwanzig Jahre alt bist.«

»Das ist ein verteufelt schlechter Grund.«

»Einen besseren gibt es eben nicht, mein Kleiner«, sagte Lucy leichthin. Sie setzte sich auf die Schaukel, lehnte sich weit in die Kissen zurück, ließ aber die Beine herunterhängen, so daß die Füße den Boden berührten. Als sie den Kopf zurücklegte, mußte sie vor dem Rauch ihrer Zigarette die Augen schließen. »O Gott«, murmelte Jeff, der neben ihr stand und auf sie heruntersah.

»Du mußt nicht immer ›O Gott‹ sagen.«

»Warum nicht?«

»Weil das einen ganz neuen Begriff hineinbringt. Am Ende erreichst du damit noch, daß ich mich schuldig fühle, und ich will mich nicht schuldig fühlen. Und setz dich bitte hin. Du mußt nicht immer über mir hängen.«

Jeff setzte sich auf den Fußboden und benutzte die Schaukel als Rückenlehne. Sein Kopf lag gegen ihre Hüfte. »Ich hänge so gern über dir.«

»Nur zu genau festgelegten Zeiten«, sagte Lucy. Sie berührte sein Nackenhaar mit den Fingerspitzen. »Köstlich«, sagte sie. »Du darfst dein Haar niemals lang tragen.«

»Gut.«

Lucy strich mit der Hand über seinen Kopf. »Du hast einen harten, eigensinnigen Schädel.«

»Gut.«

»Dein Haar riecht wie Tonys Haar. Nach Sommer. Nach Sonne. Wenn die Männer älter werden, hat ihr Haar einen anderen Geruch. Nach Zigarettenrauch und Sorgen und Müdigkeit und Friseurladen.«

»Wie riecht denn Müdigkeit?«

Lucy dachte ein Weilchen nach. »So, wie Aspirin schmeckt«, sagte sie schließlich. »Wenn ich ein Mann wäre, kämen nur siebzehnjährige Mädchen für mich in Frage, taufrische, nagelneue.«

»Wenn ich ein Mann wäre, kämest nur du für mich in Frage.«

Sie lachte. »Was für gute Manieren du hast! Sag die Wahrheit. Wie viele Mädchen hast du gehabt?«

»Eines.«

»Oh«, sagte Lucy. »Also zwei, mich eingerechnet.«

»Also eines, dich eingerechnet.«

»Du hast wirklich gute Manieren. Ich glaube es natürlich nicht.«

»Also schön«, sagte Jeff. »Ich will gestehen. Ich bin ein Don Juan. Seit meinem fünfzehnten Jahr bis heute haben sechs Frauen meinetwegen Selbstmord begangen. Ich bin Bigamist. In zehn Staaten werde ich unter verschiedenen Namen von der Polizei gesucht. Mit vier Jahren habe ich bereits die beste Freundin meiner Großmutter verführt und seither eine rege Tätigkeit entfaltet. Alle führenden Frauenvereine im Osten haben mich in Acht und Bann getan. Mein Werk ›Wie man Frauen gewinnt, behält und verabschiedet‹ ist bis jetzt in zwölf Ländern erschienen, darunter mehrere, deren Bewohner ausschließlich Sprachen sprechen, die seit zweitausend Jahren tot sind.«

»Genug, genug, ich habe verstanden«, sagte Lucy lachend. »Du bist ein komischer Kerl. Ich dachte immer, heutzutage seien alle jungen Männer schrecklich – nun ja, locker.«

»Ich bin das Gegenteil von locker.«

Lucy hob den Kopf und betrachtete ihn neugierig. Er hielt das Gesicht abgewandt. »Ich glaube, das bist du wirklich.«

»Ich habe gewartet.«

»Worauf?«

»Auf dich«, sagte Jeff.

»Red keinen Unsinn.«

»Ich rede keinen Unsinn. Ich habe auf etwas gewartet« – er zögerte –, »auf etwas Überwältigendes. Zufälliges, Unwesentliches oder Unvollkommenes interessiert mich nicht. Die Mädchen, die ich kannte…« Er zuckte die Achseln. »Sie waren hübsch oder niedlich oder amüsant. Aber keine war überwältigend.«

»Himmel!« sagte Lucy. »Du hast romantische Vorstellungen.«

»Liebe ist entweder romantisch«, erwiderte Jeff in lehrhaftem Ton, »oder man kann ebensogut in eine Turnhalle gehen.«

Lucy lachte ein wenig. »Bist *du* merkwürdig.« Sie setzte sich auf und sprach in ernsterem Ton weiter. »Und du dachtest, ich sei überwältigend?«

»Ja.«

»Du bist der erste, der das von mir denkt.«

»Und dein Mann?«

»Ich weiß nicht«, sagte Lucy behutsam. »Ich stelle mir vor, daß er mich bequem findet.«

»Das ist nicht genug.«

»Nicht?« Sie war jetzt auf der Hut. »Bis jetzt war es genug.«

»Und jetzt?«

Lucy warf ihre Zigarette weg und strich mit zwei, drei kurzen Bewegungen ihr Kleid glatt. »Und jetzt«, sagte sie, »möchte ich zur Hotelbar hinuntergehen und etwas trinken.« Sie stand auf.

Ohne sich umzuwenden, hob Jeff den Arm und drückte sie sanft auf den Sitz zurück. »Wie ist sie – deine Ehe?«

»Warum willst du das wissen?«

»Ich muß es wissen. Ich möchte alles über dich wissen. Ich möchte Fotografien von dir sehen, als du noch ein kleines Mädchen warst. Ich möchte deinen Mädchennamen wissen.«

»Hammond.«

»Hammond«, wiederholte Jeff. »Lucy Hammond. Ausgezeichnet. Ich möchte wissen, welche Bücher du mit vierzehn Jahren gelesen hast.«

»*Wuthering Heights, Das Kapital* und *Little Women.*«

»Ausgezeichnet. Ich möchte wissen, wie du dir dein Leben vorgestellt hast, ehe du verheiratet warst. Ich möchte wissen, worüber du zu Hause mit deinem Mann beim Abendessen sprichst.«

»Warum?«

»Weil ich dich ganz und gar besitzen möchte. Ich möchte deine ganze Vergangenheit und die ganze Zeit, die du nicht bei mir bist, und deine Zukunft besitzen.«

»Sei vorsichtig«, sagte Lucy warnend.

»Ich will aber nicht vorsichtig sein. Wie ist deine Ehe? Ihrem innersten Wesen nach?«

»Ich habe sie immer für zufriedenstellend gehalten«, sagte Lucy nüchtern.

»Und jetzt?«

»Ab Mitte September, denke ich, ist sie – wieder zufriedenstellend.«

Jeff stand auf, ging bis zu den Stufen und lehnte sich gegen einen der Pfeiler, den Blick starr auf den See gerichtet.

»Lucy«, sagte er.

»Ja?«

»Wenn er wieder herkommt – Crown –«, sagte er mit leiser Stimme, »gehst du dann mit ihm ins Bett?« Er wandte sich um und sah sie an.

Lucy stand entschlossen auf und nahm ihren Regenmantel. »Ich glaube, wir müssen gehen. Ich wollte doch noch einen Drink.«

»Antworte mir.«

»Du mußt nicht töricht werden, Jeff.« In Lucys Stimme lag jetzt ein warnender Unterton.

»Antworte mir.«

»Mit uns hat das gar nichts zu tun.« Sie zog den Regenmantel an und fing an, ihn zuzuknöpfen.

»Du sollst mir etwas versprechen«, sagte Jeff, ohne sich von der Stelle zu rühren.

»Was?«

»Du sollst mir versprechen, dich nicht mit deinem Mann einzulassen, solange...«

»Solange?«

»Solange wir zusammen sind.«

Lucy schloß den letzten Knopf und schlug den Mantelkragen hoch. »Und wie lange soll das dauern?«

Jeff schluckte bedrückt. »Ich weiß nicht«, sagte er.

»Nenne mir eine Zahl. Zwei Tage? Eine Woche? Eine Saison? Fünf Jahre?«

Jeff kam zu ihr herüber und stand vor ihr, ohne sie zu berühren. »Sei mir nicht böse.« Er sprach stockend. »Ich... ich kann nur den Gedanken nicht ertragen, daß... Lucy, wir könnten so oft zusammensein. Mindestens einmal im Monat könnte ich nach Hartford kommen. Und dann die Feiertage – Thanksgiving, die Weihnachtsferien. Und fast über jedes Wochenende kann ich nach Boston fahren.«

Lucy nickte, als nähme sie seinen Vorschlag durchaus ernst. »Mhm, Boston. In welchen Hotels soll ich wohnen? Was schlägst du vor? Das Ritz? Das Copley? Oder vielleicht ein Hotel, in dem gewöhnlich Vertreter absteigen? Das Touraine? Oder Statler? Und dann – mein Ehering? Soll ich den tragen?«

Jeff hob die Hände, wie um Schläge abzuwehren. »Lucy«, sagte er gequält, »hör doch auf.«

»Und als was willst du in Boston auftreten?« fuhr sie fort. »Als mein Sohn? Oder mein Neffe? Oder als ein alter Freund?«

»Lucy«, sagte Jeff ärgerlich. »Du ziehst alles herunter.«

»Und was soll ich meinem Mann sagen? Was empfiehlst du mir? Jemand, dessen Namen ich nicht nennen möchte, hat gewisse Einwände erhoben gegen...«

»Hör auf, bitte. Es gibt so viele Möglichkeiten, so etwas einzurichten.«

»Wirklich?« sagte Lucy, als sei sie angenehm überrascht. »Vielleicht schickst du ein Memorandum. Als künftiger Diplomat. Es wäre sicherlich eine gute Vorübung für später, wenn du dem Ministerpräsidenten von Iran eine Protestnote schicken mußt oder dem ungarischen Außenministerium eine energische Mahnung. Sehr geehrter Herr! Wie wir erfahren haben, werden von verschiedenen Interessenten Ansprüche auf den Körper Ihrer Frau erhoben...«

»Du machst dich über mich lustig«, sagte Jeff verstimmt. »Lucy«, fuhr er in bittendem Ton fort, »was soll ich denn tun? Es war so vollkommen bis jetzt. Willst du mir einen Vorwurf daraus machen, daß ich diesen Zustand erhalten möchte?«

»Vollkommen.« Lucy nickte ironisch zustimmend. »Sie genossen ein vollkommenes Liebesglück – in billigen Hotelzimmern an schulfreien Tagen –, und immer gelang es dem jungen Mann, am Montag rechtzeitig zur ersten Unterrichtsstunde in der Schule zu sein. Das nennst du vollkommen.«

»O Gott«, sagte Jeff. »Ich komme mir vor wie ein Gefangener. Wenn ich älter wäre und einen Beruf hätte und etwas eigenes Geld...«

»Was dann?« fragte Lucy herausfordernd.

»Dann könnten wir auf und davon gehen. Heiraten. Zusammenbleiben.«

Lucy schwieg einen Augenblick. »Sei froh«, sagte sie dann besänftigend mit leiser Stimme, »daß du nicht älter bist, keinen Beruf hast und kein eigenes Geld.«

»Warum?«

»Weil ich nicht mit dir ginge.«

»Sag das nicht.«

»Und dann würdest du dir selbst die Schuld geben, anstatt deiner Jugend oder deinem Geldmangel. Das wäre viel schlimmer für dich. So kannst du im Herbst zurückkehren und, wenn es kalt wird, abends im Schlafsaal von dem schönen Sommer erzählen, den du in den Bergen im Haus deiner Schwester verbracht hast. Ich höre schon jetzt deine Schilderungen und verzeihe sie dir im voraus. Beinahe könnte ich dich um den Spaß beneiden, den du dabei haben wirst. ›Ich weiß nicht, was ich an mir habe‹, könntest du zum Beispiel sagen, ›aber verheiratete Frauen in einem gewissen Alter‹ – hier kannst du den anderen vielsagend zublinzeln – ›werfen sich mir geradezu an den Hals‹.«

»Was willst du eigentlich mit alledem sagen?«

»Ich versuche dir klarzumachen, daß der Sommer vorübergeht. Daß die Hotels schließen. Daß an den Sommerhäuschen die Läden geschlossen werden gegen den Schnee. Daß der See zufriert. Daß die Vögel in den Süden ziehen. Daß die Kinder in die Schule zurückkehren und die Erwachsenen zu... zu Einkaufslisten, Bridge, Unvollkommenheit, in die Geborgenheit und in die Wirklichkeit...«

Jeffs Gesicht sah krank aus in den letzten kalten Strahlen der untergehenden Sonne. »Du liebst mich nicht«, sagte er.

Lucy trat zu ihm. Ein weiches Lächeln erhellte ihr Gesicht. »Auch das ist nicht ganz richtig«, sagte sie. Sie legte leicht die Hand unter sein Kinn und küßte ihn. Dann ließ sie ihn los und zuckte die Achseln. »Mach kein so trauriges Gesicht, mein Kleiner«, sagte sie und entfernte sich ein paar Schritte von ihm. »Der Sommer dauert immerhin noch zwei Wochen.«

Jeff machte einen Schritt hinter ihr her, blieb aber dann stehen, weil er Tony aus dem Schatten der Bäume treten und langsam über den Rasen auf das Haus zukommen sah. Lucy erblickte ihn gleichzeitig und ging ihm die Stufen hinunter entgegen.

»Hallo, Tony«, sagte sie, »wo bist du denn solange gewesen?«

»Nur so hier herum«, antwortete Tony. Er vermied sorgfältig, seiner Mutter zu nahe zu kommen, als er die Stufen hinaufging.

»Wie war der Ausflug?« fragte Jeff.

»In Ordnung«, sagte Tony. Er lehnte sich gegen die Wand und sah Jeff an. »Wie ist dein Zahn?«

»In Ordnung«, sagte Jeff.

»Hat dir der Film gefallen?« fragte Tony seine Mutter. »Wie hieß er?«

»Ich... ich war gar nicht im Kino. Als ich hinkam, sah ich, daß nur samstags und sonntags Vorstellung ist.«

»Oh«, sagte Tony höflich. »Und dann?«

»Dann habe ich mir in ein paar Läden Sachen angesehen. Antiquitäten.«

»Hast du etwas gekauft?«

»Nein«, sagte Lucy. »Alles zu teuer. Nur angeguckt. Jeff und ich gehen auf einen Drink ins Hotel. Willst du mit? Du kannst eine Flasche Colca-Cola trinken, wenn du magst.«

»Ich habe keinen Durst«, sagte Tony.

»Du wirst sie trotzdem mögen.«

»Ich habe keinen Durst«, wiederholte Tony.

Lucy trat zu ihm und legte ihm die Hand auf die Stirn. »Fühlst du dich nicht wohl?«

Der Junge entwand sich ihrer Hand. »Doch, doch«, sagte er.

»Ich bin nur ein bißchen müde«, erklärte er ausweichend. »Vom Ausflug. Ich habe meinen Mittagsschlaf versäumt. Am besten lege ich mich eine Viertelstunde hin.« In der Befürchtung, seine Mutter könnte ihn zudecken und ihm sonstwie behilflich sein wollen, lächelte er sie mit gespielter Harmlosigkeit an. »So ein Ausflug ist anstrengend. Bis nachher«, sagte er. Er ging hinein und legte sich auf sein Bett. Er lag regungslos, mit offenen Augen, und als er seine Mutter und Jeff auf dem Weg zur Hotelbar an seinem Fenster vorbeigehen hörte, zählte er langsam und sorgfältig bis fünfhundert, stand auf, ging ins Wohnzimmer und rief seinen Vater in Hartford an.

11

Der Wagen war mit Schmutzspritzern bedeckt, als er vor dem Cottage hielt, und die halbmondförmigen nassen Spuren der Scheibenwischer auf der Windschutzscheibe glitzerten matt im Licht der Scheinwerfer, das die Bäume zurückwarfen. Oliver blieb noch ein paar Augenblicke am Steuerrad sitzen, um sich nach der langen Fahrt durch den Regen ein wenig auszuruhen. Im Inneren des Cottage brannte Licht, aber es schien niemand zu Hause zu sein. Er stieg aus und nahm seinen Regenmantel und den kleinen Koffer an sich, den er vor der Abfahrt rasch auf den Rücksitz geworfen hatte. Er trat durch die Haustür ein. Das Zimmer war leer. Außer den Regentropfen, die aus den Zweigen des Ahornbaumes neben dem Cottage aufs Dach fielen, war kein Laut zu hören. Auf dem Mitteltisch lagen Zeitungsblätter verstreut, und auf der Couch lag umgedreht ein aufgeschlagenes Buch. Auf dem Schachbrett lagen die Figuren unordentlich durcheinander, und ein paar waren auf den Boden gefallen. Aus einem Pänonienstrauß in einer Vase auf dem Kaminsims waren Blütenblätter auf den Teppich gefallen. Wenn sie sich nur fünf Minuten irgendwo aufgehalten hat, dachte Oliver, während er dastand und den Blick durchs Zimmer laufenließ, hinterläßt sie unweigerlich eine kleine Unordnung. Zuweilen erweckte es in ihm ein Gefühl der Intimität, der Belustigung oder verständnisvoller Nachsicht, wenn er ein Zimmer in solchem Zustand sah, nachdem Lucy es verlassen hatte. Aber heute abend, nach der langen Fahrt, ärgerte er sich darüber.

Er nahm den Hut ab und rieb seine kalten Hände. Im Kamin brannte kein Feuer. Er sah auf die Uhr auf dem Kaminsims. Es war zwei Minuten nach acht Uhr. Oliver war, wie immer, auf die Minute pünktlich zu der von ihm angegebenen Zeit angekommen. Er ging in die Küche und nahm die Whiskyflasche vom Regal über dem Eisschrank. Im Ausguß stand noch Geschirr vom Nachmittagstee. Drei Tassen, stellte er fest, drei Untertassen und ein paar Teller mit Krümeln von Schokoladekuchen darauf. Er goß etwas Whisky in ein Glas, ohne sich die Mühe zu machen, Wasser hinzuzufügen, ging ins Zimmer zurück und setzte sich mit dem Glas müde in einen Sessel. Bald darauf hörte er Schritte in der Veranda. Die Tür ging auf, und Tony in Regenhaut und Baseballmütze kam herein. Er blieb in der geöffneten Tür stehen. Fast schien es, als scheue er sich, einzutreten.

»Na, Tony?« sagte Oliver und lächelte.

»Papa«, sagte Tony und ging auf Oliver zu, als wollte er ihm einen Kuß geben, blieb aber kurz vor ihm stehen.

Oliver nahm ihm die Mütze ab und fuhr ihm mit einer leichten, verhalten liebevollen Bewegung durchs Haar. »Du hast es aber mächtig spannend gemacht, Tony«, sagte Oliver in scherzhaftem Ton. »Am Telefon sagst du mir nicht, was los ist. Du bestehst darauf, daß ich genau um acht Uhr hier bin. Und mit Mutter soll ich auch nicht sprechen.«

»Hast du sie auch bestimmt nicht angerufen?« fragte Tony mißtrauisch.

»Nein, ich habe sie nicht angerufen.« Es hatte keinen Sinn, Tony zu sagen, daß er unterwegs von Waterbury aus anzurufen versucht hatte, daß aber die Leitung durch den Regen defekt geworden und die Verbindung nicht zustande gekommen war.

»Sie weiß also nicht, daß du hier bist?«

»Nein. Ich bin, wie du gesagt hast, während der Abendessenszeit durch die Hintertür hereingekommen. Tony«, fragte er ruhig,

»hast du nicht vielleicht zu viele Abenteuergeschichten gelesen?«

»Ich lese gar keine Abenteuergeschichten.«

»Du hast mich den ganzen Tag über in große Sorge versetzt«, sagte Oliver freundlich.

»Das tut mir leid.«

»Nun komm her und setz dich erst einmal.« Oliver zeigte auf einen Stuhl neben dem seinen. Tony zog seine Regenhaut aus, kam langsam näher und setzte sich auf den Stuhl. Oliver nahm einen Schluck aus seinem Glas. »Also – was ist los?«

»Papa«, sagte Tony leise, »ich möchte nach Hause.«

»So.« Oliver blickte nachdenklich auf sein Glas. »Warum denn?«

Tony machte eine unruhige Handbewegung. »Ich habe keine Lust mehr, hier zu sein.«

»Der Aufenthalt hier hat dir sehr gutgetan, Tony. Du siehst sehr wohl und schön braun aus, und Mutter hat mir geschrieben, daß ...«

»Ich möchte nach Hause«, sagte Tony unbewegt.

Oliver seufzte. »Hast du es Mutter schon gesagt?«

»Nein. Es hat keinen Zweck, mit ihr zu reden.«

Oliver nickte nachsichtig. »Aha, ihr zwei habt wohl eine kleine Meinungsverschiedenheit gehabt?«

»Nein.«

Oliver nahm wieder einen Schluck. »Oder Jeff und du?«

Tony schwieg einen Augenblick. »Auch nicht«, sagte er dann. »Kann man denn nicht mal mit seinem Vater nach Hause wollen, ohne daß gleich jeder wer weiß was denkt?«

»Niemand denkt wer weiß was, Tony«, sagte Oliver beschwichtigend. »Aber wenn du mich in Hartford anrufst und mir alle möglichen geheimnisvollen Instruktionen gibst, mußt du dich schon auf ein paar Fragen gefaßt machen. Nun sei vernünftig, Tony.«

»Ich *bin* ja vernünftig.« Es klang, als fühlte Tony sich in die Enge getrieben. »Ich möchte nach Hause, weil ich nicht mit Mutter und Jeff im gleichen Haus sein will.«

Oliver stellte sein Glas hin und fragte sehr ruhig: »Was hast du gesagt, Tony?«

»Ich will nicht mit Mutter und Jeff zusammen hier bleiben.«

»Warum nicht?«

»Ich kann es dir nicht erklären.«

Oliver sah den Jungen scharf an. Er saß mit gesenktem Kopf, die Hände in den Hosentaschen, abweisend und verlegen auf seinem Stuhl und starrte auf seine Schuhe. »Tony«, sagte er, »wir sind doch immer gut miteinander ausgekommen, nicht wahr?«

»Ja.«

»Ich sage dir immer, was mich stört, und du hast mir bis jetzt immer gesagt, was dich stört. Stimmt das?«

»Ja.«

»Habe ich dir jemals etwas versprochen und es dann nicht gehalten?«

»Nein.«

»Habe ich dir schon einmal eine unwahre Antwort gegeben, wenn du mich etwas gefragt hast?«

»Nein.«

»Als du dir letzten Sommer angewöhnt hattest, hin und wieder ein bißchen zu flunkern – mir zum Beispiel zu erzählen, du seiest eines Nachmittags über den See geschwommen, obwohl du damals noch gar nicht schwimmen konntest, oder daß der alte Mr. Norton dich für einen Monat auf seine Ranch nach Wyoming eingeladen hätte und dir ein eigenes Pferd geben wollte...«

»Das war Kinderkram«, sagte Tony.

»Das weiß ich ja.« Oliver nickte verständnisvoll. »Ich habe dir ja schon damals gesagt, daß ich das verstehen kann. Und daß es gar nichts ausmache, wenn du mir, aber nicht anderen Leuten, solche Geschichten erzählst, weil ich dich kenne und weiß, daß du nur Spaß machst und deine Phantasie spielen läßt. Andere dagegen, die dich nicht so gut kennen, könnten vielleicht denken, du lügst, und man könne dir nicht trauen.«

»Aber jetzt flunkere ich nicht mehr. Überhaupt nicht mehr.«

»Natürlich nicht. Ja, und sogar das mit deinen Augen – anfänglich war es manchmal furchtbar schwer, dir zu sagen, was dir fehlte und wie es um dich stand. Später, wenn du selbst einmal einen Sohn hast, Tony, wirst du erst richtig verstehen, wie schwer es für mich war.« Er hielt einen Augenblick inne. »Aber ich habe es dir trotzdem gesagt. Erinnerst du dich?«

»Ja.«

»Weißt du auch, warum ich es dir gesagt habe?«

»Ich glaube ja.« Tonys Stimme war jetzt zu einem Flüstern herabgesunken.

»Weil ich wollte, daß zwischen uns alles klar und sauber ist. Weil ich möchte, daß du später, viel später, wenn du selbst so alt bist wie ich jetzt, immer sagen kannst: ›Zwischen meinem Vater und mir bestand Ehrlichkeit‹.« Oliver beugte sich vor und klopfte Tony aufs Knie, stand dann auf, trat an die Tür und blickte in die regennasse Nacht hinaus.

Tony hob den Kopf, seine Lippen zitterten, und er sah eine Weile starr auf den Rücken seines Vaters. Er wartete auf ein weiteres Wort von Oliver, und als er schwieg, stand Tony langsam auf und stellte sich neben ihn. »Ich weiß nicht – ich weiß nicht, wie ich es sagen soll«, flüsterte er. »Mutter und Jeff – sie tun etwas Böses. Sie tun, was die Erwachsenen tun, wenn sie verheiratet sind. Ich will nach Hause.«

Oliver schloß einen Moment die Augen. Er hatte sich nicht vorstellen können, weshalb Tony ihn angerufen hatte, aber dies hatte er auf keinen Fall erwartet. Während er am Steuer saß und den ganzen Tag durch den strömenden Regen fuhr, hatte er sich gesagt, daß sicherlich nur eine kindliche Krise hinter dem Anruf steckte, die wahrscheinlich bei seiner Ankunft längst überwunden war. Er wäre in der Tat nicht einmal gekommen, wäre der Geschäftsgang in der Druckerei nicht ohnehin sehr ruhig gewesen in dieser Woche. Aber das – dachte er, ist natürlich etwas anderes. Ungefähr so, als hörte man Geschrei aus dem Kinderzimmer und ginge hin in der Meinung, zwei Kinder auseinanderbringen zu müssen, die sich vielleicht mit Kissen oder Spielsachen prügelten, machte die Tür auf und sähe das eine Kind in einer Blutlache am Boden liegen und das andere mit drohend erhobenem Messer danebenstehen. »Wer hat dir das gesagt, Tony?«

»Susan.«

»Wer ist Susan?«

»Sie wohnt mit ihrer Mutter im Hotel. Susan Nickerson. Sie ist vierzehn Jahre alt. Sie hat drei Väter. Ihre Mutter ist schon zweimal geschieden. Sie weiß eine ganze Menge.«

»Hast du mich deshalb gebeten, herzukommen, Tony? Ist das der einzige Grund?«

Tony zögerte. »Ja«, sagte er dann.

»Tony«, sagte Oliver, sorgfältig jedes Wort wägend, »an einem Ort wie diesem hier sind oft Frauen, die den ganzen Tag faulenzen, Frauen von schlechtem Charakter, die nichts weiter tun als Bridge spielen und dummes Zeug über ihre Nachbarn reden. Ein anständiger Mensch hört ihrem Getratsche gar nicht zu. Und kleine Mädchen von vierzehn Jahren, die eben erst anfangen, sich für Jungen zu interessieren, schnappen hier und da Redereien auf, die nicht für ihre Ohren bestimmt sind, und schmücken sie zu – eh – phantasievollen Märchen aus. Namentlich ein kleines Mädchen, dessen Mutter einen Ehemann nach dem anderen hat.«

»Ich habe sie gehauen«, sagte Tony. »Ich hab' Susan gehauen, als sie das sagte.«

Oliver lächelte. »Ich finde, du hättest sie nicht gleich zu hauen brauchen. Aber ich glaube, du hättest auch nicht hinhören sollen. Tony, willst du mir einen Gefallen tun?«

»Ja?« fragte Tony mißtrauisch.

»Sag Mutter nichts davon und Jeff auch nicht. Wir sagen einfach, ich hätte im Geschäft gerade nicht so viel zu tun gehabt und sei schnell in den Wagen gestiegen und hergefahren. Wäre das nicht eine gute Lösung?«

Tony machte ein paar Schritte, als versuchte er, sich einen körperlichen Schmerz nicht anmerken zu lassen.

»Nein.«

»Warum nicht?«

»Weil Susan nicht die einzige war.«

Oliver legte dem Jungen den Arm um die Schultern. »Selbst wenn zweihundert oder dreihundert Menschen Klatschgeschichten erzählen, bedeutet das noch nicht, daß sie wahr sind. Weißt du, was man unter Klatsch versteht?«

»Ja.«

»Der Klatsch gehört zu den übelsten Dingen in der Welt. Er ist bei den Erwachsenen wie eine Krankheit. Ein guter Mensch kann sein ganzes Leben lang ein Kind bleiben, wenn er nicht klatscht und nicht auf Klatsch hört.«

Mit einer plötzlichen Bewegung entwand Tony sich dem Arm seines Vaters. »Ich auch!... Ich auch! Gestern bin ich zum Haus von seiner Schwester gegangen und hab' durchs Fenster geguckt und es selbst gesehen.« Er dreht sich um, rannte zum Lehnstuhl und vergrub das Gesicht in der Seitenlehne. Er weinte, gab sich aber krampfhaft Mühe, so zu tun, als ob er nicht weine.

Oliver strich sich müde mit der Hand über die Augen, trat an den Lehnstuhl und setzte sich auf die Armlehne. »Schon gut. Ist ja schon gut.« Er streichelte beruhigend den Kopf des Jungen. »Tony, es ist mir selbst sehr unangenehm. Aber ich weiß nicht, wie ich es machen soll. Du bist noch sehr jung. Ich weiß nicht, was du weißt und was du nicht weißt. Du könntest vielleicht etwas sehen und denken, es sei sehr schlimm, und in Wirklichkeit ist es ganz harmlos. Tony – du mußt mir genau sagen, was du gesehen hast.«

Tony sprach, ohne den Kopf zu wenden, in den Winkel zwischen Seiten- und Rückenlehne hinein. »Sie sagte, sie wollte ins Kino gehen. Aber Susan hatte recht. Sie war gar nicht im Kino. Ich bin zum Haus von seiner Schwester gegangen. Sie ist diese Woche verreist, und niemand ist im Haus. An den Fenstern sind Jalousien. Sie gehen nicht bis ganz hinunter aufs Fensterbrett. Unten bleibt ein kleiner Spalt offen, und man kann hineinsehen. Sie lagen beide in seinem Bett und sie... sie hatten gar nichts an. Und Mama küßte gerade...« Tony fuhr jäh herum und sah seinen Vater an. »Ich will nach Hause... Ich will nach Hause.« Er weinte jetzt hemmungslos, trostlos.

Oliver saß wie versteinert auf der Armlehne. Ein paar Sekunden blickte er wie geistesabwesend auf das weinende Kind. »Hör auf zu weinen, Tony«, sagte er endlich halblaut mit heiserer Stimme. »Ein so großer Junge heult doch nicht mehr.« Er stand auf und zog Tony aus dem Stuhl auf die Füße. »Geh jetzt und wasch dein Gesicht«, sagte er mit farbloser Stimme.

»Was willst du jetzt tun?« fragte Tony.

Oliver schüttelte den Kopf. »Ich weiß es nicht«, sagte er.

»Aber du gehst doch nicht fort?«

»Nein. Ich will mich nur einen Augenblick ruhig hinsetzen. Geh jetzt Tony. Du hast ganz rote Augen.«

Tony ging langsam, mit schleppenden Schritten, ins Badezimmer. Oliver, der ihm nachsah, schüttelte ratlos den Kopf und begann dann ziellos in dem kühlen Zimmer auf und ab zu gehen. Auf einem Stuhl lag eine strohgeflochtene Handtasche mit einem hellen, orangefarbigen Schal darüber. Er blieb vor dem Stuhl stehen, nahm den Schal auf, hielt ihn ans Gesicht und sog den Duft des Parfüms ein, das Lucy darauf gespritzt hatte. Dann bückte er sich wieder, nahm die Handtasche und untersuchte ihren Inhalt. Eine kleine Puderdose lag darin, die er herausnahm und öffnete. Der Spiegel war ganz mit Puder bedeckt. Er legte die Puderdose auf den Tisch, nahm alles heraus, was in der Tasche war, und legte Stück für Stück mit unbewußter Sorgfalt auf den Tisch. Eine winzige Flasche Parfüm, ein Schlüsselbund, ein Kamm. Ein aus einer Zeitung ausgeschnittenes Rezept für einen Obstkuchen. Ein kleines Geldtäschchen für Kleingeld. Er öffnete es, nahm die Münzen heraus und legte sie zu einer kleinen Säule aufeinander. Ihre Gesamtsumme betrug achtundsiebzig Cents. Darauf tat er alles ebenso methodisch und sauber in die Handtasche zurück. Draußen hörte er die Stimmen von Lucy und Jeff und ihre Schritte in der Veranda, und er zwang sich zu einem harmlosen Gesichtsausdruck und wandte sich um, als die Tür aufging. Lucy trat ein, gefolgt von Jeff. Sie lachte gerade über irgend etwas. Als sie Oliver mitten im Zimmer stehen sah, glitt ein Schatten über ihr Gesicht. »Oliver«, sagte sie dann im Ton erfreuter Überraschung, lief durchs Zimmer, warf die Arme um seinen Nacken und küßte ihn. Jeff wartete taktvoll an der Tür, bis die Umarmung sich löste.

Oliver küßte sie auf die Wange. »Guten Abend, Lucy«, sagte er freundlich.

»Wie kommst du denn hierher?« plapperte Lucy. »Warum hast du mich nicht vorher angerufen? Wie lang kannst du bleiben? Hast du schon zu Abend gegessen? Was für eine erfreuliche Überraschung. Hast du schon mit Tony gesprochen?«

Oliver lachte ein wenig. »Nur langsam«, sagte er. »Eines nach dem anderen. 'n Abend, Bunner.«

»Guten Abend, Mister Crown«, sagte Jeff mit jungenhafter Höflichkeit und hielt sich sehr gerade.

Lucy nahm Oliver bei der Hand und führte ihn zur Couch. »Komm und setz dich. Du siehst müde aus. Soll ich dir was zu essen holen? Einen Whisky? Ein Sandwich?«

»Nichts, danke. Ich habe unterwegs gegessen.«

Jeff sah auf seine Uhr. »Es ist schon spät«, sagte er. »Ich darf mich wohl für heute verabschieden.«

»Aber nein, bitte, bleiben Sie«, sagte Oliver. Er wußte nicht genau, ob er sich getäuscht oder ob Lucy ihn wirklich für einen Sekundenbruchteil beunruhigt angesehen hatte. »Es sind da ein paar Dinge, die ich gern mit Ihnen besprochen hätte. Wenn Sie nichts anderes vorhaben, natürlich.«

»Nein«, sagte Jeff, »ich habe nichts vor.«

»Hast du Tony schon gesehen?«

»Ja. Er ist im Badezimmer.«

»Sieht er nicht prächtig aus«, fragte Lucy.

Oliver nickte. »Prächtig.«

»Habe ich dir geschrieben, daß er diese Woche einmal hundert Meter weit geschwommen ist?« fragte Lucy. Oliver schien es, als spräche sie schneller, als er es in Erinnerung hatte, wie eine Pianistin, die in Gegenwart des Publikums nervös wird und, um es sich nicht anmerken zu lassen, die schwierigen Passagen unwillkürlich schneller und schneller spielt. »Es war ganz, ganz weit draußen auf dem See«, fuhr Lucy fort. »Jeff fuhr in einem Boot neben ihm her. Ich hatte solche Angst, aber...«

»Ich habe schon einen Augenblick mit ihm gesprochen.« Oliver wandte sich in freundlichem Ton an Jeff. »Nehmen Sie jetzt alle Ihre Mahlzeiten im Hotel ein?«

»Nur in dieser Woche«, sagte Lucy hastig, ehe Jeff etwas erwidern konnte. »Seine Schwester ist diese Woche über nicht da, und der arme Kerl hatte nichts im Haus als zwei Büchsen Lachs. Darum haben wir uns seiner erbarmt.«

»Aha«, sagte Oliver lächelnd. »Ihr seht beide aus, als bekäme euch der Sommer gut.«

»Er ist auch gar nicht übel«, sagte Lucy. »Aber wir hatten viel Regen. Und wie geht es dir? Wie kommt es, daß du dich freimachen konntest? Haben alle deine bezaubernden Leute in der Druckerei plötzlich angefangen zu streiken?«

»Nein, nichts so Interessantes. Es traf sich zufällig so, daß ich abkommen konnte.«

»Es war wohl schrecklich heiß in der Stadt, nicht?« sagte Lucy.

»So schlimm war es gar nicht.«

Lucy tätschelte seine Hand. »Wir haben dich so vermißt. Tony fragte immer, wann du endlich kämst. Aber jetzt bleibst du hier, ja?«

»Ich weiß es noch nicht. Das kommt darauf an.«

»Oh. Das kommt darauf an.« Sie stand auf und ging in den kleinen Flur, der zu den Schlafzimmern führte. »Tony! Tony!« rief sie.

»Laß ihn, bitte. Ich möchte etwas mit dir besprechen, Lucy.«

Jeff, der noch immer an der Tür stand, hustete – eine Spur zu zweckbetont. »In diesem Falle wäre es sicherlich besser, wenn ich...«

»Und mit Ihnen ebenfalls, Jeff, wenn Sie Zeit haben«, sagte Oliver munter. »Ist es sehr unhöflich, wenn ich Sie bitte, unten am See ein paar Minuten zu warten? Es hat aufgehört zu regnen, wie ich sehe. Ich möchte gern mit meiner Frau allein reden, und dann – wenn es Ihnen recht ist – werde ich Sie hereinbitten.«

»Aber natürlich«, sagte Jeff, höflich entgegenkommend. »Bitte, nehmen Sie sich ruhig Zeit.«

»Danke«, sagte Oliver. Jeff ging hinaus.

Lucy hatte plötzlich ein merkwürdig trockenes Gefühl im Mund. Am liebsten hätte sie Jeff nachgerufen: »Bleib! Bleib hier! Laß mir Zeit!«

Aber sie sah ihm schweigend nach, versuchte durch mühsames Schlucken Mund und Kehle anzufeuchten und zwang sich, die paar Schritte bis zu Oliver zu gehen. Sie war beinahe selbst überzeugt, daß sie lächelte, als sie die Arme um ihn legte. Jetzt kommt es vor allem darauf an, dachte sie, ganz wie sonst, ganz natürlich zu sein. Aber was wäre jetzt natürlich? Sie hatte eine Anwandlung panischen Schreckens, weil es ihr plötzlich unmöglich war, zu wissen, was natürlich war.

»Ich bin so froh, daß du wieder da bist«, sagte sie. »Du warst so lange fort.«

Ganz natürlich.

Um etwas zu tun zu haben, um Zeit zu gewinnen, betrachtete sie eingehend Olivers Gesicht. Dieses längliche, vertraute Gesicht mit den klugen, wissenden Augen, der feste, bleiche Mund, der so überraschend weich war, wenn er sie küßte, die gesunde, glatte Haut. Sie berührte mit den Fingerspitzen die Müdigkeitsfältchen unter seinen Augen. »Du siehst so müde aus.«

»Sag doch nicht immer, ich sehe müde aus«, sagte Oliver gereizt.

Lucy entfernte sich ein paar Schritte. Ich werde alles falsch machen, dachte sie, was ich auch tue. »Entschuldige«, sagte sie leise. »Du sagtest vorhin, es käme darauf an, ob du hier bleibst. – Auf was?«

»Auf dich.«

»So.« Lucy verschlang unbewußt die Hände ineinander und preßte die Finger zusammen. »Auf mich?«

Das Licht im Zimmer war plötzlich zu hell, und man sah alles zu deutlich, die harten, häßlichen Linien des Tisches, das unschöne Gelb der Vorhänge, die abgenutzten, farblosen Stellen an den Armlehnen des Lehnstuhls. Alles war eckig und unheildrohend, und die Zeit schien dahinzujagen wie ein Zug, der bergab in einen Tunnel rast. Wie herrlich wäre es, wenn sie jetzt in Ohnmacht fallen könnte, wenn sie sich in einem warmen, schützenden Dunkel auf das Schwere vorbereiten könnte, das vor ihr lag. Es ist unfair, dachte sie verwirrt, die wichtigste Szene meines Lebens, und niemand gibt mir Zeit zur Vorbereitung.

»Weißt du, was ich möchte?« sagte sie leichthin und noch immer beinahe überzeugt, daß sie lächelte. »Ich möchte einen Drink und...«

Oliver streckte den Arm aus und nahm sie am Handgelenk. »Komm her, Lucy.« Er führte sie an die Couch. »Setz dich.«

Sie setzten sich nebeneinander.

Das millionste Mal, dachte sie, daß wir nebeneinander sitzen.

Lucy lachte, entschlossen, die Dinge ihren Lauf nehmen zu lassen, ohne einen Versuch, sie zu lenken.

»Lieber Himmel«, sagte sie, »so ernsthaft?«

»Sehr ernsthaft.«

»Oh.« Ihre Stimme klang leise, fügsam, um Verzeihung bittend. »Habe ich zu viel Geld ausgegeben? Habe ich etwa schon wieder bei der Bank das Konto überzogen?«

Das war gar nicht schlecht, dachte sie, einfach alles laufenlassen.

»Lucy«, sagte Oliver, »hast du eine Liebschaft angefangen?«

Laufenlassen. Natürlich reagieren. Er saß da wie ein Schullehrer, stellte Fragen, examinierte sie. Plötzlich kam ihr zum Bewußtsein, daß sie sich fünfzehn Jahre lang vor ihm gefürchtet hatte, ununterbrochen, fünfzehn Jahre lang.

»Was?« fragte sie, stolz auf die Mischung von Belustigung und Ungläubigkeit in ihrer Stimme. Das ist nur vorläufig, dachte sie. Später, wenn wir mehr Zeit haben, kommt erst das Eigentliche. Später einmal werden wir auf den Kern der Sache kommen.

»Eine Liebschaft«, wiederholte Oliver.

Lucy runzelte die Stirn, machte ein verblüfftes Gesicht, als hätte Oliver ihr eine Rätselfrage gestellt, aber eine, die ihr sicherlich Vergnügen machen würde, wenn sie erst einmal verstanden hatte, was sie bedeutete. »Mit wem?« fragte sie.

»Bunner.«

Lucy schien einen Augenblick sprachlos zu sein. Dann begann sie zu lachen. Irgendwo tief in mir ist das Muster einer tugendsamen Ehefrau, dachte sie, die richtig reagiert und auf alle Fragen die richtige Antwort gibt. Ich brauche nichts weiter zu tun, als sie mechanisch nachzuahmen. »Du lieber Gott, mit diesem Kind?«

Oliver beobachtete sie scharf, beinahe schon überzeugt, weil er sich so gern überzeugen lassen wollte. »Du mußt dir allmählich abgewöhnen, zu denken, Männer seien Kinder, solange sie unter fünfzig sind«, sagte er ruhig.

»Der gute Jeff.« Lucy lachte immer noch. »Wie würde er sich fühlen, wenn er das gehört hätte.« Ihr Gesicht schmerzte bereits von der mühsamen Grimasse eines natürlichen Lachens, sie erfand irgend etwas, planlos. »Den ganzen letzten Winter ist er mit einem Mädchen zum Tanzen gegangen, das noch ins Lyzeum geht. Sie trägt noch kurze Röcke, und wenn sie zusammen ausgehen, können sie in keine Bar, weil kein Barmixer ihnen etwas geben würde.« Mit ihrem inneren Ohr lauschte sie sorgfältig ihrer Stimme und suchte und fand den echten Ton ungläubiger Belustigung. Es ist wie ein Kopfsprung, dachte sie. Ist man einmal abgesprungen, gibt es kein Zurück mehr, wenn es einem plötzlich auch noch so hoch vorkommt oder das Wasser noch so tief unten, wenn man sich noch so fürchtet und noch so bedauert, überhaupt abgesprungen zu sein. »Bist du deswegen so unvermutet hier aufgetaucht?« fragte sie.

»Ja.«

»Die lange, lange Fahrt, und ganz allein«, sagte Lucy mitleidig. Mitten im Kopfsprung, dachte sie, wenn man durch die Luft abwärts schießt und versucht, das Gleichgewicht zu behalten. »Armer Oliver. Aber wenn das die einzige Möglichkeit ist, dich herzubringen, dann soll es mir recht sein. Nun sag mir aber«, fuhr sie in ernsterem Ton fort, »wie bist du denn auf diese Idee verfallen? Was ist denn passiert? Hat dir eine von diesen alten Hennen im Hotel so einen recht schönen, giftigen, anonymen Brief geschrieben? Ich gebe mich gar nicht mit ihnen ab, und das ärgert sie wahrscheinlich. Sie sehen mich und Jeff und Tony dauernd zusammen und möchten zu gern einen Skandal erleben, damit sie ein Gesprächsthema...«

»Ich habe keinen anonymen Brief bekommen«, unterbrach Oliver.

»Nicht?« forderte sie ihn heraus. »Sondern?«

»Tony. Er hat mich gestern abend angerufen. Er hat mich gebeten zu kommen.«

»Oh. Und du hast mich daraufhin nicht angerufen?«

»Er hat mich gebeten, es nicht zu tun.«

»Also deswegen ist er beim Abendessen plötzlich aufgestanden und weggelaufen. Deswegen hast du für deine Ankunft eine so merkwürdige Zeit gewählt.« Ihre Stimme klang sarkastisch. »Die männlichen Mitglieder der Familie wollten eine geheime Zusammenkunft abhalten. So ist es doch wohl?«

»Um die Wahrheit zu sagen« –, Oliver fühlte sich in die Verteidigung gedrängt – »ich habe tatsächlich versucht, dich von Waterbury aus anzurufen, aber die Leitung war gestört. Er hat mir am Telefon gar nichts gesagt. Er war beinahe hysterisch. Er wiederholte beständig, er müsse mich unbedingt allein sprechen.«

»Ich ... ich schäme mich«, sagte Lucy mit den Worten der untadeligen Ehefrau in ihr. »Für dich. Für Tony. Mich selbst. Für unsere Ehe.«

»Was hättest du denn an meiner Stelle getan?« fragte Oliver gedrückt. »Wenn Tony dich nun angerufen hätte und gesagt ...?«

»Was habe ich bis jetzt immer getan?« fragte Lucy schnell.

»Bei mir hat es nie etwas gegeben. Das weißt du ganz genau.«

»Nicht? Vielleicht. Wer kann das wissen? Ich habe dich nie gefragt. Aber – ist das alles, was es gibt? Ist das die einzige Frage für ein Ehepaar, das seit fünfzehn Jahren verheiratet ist? Habe ich dich jemals belogen? Habe ich dir jemals etwas verheimlicht?«

»Nein«, antwortete Oliver müde, und Lucy hatte das Gefühl, daß er nahezu entschlossen war, die ganze Sache fallenzulassen.

»Plötzlich«, fuhr sie rasch fort, um ihren Vorteil auszunützen, »und mit einem Schlage ist alles verändert. Plötzlich ist die Zeit für Heimlichkeiten und verschwiegene Besuche und Kinderaussagen angebrochen. Warum?«

»Also gut. Ich gebe zu, ich hätte dich anrufen sollen. Aber die Frage ist damit noch nicht beantwortet. Warum hat Tony mir verschiedenes gesagt?«

»Woher soll ich das wissen? Ich weiß ja nicht einmal, was er dir gesagt hat.«

»Lucy«, sagte Oliver ruhig, »er sagt, er habe dich und den jungen Mann im Hause von dessen Schwester gesehen.«

Ende des Kopfsprungs.

Lucy zog mit einem langen seufzenden Ton die Luft ein. »Oh. Das hat er gesagt?«

»Ja.«

Sie fragte mit flacher, klangloser Stimme weiter. »Was will er denn da gesehen haben?«

»Das kann ich nicht wiederholen, Lucy.«

»Das kannst du nicht wiederholen.« Ihre Stimme war noch immer ohne Klang.

»Nein. Aber leider war es sehr überzeugend.«

»Oh... Das tut mir leid.« Sie beugte sich vor, so daß er ihr Gesicht nicht sehen konnte, und für einen Augenblick dachte er, sie sei bereit zu gestehen. »Hauptsächlich um Tonys willen.« Irrtum. Der Kopfsprung war noch nicht zu Ende. Es war ja auch kein richtiger Kopfsprung. Es war ein Absturz wie in einem Traum, bei dem man sich im Fallen um sich selbst dreht und verzweifelt in die leere Luft greift. »Hör mal, Oliver«, sagte sie nüchtern, »du müßtest doch eigentlich über verschiedene Eigenheiten, die dein Sohn so an sich hat, Bescheid wissen. Sie sind nicht sehr erfreulich. Du weißt doch, daß er alle möglichen Geschichten erfindet. Oder, um das richtige Wort zu gebrauchen, Lügen. Wie oft haben wir darüber mit ihm gesprochen?«

»Das tut er jetzt nicht mehr.«

»Das denkst du. Die Geschichten werden nur raffinierter mit zunehmendem Alter. Besser ausgedacht, glaubhafter, weniger harmlos.«

»Ich dachte, das hätte er abgelegt.«

»Du kennst ihn eben nicht. Du siehst ihn ein paar Stunden in der Woche, wenn er sich von der besten Seite zeigt. Du kennst ihn nicht so gut wie ich, weil du nicht, wie ich, seit Jahren Tag und Nacht mit ihm zusammengewesen bist.« Brandstiftung, dachte sie, entsetzt über sich selbst. Hat man erst einmal das Streichholz angezündet, kann man nur noch dastehen und zusehen, wie das Haus niederbrennt. Und alles leugnen und sein Alibi untermauern. »Deshalb ist dies jetzt geschehen«, sagte sie. »Er verhält sich mir gegenüber nicht wie ein normaler kleiner Junge seiner Mutter gegenüber, sondern wie ein eifersüchtiger, anspruchsvoller Liebhaber. Das hast du selbst schon gesagt.«

»Nicht im Ernst. Vielleicht einmal im Spaß –«

»Das ist kein Spaß. Du weißt ja, wie er sich benimmt, wenn er nach Hause kommt und ich bin nicht da. Er stöbert herum und sucht mich. Ruft meine Bekannten an. Geht in mein Schlafzimmer, stellt sich ans Fenster und wartet auf mich und will mit keinem Menschen reden. Das hast du doch Dutzende Male selbst miterlebt, oder nicht?«

»Ja, und ich konnte es nie an ihm leiden«, sagte Oliver verstimmt. »Ich dachte immer, du hättest es nur allzu gern. Das war auch einer der Gründe, weshalb ich Bunner angestellt habe.«

»Und dann hast du mir gesagt, ich solle ihn mehr sich selbst überlassen«, sagte Lucy schnell. »Ich solle ihn dazu zwingen, selbständiger zu werden. Und Jeff hast du dasselbe gesagt. Nun, wir haben uns an deine Anweisungen gehalten. Deine Anweisungen, wohlgemerkt. Und jetzt haben wir den Erfolg.«

»Wie meinst du das?« fragte Oliver verwirrt.

»Wir haben ihn von Zeit zu Zeit allein gelassen. Wir haben sorgfältig vermieden, ihn jede Minute des Tages zum Mittelpunkt zu machen, um den sich alles drehte. Und das paßte ihm nicht. Darum hat er sich jetzt gerächt. Mit diesem krankhaften, häßlichen Geschichtchen.«

Oliver schüttelte den Kopf. »Auf so etwas kommt kein kleiner Junge von selbst.«

»Warum nicht? Besonders jetzt. Neben anderen Instruktionen hast du auch die hinterlassen, ihn aufzuklären.«

»Was ist daran auszusetzen? Es wird allmählich Zeit, daß er...«

»Allmählich Zeit, daß er seine Eifersucht mit diesen interessanten neuen Kenntnissen verbrämen und versuchen kann, unsere Ehe zu vernichten.«

»Lucy, sagst du die Wahrheit?«

Lucy holte tief Atem, hob den Kopf und sah Oliver fest in die Augen. »Ich schwöre es.«

Oliver wandte sich um, ging zur Tür und öffnete sie. »Bunner!« rief er zum Seeufer hinunter, »Bunner!«

»Was hast du vor?« fragte Lucy.

»Ich möchte mit ihm sprechen.« Oliver kam ins Zimmer zurück.

»Das kannst du doch nicht tun.«

»Ich muß«, sagte Oliver ruhig.

»Du kannst mich nicht derart bloßstellen. Und dich selbst auch nicht. Du darfst mich vor diesem Jungen nicht so erniedrigen.«

»Bitte, ich möchte allein mit ihm reden.«

»Wenn du das tust, werde ich es dir niemals verzeihen.« Sie sagte das nicht etwa aus echter Überzeugung, sondern weil die Musterehefrau es gesagt hätte.

Oliver machte eine kurze, verabschiedende Bewegung. »Bitte, Lucy.«

Sie standen sich noch gegenüber und starrten einander wortlos an, als Bunner eintrat. Oliver bemerkte ihn endlich. »Aha«, sagte er, »da sind Sie ja.« Er wandte sich wieder seiner Frau zu. »Lucy«, sagte er auffordernd. Ohne Jeff anzusehen, ging sie rasch zur Tür und verließ das Zimmer. Oliver wartete noch einen Augenblick, riß sich dann sichtlich zusammen und machte eine höflich einladende Geste. »Bitte, nehmen Sie Platz.« Jeff setzte sich nach kurzem Zögern auf einen Holzstuhl. Oliver ging langsam vor ihm auf und ab, während er sprach. »Zunächst«, sagte er, »möchte ich Ihnen für die Briefe danken, in denen Sie mir jede Woche über Tonys Fortschritte berichtet haben.«

»Ich dachte mir, da Sie nicht heraufkommen konnten, wollten Sie wenigstens wissen, was wir hier den ganzen Tag treiben.«

»Ich habe Ihre Briefe mit Vergnügen gelesen. Sie waren bemerkenswert klarsichtig. Offenbar haben Sie die ganze Zeit über genau gewußt, was in Tony vorging, und ich hatte auch das Gefühl, daß Sie ihn wirklich gernhaben.«

»Er ist ein sehr erfreulicher kleiner Kerl.«

»Erfreulich?« wiederholte Oliver unsicher, als sei dies eine ihm neue Seite seines Sohnes. »Ja, nicht wahr? Übrigens waren Ihre Briefe auch recht aufschlußreich über Sie selbst.«

Jeff lachte ein wenig verlegen. »Wirklich! Ich hoffe, ich habe mich nicht unmöglich gemacht.«

»Ganz im Gegenteil. Sie ergeben das Bild eines sehr intelligenten, verläßlichen jungen Mannes. Ich habe sogar daran gedacht, Ihnen, wenn Sie mit dem College fertig sind und sich vielleicht gegen die Diplomatenlaufbahn entscheiden sollten, eine Stellung in meinem Geschäft anzubieten.«

»Das ist sehr liebenswürdig von Ihnen, Mr. Crown«, sagte Jeff verlegen. »Ich werde daran denken.«

»Übrigens«, sagte Oliver, als suche er nach einem geeigneten Konversationsthema, weil es vielleicht unhöflich wäre, allzu rasch zur Sache zu kommen, »das Mädchen, das Sie an dem Tag, als wir uns kennenlernten, erwähnten. Ich erinnere mich sogar noch wörtlich, was Sie damals sagten. Ich fragte Sie, ob Sie ein Mädchen hätten, und Sie antworteten, beinahe. Geht sie vielleicht in Boston ins Lyzeum?«

»Ins Lyzeum?« fragte Jeff erstaunt.

»Ja«, sagte Oliver.

Jeff lachte unbehaglich. »Nein, ich kenne in Boston gar keine Lyzeumsschülerinnen. Das Mädchen, das ich damals meinte, ist in Vassar, im ersten Semester, und ich habe mich eigentlich nur aufgespielt. Ich sehe sie nämlich höchsten sechsmal im Jahr. Warum fragen Sie?«

»Dann habe ich das wohl irgendwie verwechselt«, sagte Oliver leichthin. »Vielleicht durch einen von Tonys Briefen. Seine Handschrift läßt ja genügend Raum für Vermutungen.« Er zuckte die Achseln. »Ist auch nicht weiter wichtig. Also, keine Lyzeumsschülerin.«

»Nein.«

Oliver wartete. »Und ältere Damen?« fragte er dann gleichmütig. »Verheiratete Damen?«

Jeff senkte die Lider. »Ich glaube, darauf erwarten Sie wohl kaum eine Antwort, Mr. Crown.«

»Nein, vielleicht nicht.« Oliver zog Scheckbuch und Füllfederhalter aus der Brusttasche. »Hat meine Frau Sie regelmäßig jede Woche bezahlt?«

»Ja.«

»Aber für diese Woche noch nicht?« fragte Oliver, das Scheckbuch aufgeschlagen in der Hand.

»Nein. Einen Augenblick bitte, Mr. Crown.«

»Heute ist Freitag«, fuhr Oliver ruhig fort, »und wir hatten dreißig Dollar pro Siebentagewoche abgemacht, nicht wahr? Das wären fünf Siebentel von dreißig – rund gerechnet also zwanzig Dollar. Es macht Ihnen doch nichts aus, wenn ich Ihnen einen

Scheck gebe? Ich habe nicht viel Geld bei mir.«

Jeff stand auf. »Ich möchte kein Geld«, sagte er.

Oliver zog die Augenbrauen hoch. »Warum nicht?« Seine Stimme klang freundlich und maßvoll. »Sie haben es doch bisher von Mrs. Crown jede Woche angenommen, oder nicht?«

»Ja, aber...«

»Diese Woche ist doch wie alle anderen, abgesehen davon, daß zwei Tage fehlen.«

»Ich möchte es nicht.«

Oliver tat, als hätte er ihn falsch verstanden. »Wie die Dinge liegen, halten Sie es für besser, daß Sie gehen, nicht wahr?«

»Ja«, sagte Jeff so leise, daß Oliver ihn kaum verstand.

»Eben«, fuhr Oliver in väterlichem Ton fort. Er gab Jeff den Scheck. »Hier, bitte sehr. Sie haben es sich verdient. Als ich zwanzig Jahre alt war, konnte ich zwanzig Dollar immer gebrauchen. Viel anders wird es bei jungen Leuten heute auch nicht sein.«

Jeff sah mit unglücklichem Gesicht auf den Scheck in seiner Hand und ging auf die Tür zu. Plötzlich wandte er sich um. »Wahrscheinlich müßte ich jetzt sagen, daß es mir leid tut oder daß ich mich schäme, irgend so was. Vermutlich wäre das für Sie befriedigender.«

Oliver lächelte warm. »Nicht unbedingt.«

»Aber ich tue es nicht«, sagte Jeff trotzig. »Es ist das Herrlichste, was ich je erlebt habe.«

Oliver nickte. »Das ist immer so. Mit zwanzig.«

»Sie wissen nichts«, sagte Jeff. »Sie kennen sie nicht.«

»Möglich.«

»Sie ist rein. Zart. Sie dürfen ihr keine Vorwürfe machen. Es war alles meine Schuld.«

»Ich will Ihnen diese Ehre ja nicht schmälern«, erwiderte Oliver freundlich, »aber ich muß doch sagen, wenn eine fünfunddreißigjährige Frau sich mit einem zwanzigjährigen Jungen einläßt, kann ich ihm als Verdienst dabei höchstens seine – Anwesenheit anrechnen.«

»Sie...« sagte Jeff bitter, dem älteren Mann die Stirn bietend, »Sie sind Ihrer selbst so sicher. Ich weiß alles über Sie. Sie hat es mir gesagt. Sie geben immer nur an, was jeder zu tun hat. Und zu denken hat. So machen Sie es mit Ihren Angestellten. Ihrem Kind. Ihrer Frau. Alles soll so gehen, wie Sie es haben wollen. Und dabei immer höflich, kalt, rücksichtslos. Gott, selbst jetzt lassen Sie sich nicht einmal dazu herbei, aufgebracht zu sein. Sie kommen hierher und merken, daß ich Ihre Frau liebe, und was tun Sie? Sie schreiben einen Scheck aus.« Er knüllte mit einer pathetischen Bewegung den Scheck zusammen und warf ihn auf den Boden.

Olivers nachsichtig-belustigte Miene blieb unverändert. »Einer der Gründe, die immer wieder gegen die Anstellung junger Leute aus wohlhabenden Familien vorgebracht werden, ist der, daß sie nicht die richtige Achtung vor dem Geld haben.«

»Ich hoffe, sie wird Sie verlassen. Und wenn sie es tut, werde ich sie heiraten.«

»Bunner«, sagte Oliver, ein Lächeln unterdrückend, »nehmen Sie es mir nicht übel, aber Sie benehmen sich ziemlich töricht. Sie ergehen sich in Sentimentalitäten. Sie brauchen Worte, wie Liebe, Ehe, Zartheit, Reinheit, und ich weiß auch, weshalb, ich bewundere Sie sogar deswegen. Sie sind kein Wüstling. Sie möchten eine hohe Meinung von sich haben. Sie halten sich für leidenschaftlich und außergewöhnlich. Nun, das ist durchaus natürlich, und ich mache Ihnen keinen Vorwurf daraus – aber ich muß Ihnen sagen, es stimmt nicht mit den Tatsachen überein.«

»Was wissen Sie von den Tatsachen?« fragte Jeff bitter.

»Immerhin soviel: Was Sie erlebt zu haben glauben, war keine Liebesaffäre, sondern Einbildung. Die Frau, die Sie zu haben glaubten, existiert nicht, und die Liebe ebenfalls nicht.«

»Sie wollen mir doch nicht sagen –«, fing Jeff an.

»Lassen Sie mich bitte ausreden.« Oliver machte eine abwehrende Handbewegung. »Sie haben eine ganz alltägliche Angelegenheit mit Rosen und Mondschein ausgeschmückt. Sie haben eine Jahreszeit mit einer Lebenszeit verwechselt. Sie haben die Bedenkenlosigkeit einer törichten, kindischen Frau für Liebe gehalten, und am Ende sind Sie derjenige, der eben deswegen am meisten zu leiden haben wird.«

»Wenn Sie das von ihr glauben«, sagte Jeff, fast stotternd vor

Zorn und Verwirrung, »dann haben Sie kein Recht, von ihr zu sprechen. Sie achten sie nicht, Sie bewundern sie nicht, Sie lieben sie nicht...«

Oliver seufzte. »Wenn Sie älter werden, werden Sie selbst merken, daß Liebe sehr häufig nichts mit Achtung und Bewunderung zu tun hat. Aber ich bin nicht hierhergekommen, um über mich selbst zu sprechen. Jeff, darf ich ein ziemlich hartes Ansinnen an Sie stellen – sehen Sie die Dinge so, wie sie wirklich sind. Den Sommer, zum Beispiel. Das Hotel hier am See, das sich in nichts von vielen anderen unterscheidet. Lauter Bretterpaläste mit dünnen Wänden und schlechten Tanzkapellen und einem See davor wie auf einer Ansichtskarte und voll von müßigen, gedankenlosen, ferienmachenden Frauen, die in den heißen Monaten von ihren Männern getrennt leben. Frauen, die den ganzen Tag in der Sonne liegen, sich langweilen, zuviel trinken, Abwechslung suchen und auch finden in Gestalt von Geschäftsreisenden, Kellnern, Sportlehrern, Mitgliedern der Tanzkapelle, Collegestudenten. Ein ganzer Haufen leicht zu habender Männer, die nichts empfiehlt außer der Tatsache ihrer Anwesenheit. Die und der Umstand, daß sie bequemerweise verschwinden, wenn die kalten Monate beginnen. Übrigens«, fügte er im Konversationston hinzu, »haben Sie Mrs. Crown gesagt, daß Sie sie heiraten möchten?«

»Ja, das habe ich.«

»Und was hat sie geantwortet?«

»Sie hat gelacht«, gab Jeff zu.

»Natürlich.« Oliver war freundlich und verständnisvoll. »Das gleiche ist mir passiert, als ich gerade zwanzig geworden war. Nur geschah es auf dem Schiff auf der Fahrt nach Frankreich. Vielleicht war es sogar noch romantischer als dies hier...« Mit einer Armbewegung wies er auf das Cottage, den See, die umliegenden Wälder. »Das Leben an Bord eines Schiffes und Frankreich, wie es dort unmittelbar nach dem Krieg war. Und die Dame war so klug gewesen, ihre Kinder zu Hause zu lassen, vielleicht weil sie mehr Erfahrung besaß als Mrs. Crown. Es war sehr intensiv zwischen uns. Wir machten sogar einen zweiwöchigen Abstecher zu den italienischen Seen und hatten auf der alten *Champlain* unsere Kabinen nebeneinander, und auf der Rückfahrt nach Amerika führte ich auf dem Bootsdeck lange Gespräche mit ihr, in denen ich vermutlich so ziemlich das gleiche sagte wie Sie hier in mondhellen Nächten. Wir hatten auch mehr Glück als Sie. Ihr Mann hat nie etwas davon erfahren. Er erschien erst, als wir am Pier angelegt hatten. Trotz allem«, Oliver lachte bei der Erinnerung, »es dauerte zwei Stunden, bis die Zollformalitäten erledigt waren, und als wir die Sperre hinter uns hatten, konnte sie sich kaum noch an meinen Namen erinnern.«

»Warum versuchen Sie, es so häßlich zu machen?« fragte Jeff. »Warum wird es dadurch besser für Sie?«

»Nicht häßlich«, sagte Oliver, »nur alltäglich. Es war sehr erfreulich – der Sommer in Europa gehört zu meinen angenehmsten Erinnerungen –, aber durchaus alltäglich. Seien Sie doch nicht so niedergeschmettert, weil Sie mit zwanzig eine Erfahrung hinter sich gebracht haben, die andere junge Männer vor Ihnen auch schon gemacht haben.« Er bückte sich und hob den zerknüllten Scheck vom Fußboden auf. »Wollen Sie den Scheck wirklich nicht haben?« Er hielt dem Jungen das Papier einladend hin.

»Nein«, sagte Jeff.

Oliver zuckte die Achseln. »Wie Sie wünschen. Mit der Zeit werden Sie sicherlich lernen, sorgfältiger mit dem Geld umzugehen.« Er glättete den Scheck, sah geistesabwesend darauf nieder und warf ihn dann mit einer abrupten Bewegung in den Kamin. »Übrigens – das Grammophon dort gehört doch Ihnen, nicht?«

»Ja.«

»Dann nehmen Sie es wohl am besten gleich mit. Und alles, was Ihnen hier sonst noch gehört, auch.«

»Es ist nur das Grammophon.«

Oliver ging zu dem Apparat und zog den Stecker heraus. Er wand die Leitungsschnur sauber um das Instrument und schob den Stecker sorgsam unter die Windungen der Schnur. »Ich hielte es für das beste, wenn Sie von jetzt an nicht mehr hierher kämen, meinen Sie nicht?«

»Ich verspreche nichts.«

Oliver zuckte die Achseln. »Mir ist es einerlei. Ich hatte nur an

Ihren Seelenfrieden gedacht.« Er klopfte leicht auf das Grammophon. »Bitte.« Er wartete, liebenwürdig lächelnd. Jeff biß die Zähne zusammen, trat herzu, nahm den Apparat unter den Arm und wandte sich zum Gehen. Gerade als er an der Tür war, ging sie auf, und Lucy kam herein.

Sie war vorhin, als sie das Haus verlassen hatte, blindlings zum See hinuntergegangen. Dort stand sie am Ufer und blickte aufs Wasser hinaus. Das Gewölk war ein wenig aufgebrochen, und bleiches, wässeriges Mondlicht hob die Spitzen der Zweige, die Pfähle im Bootshafen des Hotels, die Mastspitze eines der kleinen Segelboote aus dem Dunkel heraus.

Es war kalt am Wasser, und Lucy fröstelte. Sie hatte keinen Sweater angezogen und konnte nicht ins Haus zurückgehen, um sich einen zu holen.

Was die beiden Männer im Wohnzimmer wohl miteinander sprachen? Sie versuchte, sich das Gespräch vorzustellen, aber es war ihr unmöglich. In früheren Zeiten und an anderen Orten hatten Männer sich in solchen Situationen gegenseitig umgebracht. Nicht nur in früheren Zeiten. Sie erinnerte sich an einen Zeitungsbericht, den sie erst vor etwa vier Wochen gelesen hatte. Ein Seemann war unerwartet nach Hause gekommen, hatte seine Frau mit einem anderen Mann angetroffen und beide erschossen und dann sich selbst. Zwei Tage lang hatte die Geschichte die erste Seite der Zeitungen gefüllt.

Nun, im Wohnzimmer war keine Schießerei zu befürchten. Vielleicht war es das, was ihnen fehlte. Allen dreien. Vielleicht war etwas Derartiges nur dann echt und wert, erlebt zu werden, wenn die Beteiligten willens waren, sich deswegen gegenseitig zu erschießen.

Sie wandte sich um und sah zum Haus hinüber. Es sah genauso aus, wie es den ganzen Sommer über und im vorigen Sommer ausgesehen hatte. Das Licht fiel friedlich und zu hell durch die Vorhänge im Wohnzimmer und ließ das nasse Gras des Rasens vor dem Haus aufglänzen. Und ein paar Fenster weiter weg brannte Licht in Tonys Zimmer. Das abgeschirmte Licht der Tischlampe. Was Tony wohl gerade tat? Vielleicht las er. Oder zeichnete

Pferde, Schiffe und Sportler? Vieleicht packte er seine Sachen, um von zu Hause wegzulaufen? Oder lauschte er?

Sie fröstelte. Sie wußte plötzlich, das Schlimmste würde sein, Tony gegenüberzutreten, ob er gegenwärtig lauschte oder nicht. Sie kehrte sich vom Haus ab und sah wieder auf den See hinaus. Wie leicht wäre es, einfach geradeaus zu gehen und immer weiter geradeaus in die unkomplizierte Schwärze hinein... Aber sie wußte, daß sie auch das nicht tun würde.

Sie lauschte auf das Plätschern des Wassers gegen die Hafenpfähle, leise, eintönig, vertraut, der gleiche Laut wie letzten Sommer, wie in allen vorhergehenden Sommern. Sie wünschte sich in den letzten Sommer zurück; in jede Zeit vor heute abend. Wenn sie doch noch einmal von vorne anfangen und dann alles besser und klüger machen könnte, ohne diese verrückte, überstürzte, mechanische, traumhafte Lügerei. Oder wenn jetzt schon der nächste Sommer wäre und alles geregelt, bestraft, vergessen.

Wenn sie doch die Zeit wenigstens um eine halbe Stunde zurückdrehen könnte, bis zu dem Augenblick, als sie ins Zimmer trat und Oliver erblickte und wußte, daß es schlimm werden würde, und Angst vor ihm hatte und dabei gleichzeitig jenes Gefühl von Wärme und Freude, das sie immer empfand, wenn sie eine Weile von ihm getrennt gewesen war, ein Gefühl von Verwurzeltsein, Vertrautheit, Zusammengehörigkeit, ein subtiles, befreites Abschütteln der Verantwortung, die das Alleinsein ihr auferlegt hatte. Ob sie Oliver dieses Gefühl wohl jemals erklären und ihm klarmachen könnte, daß es vorhanden war, auch wenn sie ihn mit einem anderen Mann betrog, auch wenn sie ihn deswegen belog, auch wenn sie die gekränkte Unschuld spielte?

Als Oliver Jeff hinausschickte und sie anklagte, hätte sie aufstehen und sagen sollen: »Bitte, ich möchte eine Viertelstunde allein sein. Ich möchte mir alles genau zurechtlegen, denn etwas derart Wichtiges darf man nicht überstürzen.« Dann hätte sie in ihr Zimmer gehen, alles überdenken und wieder hereinkommen und ihn um Verzeihung bitten sollen.

Aber das hatte sie eben leider nicht getan. Sie hatte sich ihrem Instinkt überlassen wie ein schuldbewußtes Kind und in kopfloser

Hast eine Menge weiblicher Finten und Tricks angewandt, nur darauf bedacht, sich für den Augenblick zu decken, und ohne Rücksicht auf die möglichen Folgen. Meinem Instinkt, dachte sie, aber mein Instinkt ist leider unzulänglich.

Sie beschloß, alles wiedergutzumachen, wenn sie ins Haus zurückging. Sie würde ruhig und vernünftig sein und sagen: »Bitte, betrachte alles als ungesagt, was ich heute abend geredet habe. Die Sache verhält sich so...«

Und sie würde auch versprechen, Jeff niemals wiederzusehen. Und ihr Versprechen auch wirklich halten. Es würde ihr nicht schwerfallen – denn sobald sie Oliver und Jeff nebeneinander gesehen hatte, im gleichen Zimmer, war Jeff sofort in ein Nichts zusammengeschrumpft, er war einfach nicht mehr da, er war wieder nur ein sympathischer kleiner Junge, den ihr Mann angestellt hatte, damit er ihren Sohn schwimmen lehrte und ihn für ein paar Sommerwochen beaufsichtigte.

Wenn Oliver nicht so eigensinnig gewesen wäre, dachte sie in einem plötzlichen Anflug von Ärger, wenn er damals im Juli ihrer Bitte nachgegeben und sie mit sich nach Hause genommen hätte, wäre das alles nicht passiert. Und wenn er an jenem Abend kein solches Klagelied wegen der verlorengegangenen Rechnung angestimmt hätte. Zum mindesten einen Teil der Schuld hatte er sich selbst zuzuschreiben. Er konnte ruhig einmal merken, daß es auch für ihn Folgen haben konnte, wenn er ständig anderen seinen Willen aufzwang. Er sollte begreifen, daß sie ein Mensch war und kein Gegenstand, den man hin- und herschieben, kein Material, das man nach Belieben formen konnte, daß ihre Gefühle Wegweiser, Gefahrenzeichen, Anrufe waren, die er berücksichtigen mußte.

Vielleicht war es gerade gut, daß es so gekommen ist, dachte sie. Vielleicht, dachte sie optimistisch, verhilft dieses – Ereignis, dieser – dieser Zwischenfall unserer Ehe endgültig zu einer angemessenen Form. Vielleicht werden die Rechte und Privilegien und Entscheidungen von jetzt an gleichmäßiger verteilt.

Sie sah Schatten sich hinter den Vorhängen im Wohnzimmer bewegen und suchte sich vorzustellen, was die zwei Männer über sie sagten, welcher von beiden sie angriff, welcher sie verteidigte, zu welchem Urteil sie gelangten, zu welchen Enthüllungen, was sie ihr vorwarfen, was für Beschlüsse sie für ihre Zukunft faßten. Plötzlich war ihr der Gedanke unerträglich, sie länger sich selbst zu überlassen, ihnen noch länger Gelegenheit zu geben, über sie zu debattieren, sie bloßzustellen, über sie zu beschließen. Was auch geschieht, dachte sie, es soll in meiner Gegenwart geschehen.

Sie hastete über den feuchten Rasen ins Haus.

Als sie die Tür öffnete, sah sie Jeff mit dem Grammophon unter dem Arm dastehen, im Begriff zu gehen. Er sah klein, geschlagen und unbedeutend aus, und sie erkannte sofort, daß Oliver alles erreicht hatte, was er auch von ihm verlangt haben mochte.

Oliver stand unbeweglich, in höflicher Haltung, auf der anderen Seite des Zimmers.

Lucy warf einen kurzen Blick auf Jeff und wandte sich dann Oliver zu. »Bist du fertig?«

»Ich glaube wohl«, sagte Oliver.

»Lucy...«, begann Jeff.

»Geh jetzt, Jeff«, sagte sie. Sie hielt noch immer die Tür offen.

Gedemütigt, wie ein ausgescholtener Schuljunge, ging Jeff hinaus. Durch das sperrige Grammophon unter seinem Arm wirkte sein Gang unbeholfen und schwerfällig.

Oliver sah ihm nach und steckte sich dann bewußt lässig eine Zigarette an, weil er wußte, daß Lucy, die steif neben der Tür stand, jede Bewegung beobachtete. »Ein recht netter junger Mann«, sagte Oliver schließlich. »Recht nett.«

Das halte ich nicht aus, dachte Lucy. Nicht heute abend. Nicht, wenn er mit dieser belustigten Miene dasteht. Nicht, wenn er so gönnerhaft tut, völlig Herr der Lage. Sie merkte, daß sie zitterte, und sie konnte sich absolut nicht mehr erinnern, was sie sich unten am Seeufer zu sagen und zu tun vorgenommen hatte. Sie wußte nur, daß sie die nächsten Minuten irgendwie durchstehen mußte.

»Also?« fragte sie.

Oliver lächelte müde. »Er scheint... dich sehr gern zu mögen.«

»Was hat er gesagt?«

»Oh – das Übliche. Ich habe kein Verständnis für dich. Du bist rein und zart. Es war nur seine Schuld. Er ist glücklich über alles, was geschehen ist. Es war das herrlichste Erlebnis seines Lebens. Er möchte dich heiraten. – Sehr galant. Nichts Neues.«

»Er lügt«, sagte Lucy.

»Ach Lucy.« Er machte eine müde, kleine Handbewegung.

»Er lügt«, wiederholte Lucy starrköpfig. »Er ist ein verrückter Junge. Letzten Sommer war er schon hier am See. Ich habe ihn nicht einmal bemerkt. Aber er lief mir überall nach und beobachtete mich. Ohne mich jemals anzusprechen. Er hat mich nur ständig beobachtet. Den ganzen Sommer lang.« Sie sprach so schnell wie möglich, in der Hoffnung, Oliver dadurch mattzusetzen, ihn daran hindern zu können, sie zu unterbrechen. »Diesen Sommer ist er wiedergekommen, nur weil er herausgebracht hatte, daß ich auch hier bin. Und dann, eines Abends, tat ich etwas sehr Dummes. Ich gebe zu, es war dumm von mir. Ich ließ mich von ihm küssen. Daraufhin sagte er mir alles. Daß er sich auf den ersten Blick in mich verliebt hätte. Daß er mir überall nachgelaufen sei. Daß er mir im Winter Dutzende von Briefen geschrieben, aber niemals einen abgesandt hätte. Daß er es nicht mehr aushalten könnte, nicht bei mir zu sein. Lauter kindisches, überspanntes Zeug. Zuerst wollte ich dich anrufen und es dir sagen. Aber dann dachte ich mir, du würdest dir Gedanken machen. Oder eine Szene. Oder das Ganze für einen Trick von mir halten, um ihn loszuwerden. Oder du würdest dich über mich lustigmachen, weil ich nicht einmal mit so einem Kindskopf allein fertig werde. Oder denken, das sieht ihr wieder einmal ähnlich – ständig braucht sie Hilfe und ist unfähig, selbst für sich zu sorgen, wie alle anderen es können. Ich sagte mir immer wieder, es sind ja nur sechs Wochen, es sind ja nur sechs Wochen. Ich wies ihn zurecht. Ich benützte alle Mittel, die ich kannte. Ich machte ihn lächerlich vor mir und vor sich selbst, ich tat gelangweilt, ich spielte die Verärgerte, ich empfahl ihm, sich ein gleichaltriges Mädchen zu suchen. Aber er ließ sich durch nichts abschrecken. Er wiederholte ständig: ›Vielleicht doch noch.‹ Aber passiert ist nichts. Gar nichts.«

»Von ihm habe ich es anders gehört, Lucy«, sagte Oliver ruhig.

»Ja, das glaube ich. Er legt es darauf an, Unfrieden zu stiften. Das hat er mir selbst gesagt. Einmal hat er mir sogar gesagt, er wolle dir einen Brief schreiben, er sei mein Liebhaber, damit du mich hinauswirfst und ich mich ihm zuwenden müßte. Was soll ich denn tun, damit du mir glaubst?«

»Nichts«, sagte Oliver, »denn du lügst.«

»Nein, das ist nicht wahr.«

»Du lügst«, wiederholte Oliver. »Und du ekelst mich an.«

Ihre Verteidigung war zusammengebrochen. Sie gab plötzlich ihre Spiegelfechtereien auf und ging blindlings mit ausgestreckten Armen auf ihn zu. »Nein... bitte, Oliver...«

»Komm mir nicht zu nahe«, sagte Oliver. »Das ist noch das Schlimmste von allem. Deine Lügerei. Das Unverzeihlichste. Dein Sommerabenteuer mit einem Collegestudenten könnte ich vielleicht mit der Zeit vergessen. Aber die Lügen nicht. Namentlich nicht die über Tony. Lieber Gott, was hast du dir eigentlich dabei gedacht? Was für eine Frau bist du?«

Lucy sank in einen Sessel. »Ich wußte nicht, was ich tat«, sagte sie dumpf. »Ich habe solche Angst, Oliver. Ich habe solche Angst. Ich möchte so gern uns beiden unsere Ehe bewahren.«

»Ich pfeife auf eine solche Ehe«, sagte Oliver. »Du liegst in seinen Armen und machst dich mit ihm über mich lustig, beklagst dich über mich bei ihm. Erzählst ihm unter Küssen, ich sei kalt, ich sei ein Tyrann. Und draußen steht dein Sohn und sieht alles durchs Fenster, weil du es so eilig hattest, mit ihm ins Bett zu kommen, daß du dich nicht einmal vorher überzeugen konntest, ob die Jalousie ganz heruntergelassen war.«

Lucy stöhnte. »So war es nicht.«

Oliver stand jetzt dicht neben ihrem Sessel, aufs höchste aufgebracht. »Ist das die Ehe, die du unbedingt retten willst?«

»Ich liebe dich«, flüsterte sie mit gesenktem Kopf und wagte nicht, Oliver anzusehen. »Ich liebe dich.«

»Ach? Jetzt soll ich wohl vor Rührung zerfließen? Jetzt soll ich wohl sagen, es macht nichts, daß du mich fünfzehn Jahre lang belogen hast, und es macht nichts, daß du es in den nächsten fünfzehn genauso machen wirst? Nur weil du jetzt, nachdem du ertappt worden bist, noch die Stirn hast zu sagen, daß du mich liebst?«

»Es war das erste Mal«, sagte Lucy hoffnungslos. »Vorher habe ich dich nie belogen. Das schwöre ich dir. Ich weiß nicht, was über mich gekommen ist. Du hättest mich nicht allein lassen sollen. Ich habe dich so gebeten, es nicht zu tun. Du hast gesagt, du würdest öfter heraufkommen, aber du bist kein einziges Mal gekommen. Ich hatte ihm schon gesagt, daß ich nicht mehr will. Du kannst ihn fragen.«

Oliver nahm plötzlich Hut und Mantel und seinen kleinen Koffer. Lucy sah entsetzt auf. »Wohin gehst du?«

»Ich weiß nicht. Ich will hier heraus.«

Lucy stand auf und streckte die Hand nach ihm aus. »Ich will alles versprechen. Ich will ja alles tun. Nur verlaß mich nicht. Bitte, verlaß mich nicht.«

»Ich verlasse dich doch nicht. Ich muß mit mir allein sein, bis ich mich entscheiden kann, was ich tun soll.«

»Rufst du mich an? Kommst du wieder?«

Oliver holte tief Atem. Seine Stimme klang leise und erschöpft. »Mal sehen«, sagte er. Er ging hinaus, und einen Augenblick später hörte Lucy den Motor seines Wagens anspringen. Sie stand mitten im Zimmer und lauschte mit starren, tränenlosen Augen auf das Geräusch des Motors. Die Tür, die in den kleinen Flur führte, flog auf, und Tony kam herein.

»Wo ist Papa?« fragte er heiser. »Ich habe seinen Wagen gehört. Wohin fährt er?«

»Ich weiß nicht«, sagte Lucy. Sie streckte die Hand aus und wollte Tonys Schulter berühren, aber er wich aus und stürzte hinaus auf die Veranda. Sie hörte ihn den Weg hinunterrennen und nach seinem Vater rufen. Seine Stimme wurde immer leiser, und das Motorengeräusch klang schwächer und schwächer und verschwand in der Ferne.

12

In den nächsten zehn Tagen und Nächten ergab Oliver sich die meiste Zeit der Einsamkeit, hielt sich so wenig wie möglich in seinem Büro auf und vermied alle Freunde und Bekannten. Dem farbigen Dienstmädchen sagte er, er wolle auswärts essen und schickte sie vorläufig auf Urlaub; sie fuhr auf Besuch zu ihrer Familie nach Virginia, und er blieb allein in dem großen Haus zurück.

Jeden Abend, wenn er aus dem Büro nach Hause kam, bereitete Oliver sich sein Abendessen und verzehrte es streng formell im Speisezimmer. Anschließend wusch er sorgfältig ab, ging dann ins Wohnzimmer, setzte sich vor den Kamin, las nicht, hörte nicht Radio, sondern saß nur da, starrte auf die kalte, gefegte Feuerstelle, bis er gegen ein, zwei Uhr morgens müde genug war, zu Bett zu gehen.

Er rief Lucy nicht an und schrieb ihr auch nicht. Er wollte sich erst mit ihr in Verbindung setzen, wenn er sich endgültig darüber im klaren war, was geschehen sollte. Zeit seines Lebens hatte Oliver seine Entschlüsse ohne Hast und erst nach langem, eingehendem Überlegen gefaßt. Er war nicht eingebildet, aber auch nicht bescheiden und vertraute auf seine Intelligenz und seine Fähigkeit, Entscheidungen zu treffen, die dem Test der Wirklichkeit standhielten. Jetzt mußte er zu einer Entscheidung kommen, die seine Frau, seinen Sohn und ihn selbst betraf, und er wollte sie langsam und in Einsamkeit heranreifen lassen.

Der Reifeprozeß war schwieriger, als er erwartet hatte, denn anstatt das Problem zu durchdenken, stellte er sich beständig das Zusammensein Jeffs mit Lucy vor, ihre halblauten Gespräche, ihr leises Lachen im verdunkelten Zimmer und die unerträglich intimen Zärtlichkeiten. In der Einsamkeit des leeren Hauses überkam ihn in solchen Augenblicken die Versuchung, Lucy zu schreiben, es sei aus zwischen ihnen, und er wolle sie niemals wiedersehen. Aber er schrieb den Brief nicht. Vielleicht würde er ihn in einer Woche oder auch in zwei Wochen schreiben, aber dann als Ergebnis disziplinierten Nachdenkens, nicht als Niederschlag selbstquälerischer Stunden. Er hatte sich Zeit genommen, um sein inneres Gleichgewicht zurückzuerlangen; wenn es völlig wiederhergestellt war, wollte er handeln.

Die Eifersucht quälte ihn schlimmer, als es vielleicht bei einem anderen Mann der Fall gewesen wäre, der an den Zustand der Eifersucht gewöhnt war. Ein eifersüchtiger Mann ist heimlich davon überzeugt, daß er betrogen wird. Er befindet sich in einer Art Belagerungszustand und glaubt mit Bestimmtheit zu wissen, daß seine Mauer irgendwie und irgendwann einmal erstürmt werden wird und stellt sich voll Pessimismus im voraus darauf ein, mit seiner Niederlage fertig zu werden. Oliver war bisher nie der Gedanke gekommen, daß Lucy ihn betrügen könnte, die Tatsache traf ihn völlig unvorbereitet, und in den ersten paar Tagen fühlte er sich entwaffnet und überrannt.

Er war neugierig, wie andere Männer sich in seiner Lage verhalten hatten. Sie war schließlich alles andere als ungewöhnlich. Wie sagte Leontes?

»Auch sonst gab's, irr' ich nicht, betrogne Männer;
Und manchen gibt's noch jetzt im Augenblick,
Der, grad' indem ich sprech', umarmt sein Weib;
Er träumt nicht, daß sie ihm ward abgeleitet...«

Er wußte nicht mehr, wie es weiterging, aber er erinnerte sich, daß die Zeilen auf seine Lage paßten. Er stand auf, nahm einen dikken Band Shakespeare aus dem Regal, schlug *Das Wintermärchen* auf und blätterte, bis er die Stelle gefunden hatte.

»Soll verzweifeln«, las Oliver.

»Wem sich sein Weib empört, so hängte sich
Der Menschheit Zehntel. Dafür hilft kein Arzt.
Es ist ein kupplerisch Gestirn...«

Oliver klappte das Buch zu, legte es hin und lachte einmal kurz auf. Für diesmal stellte Shakespeare die Sache einfacher hin, als sie war. *Ein kupplerisch Gestirn,* sagte der Dichter dichterisch und ließ es bei dieser Erklärung bewenden. Nach fünfzehnjähriger Ehe, dachte Oliver, genügte sie ihm nicht, um Lucy zu verstehen. Er suchte sich darüber klar zu werden, was er von seiner Frau dachte. Sie war zurückhaltend, ergeben, bescheiden, dachte er, eifrig darauf bedacht, ihm nicht zu mißfallen und seinen Beifall zu gewinnen. Im großen und ganzen gehorsam, dachte er mit einem säuerlichen Lächeln über das Echo der kirchlichen Hochzeitsfeier, anfällig nur gegen die läßlichen Sünden der Sentimentalität, Untüchtigkeit und Furchtsamkeit.

Und ihm unentbehrlich.

Das ist nun das Resultat zehntägigen Überlegens, dachte er grimmig. Unentbehrlich.

Er hatte sie zu leicht genommen, dachte er, wie man über einen toten Freund nachsinnt, dessen Wert man zu spät erkennt. Ich war zu unvorsichtig.

Er suchte sich vorzustellen, wie es wäre, wenn er und Tony das Haus allein bewohnten. Tony, der die Augen seiner Mutter hatte, die gleichen leicht hervortretenden Backenknochen; dessen Bewegungen den ihren so ähnlich waren, nur ein wenig durch sein Geschlecht vergröbert und durch seine jungenhafte Ungelenkheit eine Spur komisch. Was auch geschieht, dachte Oliver, *das* könnte ich nicht ertragen.

Im Geiste versuchte er sich ein Bild von dem Zustand in dem Cottage am See zu machen, wo Lucy und Tony Tag und Nacht zusammen waren und sich seit jenem regnerischen Abend vor zehn Tagen die Stirn boten. Um es für Tony einfacher zu machen, hätte er ihn mitnehmen sollen. Hätte er nicht wie ein gestochener Bulle getobt, hätte er es vielleicht getan. Nur wäre es dann viel schwieriger gewesen, zu einer richtigen Entscheidung zu kommen. Nun ja, tröstete er sich, dann ist es eben eine Woche oder so für ihn sehr unangenehm, aber auf lange Sicht werden wir alle einen Vorteil davon haben, wenn ich ungestört über die Sache nachdenken kann.

Oliver stand auf, um zu Bett zu gehen. Er schaltete das Licht aus und ging die Treppe hinauf ins Schlafzimmer, das er mit Lucy teilte. Es war ein großes Zimmer mit einem Erkerfenster, aus dem man durch das Geäst eines Eichbaumes auf die ruhige Straße hinuntersah. Oliver machte allmorgendlich das Bett und deckte es auf, so daß er sich am Abend nur hineinzulegen brauchte. Das Zimmer sah aufgeräumter aus als jemals, wenn Lucy zu Hause war, und eben deshalb erschien es Oliver plötzlich leblos und ungewohnt.

Lucy hatte ihre silberne Toilettengarnitur auf dem Frisiertisch gelassen, und Oliver hatte am ersten Morgen, als er die Hausarbeit machte, sämtliche Bürsten, Kämme, Nagelfeilen und den Handspiegel auf der Glasplatte zu einem strengen geometrischen Muster geordnet. Jetzt schienen sie ihm wie zum Verkauf in einem Laden dazuliegen, dessen Besitzer wenig Phantasie besaß. Oliver trat an den Frisiertisch und nahm den Spiegel in die Hand. Er war schwer und der Silbergriff kühl, und er mußte daran denken, wie er Lucy unzählige Male zugesehen hatte, wenn sie sich zum Ausgehen fertigmachte und, den Spiegel hochhaltend, den Kopf drehte, um ihren Hinterkopf zu sehen und sich zu überzeugen, daß ihr Haar richtig saß, und mit kleinen, unbestimmten Bewegungen einzelne Haare zurechtschob. Er erinnerte sich an die Mischung von Zärtlichkeit und gereizter Belustigung, mit der er sie beobachtet hatte, entzückt von ihrer Schönheit und verärgert, weil sie so viel Zeit brauchte, daß sie unweigerlich zu spät kommen würden, und doch, wie ihm schien, mit ihren zögernden, unentschlossenen Handbewegungen keine Verbesserung erzielte.

Er legte den Spiegel achtlos hin und änderte das Muster auf dem Tisch. Dann schaltete er die Nachttischlampe aus und saß lange im Dunkeln auf dem Bettrand.

Zurückhaltend, ergeben, bescheiden, fiel ihm wieder ein. Dachte *ich*. Shakespeare wäre zweifellos anderer Meinung. Und sie selbst? Wie mochte sie selbst über sich denken? So viele Jahre hatte sie neben ihm gelegen, Pläne gemacht, ihn innerlich abgelehnt, sich über seine Meinung von ihr lustig gemacht und im stillen andere Eigenschaften in sich gepflegt, dann die Augen geschlossen und sich im gemeinsamen Bett heimlich von ihm abgekehrt, die falsche, eigenwillige Bewohnerin des kupplerischen Gestirns.

Mancher andere an meiner Stelle, dachte er müde, immer noch angekleidet im Dunkeln auf dem Bettrand sitzend, würde nicht daran denken, allein hier zu bleiben und sich so zu quälen. Er würde trinken oder sich mit einer Frau einlassen oder beides tun.

Und käme, aufgelockert, befriedigt, weniger qualvoll, wie von selbst zu einem Entschluß. Einen Augenblick dachte er daran, sich in den Wagen zu setzen und nach New York zu fahren und sich ein Hotelzimmer zu nehmen. Frauen wären in der City nicht schwer zu finden, er kannte dort sogar eine oder zwei, die keinen Zweifel darüber gelassen hatten, daß er nur ein Wort zu sagen brauchte. Aber während er noch mit dem Gedanken spielte, wußte er bereits, daß er keine anrufen würde. Er zweifelte sogar daran, daß er bei einer anderen Frau zum Ziel käme. Er hatte ein leidenschaftliches Temperament; er wußte auch, daß sein Begehren stärker war als bei vielen anderen Männern seines Alters – aber es verlief nur in der einen Richtung. Eine verteufelte Situation für einen Mann, der in seine Frau so verliebt ist, dachte er mit einem boshaften Lächeln über sich selbst.

Unentbehrlich.

Dieser gottverfluchte Sommer, dachte er, stand auf, zog sich aus und ging zu Bett.

Am nächsten Morgen kam ein Brief von Lucy. Oliver trat eben aus dem Haus, um ins Büro zu gehen, als der Briefträger kam; Oliver blieb im warmen Morgensonnenschein unter der Tür stehen, drehte den Umschlag in den Händen herum und hörte dabei, wie seine Nachbarn sich auf den Weg zur Arbeit machten, ihren Kindern ein Lebewohl zuriefen und davonhasteten, um Züge oder Omnibusse zu erreichen; sie bewegten sich vor einem Hintergrund aus Blumen durch das Grün der Bäume und Rasenplätze, durch den hellen Sonnenschein, und den Männern sah man schon jetzt, dachte Oliver, ein wenig das Grau der Büroräume und Fabriken an, die auf sie warteten.

Oliver öffnete den Brief nicht sogleich. Er betrachtete die vertraute Handschrift auf der Vorderseite des Umschlags – stark nach rückwärts geneigt, kindlich, ein wenig unausgeschrieben und immer etwas schwierig zu lesen. Wo hatte er doch gehört, daß diese Art nach rückwärts geneigter Schrift auf Verdrängungen, Heuchelei, Befangenheit schließen ließ? Er wußte es nicht mehr genau. Vielleicht verwechselte er sie mit einer anderen Schrift. Er beschloß, nächstens eines von diesen Büchern zu kaufen und nachzulesen.

Endlich öffnete er den Umschlag und las den Brief. Er war kurz und enthielt keine Bitte um Vergebung. Sie teilte ihm lediglich mit, daß sie ihn verlassen wolle, weil sie es nicht ertragen könne, mit ihm und Tony in einem Hause zu leben. Und der Unterschrift war kein Gruß, kein weiteres Wort beigefügt. Einfach Lucy.

Auch keine Mitteilung, wie es Tony ging, keine Frage nach seinem Befinden oder was er beschlossen hätte, keine zögernde Andeutung, kein Anerbieten. Einen solchen Brief von ihr hatte er noch nie erhalten, und wäre nicht die Handschrift gewesen, würde er nicht glauben, daß Lucy ihn geschrieben haben sollte.

Nachmittags rief er Sam Patterson an und lud ihn für den gleichen Abend zum Abendessen ein. Das Gute bei Sam Patterson war, daß es niemals ein Problem war, ihn allein zu sprechen. Sam pflegte seiner Frau lediglich zu sagen, er komme zum Abendessen nicht nach Hause, und damit war die Sache erledigt. Vielleicht, dachte Oliver, kennt Sam das Geheimnis, vielleicht ist er der richtige Berater in Eheangelegenheiten.

Sie aßen im Hotel, tranken eine Flasche Wein, und Oliver wunderte sich selbst darüber, wieviel Freude ihm das Zusammensein machte, und wie gut sein Appetit war, nachdem er sich zehn Tage lang sein Essen selbst gekocht hatte. Sie unterhielten sich während des Abendessens mühelos über dies und jenes in einer Art Telegrammstil, wie er sich nach vieljähriger Bekanntschaft zwischen Freunden herausbildet, und erst als der Tisch abgeräumt und der Kaffee serviert wurde, sagte Oliver: »Sam, der eigentliche Grund, weshalb ich dich zum Abendessen eingeladen habe, ist folgender: Ich brauche deinen Rat. Ich habe Schwierigkeiten und muß zu einem Entschluß kommen, und vielleicht kannst du mir dabei helfen.«

Darauf erzählte Oliver ihm, hin und wieder einen Schluck Kaffee nehmend und ohne Patterson anzusehen, die ganze Geschichte, Tonys Telefonanruf, wie Lucy geleugnet und die Schuld auf Tony geschoben hatte, Bunners Geständnis, alles.

Er sprach langsam und beherrscht, vermied jede gefühlsmäßige

Färbung, breitete die Tatsachen systematisch vor Patterson aus, wie ein Zeuge, der nach einem Verkehrsunfall seine Aussage zu Protokoll gibt, oder wie ein Arzt, der einem zugezogenen Spezialisten die Symptome eines rätselhaften Falles mitteilt.

Patterson hörte schweigend und ohne eine Miene zu verziehen zu und dachte bei sich: Ich kenne keinen anderen Menschen, der den schwersten Schock seines Lebens zum Gegenstand eines derart trockenen, vollständigen und wohlgeordneten Berichtes machen würde. Er spricht über Liebe, Verlangen und Verrat, als hielte er vor einer Historischen Gesellschaft einen Vortrag über irgendeinen Staatsvertrag von mäßiger Wichtigkeit aus dem siebzehnten Jahrhundert. Gleichzeitig konnte Patterson, während er mit ausdruckslosem Gesicht zuhörte, ein unwürdiges Gefühl von Eifersucht nicht unterdrücken. Wenn sie sich schon jemanden ausgesucht hat, dachte er, warum konnte nicht ich es sein?

Zu alledem gesellte sich ein gewisses Gefühl von Befriedigung, dem er ebenfalls nicht widerstehen konnte. Oliver, der noch nie jemanden um Rat oder Hilfe gebeten hatte, Oliver, der unabhängigste, zurückhaltendste Mann, den er kannte, wandte sich, von Kummer und Zweifel heimgesucht, an ihn um Hilfe. Patterson kam sich wichtiger vor als je zuvor in Olivers Gegenwart, und gleichzeitig schien sich in ihm ein neues Tor der Zuneigung und der Anteilnahme für seinen Freund zu öffnen. Eine Freundschaft ist erst dann vollständig, dachte er, wenn der Freund in Verzweiflung zu seinem Freunde kommt.

Sie hatten einen Ecktisch, etwas abseits von den übrigen Gästen, und Patterson lauschte aufmerksam der maßvollen, klaren Darstellung. Ich muß mir alle Tatsachen genau merken, dachte er, als stünde er vor einer Operation, bei der die geringste Unklarheit, das kleinste Mißverständnis den Unterschied zwischen Leben und Tod bedeuten könnte; hier darf ich auf keinen Fall versagen.

»... Der Gedanke«, sagte Oliver eben, »daß so etwas bei uns vorkommen könnte, wäre mir nie gekommen. Es ist einfach unbegreiflich.«

Patterson lächelte im stillen, aber äußerlich war ihm nichts davon anzumerken. Lieber Freund, dachte er auf Grund seiner eigenen Erfahrungen, es ist niemals unbegreiflich.

»Und dann die Art, wie es geschehen ist«, fuhr Oliver fort. »Diese verdammte, alltägliche Art. Mit dem zwanzigjährigen Erzieher! Wie ein schlechter Witz!«

Ich will Lucy empfehlen, dachte Patterson sarkastisch, das nächstemal eine originellere Wahl zu treffen. Vielleicht einen Buckligen oder den Gouverneur eines der Südstaaten oder vielleicht einen schwarzen Schlagzeuger. Ihr Mann hat nun mal eine Abneigung gegen das Naheliegende.

»Wenn Frauen willens sind«, sagte er, »sich einen Mann zu nehmen, dann nehmen sie ihn aus der vorhandenen Auswahl. Literarische Vorbilder haben sehr wenig damit zu tun. Keine empfindet sich in einem solchen Augenblick als Figur aus einem unanständigen Witz.«

»Was meinst du damit, willens, sich einen Mann zu nehmen?« sagte Oliver rauh. »Hast du je den Eindruck gehabt, daß Lucy willens war, sich einen Mann zu nehmen?«

»Nein«, sagte Patterson aufrichtig. »Bis jetzt nicht.«

»Und jetzt...«

Patterson zuckte die Achseln. »Jetzt, nachdem es geschehen ist, finde ich es nicht gar so überraschend.«

»Was willst du damit sagen?« Ein feindseliger Unterton lag in Olivers Stimme.

»Der Ehebruch«, sagte Patterson friedlich, »ist für die Amerikanerin des oberen Mittelstandes eine Form der Selbstverwirklichung.«

Für einen Augenblick schien Oliver verärgert. Dann lachte er. »Ich bin offenbar vor die richtige Schmiede gekommen«, sagte er. »Also gut, du Philosoph, weiter.«

»Schön. Versuch doch einmal für ein paar Minuten die Sache von ihrem Standpunkt aus zu sehen. Was hast du seit deinem Hochzeitstag für sie getan...?«

»Ich habe eine ganze Menge getan«, brach Oliver los. »Fünfzehn Jahre lang habe ich jede Minute für sie gesorgt. Es mag etwas grob klingen, und zu ihr selbst würde ich es wahrscheinlich nie sagen, aber sie hat verdammt gut gelebt und sich niemals um irgend etwas Sorgen machen müssen und, einerlei, wie schwierig meine geschäftliche Situation manchmal gewesen ist, ihr habe ich nie ein Wort davon gesagt. Lieber Himmel, sie ist so ziemlich die einzige Frau im ganzen Land, die kaum etwas davon erfahren hat, daß wir überhaupt eine wirtschaftliche Depression hatten. Bis zum heutigen Tag ist sie noch nicht fähig, ein Scheckbuch in Ordnung zu halten oder daran zu denken, die Stromrechnung rechtzeitig zu bezahlen. Ich will dir sagen, was ich für sie getan habe, ich habe die volle Verantwortung für sie übernommen«, sagte er erbost, als sei Patterson Lucys Rechtsanwalt. »Sie ist fünfunddreißig Jahre alt und hat nicht den mindesten Begriff davon, wie mühsam es ist, im zwanzigsten Jahrhundert zu leben. Fünfzehn Jahre lang hat sie gelebt wie ein Schulmädchen während der Ferien. Frag mich nicht, was ich für sie getan habe. Weshalb nickst du eigentlich immerzu...?«

»Stimmt«, sagte Patterson. »Genau das, was ich sagte.«

»Was heißt das, genau was du sagtest?« Olivers Stimme begann sich zu heben.

»Also bitte, fauch nicht *mich* an«, sagte Patterson gutartig. »*Ich* habe ja mit keinem Collegestudenten geschlafen.«

»Ein äußerst dürftiger Witz.«

»Sieh mal, du bist doch zu mir gekommen, damit ich dir helfe, nicht wahr?«

»Ich denke. Ja, natürlich.«

»Dazu sehe ich aber keine andere Möglichkeit als die, zunächst den Grund zu suchen, weshalb sie so etwas getan hat.«

»Ich weiß, weshalb«, unterbrach Oliver gereizt. »Weil sie eine...« Er schwieg plötzlich und schüttelte den Kopf. »Nein, das ist sie absolut nicht. Weiter, bitte. Ich bin jetzt still.«

»Du hast immer alle Entscheidungen getroffen. Du hast sie aus ihrer Arbeit herausgerissen...«

»Ihrer Arbeit.« Oliver stieß geringschätzig die Luft durch die Nase. »In einem stinkigen Laboratorium herummurksen für einen alten Idioten namens Stubbs. Hast du je den Namen gehört?«

»Nein.«

»Kein Mensch kennt ihn. Wenn sie noch zwanzig Jahre mit ihm zusammengearbeitet hätte, dann hätten sie vielleicht am Ende in einer langen Abhandlung den Beweis erbracht, daß Algen grün sind.«

Patterson lachte.

»Du lachst«, sagte Oliver. »Aber es stimmt. Es war wirklich nicht so, als hätte ich Galilei von seinem Teleskop weggezerrt. Das Fortbestehen der Menschheit war gesichert, ob sie nun fünf Tage in der Woche in ihr Laboratorium rannte oder nicht. Sie war durchaus nicht so viel anders als andere Mädchen. Sie hat sich eben irgendwie beschäftigt und getan, als hätte sie eine große Karriere vor sich, und in Wirklichkeit nur darauf gewartet, sich verheiraten zu können. Solche Mädchen laufen zu Dutzenden in den Städten herum.«

»Da ist noch etwas anderes. Ich habe einmal mit ihr darüber gesprochen. Sie wäre so viel lieber in New York geblieben.«

»Wenn jede Frau, die nicht in New York leben kann, glaubte, sie müßte deswegen ihren Mann betrügen...« fing Oliver an. Er schüttelte ärgerlich den Kopf und trank sein Weinglas aus. »Und ich? Glaubst du, ich sei gern hierher nach Hartford gezogen?« fragte er. »Glaubst du, ich hätte mir gern die Druckerei auf den Hals geladen?« fragte er. »Es war der trübseligste Tag meines Lebens, als ich nach dem Tode meines Vaters hierher kam und mir die Bücher zeigen ließ und sah, daß die Firma zusammenbrechen würde, wenn ich nicht sofort die Leitung übernahm. Seit zehn Jahren werde ich jedesmal, wenn ich die Druckerei betrete, ganz steif vor Langeweile. Aber ich habe es nicht meine Frau entgelten lassen...«

»Der Unterschied ist nur«, sagte Patterson ruhig, »daß du den Entschluß wenigstens selbst gefaßt hast. Sie dagegen mußte sich fügen.«

»Mein Gott, das ist doch schon über zehn Jahre her.«

»In zehn Jahren kann das Gefühl, etwas versäumt zu haben, erheblich wachsen. Man kann in zehn Jahren soweit kommen, sein Dasein als völlig nutzlos zu betrachten.«

»Nutzlos!« Oliver knetete Kügelchen aus Brotkrumen und

warf damit nach der Weinflasche. »Sie mußte für den Jungen sorgen und hatte ihren Haushalt...«

»Würdest du dich damit zufriedengeben, dein ganzes Leben lang nichts weiter zu tun, als für einen kleinen Jungen und den Haushalt zu sorgen?«

»Ich bin keine Frau.«

Patterson lächelte.

Oliver sah ihn argwöhnisch an. »Woher weißt du eigentlich so viel über sie? Hat sie sich bei dir beklagt?«

»Nein«, sagte Patterson. »Das war gar nicht nötig.«

»Und deine Frau?« fragte Oliver angriffslustig. »Wie ist es bei Catherine?«

Patterson zögerte. »Catherine ist eine friedsame Natur und hat völlig resigniert«, sagte er schließlich. »Sie hat mit neunzehn alle Hoffnungen aufgegeben.« Er zuckte die Achseln. »Vielleicht auch nicht. Vielleicht kenne ich sie überhaupt nicht. Vielleicht schreibt sie heimlich pornographische Romane. Vielleicht hat sie eine Kette von Liebhabern so lang wie von hier bis zum Long Island Sund. Ich kann es nicht wissen. Dafür verkehren wir zu wenig miteinander. Wir führen eine andere Art Ehe als du«, erklärte er bedauernd und bemühte sich, nicht zu verraten, wie sehr er seinen Freund beneidete. »Wir könnten uns beim besten Willen nicht gegenseitig ärgern, ganz einerlei, was sie tut oder was ich tue.« Er lächelte etwas mühsam. »Nicht einmal eine leichte Beunruhigung wäre bei uns möglich.«

»Warum seid ihr dann bis jetzt zusammengeblieben? Warum habt ihr euch nicht scheiden lassen?«

Patterson zuckte wieder die Achseln. »Es erschien uns kaum der Mühe wert«, antwortete er, nahezu wahrheitsgemäß.

»Du lieber Himmel«, sagte Oliver. »Ehe.«

Sie schwiegen eine Weile, in der sich jeder in düsteres Nachsinnen über verwickelte Zusammenhänge, Vergeudung, gegenläufige Zielsetzungen verlor. Patterson vergaß Oliver für den Augenblick, als ihm einige problematische Fälle einfielen, die an diesem Tag im Rahmen seiner üblichen Tagesarbeit im Sprechzimmer aufgetaucht waren. Mrs. Sayers, zum Beispiel, die erst einunddreißig war, aber bereits fünf Kinder hatte und an einer hartnäckigen Blutarmut litt und dauernd müde war; so müde, sagte sie, daß sie sich, wenn sie morgens um halb sieben Uhr aufstand, um das Frühstück zu bereiten und ihre Kinder zu waschen und anzuziehen, vorkam, als besteige sie das Kreuz, und sie meinte es in vollem Ernst. Und, soweit Patterson es übersehen konnte, gab es keine Möglichkeit, ihr zu helfen. Oder Mr. Lindsay, der in einer Fabrik arbeitete und so schwer an Arthritis der Hände litt, daß er kaum seine Werkzeuge halten konnte; von dem Augenblick an, da er die Fabrik betrat, bis lange nach seiner Rückkehr am Abend schwitzte er ununterbrochen von der Anstrengung, dem Vorarbeiter seinen Zustand zu verbergen. Und keine Hilfe möglich. Dann die Frau, die im dritten Monat war, obwohl ihr Mann seit einem halben Jahr auf Außenmontage in Panama arbeitete. Alle die alltäglichen Elendsgeschichten und unverschuldeten Leiden, die die Menschheit Tag für Tag in den Sprechzimmern der Ärzte vorbrachte. Und nur einen Schritt weiter – die Tragödien, von denen die Zeitungen berichteten – die Männer, die in Spanien kämpften und morgen abend tot oder verkrüppelt sein würden, und die Menschen, die überall in Europa gejagt und vernichtet wurden...

Wenn man einen objektiven Maßstab anlegte, dachte Patterson, war Olivers Kummer klein und unerheblich. Nur – kein Mensch beurteilt seine Leiden nach einem objektiven Maßstab, und tausend Tote auf einem anderen Kontinent wogen für den einzelnen bei weitem nicht so schwer wie seine eigenen Zahnschmerzen.

Nein, korrigierte Patterson in Gedanken sich selbst, das ist ungerecht. Der Grad der Schmerzempfindlichkeit war ebenfalls zu berücksichtigen. Er war individuell außerordentlich verschieden – der eine ertrug eine Amputation und gab dabei höchstens ein stoisches Grunzen von sich, bei einem anderen löste ein zerquetschter Finger eine Schockwirkung aus. Vielleicht lag bei Oliver die Schmerzschwelle besonders niedrig, wenn es sich um Untreue handelte.

»Selbstverwirklichung«, sagte Oliver gedankenvoll und blickte auf seine Hände auf dem weißen Tischtuch.

»Was?« fragte Patterson, aus seinen Gedanken aufgeschreckt.

»Deine Theorie.«

»Ach so«, sagte Patterson lächelnd. »Aber, wohlgemerkt, es ist wirklich nur eine Theorie, für die ich keinerlei wissenschaftliche Unterlagen besitze...«

»Weiter.«

»Nun ja, bei einem Mann wie du, der sich jederzeit alle Entscheidungen vorbehält, nicht nur für sich, sondern gleich für alle anderen mit...«

»Das tue ich nicht, weil es mir ein besonderes Vergnügen ist«, protestierte Oliver. »Ich wäre froh, wenn andere die Verantwortung übernehmen würden. Aber die Leute können sich ja nie entschließen...«

Patterson grinste. »Eben«, sagte er. »Aber ich könnte mir denken, daß eine Frau, wenn sie das ein paar Jahre mitgemacht hat, allmählich nichts sehnlicher wünscht, als einmal ganz allein eine wesentliche Entscheidung zu treffen – gleichsam als Selbstbestätigung. Aber dazu hattest du ihr alle Möglichkeiten genommen – du hast bestimmt, wo sie zu leben hatte, wie sie zu leben hatte, wie sie ihren Sohn erziehen sollte – weiß Gott, eben fällt mir ein, du hast sogar bestimmt, was sie zum Abendessen auf den Tisch zu bringen hatte.«

»Weil ich längst nicht alle Gerichte esse«, verteidigte sich Oliver. »Ich sehe nicht ein, weshalb ich in meinem eigenen Hause nicht essen sollte, was mir schmeckt.«

Patterson lachte, und einen Augenblick später lachte Oliver mit. »Teufel, Teufel«, sagte er, »ich scheine mir hier in der Stadt einen Ruf erworben zu haben.«

»Allerdings, Oliver. Du giltst als ein Mann, der weiß, was er will.«

»Wenn sie so viel gegen mich einzuwenden hatte, warum hat sie es mir dann nicht gesagt? In unserem Hause besteht für niemanden ein Redeverbot.«

»Vielleicht hat sie es nicht gewagt. Oder vielleicht hat sie erst diesen Sommer gemerkt, daß sie unzufrieden ist.«

»Erst als sie einen zwanzigjährigen Jungen kennenlernte«, sagte Oliver verstimmt, »der sich nur zweimal in der Woche rasieren muß und den ganzen Sommer über nichts Besseres zu tun hat, als sich an einem See herumzutreiben und mit verheirateten Frauen herumzuspielen.«

»Möglich«, sagte Patterson gepreßt.

»Wenn es wenigstens eine große Leidenschaft gewesen wäre – wenn sie ihn liebte und bereit wäre, seinetwegen Opfer zu bringen! Aber er hat mir selbst gesagt – als er sie fragte, ob sie ihn heiraten würde, hat sie ihn ausgelacht! Das Ganze ist so verdammt frivol!«

»In der Beziehung kann ich dir nicht helfen«, sagte Patterson. »Aber ich glaube, auf die Dauer wirst du froh sein, daß es nur frivol war.«

Oliver klopfte ungeduldig auf die Tischplatte. »Und um allem die Krone aufzusetzen, war sie auch noch so ungeschickt, daß der Junge sie ertappen konnte.«

»Ach«, sagte Patterson, »Kinder sehen manchmal noch viel schlimmere Sachen. Zum Beispiel, daß ihre Eltern feige oder grausam oder Verbrecher sind...«

»Du hast leicht reden. Du hast ja keinen Sohn.«

»Schick ihn ein paar Jahre in ein Internat«, sagte Patterson, ohne Olivers Bemerkung zu beachten, »dann vergißt er es. Kinder vergessen alles.«

»Meinst du?«

»Natürlich«, entgegnete Patterson aalglatt.

»Ich muß auch vieles vergessen«, seufzte Oliver.

»Auch Erwachsene vergessen alles.«

»Du weißt ganz genau, daß du lügst.«

Patterson lächelte. »Ja.«

»Warum sagst du dann so etwas?«

»Weil ich dein Freund bin«, erwiderte Patterson nüchtern, »und weil ich weiß, daß du dich nicht von ihr trennen willst. Ich will dir nur alle erdenklichen Gründe dafür auf die Hand geben, auch wenn sie noch so fadenscheinig sind.«

»Wenn du einmal in Not bist«, sagte Oliver sarkastisch, »vergiß ja nicht, dich um Rat an mich zu wenden.«

»Bestimmt nicht.«

»Also – was soll ich nach deiner Meinung tun? Praktisch?«

»Fahr morgen hin und sei nobel«, antwortete Patterson ohne Zögern. »Verzeih ihr. Nimm sie an deine Brust. Sag ihr, du seist überzeugt, daß sie von jetzt an das Muster einer Ehefrau sein werde. Sag ihr, daß sie von jetzt an den Speisezettel selbst aufstellen darf...«

»Laß doch die Witzeleien.«

»Schick sie im Sommer nicht mehr allein in die Ferien.«

»Sie wollte gar nicht allein am See bleiben«, erinnerte sich Oliver. »Sie bat mich, sie mit zurück nach Hartford zu nehmen. Wenn ich sie gewähren ließe, würde sie mir vierundzwanzig Stunden im Tag am Halse hängen.«

»Da hast du es.«

»Es ist so verdammt kompliziert. Was soll ich Tony sagen?«

»Sag ihm, es sei ein Zufall gewesen, der bei Erwachsenen leider vorkommen kann. Er sei noch zu jung, um das zu verstehen, aber du werdest ihm alles erklären, wenn er einundzwanzig sei. Sag ihm, er solle sich in der Schule Mühe geben und künftig nicht mehr bei anderen Leuten zum Fenster hineingucken.«

»Er wird uns beide hassen«, sagte Oliver, in seine Tasse blikkend. »Ein Haß gegen uns beide wird sich bei ihm herausbilden.«

Darauf ließ sich nichts erwidern, und Patterson machte auch keinen Versuch dazu. Sie saßen noch einen Augenblick schweigend am Tisch, dann rief Oliver nach der Rechnung. »Das ist meine Sache«, erklärte er, als Patterson danach greifen wollte. »Honorar für ärztliche Bemühungen.«

Auf dem Heimweg sandte Oliver ein Telegramm an Lucy ab, sie solle packen und sich bereit halten, er werde sie am Nachmittag des folgenden Tages abholen.

13

»Ankomme morgen gegen drei Uhr«, lautete das Telegramm, »bitte alles packen und zur sofortigen Abfahrt bereit sein. Möchte größten Teil der Rückfahrt bei Tageslicht zurücklegen, Oliver.«

Lucy hatte die Depesche gelesen und immer wieder gelesen. Zuerst wollte sie Oliver anrufen, hatte sich aber dann anders besonnen. Er soll ruhig kommen, hatte sie gedacht. Dann können wir aufräumen, ein für allemal.

Nach jenem Abend war Lucy wie bisher in dem Cottage wohnen geblieben und hatte sich mit dumpfer Anstrengung dazu gezwungen, mit Tony in der täglichen Routine des Ferienlebens fortzufahren; anfänglich hatte sie immer darauf gewartet, daß irgend etwas geschähe, daß eine Botschaft käme oder ein Ereignis einträte, wodurch sie in diese oder jene Richtung gedrängt, eine Entscheidung unheilvoller oder gewaltsamer Natur herbeigeführt würde, wenn es sein müßte, die aber jedenfalls in ihrem Leben einen Punkt setzte, einen Abschnitt beendete und den Beginn eines neuen bezeichnete.

Aber nichts war geschehen. Oliver hatte weder angerufen noch geschrieben; Jeff war verschwunden; die Tage schleppten sich hin, sonnig, endlos, ermüdend. Sie ging mit Tony zu den Mahlzeiten ins Hotel, sie beaufsichtigte seine Sehübungen, sie schwamm mit ihm, las ihm vor und hatte dabei ständig das Gefühl, daß alles, was sie tat, ganz unwirklich war, daß sie es nicht tat, weil es einem vernünftigen Zweck diente, sondern aus Gewohnheit, wie ein Kaufmann, der nach dem Zusammenbruch seines Geschäftes dennoch täglich in sein Büro ging und an längst abgeschlossenen Konten arbeitete, nur weil er sich im Lauf der Jahre daran gewöhnt hatte und nicht wußte, wie er sich anders beschäftigen sollte.

Sie beobachtete Tony mit hungrigen Augen, aber sie hatte den Eindruck, daß er ihr unter der Schicht von Gewohnheit und Vertrautheit täglich fremder wurde. Wenn er im Speisesaal plötzlich aufgesprungen wäre und sie beschimpft hätte, wenn sie eines Nachts aufgewacht wäre und hätte ihn mit einem Messer in der Hand neben ihrem Bett stehen sehen, wenn er für immer im Wald verschwunden wäre, dann hätte sie sich sagen können: Natürlich hatte ich etwas derartiges erwartet.

Er war höflich, gehorsam, unzugänglich, und für sie wurde die Anspannung mit jedem Tag, der verging, größer. Jeden Abend, wenn sie in seinem Zimmer das Licht ausschaltete und »Gute Nacht, Tony« sagte, kam es ihr vor, als drehe jemand irgendwo ein Sperrad, an das ihr Leben angeschlossen war, um eine Kerbe fester.

Zehn Tage vergingen; die Hotelgäste reisten ab, die Nächte wurden kühl, die Tanzkapelle packte ihre Instrumente ein und kehrte in die Stadt zurück. Tony schien weder glücklich noch unglücklich zu sein. Er hielt ihr höflich die Tür des Speisesaales auf, wenn sie zum Essen gingen, er kam sofort aus dem Wasser, wenn sie ihm zurief: »Du wirst zu kalt, komm jetzt lieber heraus und trockne dich ab«, er stellte keine Fragen, er tat nichts von sich aus.

Wenn sie ihn dabei ertappte, daß er sie ansah, kamen seine Augen ihr vor wie die Augen eines erwachsenen Mannes, hart, unnachgiebig, anklagend. Gegen Ende der zehn Tage konnte sie sich nur noch mit einer schmerzlichen Anstrengung ihres Gedächtnisses erinnern, wie er zu Anfang des Sommers gewesen war. Es erschien ihr fast unvorstellbar, daß sie ihn noch vor ganz kurzer Zeit für einen kindlichen, leicht lenkbaren kleinen Jungen gehalten hatte. Wenn sie jetzt zusammen auf dem Rasen saßen und steif und verkrampft ›Mutter und Sohn in den Ferien‹ markierten, fühlte sie sich verwirrt und unfrei, und er wurde ihr mit jedem Tage unausstehlicher; sie waren wie zwei Fremde im Rettungsboot auf dem Ozean nach einem Schiffbruch, die sich gegenseitig den täglichen Schluck aus der Wasserflasche neiden und jede Bewegung des anderen mißtrauisch beobachten. Bald war sie soweit, daß sie seine Zugeknöpftheit für offensichtliche Bosheit hielt, seine kalte Höflichkeit für ungesunde, frühreife Rache an ihr. Was gibt ihm das Recht, dachte sie schließlich, dazusitzen und mich zu verurteilen? Sie war unvernünftig genug, kein Kind mehr in ihm zu sehen, sondern einen reifen, unerbittlichen Gegner, und dachte, im Grunde genommen, was habe ich *ihm* eigentlich angetan?

Zu alledem kam noch ein wachsender Groll auch gegen Oliver, weil er sie zehn Tage lang mit Tony allein gelassen hatte, in denen jeder von beiden den anderen, wie sie glaubte, benutzte, um sie zu strafen.

Am Ende schrieb Lucy an Oliver, daß sie ihn verlassen wolle. Sie schrieb ohne Zorn, ohne Abbitte, ohne sich über ihre Zukunftspläne zu äußern.

Tatsächlich hatte sie auch gar keine Pläne für die Zukunft. Sie schien ihre ganze Energie und alle ihre Kräfte zu benötigen, um morgens aufzuwachen in dem Bewußtsein, wieder vierzehn Stunden lang den forschenden Blicken ihres Sohnes ausgesetzt zu sein.

Indem sie an Oliver schrieb, hatte sie sich in gewissem Sinne zu einer Entscheidung gezwungen. Aber während sie diese Entscheidung traf, hatte sie das Gefühl, sie sei nur provisorisch, und ein Lächeln von Tony, ein Wort von Oliver könnte sie ohne weiteres umstoßen. »Ich muß dich verlassen«, hatte sie geschrieben, »Tony und mir ist es unmöglich, im gleichen Hause zu wohnen«, und sie hatte es in vollem Ernst gemeint. Aber wieder verging Zeit, und allmählich glaubte sie selbst nicht mehr, was sie geschrieben hatte, wie ein zum Tode Verurteilter nach monatelangem Warten in seiner Zelle schließlich die Gitterstäbe, die Gesichter seiner Wärter, die Regelmäßigkeit und Eintönigkeit seiner Gefangenenkost und den täglichen Spaziergang für wirklicher hält als das Urteil, das ihn zu irgendeiner fernen und inzwischen unvorstellbar gewordenen Stunde unversehens töten wird.

Dann war das Telegramm gekommen und hatte das quälende, aber wohlvertraute tägliche Einerlei, das Treibenlassen, das Gefühl, die Entschlüsse, die ihr Leben von Grund auf ändern würden, auf unbestimmte Zeit verschieben zu können, mit einem Schlag beendet.

Sie hatte Tony aufgetragen, sich fertig zu machen, und ihm beim Packen geholfen, und jetzt standen seine Koffer alle säuberlich aufgereiht auf der Veranda, und daneben an der Wand lehnten das Teleskop, die Angel, der Baseballschläger, Überbleibsel und Symbole von Jungenhaftigkeit und Sommer. Ihre eigenen Sachen hatte sie nicht gepackt. Tony hatte es, wie sie wußte, bemerkt, aber, seiner neuen Haltung entsprechend, nichts gesagt. Es war jetzt kurz vor drei Uhr, und Lucy saß ruhig auf der Veranda und wartete.

Ihre Augen kehrten wieder und wieder zu dem kleinen Stapel der Habseligkeiten ihres Sohnes zurück. Es war ein strahlend heller Tag, in der Luft lag eine erste Vorahnung des Herbstes, und der See hatte ein kälteres Blau angenommen.

Tony trat auf die Veranda heraus. Er trug den gleichen Anzug, den er für die Fahrt von Hartford zum See herauf angehabt hatte, und der ihm in den zwei Monaten bereits zu klein geworden war. Er trug einen kleinen Koffer, den er jetzt neben den anderen Gepäckstücken niedersetzte. »Ist das der letzte?« fragte Lucy.

»Ja.«

»Liegt auch bestimmt nichts mehr herum?«

»Es liegt nichts mehr herum.«

Lucy sah ihn einen Augenblick an und dann hinaus auf den stillen See und die fernen, dunstigen Berge. »Man kann beinahe zusehen, wie der Herbst kommt«, sagte sie. Sie fröstelte ein wenig. »Ich habe diese Jahreszeit niemals gemocht. Ganz komisch«, fügte sie hinzu, bemüht, eine wenn auch noch so flüchtige Verbindung zwischen sich und ihrem Sohn herzustellen. »Das Horn gar nicht mehr zu hören, nicht?«

Tony gab keine Antwort. Er sah auf seine Armbanduhr. »Um wieviel Uhr kommt Papa?« fragte er.

»Er muß jeden Augenblick hier sein«, antwortete Lucy, wieder einmal geschlagen. »Im Telegramm stand, gegen drei Uhr.«

»Ich will unten am Tor auf ihn warten.« Tony setzte sich in Bewegung.

»Tony!«

Er blieb stehen. »Was?« fragte er kalt.

»Komm doch einmal her«, sagte Lucy fast kokett. »Bitte.«

Tony kam widerstrebend zurück und blieb vor ihr stehen. »Was willst du?« fragte er.

»Ich möchte dich gern einmal anschauen in deinem Stadtanzug. Du siehst so erwachsen darin aus. Die Ärmel sind dir zu kurz.« Sie berührte seine Schulter. »Und hier herum ist alles viel zu eng, nicht? Du mußt in diesem Sommer einige Zentimeter gewachsen sein. Sobald du nach Hause kommst, mußt du für das Internat eine ganz neue Garderobe haben.«

»Ich gehe zum Tor hinunter«, sagte Tony.

Lucy machte eine letzte Anstrengung. »Tony«, sagte sie mit einem unsicheren Lächeln, in dem deutlichen Gefühl, daß jetzt, da alle Welt abgereist war und der See schweigend sein Herbstgewand anlegte, die letzte Gelegenheit war, »Tony, willst du mir nicht einen Kuß geben?«

Er stand unbeweglich, aber nicht unfreundlich da und sah seine Mutter an. Dann wandte er sich ohne das geringste Anzeichen von Zuneigung oder Abneigung um und ging davon. Lucy errötete. »Tony!« rief sie in scharfem Ton. Er blieb abermals stehen und sah sie geduldig an. »Was willst du?« fragte er.

Lucy zögerte. »Nichts«, sagte sie.

Näherkommende Schritte wurden vernehmbar, und um die Hausecke bog Jeff. Auch er trug Stadtkleidung, einen braunen Tweedanzug und eine sorgfältig gebundene Krawatte. Unter dem Arm hatte er das Grammophon. Bei seinen sämtlichen Auftritten und Abgängen, dachte Lucy mit hysterischer Lachlust, schleppt dieser Junge ein Grammophon mit sich herum. Jeff kam zögernd bis zur Veranda. Er sah viel blasser aus als vor zwei Wochen, als wäre er in der Zwischenzeit überhaupt nicht im Freien gewesen. Vor den Stufen blieb er stehen. »Tag, Tony«, sagte er. »Lucy.«

Tony schwieg. Lucy war bestürzt. Durch einen Willensakt hatte sie Jeff längst aus ihren Überlegungen ausgeschaltet. Als sie ihn jetzt plötzlich vor sich sah, erfüllte sie ein zwiespältiges Empfinden, die Erinnerung an früheres Wohlgefallen an ihm und Ärger über sein heutiges Erscheinen. Den Ärger verbarg sie hinter gemachter Unbefangenheit. »Hallo, Jeff«, sagte sie lässig. »Ich wußte gar nicht, daß Sie noch hier sind.«

»Ich bin noch einmal heraufgekommen, um meiner Schwester beim Packen zu helfen«, sagte Jeff verlegen. »Als ich hörte, daß Sie noch nicht abgereist sind, dachte ich...« Sein Blick fiel auf die Koffer in der Veranda. »Fahren Sie heute?«

»Was willst du?« fragte Tony, die Frage übergehend.

»Ich wollte mich nur verabschieden«, erwiderte Jeff. In seinem sauberen Anzug und seiner offensichtlichen Befangenheit erschien er Lucy kleiner als in den Sommermonaten und wurde für sie wieder zum linkischen, heranwachsenden Jungen. Wenn er den ganzen Sommer so angezogen gewesen wäre, dachte sie in Erinnerung an seine Trikothemden und nackten Füße, hätte ich ihn nie berührt. Er stellte das Grammophon auf den Fußboden der Veranda und lächelte Tony versuchsweise an. »Ich dachte, das hier würde dir vielleicht Freude machen, Tony. Ich möchte ihn dir gern schenken. Es ist ein sehr anständiger kleiner Apparat. Ich weiß ja, du hörst gern Musik, und so dachte ich…« Er schwieg, verwirrt durch Tonys starren, kalten Blick.

Lucy mischte sich ein, weil Jeff ihr in seiner Verlegenheit leid tat. »Furchtbar liebenswürdig von Ihnen«, sagte sie in gekünsteltem Salonton, »aber das ist wirklich zu viel. Bedenken Sie doch, wie er Ihnen an den kalten Winterabenden dort oben in New Hampshire fehlen wird, wenn der Wind heult und das Haus eingeschneit ist.« Sie blickte mit absichtlich übertriebener Bewunderung auf das Grammophon. »Wirklich ein *sehr* schönes Stück, nicht wahr, Tony?«

Tony rührte sich nicht. Er stand mit gespreizten Beinen da, beide beherrschend. »Schenkst du ihn mir?« fragte er Jeff.

»Ja.«

»Warum?«

»Warum?« wiederholte Jeff, unglücklich über die Frage. »Oh, ich weiß nicht. Weil wir diesen Sommer manchmal so fidel miteinander waren. Weil ich möchte, daß du mich nicht vergißt.«

»Willst du dich nicht bedanken, Tony?« fragte Lucy.

»Er gehört mir ganz?« fragte Tony, ohne sie zu beachten. »Ich kann damit machen, was ich will?«

»Natürlich«, sagte Jeff. »Du kannst ihn mit ins Internat nehmen und ihn dort in deinem Zimmer aufstellen. Wenn du anfängst, Partys zu geben, kannst du Tanzmusik machen und…« Er schwieg und beobachtete gespannt, wie Tony näherkam, das Grammophon, das noch immer neben den Stufen auf dem Fußboden der Veranda stand, ansah und es leicht mit dem Fuß berührte. Darauf drehte Tony sich um und ging zu der Stelle, wo der Baseballschläger an der Wand lehnte. Den Schläger in der einen Hand, kam er langsam zurück und stieß mit der anderen den Apparat von der

Veranda hinunter auf den Rasen. Dann begann er, eiskalt und ohne Hast, mit dem Schläger auf das Grammophon loszuschlagen.

»Tony!« rief Lucy. Sie wollte hingehen und ihn am Zerstören hindern, aber Jeff hielt sie am Arm fest. »Lassen Sie ihn nur«, sagte er rauh. Sie sahen schweigend zu, wie Tony kalt und methodisch das Grammophon in Stücke schlug.

Nach einer oder zwei Minuten hielt er atemlos inne. Er wandte sich zu seiner Mutter und Jeff um, und in seinem Gesicht lag kalter, unkindlicher Triumph. Mit einer bewußten Bewegung warf er den Schläger ins Gras. »So«, sagte er.

»Das war brutal und rücksichtslos von dir«, sagte Lucy. »Ich schäme mich für dich.« Sie wandte sich Jeff zu. »Ich bitte Sie für ihn um Entschuldigung.«

»Bitte du nicht für mich um Entschuldigung«, sagte Tony. »Nie. Und für nichts.«

»Es ist gut – Tony«, sagte Jeff ruhig. »Wenn dir jetzt wohler ist, soll es mir recht sein.«

Tony blickte von dem zerstörten Apparat zuerst auf seine Mutter, dann auf Jeff. »Nein«, sagte er. »Wohler ist mir deshalb nicht. Ihr wollt wohl miteinander sprechen, ehe Vater kommt. Ich habe Bert versprochen, ihm auf Wiedersehen zu sagen. Aber in fünf Minuten bin ich wieder hier«, fügte er drohend hinzu und marschierte auf den Bootshafen zu.

Lucy und Jeff sahen ihm nach, bis er außer Sichtweite war. Dann trat Jeff zu den Trümmern seines Grammophons und berührte sie traurig mit der Fußspitze. »Ich wette, meine Tante wäre überrascht, wenn sie erführe, was aus ihrem Geschenk geworden ist«, sagte er. Er stieg die Stufen hinauf und trat in die Veranda. »Die letzten Wochen waren grausig, nicht?« sagte er.

Grausig, dachte Lucy. Ist das dieses Jahr das Modewort in den Colleges? Sie zögerte. Ich will mich gar nicht erst mit ihm einlassen, dachte sie. Ich will ihn loswerden. »Wirklich?« sagte sie leichthin und lachte ein wenig.

»Worüber lachen Sie?« fragte Jeff argwöhnisch.

»Mir fiel wieder ein, was ich dachte, als Tony auf das arme kleine Grammophon losschlug.«

»Und was war das?«

»Ich mußte daran denken, wie eifrig Sie ihm beigebracht haben, mit einem Baseballschläger umzugehen. ›In den Kreis treten, Tony. Immer den Ball im Auge behalten.‹« Sie ahmte seine Sprechweise nach. »›Ja nicht über die Linie treten.‹ Er hat unbedingt etwas bei Ihnen gelernt, nicht wahr?«

»Ich finde es nicht so spaßig.«

»Was ist denn dabei?« sagte sie munter. »Sagen Sie Ihrer Tante, der Apparat sei gestohlen worden, dann schenkt sie Ihnen sicher zu Weihnachten einen neuen.«

»Das ist es nicht. Er haßt mich.«

Lucy zuckte die Achseln. »Es werden dich wohl noch viele hassen, ehe du stirbst. Was ist dabei?«

»Und du?«

»Dich hassen?« Es gelang ihr abermals, zu lachen. »Natürlich nicht.«

»Werde ich dich wiedersehen?« fragte Jeff.

»Natürlich nicht.«

»Entschuldige«, sagte Jeff und steckte die Hände in die Hosentaschen. Er wirkte kleiner als je. »Ich glaube, ich hätte nicht kommen sollen.«

»Doch. Ich freue mich, daß du gekommen bist. Es war anständig und großzügig von dir. Sogar ein bißchen Mut hat dazugehört.« Ihr Ton war mütterlich, ein wenig neckend. »Mach doch nicht ein so trübseliges Gesicht. Du hast ein nettes Erlebnis von erzieherischem Wert hinter dir. Sommerkursus für Studenten im dritten Jahr – Kurzlehrgang, obligatorisch zur Erlangung des Bachelor-Grades.«

»Wie kannst du es nur so leicht nehmen?« Sie schwiegen einen Augenblick. »Habe ich nicht eine Menge Porzellan zerschlagen?«

Lucy zog eine kleine Grimasse, die ausdrücken sollte, daß Jeff ihrer Meinung nach seine Wichtigkeit etwas überschätzte. »Wer seinen Spaß gehabt hat, muß immer ein bißchen dafür zahlen«, sagte sie.

»Seinen Spaß?« wiederholte er bestürzt.

»Nun ja, natürlich. Deshalb brauchst du kein so schockiertes

Gesicht zu machen. Es wäre mir schrecklich peinlich, wenn du gar keinen Spaß davon gehabt hättest. Wenn du es womöglich nur aus Pflichtgefühl getan hättest.«

»Es war unsagbar herrlich«, erklärte Jeff feierlich. »Es war aufwühlend – es war wie ein Erdbeben.«

»Um Himmels willen!« Lucy hob mit einer flatterigen, mädchenhaften Geste beide Hände. »Nur nicht wieder so feierlich. Dazu ist es zu spät.«

Jeffs Gesicht ließ keinen Zweifel, wie bekümmert er war. »Du bist heute so anders«, sagte er. »Warum?«

»Es ist später im Jahr.« Lucy ging zu den längs der Wand aufgereihten Koffern hinüber, sah stirnrunzelnd darauf nieder und tat, als überprüfe sie ihre Vollzähligkeit.

»Gehst du wieder zurück?« fragte Jeff. »Zu ihm zurück?«

Lucy sah mit gespielter Überraschung auf. »Zu wem zurück?«

»Zu deinem Mann.«

»Ich denke doch«, meinte sie in sachlichem Ton und wandte sich wieder Jeff zu. Es hatte keinen Zweck, ihm etwas von dem Brief zu sagen, den sie Oliver geschrieben hatte. »Frauen gehen gewöhnlich zu ihren Männern zurück. Das ist einer der Hauptgründe, weshalb die Mädchen heiraten – damit sie jemanden haben, zu dem sie zurückkehren können.«

»Lucy«, sagte er bittend, »was ist denn nur mit dir?«

Sie trat ans Geländer der Veranda und sah zum See hinüber. »Ich glaube, ich bin endlich eine erwachsene Dame geworden«, erwiderte sie.

»Du machst dich über mich lustig«, sagte Jeff bitter. »Kein Wunder. Ich habe mich ja auch wie ein Tölpel benommen. Herausgeplatzt mit allem, er brauchte nur anzutippen. Aus dem Zimmer geschlichen mit dem verdammten Grammophon unter dem Arm, wie ein kleiner Junge, der eben von der Schule verwiesen worden ist, weil man ihn beim Rauchen ertappt hat.«

»An deiner Stelle würde ich mir um solche Kleinigkeiten keine Gedanken machen. Ich bin sogar froh, daß er alles weiß.«

»Froh?« fragte Jeff ungläubig.

»Ja«, sagte sie. »Ich kann so schlecht lügen. Es ist zu anstrengend für meinen kleinen Kopf.« Sie wechselte plötzlich den Ton und fügte ernst, fast drohend, hinzu: »Ich weiß jetzt, das ist nichts für mich. Nie wieder.«

»Lucy«, sagte Jeff, in der Hoffnung, daß wenigstens nicht alles null und nichtig sei, was er in diesem Sommer erlebt hatte, »wenn wir uns jemals wiedersehen sollten, was wirst du dann von mir denken?«

Lucy wandte sich um und sah ihn nachdenklich an. Aber als sie antwortete, war ihr Ton womöglich noch oberflächlicher als vorher. »So ein rührender junger Mann, werde ich denken. Wie merkwürdig, daß ich einmal kurze Zeit glauben konnte, ich sei etwas in ihn verliebt.«

Sie standen einander gegenüber – Lucy hartnäckig und unerbittlich frivol, Jeff ratlos und jungenhaft –, als Oliver, den sie nicht gehört hatten, um die Hausecke bog. Er trug Reisekleidung und sah nach der langen Fahrt müde und abgespannt aus. Seine Bewegungen waren langsam, als sei er nicht im vollen Besitz seiner Energie. Er blieb stehen, als er Lucy und Jeff erblickte. »Guten Tag«, sagte er. Sie wandten sich um und sahen ihm entgegen.

»Tag, Oliver«, sagte Lucy ohne Wärme. »Ich habe den Wagen gar nicht gehört.«

»Ich bin nur gekommen, um mich zu verabschieden«, erklärte Jeff unbehaglich.

Oliver wartete. »Ja?«

»Ich möchte Ihnen noch sagen, daß es mir leid tut.«

Oliver nickte. »Soso«, sagte er vage. »Wirklich?« Sein Blick fiel auf das zerstörte Grammophon. »Was ist denn hier passiert?«

»Tony...«, begann Jeff.

»Ein kleines Malheur«, unterbrach Lucy ihn schnell.

Oliver war nicht weiter interessiert. »Ein Malheur, mhm«, sagte er gleichgültig. »Wollen Sie noch etwas sagen, Jeff?«

»Nein, wir sind fertig«, sagte Lucy. »Er wollte eben gehen.« Sie gab Jeff die Hand. »Leben Sie wohl, Jeff.« Sie zwang ihn, ihr die Hand zu schütteln. »Gehen Sie fröhlich und mit federnden Schritten von dannen. Studieren Sie fleißig, damit Sie in recht vielen Fächern ein Sehrgut bekommen.«

Jeff wollte etwas sagen, vermochte es aber nicht. Er riß seine Hand aus der ihren, wandte sich hastig um und verschwand mit ein paar raschen Schritten um die Ecke des Cottage. Lucy sah ihm nach und hätte am liebsten geweint. Nicht weil er ging und sie ihn nie wiedersehen würde oder weil er ihr für kurze Zeit nahegestanden hatte und jetzt alles verdorben war. Sie hätte weinen können, weil er so ungeschickt war, und weil sie wußte, wie er darunter litt, und daß es ihre Schuld war.

14

»Wo ist Tony?« fragte Oliver, als Jeff gegangen war.

»Er kommt gleich wieder.«

»So.« Oliver warf einen Blick auf die Koffer. »Wo sind denn deine Sachen?« fragte er. »Im Haus?«

»Ich habe nicht gepackt.«

»Ich habe dir doch telegrafiert«, sagte Oliver, und in seiner Stimme klang ein wenig der alte Ärger über ihre Untüchtigkeit durch, »du solltest um drei Uhr fertig sein. Ich habe keine Lust, den ganzen Weg bei Dunkelheit zu fahren.«

»Ich kann nicht mit nach Hause. Hast du meinen Brief nicht bekommen?«

»Doch, doch«, sagte er ungeduldig. »Du schreibst, es sei noch vieles zwischen uns zu klären. Aber das können wir doch ebensogut zu Hause tun. Ich möchte nicht länger hier bleiben als unbedingt nötig. Geh jetzt hinein und pack deine Sachen, Lucy.«

»So einfach ist es nicht.«

Oliver seufzte. »Lucy«, sagte er, »ich habe mir alles genau überlegt. Und ich bin gewillt, zu vergessen, was diesen Sommer geschehen ist.«

»Ach?« sagte Lucy mit sonderbar harter Stimme.

»Ich will dein Versprechen annehmen, daß es niemals wieder vorkommen wird.«

»Wirklich?« Die Härte in ihrer Stimme enthielt jetzt einen metallenen Klang. »Du würdest mir auf mein Wort hin glauben?«

»Ja.«

»Vor zwei Wochen hast du mir kein Wort geglaubt.«

»Weil du gelogen hast.«

»Woher weißt du, ob ich nicht wieder lüge?«

Oliver setzte sich. Die Zeichen der Müdigkeit in seinem Gesicht hatten sich noch verstärkt, der Kopf sank ihm auf die Brust. »Quäl mich nicht, Lucy«, sagte er.

»Antworte mir«, sagte sie rauh. »Woher weißt du, daß ich dich nicht wieder belüge?«

»Weil ich dir glauben *muß*«, antwortete Oliver fast unhörbar. »Ich habe in unserem Haus gesessen und mir vorgestellt, wie es wäre, wenn ich von jetzt an mein Leben ohne dich leben müßte... und ich könnte es nicht aushalten«, sagte er einfach. »Ich könnte es nicht.«

»Obwohl ich lüge und du Lügereien haßt? Obwohl ich dich anwidere?«

»Ich suche zu vergessen, daß ich dir solche Dinge gesagt habe.«

»Ich kann es nicht vergessen. Du hattest vollkommen recht. Es *war* ekelerregend. Ich ekelte mich vor mir selbst.«

Oliver hob den Kopf und sah sie an. »Aber von jetzt an wirst du dich ändern?«

»Mich ändern? Ja, das will ich. Aber vielleicht in einem anderen Sinne, als du denkst.«

»Lucy«, fragte Oliver – es war das erste Mal, daß er ihr diese Frage stellte –, »liebst du mich nicht?«

Lucy sah ihn nachdenklich an. »Doch«, sagte sie langsam, »doch, ich liebe dich. In diesen letzten zehn Tagen habe auch ich viel nachgedacht – auch über dich. Wieviel ich dir verdanke. Wie sehr ich dich brauche. Was du alles für mich getan hast. Wie solide du immer gewesen bist. Und wie verläßlich.«

»Lucy, es tut mir so wohl, das zu hören.«

»Warte nur. Nicht so schnell. Du hast noch mehr getan. Du hast mich erzogen. Du hast mich bekehrt, Oliver.«

»Bekehrt?« fragte er verblüfft. »Wie meinst du das?«

»Du hast so oft von deinen Grundsätzen gesprochen. Aufrichtigkeit. Die Notwendigkeit, die Dinge zu sehen, wie sie sind, und sich nicht selbst etwas vorzumachen. Du hast sogar Tony diesen Sommer, als du dir seiner Augen wegen Sorgen machtest, einen langen Brief über dieses Thema geschrieben.«

»Ja, das habe ich«, sagte Oliver. »Und?«

»Ich bin inzwischen deine Jüngerin geworden, Oliver. Und zwar eine von der schlimmsten Sorte. Denn du selbst warst der erste, auf den ich meinen neuen Glauben anwandte.«

»Wovon sprichst du eigentlich?«

»Lügen sind dir zuwider, nicht wahr, Oliver?« Lucy sprach ruhig, verständig, als erkläre sie eine mathematische Gleichung.

»Ja, das stimmt«, sagte Oliver, aber seine Stimme klang jetzt wachsam, verteidigungsbereit.

»Täuschung und Betrug jeglicher Art«, fuhr Lucy im Ton einer Lehrerin fort, »sind dir bei jedem Menschen unerträglich, nicht wahr?«

»Ja.«

»Das glaubst du von dir, nicht?«

»Ja.«

»Aber es ist nicht wahr.«

Oliver fuhr gereizt auf. »Was soll das heißen?«

»Du belügst mich. Aber vor allem belügst du dich selbst.«

»Ich belüge niemanden«, sagte Oliver gepreßt.

»Soll ich es dir beweisen?« fragte Lucy im gleichen freundlichen, unpersönlichen Ton wie zuvor. »Soll ich dir beweisen, daß dein Leben zu einem guten Teil auf Lüge beruht?«

»Das kannst du nicht. Denn es stimmt nicht.«

»Nein? Sprechen wir für den Augenblick einmal nicht von uns. Wer ist dein bester Freund?«

»Worauf willst du hinaus mit dieser Frage?«

»Sam«, sagte Lucy. »Der gute Doktor Patterson. Du kennst ihn seit zwanzig Jahren. Er und seine Frau gehen bei uns zu Hause ein und aus. Du spielst Golf mit ihm. Du hast ihm schon Geld geliehen. Du redest über vertrauliche Dinge mit ihm. Ich würde mich nicht wundern, wenn du ihm sogar von diesem... diesem Streit zwischen uns erzählt hättest.«

»Das habe ich zufällig«, sagte Oliver. »Ich mußte mit jemandem darüber reden. Er ist nicht nur mein Freund. Er ist auch deiner. Er hat mir geraten, mich mit dir auszusöhnen.«

Lucy nickte. »Mein Freund. Und dein Freund. Und was weißt du von deinem Freund Doktor Patterson?«

»Daß er klug und treu ist. Daß er außerdem ein ausgezeichneter Arzt ist. Daß er Tony durchgebracht hat.«

Lucy nickte wieder. »Das stimmt alles. Aber du weißt doch auch noch manches andere von ihm, nicht wahr? Von seinen Beziehungen zu anderen Frauen, zum Beispiel?«

»Nun ja. Was daran wahr ist, weiß man ja nie genau.«

»Jetzt lügst du wieder, Oliver«, sagte Lucy ruhig. »Merkst du jetzt, worauf ich hinaus will? Du weißt von ihm und Mrs. Wales. Du weißt von ihm und Evelyn Mueller. Du weißt von ihm und Charlotte Stevens, weil die Sache vor zwei Jahren in unserem Hause anfing und die Leute seither dauernd an unserem eigenen Tisch davon reden.«

»Also gut.« Oliver fühlte sich in die Enge getrieben. »Dann weiß ich es eben.«

»Und jetzt will ich dir noch etwas anderes sagen«, erklärte Lucy gelassen. »Bei mir hat er es auch versucht. Weil er eben so ist. Weil er es bei jeder Frau versucht, wenn er ihr mehr als zweimal begegnet. Auch das mußt du doch gewußt haben.«

»Ich will das einfach nicht glauben.«

»Natürlich nicht. Und du bist hundertmal bei ihm gewesen oder hast ihn zu uns eingeladen. Und alle anderen ebenfalls. Die Frauen und ihre Ehemänner. Die Liierten, die Geschiedenen, die Unbefriedigten, die Neugierigen, die Leichtlebigen... und über sie alle wußtest du Bescheid. Und du warst höflich zu ihnen und liebenswürdig und hast, wie alle unsere Freunde es machen, mitgelacht, wenn die Rede auf dieses Thema kam oder wenn die Zeitungen einen Gesellschaftsskandal breittraten. Aber als es bei dir selbst einschlug, hast du nicht gelacht. All deine Tolerenz und deine Weltklugheit und dein Humor in diesen Dingen waren, wie sich herausstellte, nicht für den Hausgebrauch.«

»Hör auf«, sagte Oliver.

Doch Lucy sprach unerbittlich weiter. »Über das alles habe ich in den letzten zehn Tagen nachgedacht, Oliver, und bin zu dem Ergebnis gekommen, daß du recht hast. Zum mindesten, was du sagst, ist richtig, wenn du dich auch nicht daran gehalten hast.«

»Wir leben in Zukunft so, wie du es haben willst. Mit allen Leuten, die du nicht magst, brechen wir den Verkehr ab. Wir schaffen uns einen neuen Freundeskreis.«

»So habe ich das nicht gemeint«, sagte Lucy. »Ich habe unsere Freunde gern. Zum Teil ist es ihnen zuzuschreiben, daß ich so lange Zeit das Gefühl hatte, glücklich zu sein. Ich würde sie sehr vermissen.«

Oliver stand auf. Sein Gesicht war gerötet. »Ja, was in aller Welt willst du denn eigentlich?« schrie er.

»Ich will so leben«, sagte Lucy ruhig, »daß niemand mich jemals wieder eine Lügnerin nennen kann. So, daß ich selbst mich nie wieder Lügnerin nennen kann.«

»Gut«, sagte Oliver heiser. »Wenn du das meinst, bin ich froh, daß alles so gekommen ist.«

»Nur nicht so schnell. Du hast es, wie gewöhnlich, sehr eilig, dich mit nur einer Seite der Wahrheit zufriedenzugeben. Mit der angenehmen Seite. Mit der Seite, zu der du dich öffentlich bekennen kannst. Der schönen Seite. Mit der Seite, die dir erlaubt, stolz auf dich und deine Großzügigkeit zu sein. Aber die Wahrheit hat leider auch noch eine andere Seite, Oliver, eine unerfreuliche, weniger schmeichelhafte. Von jetzt an mußt du beide zusammen in Betracht ziehen ...«

»Wenn du mir ein Geständnis über weitere Männer machen willst«, sagte Oliver, »Collegestudenten oder Ärzte oder Gäste, die wir zum Abendessen eingeladen haben, oder Eisenbahnbekanntschaften – verschone mich. Deine Vergangenheit interessiert mich nicht. Ich will nichts darüber hören.«

»Ich habe nicht die Absicht, Bekenntnisse über die Vergangenheit abzulegen, Oliver«, sagte sie leise, »weil es da nichts zu bekennen gibt.«

»Was also?«

»Ich will dir ein Bekenntnis über die Zukunft machen.«

Oliver starrte sie verdutzt und verärgert an. »Willst du mir drohen?«

»Nein. Ich möchte nur sichergehen, daß, sollte ich unser Haus je wieder betreten, dies alles abgetan ist. Wenn ich schließlich wieder nach Hause komme, fangen wir eine neue Ehe an, das solltest du dir klarmachen.«

»Niemand kann nach fünfzehn Jahren eine neue Ehe anfangen.«

»Nein«, erwiderte Lucy freundlich. »Das vielleicht nicht. Aber, sagen wir, eine andere Ehe. Bis jetzt hast du mich behandelt, als sei ich noch immer das gleiche Mädchen, das du vor vielen Jahren kennengelernt hast. Als wäre ich noch immer zwanzig Jahre alt und müßte verhätschelt, beschützt und gegängelt werden. Und übergangen, sobald es sich um eine wichtige Angelegenheit handelt. Bis jetzt habe ich mir das gefallen lassen, weil...« Sie zuckte die Achseln. »Wer weiß, warum? Weil ich träge war. Weil es einfacher war. Weil ich fürchtete, dich zu ärgern. Aber jetzt... jetzt war dein Zorn über mich so groß, daß es nichts mehr zu fürchten gibt. Ich habe unsere Ehe gebrochen. Vielleicht kitten wir sie wieder zusammen, vielleicht auch nicht. Was auch geschieht, ich werde es überstehen. Jedenfalls – werde ich mich nicht mehr nach dir richten.«

»Was heißt das?«

»Wenn ich mit dir einer Meinung bin, richte ich mich nach dir. Wenn nicht – gehe ich meine eigenen Wege.«

»Das ist doch unerhört«, sagte Oliver. »Du benimmst dich wie eine Schlampe...«

Lucy hob warnend die Hand. »Solche Ausdrücke darfst du nicht benutzen, Oliver.«

»Also, wie du es nennen willst. Du begehst das Verbrechen, die Übertretung... Himmel, ist das ein salonfähiger Ausdruck dafür? Und irgendwie bist du es jetzt, die Bedingungen stellt.«

»Ja. Oliver. Weil deine Bedingungen nicht mehr passen. Ich habe mir in diesen zehn Tagen darüber klarzuwerden versucht, warum ich das getan habe, nach so langer Ehe...«

»Warum?«

»Die Antwort wird dich nicht freuen, Oliver«, warnte Lucy.

»Heraus damit«, sagte Oliver bitter. »Heraus mit dem ganzen Gift an diesem Nachmittag, dann können wir auf der Heimfahrt anfangen zu vergessen.«

»Wir können es nicht vergessen. Weder du noch ich. In vieler Hinsicht warst du ein guter Ehemann. Du warst großzügig. Ich brauchte im Winter nicht zu frieren und war wohlgenährt, und du hast nie meinen Geburtstag vergessen und gabst mir einen schönen Sohn, den ich bis jetzt sehr geliebt habe...«

»Ja, und?« fragte Oliver scharf. »Was willst du weiter sagen?«

»Du hast mich so lange wie ein Kind behandelt«, antwortete Lucy langsam, »daß ich, wenn ich plötzlich als Frau handeln mußte – nachts –, wie ein Kind reagierte. Gelangweilt, befangen, unbefriedigt, angewidert.«

»Du lügst.«

»Ich habe dir erklärt, daß ich mir das von niemandem mehr sagen lasse.«

»Aber ich hatte immer das Gefühl, daß du...«

»Das war meistens gespielt, Oliver«, unterbrach sie ihn ruhig. »Nicht immer – aber fast immer.«

»So viele Jahre hindurch?« fragte Oliver ungläubig.

»Ja.«

»Warum? Warum hast du es dann getan? Warum hast du mir nichts davon gesagt?«

»Weil ich dachte, du könntest es nicht ertragen, wenn ich es offen sagte.«

»Und jetzt?«

»Jetzt – liegen mir offenbar meine eigenen Interessen mehr am Herzen als deine. Das hast du an dem bewußten Abend vor zehn Tagen aus mir gemacht, Oliver.«

»Ich höre mir das nicht länger mit an!« Bei Oliver kam jetzt der Zorn zum Ausbruch. »Seit fünfzehn Jahren entschuldigen die Frauen ihre billigen Seitensprünge mit dem Gejammer, daß ihre Männer zu alt oder zu vielbeschäftigt oder zu schwach seien, sie zu befriedigen. Tu mir die Ehre an, dir etwas Originelleres auszudenken.«

»Glaube nicht, daß ich versuchen will, dir allein alle Schuld zu-

zuschieben. *Vielleicht* wäre es nicht geschehen, wenn du anders gewesen wärest, wenn unsere Nächte anders gewesen wären. Aber«, fügte sie aufrichtig hinzu, »das war es nicht allein. Ich wollte ihn haben. Lange Zeit habe ich es nicht einmal mir selbst eingestanden. Aber als es einmal geschehen war, tat es mir leid, daß ich töricht genug gewesen war, so lange zu warten.«

»Was willst du damit sagen? Willst du ihn wiedersehen?«

»O nein«, sagte Lucy lässig. »Er hat auch seine... Mängel. Er ist zu jung. Für die nächsten zehn Jahre ist er noch nicht ernst zu nehmen. Er diente einem nützlichen Zweck, aber nun müssen die Kinder wieder in die Schule.«

»Ein nützlicher Zweck«, sagte Oliver hämisch.

»Ja«, sagte Lucy. »Er ließ mich erkennen, wie herrlich es ist, wieder eine Frau zu sein. Er bedeutete mir nichts – aber er hat mich mit fünfunddreißig Jahren gelehrt, daß man bei Männern auch sein Vergnügen finden kann.«

»Das ist eine Hurenphilosophie.«

»Ja?« Lucy zuckte die Achseln. »Das finde ich nicht, und ich glaube, du findest es auch nicht. Aber wie dem auch sei, so ist es mir zumute, und das magst du ruhig wissen.«

»Was willst du damit sagen?«

»Damit will ich sagen, daß es wahrscheinlich nicht bei dem einen Mal bleiben wird.«

»Das kann nicht dein Ernst sein. Das sagst du nur so. Du rächst dich an mir.«

»Ich meine es im Ernst«, sagte Lucy.

»Mal sehen«, sagte Oliver verzweifelt. »Mal sehen.«

»Gar nicht ›mal sehen‹. Weshalb bist du so entsetzt? Du warst doch schon oft genug in Schulgarderoben, Bars, Rauchsalons. Laufen dort nicht alle Gespräche im Grunde darauf hinaus? Und wenn du bei Damenkränzchen und Teestunden zuhören könntest... Der einzige Unterschied besteht darin, daß mein Mann mich nach fünfzehn Jahren dazu gebracht hat, mir selbst die Wahrheit über mich einzugestehen und sie auch auszusprechen.«

»Eine solche Ehe kann nicht von Dauer sein, Lucy.«

»Möglich. Das wäre dann eben Pech.«

»Du würdest als eine einsame, verlassene alte Frau enden.«

»Vielleicht. Aber im Augenblick denke ich, das wäre es wert.«

»Ich kann es immer noch nicht glauben«, sagte Oliver. »Du bist so verändert. Du bist ja in kaum vierzehn Tagen ein völlig anderer Mensch geworden.«

»Da hast du recht. Ich *bin* anders geworden. Aber nicht besser. Sondern weit schlechter. Das finde ich, ehrlich gesagt, selbst. Aber jetzt bin ich, wie ich wirklich bin. Nicht mehr nur ein Widerschein von dir. Nicht mehr ein unwesentliches, furchtsames, nichtssagendes, leicht lenkbares Fünftel deines Lebens. Sondern ich selbst, unverhüllt. Mein eigener Besitzer. So, wie ich geschaffen bin.«

»Also gut«, sagte Oliver in scharfem Ton. »Geh hinein und pack deine Sachen, damit wir bald abfahren können. Ich suche inzwischen Tony und sage ihm, er solle sich bereithalten.«

Lucy seufzte. Dann lachte sie unvermittelt auf. »Oliver, Liebling«, sagte sie, »du hast dich so daran gewöhnt, nicht zuzuhören, was ich auch sage, daß du, wenn ich dir sagte, deine Kleider hätten Feuer gefangen, nicht darauf achten würdest, bis sie dir am Leibe verbrannt sind...«

»Was soll das nun wieder heißen?«

Lucy sprach in sehr ernstem Ton weiter: »Ich habe dir geschrieben, daß ich nicht mit Tony zusammen nach Hause fahre. Hast du meinen Brief nicht gelesen?«

Oliver machte eine ungeduldige Handbewegung. »Doch, doch, ich habe ihn gelesen. Was du geschrieben hast, ist einfach absurd. Du warst offenbar aufgeregt und hast dir nicht...«

»Oliver!« sagte Lucy warnend.

»Ach was, es ist doch nur für ein paar Tage. Ende des Monats geht er ins Internat, und dann hast du Gelegenheit, dich wieder zu beruhigen. Vor Thanksgiving siehst du ihn nicht wieder, und dann...«

»Ich will ihn nicht für ein paar Tage sehen. Und ich will ihn nicht an Thanksgiving sehen. Und ich will ihn nicht an Weihnachten sehen. Und ich will ihn nicht...«

»Lucy«, unterbrach Oliver sie rauh, »hör auf mit dieser verdammten Litanei. Und sei keine Närrin...«

Lucy schloß müde die Augen und machte mit der Hand eine ruhige, verabschiedende Geste. »Warum fahrt ihr beide nicht nach Hause und laßt mich hier?«

»Ich dachte, darüber hätten wir uns geeinigt.«

»Wir haben uns über gar nichts geeinigt. Du sagtest, ich sollte mit nach Hause kommen, und ich erklärte mich dazu bereit. Unter gewissen Bedingungen. Eine davon heißt, daß ich nichts mehr mit Tony zu tun haben will.«

»Für wie lange?« fragte Oliver heiser.

»Für immer.«

»Das ist melodramatisches Gerede. Das ist doch völlig sinnlos.«

»Hör mir jetzt gut zu, Oliver.« Lucy stand dicht vor ihm und hatte Mühe, ihre Stimme zu beherrschen. »Ich meine jedes Wort, das ich gesagt habe, und jedes Wort, das ich noch sagen werde, in vollem Ernst. Er haßt mich. Er ist mein Feind...«

»Ein dreizehnjähriger Junge...«

»Er ist der Zeuge gegen mich, und das wird er niemals vergessen, und ich auch nicht. Jedesmal, wenn er mich ansieht, sieht er an jenem regnerischen Nachmittag zum Fenster hinein. Er sieht mich an und richtet mich, klagt mich an, verurteilt mich...«

»Lucy, reg dich doch nicht so auf.« Oliver ergriff beruhigend ihre Hände. »Er wird es vergessen.«

»Er vergißt es nicht. Frag ihn. Frag ihn selbst. Ich kann nicht so leben, im gleichen Hause mit meinem Richter! Ich ertrage es nicht, mich zwanzigmal am Tage schuldig fühlen zu müssen!« Ihre Stimme schwankte, sie schluchzte beinahe.

»Du mußt es versuchen.«

»Ich habe es versucht«, flüsterte Lucy. »Ich habe alles getan, was ich konnte, um uns auszusöhnen. Sogar als ich dir schrieb, ich könnte nicht mehr mit ihm zurückkommen, hoffte ich noch... Noch während ich schrieb, glaubte ich selbst nicht, was ich schrieb. Aber dann, heute nachmittag, hat er das da getan...« Sie entzog ihm ihre Hände und zeigte auf das zerschlagene Grammophon. »Mit seinem Baseballschläger. Aber es war kein lebloser Apparat, den er zerstörte. Sondern *ich* war es. Er hat *mich* in Gedanken ermordet!« Sie schrie jetzt hemmungslos. »Mord! Mord!«

Oliver packte sie und schüttelte sie heftig. »Hör auf! Nimm dich zusammen!«

»Er wird alles durch seine Anwesenheit vergiften«, sagte sie weinend, ohne einen Versuch, sich aus seinem Griff zu befreien. »Wie würde es nach fünf Jahren bei uns aussehen? Was für ein Mensch wird er in fünf Jahren sein?«

Oliver ließ seine Hände sinken. Einen Augenblick standen sie regungslos nebeneinander. Dann schüttelte Oliver den Kopf. »Ich kann es nicht«, sagte er.

Lucy atmete mit einem langen Seufzer ein. Sie senkte den Kopf und kreuzte mechanisch die Arme über der Brust und strich mit den Händen über die Stellen an ihren Oberarmen, wo Oliver sie gepackt hatte. Ihre Stimme war matt, als sie wieder sprach. »Dann verzichte auf mich. Nimm ihn mit und verzichte auf mich. Für immer.«

»Das kann ich auch nicht.«

Lucy, noch immer die Arme über der Brust und die Hände an ihren Schultern, antwortete mit der gleichen matten, tonlosen Stimme wie zuvor: »Du wirst eines von beidem tun müssen, Oliver.«

Oliver wandte sich ab und trat ans Geländer, so daß er Lucy den Rücken zukehrte. Er lehnte sich gegen einen Pfeiler und starrte über den ruhigen See. Und ich war so fest überzeugt, alle Möglichkeiten erwogen zu haben, dachte er. Er fühlte sich geschlagen und außerstande zu weiteren Plänen und Entscheidungen. Das einzig Richtige wäre gewesen, dachte er mit bitterem Bedauern, wenn ich an dem Abend damals beide in den Wagen gesetzt und sie mit mir nach Hause genommen hätte. So hat inzwischen jeder Zeit gehabt, sich festzufahren.

Er hörte eine Bewegung hinter sich und drehte sich rasch um. Lucy öffnete eben die Tür, um ins Haus zu gehen.

»Wohin gehst du?« fragte er argwöhnisch.

»Tony kommt.« Sie deutete auf das Hotel, und Oliver sah Tony rasch auf das Cottage zukommen. »Es wird wohl das beste sein, wenn du einmal mit ihm redest.«

Sie verschwand im Inneren, und die Fliegentür fiel mit einem leise klappenden Geräusch hinter ihr zu. Oliver sah durch das rostige Drahtgewebe ihren schattenhaften Umriß verschwinden.

Er schüttelte den Kopf und zwang sich zu einem Lächeln, ehe er sich Tony zuwandte. Er ging ihm auf dem Rasen ein kleines Stück entgegen. Tony näherte sich vorsichtig. Sein Gesichtsausdruck war ernst und wachsam. Er blieb stehen, bevor er seinen Vater erreicht hatte.

»Hallo, Papa«, sagte er abwartend.

Oliver trat zu ihm, legte ihm den Arm um die Schultern und küßte ihn auf die Wange. »Guten Tag, Tony«, sagte er. Er ließ seinen Arm auf den Schultern des Jungen, als er mit ihm zur Veranda zurückging.

»Ich bin fertig«, sagte Tony und wies auf die Koffer. »Soll ich schon anfangen, die Sachen zum Wagen zu tragen?«

Oliver antwortete nicht. Er ließ den Arm von Tonys Schultern sinken und ging langsam zu einem Korbsessel hinüber. Er setzte sich schwerfällig wie ein alter Mann und starrte seinen Sohn an.

»Ich dachte, wir wollten um drei Uhr abfahren«, sagte Tony.

»Komm einmal her, Tony.«

Unsicher, als fürchte er eine Bestrafung, ging Tony auf ihn zu und blieb vor dem Sessel stehen. »Bist du wütend auf mich, Papa?« fragte er leise.

»Aber nein. Natürlich nicht. Warum sollte ich?«

»Weil ich dich damals angerufen habe«, antwortete Tony mit gesenktem Blick. »Weil ich dir gesagt habe, was... ich gesehen habe.«

Oliver seufzte. »Nein. Das war nicht deine Schuld.«

»Ich mußte es dir doch sagen, nicht?« fragte Tony, als müsse er sich verteidigen.

»Ja«, antwortete Oliver nach einer Pause. Er sah seinen Sohn an und fragte sich im stillen, wieviel der Junge von jenem Tag im Gedächtnis behalten würde. Kinder vergessen alles, hatte Patterson gesagt. Er hatte auch gesagt, Erwachsene vergessen alles. Aber beides stimmte nicht. Tony würde sich an alles klar und deutlich und schmerzlich erinnern, und sein Leben würde auf dieser Erinnerung fußen. Es wäre einfacher und schmerzloser, diese Aussprache zu umgehen, ihn unter irgendeinem Vorwand allein mit nach Hause zu nehmen, ihn allein ins Internat zu bringen. Es wäre leichter, ihm vorläufig ausweichend zu antworten, wenn er nach Lucy fragte, unbestimmt zu sein und jedesmal geschickt abzulehnen, wenn er für die Ferien nach Hause kommen wollte, und ihn ganz allmählich selbst entdecken zu lassen, daß man ihn außerhalb der Familie gestellt hatte. Es wäre einfacher, weniger schmerzhaft, und am Ende würde Tony ihn, wenn er erwachsen war, mit Recht dafür verachten.

Oliver zog den Jungen an sich, setzte ihn auf seinen Schoß und drückte seinen Kopf leicht an seine Schulter, wie er es ganz früher, als Tony noch klein war, gemacht hatte.

»Tony«, sagte Oliver, und das Sprechen fiel ihm jetzt leichter, da er dem Jungen nicht mehr in die Augen sehen mußte und den Druck seines Körpers gegen den seinen fühlte: »Tony, hör einmal gut zu. Es tut mir sehr leid, daß so etwas geschehen ist. Ich wünschte, daß du wenigstens nichts davon wüßtest. Aber es ist nun einmal geschehen. Und du hast es gemerkt. Und da mußtest du es mir sagen.«

Tony schwieg. Er saß angespannt da, in den Armen seines Vaters gefangen.

»Tony, ich möchte dich etwas fragen. Haßt du deine Mutter?«

Oliver merkte, wie der Junge sich in seinen Armen versteifte. »Warum?« fragte Tony. »Was hat sie gesagt?«

»Antworte auf meine Frage, Tony.«

Mit einer plötzlichen Anstrengung entwand Tony sich den Armen seines Vaters und stand nun vor ihm. Seine Hände öffneten und schlossen sich. »Ja«, sagte er wild. »Ich hasse sie.«

»Tony...« begann Oliver mühsam.

»Ich rede nicht mehr mit ihr.« Tony sprach schnell, mit hoher, scharfer, kindlicher Stimme. »Sie kann sagen, was sie will. Vielleicht antworte ich manchmal ja oder nein, wenn ich muß, aber ich rede nicht mehr mit ihr.«

»Und wenn du sie niemals wiedersähest?«

»Dann wäre ich froh!« Er stand da, die Schultern etwas eingezogen, das Kinn trotzig vorgestreckt, wie ein Junge, der einen anderen Jungen herausfordert, einen Strich zu überschreiten, den er vor seinen Füßen in den Staub gezeichnet hat.

»Aber sie haßt dich nicht«, sagte Oliver freundlich. »Sie hat dich sogar sehr lieb.«

»Ich kümmere mich nicht darum, was sie sagt.«

»Aber sie fürchtet sich vor dir...«

»Glaube ihr nicht. Du kannst ihr kein Wort glauben, was sie auch sagt.« Jetzt klang es durchaus nicht, als spreche ein kleiner Junge.

»Und weil sie sich vor dir fürchtet«, fuhr Oliver gewissenhaft, aber ohne jede Hoffnung fort, um aller weiteren Auseinandersetzung ein Ende zu setzen, »will sie nicht, daß du mit uns nach Hause fährst. Sie will nicht mehr mit dir im gleichen Haus wohnen, sagt sie.«

Einen Augenblick lang dachte Oliver, Tony werde anfangen zu weinen. Er senkte den Kopf und rieb die Handflächen ruckartig gegen die Schenkel. Aber dann hob er den Kopf und sah Oliver geradewegs in die Augen. »Mir soll es recht sein. Ich gehe ja doch ins Internat.«

»Das ist es nicht allein«, sagte Oliver entschieden. »Sie sagt, sie will dich niemals sehen. Sie will dich nie mehr im Hause haben. Nicht an Weihnachten. Nicht während der Ferien. Nie.«

»Oh.« Tonys Stimme war so leise, daß Oliver nicht wußte, ob er wirklich etwas gesagt hatte. »Und wenn du nun sagen würdest: ›Das ist mein Haus, ich bestimme, wer hinein darf‹?«

»Dann verläßt sie mich«, sagte Oliver nüchtern. »Noch heute nachmittag.«

»Oh.« Tony sah seinen Vater abschätzend an. »Und das willst du nicht?«

»Ich fürchte, nein.«

»Warum nicht?«

Oliver seufzte, und als er weitersprach, blickte er über den Kopf des Jungen hinweg in den blauen Himmel mit seiner kalten Vorahnung des Herbstes. »Es ist nicht leicht, einem dreizehnjährigen Jungen zu erklären, wie das ist... in einer Ehe, Tony. Wie Mann und Frau zusammenwachsen. Ich habe mich in mir selbst getäuscht. Verstehst du, was das bedeutet?«

Tony dachte einen Augenblick nach und nickte dann. »Ja. Du dachtest, du wärest so, und dann merktest du, daß du ganz anders bist.«

»Ja. Ich merkte, daß ich mich in mir geirrt hatte.«

»Also gut«, sagte Tony rauh. »Was soll ich tun?«

»Das will ich dir überlassen, Tony. Wenn du es willst, rufe ich deine Mutter heraus und sage ihr, daß du bei mir bleibst. Dann verabschieden wir uns von ihr, und damit ist die Sache erledigt.«

Tonys Lippen zuckten. »Und wie wird dir dann zumute sein?«

»Ich werde mir vorkommen, als sei ich gestorben, Tony.«

»Und wenn ich sage, daß *ich* gehen will?«

»Dann bringe ich dich nach Hause und später ins Internat und hole dann deine Mutter hier ab«, antwortete Oliver. Er sah immer noch über Tonys Kopf hinweg in den kalten Himmel. »An Feiertagen besuche ich dich, und im Sommer könnten wir vielleicht zusammen irgendwohin fahren. In die Rocky Mountains, nach Kanada, vielleicht sogar nach Europa.«

»Aber ich könnte niemals nach Hause kommen?« fragte Tony wie ein Reisender vor dem Fahrkartenschalter, der alle möglichen Fragen stellt, um jeden Irrtum über den Zug, den er nehmen muß, auszuschließen.

»Nein«, flüsterte Oliver. »Lange, lange Zeit nicht.«

»Niemals?« fragte Tony rauh.

»Nun, nach einem Jahr, nach zwei Jahren... vorläufig ist deine Mutter sehr erregt, aber mit der Zeit wird sie sicherlich...«

»Gut!« Tony drehte sich um und wandte Oliver den Rücken. »Mir macht es nichts aus.«

»Was heißt das, Tony?« Oliver stand auf und trat hinter Tony, doch ohne ihn zu berühren.

»Ruf sie heraus. Sag ihr, daß du sie später abholst.«

»Wirklich?«

Tony fuhr herum und sah seinen Vater erbittert an. »So möchtest du es doch haben?«

»Du sollst entscheiden, Tony.«

»So möchtest du es doch haben?« schrie Tony außer sich.

»Ja, Tony«, flüsterte Oliver. »Das möchte ich.«

»Also gut«, sagte Tony rücksichtslos. »Worauf wartest du noch?« Er rannte zur Tür, riß sie auf und schrie ins Haus: »Mama! Mama!« Dann wandte er sich wieder seinem Vater zu. »Sprich du mit ihr.« Er begann mit raschen, fahrigen Bewegungen seine Koffer aufzunehmen. »Ich bringe inzwischen die Dinger hier zum Wagen!«

»Warte.« Oliver streckte die Hand aus, um ihn zurückzuhalten. »Du mußt ihr Lebewohl sagen. Du kannst nicht einfach wegfahren. Vielleicht besinnt sie sich noch in letzter Minute anders...«

»Ich will nicht, daß sich hier jemand anders besinnt«, schrie Tony. »Wo ist mein Teleskop?«

Die Tür ging auf, und Lucy kam heraus. Sie sah bleich, aber gefaßt aus, ihre Augen wanderten von Oliver zu Tony und wieder zurück.

»Oliver...«, sagte sie.

»Ich nehme Tony jetzt mit.« Er suchte seiner Stimme einen alltäglichen, sachlichen Klang zu geben. »Ich rufe dich noch an. Im Laufe der nächsten Woche hole ich dich ab.«

Lucy nickte. Ihre Augen waren auf Tony gerichtet.

»Am besten fahren wir jetzt gleich ab«, erklärte Oliver mit aufgesetzter Forschheit. »Es ist ohnehin ziemlich spät geworden. Tony, sind das alle deine Sachen?« fragte er, auf die zwei Koffer deutend.

»Ja.« Tony vermied es, seine Mutter anzusehen, und nahm den Baseballschläger, das Teleskop, die Angel an sich. »Ich trage das hier.«

Oliver nahm die zwei Koffer auf. »Ich warte im Wagen auf dich.« Seine Stimme klang dumpf und farblos. Er wollte noch etwas zu Lucy sagen, brachte aber kein Wort hervor. Er ging hastig mit den Koffern davon.

Tony sah ihm einen Augenblick nach und blickte dann, noch immer den Augen seiner Mutter ausweichend, um sich, als wolle er sich vergewissern, daß er nichts vergessen hatte.

»Ich glaube, ich habe alles«, sagte er.

Lucy ging zu ihm. In ihren Augen standen Tränen, aber sie weinte nicht. »Willst du mir nicht Lebewohl sagen?« fragte sie leise.

Tony suchte die Bewegungen seines Mundes zu beherrschen. »Doch«, sagte er unwirsch. »Leb wohl.«

»Tony«, sagte Lucy. Sie stand unmittelbar neben ihm, berührte ihn aber nicht. »Ich wünsche dir, daß einmal ein großer Mann aus dir wird.«

Mit einem kindlichen Angstschrei ließ Tony seine Sachen fallen und warf sich in Lucys Arme. Sie hielten sich lange eng umschlungen, aber beide wußten, daß es nur der Abschied war, und daß sich nichts dadurch änderte. Endlich trat Lucy entschlossen einen Schritt zurück.

»Ich glaube, du mußt gehen«, sagte sie.

Tonys Gesicht wurde wieder hart. »Ja«, sagte er. Er bückte sich, nahm den Schläger und das Teleskop und die Angel vom Boden auf und machte sich auf den Weg zum Wagen. An der Verandaecke blieb er noch einmal stehen, und Lucy wußte, daß sie ihn ihr Leben lang so in Erinnerung behalten würde, wie er jetzt dort stand in dem Anzug, der ihm während des Sommers zu klein geworden war, das Gesicht krampfhaft beherrscht, die Geräte seiner Kindheit in den Händen, hinter ihm der blaue, gekräuselte See. »Wenn wir uns zufällig einmal begegnen sollten«, sagte er, »nur zufällig, meine ich, wie man sich eben im Zug oder auf der Straße begegnet, was... was sagen wir dann zueinander?«

Lucy lächelte ihn unsicher an. »Ich... ich denke, wir sagen uns guten Tag.«

Tony nickte. »Guten Tag«, wiederholte er nachdenklich. Er nickte noch einmal, als sei er damit zufrieden, und verschwand um die Hausecke, wie vorher sein Vater.

Lucy stand ganz still. Nach einer Weile hörte sie den Wagen abfahren und sich entfernen. Sie rührte sich nicht. Sie stand nur da und sah auf den See hinaus. Vor ihren Füßen lagen die Trümmer des Grammophons.

Und das war der Sommer.

15

»Tja, Mr. Crown«, sagte der Leiter des Internats, »wie bei allen Jungen seines Alters gäbe es Verschiedenes über ihn zu berichten.« Er hob fragend die Sherryflasche, aber Oliver schüttelte den Kopf. Als er noch zur Schule ging, hatte sein Schulleiter den Vätern seiner Schüler ganz bestimmt vor dem Lunch keinen Sherry angeboten. Oliver begriff, daß sich hierin ein seit seiner Kindheit eingetretenes Nachlassen der Strenge der Erziehung ausdrückte, aber er begriff auch, daß der Internatsleiter in Gedanken die Zensur der Familie Crown im Betragen um eine Kleinigkeit drücken würde, wenn er ein zweites Glas annähme.

Der Internatsleiter stellte die Flasche nicht ohne eine gewisse zeremonielle Feierlichkeit wieder auf den Tisch. Sein Name war Hollis, er war überraschend jung und bewegte sich mit behutsamer Gelassenheit in dem heiteren, bibliothekartigen Raum, der ihm als Arbeitszimmer diente, als wollte er den Eltern der ihm anvertrauten Jungen die Gewißheit geben, daß von seiner Seite keine Schädigung der heranreifenden Seelen durch eine plötzliche unüberlegte Bewegung zu befürchten sei.

»Ich will damit sagen« – Hollis lächelte jungenhaft und nahm geschickt seiner Beurteilung den Stachel –, »daß er eben auch seine Probleme hat, wie Sie und ich sie in seinem Alter sicherlich ebenfalls hatten.«

»Als ich in seinem Alter war«, sagte Oliver absichtlich leichtfertig, um Belehrungen abzubiegen, »war mein einziges Problem, daß ich nur dreiundvierzig Klimmzüge machen konnte. Ich hatte mir in den Kopf gesetzt, es bis zu meinem sechzehnten Geburtstag auf fünfzig zu bringen.«

Hollis, vertraut mit vielen Generationen von Vätern, lächelte pflichtschuldigst. »Natürlich muß auch die gesundheitliche Seite gebührend berücksichtigt werden. Da er sich nicht gemeinsam mit den anderen Jungen an allen Sportarten beteiligen kann – dem Mannschaftssport, beispielsweise – wie ich höre, soll er allerdings recht gut Tennis spielen –, so ist es natürlich denkbar, daß seine Neigung, sich abzusondern, ich meine, eine gewisse Neigung zur

Eigenbrötlerei, durch diesen Umstand etwas gefördert wird. Andererseits ist unser Schularzt mit seinem Gesundheitszustand sehr zufrieden. Wir lassen ihn nämlich jeden Monat sorgfältig untersuchen. Der Arzt hat mir gegenüber sogar geäußert, daß Tony sich, wenn er wollte, bedeutend mehr an der Gruppenarbeit beteiligen könnte, als er es bis jetzt tut.«

»Vielleicht liegt es nur daran, daß er die Gruppe nicht leiden kann. Vielleicht würde er in einer anderen Gruppe begeistert mitmachen.«

»Das kann natürlich auch sein«, sagte Hollis. Der Ton war begütigend und höflich, aber der Ausdruck seiner offenen, klugen blauen Augen war etwas frostig geworden. »Obwohl wir – wenn ich das selber sagen darf – hier zur Zeit eine große Zahl besonders netter Jungen haben, auf die wir stolz sein können.«

»Entschuldigen Sie bitte.« Oliver erkannte, daß er dem harmlosen, gewissenhaften Mann nur deshalb zu brüsk geantwortet hatte, weil es unmöglich war, ihm irgend etwas zu erklären. »Ich bin überzeugt, daß die Schuld bei Tony liegt.«

»Aber bitte« – Hollis spreizte verzeihend die Finger beider Hände –, »Schuld ist ein strenges Wort. Geschmack, vielleicht. Das wird sich ohne Zweifel mit zunehmendem Alter geben. Allerdings, früh krümmt sich...« Er zuckte die Achseln und lächelte dazu, wodurch er gleichzeitig eine Warnung und ein Zeichen von Zuneigung anbrachte. »Auf einem Gebiet tut er sich besonders hervor«, fuhr Hollis fort, froh, etwas Günstiges berichten zu können. »Er zeichnet vorzügliche Karikaturen für unsere Schulzeitung. Wir haben seit vielen Jahren keinen so begabten Jungen gehabt. Sie sind überraschend reif erfaßt. Ziemlich boshaft, möchte ich sagen...« Wieder das verzeihende Lächeln, um den Schimmer guter Formen über die notwendige und wenig erfreuliche Wahrheit zu decken. »Von gewisser Seite habe ich schon mißbilligende Äußerungen über die Schärfe einige seiner Karikaturen gehört. Aber – er wird sie Ihnen wohl geschickt haben, Sie kennen sie vermutlich alle...«

»Nein. Ich habe noch keine gesehen. Ich wußte gar nicht, daß er Karikaturen zeichnet.«

»So.« Hollis sah Oliver neugierig an. »Wirklich?« Er senkte den Kopf und machte sich mit Papieren auf seinem Schreibtisch zu schaffen. »Tony zeigt recht gute Leistungen in Biologie und Chemie«, fuhr er dann, schneller sprechend und taktvoll von diesem Thema ablenkend, fort. »Das ist natürlich sehr günstig, weil er einen Vorbereitungskursus für das Medizinstudium nehmen will. In den meisten anderen Fächern ist er leider – eh – nachlässig; wie ich höre, betreibt er allerdings viel Lektüre auf eigene Faust. Unglücklicherweise« – wieder die verständnisvolle, häufig angewandte Schulleitergrimasse – »steht nahezu keines der Bücher, die er liest, in irgendeiner Beziehung zu unserem Lehrplan. Und wenn er in zwei Jahren auf ein gutes College überwechseln will...« Hollis ließ den Satz unvollendet. Die milde, doch unmißverständliche Drohung, die er enthielt, war wie der erste leichte Windstoß an einem ruhigen, grauen Tage.

»Ich werde mit ihm reden«, sagte Oliver und stand auf. »Meinen besten Dank.«

Hollis erhob sich ebenfalls. Durch das Fenster, gegen das seine Gestalt sich abhob, sah man in einiger Entfernung die grauen gotischen Internatsgebäude stumpf im Schein der Herbstsonne glitzern. Er hielt Oliver die Hand hin, ein behender, intelligenter junger Mann in einem weichen, blauen Hemd, der bewußt alte Schultradition, diskret durch Fortschrittlichkeit getönt, repräsentierte. Die beiden Männer schüttelten sich die Hände, und Hollis sagte: »Ich nehme an, daß Sie Tony über den Feiertag mit nach Hartford nehmen wollen?«

»Wir wohnen nicht in Hartford.«

»So? Ich glaubte mich zu erinnern, daß...«

»Vor etwa einem Jahr sind wir umgezogen«, sagte Oliver. »Wir wohnen jetzt in New Jersey. In Orange. Ich hatte Gelegenheit, meine Druckerei in Hartford zu verkaufen und in New Jersey eine größere, moderner eingerichtete zu erwerben«, erklärte er, unzutreffende Gründe anführend.

»Gefällt es Ihnen in New Jersey besser?« fragte Hollis höflich.

»Viel besser«, antwortete Oliver. Er verschwieg, daß es ihm

überall in der Welt besser gefallen hätte als in Hartford, in jeder beliebigen Stadt, in der man ihn und Lucy nicht kannte und wo sie keine Freunde hatten, die neugierig nach Tony fragten und plötzlich betreten schwiegen, sobald in der Unterhaltung die Rede auf Kinder kam. Er erwähnte auch nicht, daß Lucy während des letzten halben Jahres in Hartford mit Ausnahme von Sam Patterson niemanden von ihren alten Freunden hatte sehen wollen. Sam Patterson wußte ohnehin so ziemlich alles, was es zu wissen gab, und daher erübrigten sich Lügen ihm gegenüber. Bei allen anderen war das Gewicht der Vermutungen schließlich zu drückend geworden. »Es hat keinen Sinn mehr«, hatte Lucy gesagt. »Nach einem Abend mit ihnen habe ich das Gefühl, die ganze Zeit mit einer Gruppe von Kryptographen zusammengewesen zu sein, die unablässig bemüht waren, mit Aufbietung all ihres Könnens eine Geheimschrift zu entziffern. Und diese Geheimschrift war ich. Ich habe genug davon. Wenn du mit ihnen zusammensein willst, geh allein hin. Ich mache nicht mehr mit.«

»Nun«, sagte Hollis, »Orange ist ja nicht aus der Welt. Nehmen Sie Tony heute gleich mit?«

»Nein. Meine Frau und ich fahren über Thanksgiving nach Südkarolina. Es ist für mich die einzige Gelegenheit, vor dem Winter noch einmal Golf zu spielen. Ich bin nur gekommen, um Tony zum Lunch mitzunehmen.«

»So.« Ein Senken der Augenlider, das selbstverständlich nichts ausdrücken sollte. »Dann werde ich Tony an Thanksgiving zu uns zum Dinner einladen. Ich werde es meiner Frau sagen.«

»Vielen Dank. Bleiben viele Jungen über den Feiertag hier?«

»Einige, ja. Wir haben einen Schüler, dessen Eltern in Indien sind, und dann sind immer zwei oder drei da aus – eh – ungünstigen Familienverhältnissen...« Ein Lächeln, eine bedauernde Kopfbewegung, die die modernen Gepflogenheiten gleichzeitig beklagte und verzieh. »Die meisten Jungen, die zu weit weg wohnen oder aus anderen Gründen nicht nach Hause fahren können, werden von Schulfreunden eingeladen.« Eine vielsagende Pause, um Oliver erkennen zu lassen, daß sein Sohn nicht zu den Jungen gehörte, die über Feiertage von Schulfreunden eingeladen wurden.

»Machen Sie sich keine Sorgen«, sagte er herzlich. »Tony bekommt ein gutes Essen.«

Er begleitete Oliver bis zur Haustür und blieb dort im kühlen Herbstwind stehen, bis Oliver in seinen Wagen gestiegen und zu dem Hotel abgefahren war, in dem er sich mit Tony treffen wollte.

Oliver setzte sich in die Hotelbar, um dort auf Tony zu warten. Er bestellte einen Whisky, um den Geschmack des Internats-Sherrys loszuwerden, und überdachte, was Hollis gesagt hatte, die warnenden Hinweise, die ungünstigen Urteile, die Delikatesse, mit der er jede Anspielung darauf vermieden hatte, daß Tonys Mutter in den zwei Jahren, die ihr Sohn im Internat war, noch kein einziges Mal dort erschienen war. Nun, das gehörte eben zu den Pflichten eines Schulleiters – den Eltern ihren Sohn so zu zeigen, wie andere ihn sahen, ihnen einen Begriff davon zu geben, wie er vermutlich als erwachsener Mann sein würde. Oliver starrte düster in sein Glas. Er wußte, daß Hollis ihm so schonend wie möglich mitzuteilen versucht hatte, daß Tony seiner Ansicht nach später einsam und unbeliebt sein würde, daß er zur Arbeit wenig geneigt noch sonderlich befähigt war und gegen seine Umgebung eine unangenehm kritische, spöttische Haltung einnahm. Oliver nahm einen Schluck Whisky und verübelte Hollis im stillen sein Vertrauen auf sein Urteilsvermögen und seine Gabe der Voraussicht. Alle diese Schullehrer irren sich meistens, dachte Oliver ärgerlich. Deshalb sind sie auch Lehrer geworden. Er erinnerte sich, daß seine Lehrer für ihn, als er in Tonys Alter war, eine nicht näher bestimmte, aber jedenfalls glanzvolle Zukunft vorausgesehen hatten. Er war ein großer, hübscher, gutartiger Junge gewesen, der sich kaum anzustrengen brauchte, um in seiner Klasse der Beste zu sein, der bei allen Spielen der Anführer und in den Schulmannschaften der Kapitän, Klassensprecher, Vorsitzender in Schülerklubs und frühreifer, gewandter Begleiter junger Damen gewesen war. Nun, dachte Oliver grimmig, über seinem Whiskyglas brütend, sie sollten mich jetzt sehen!

Seine Gedanken kehrten zu Hollis zurück. Warum besaß dieser Mann wohl ein solches Selbstvertrauen? Weil er ein kleines, festumrissenes Ziel gehabt und es in jungen Jahren erreicht hatte?

Oder weil er von den mausgrauen, anspruchslosen Halbgescheiterten umgeben war, aus denen sich das Lehrerkollegium kleiner ländlicher Internate meistens zusammensetzte? Oder weil er mit liebenswürdiger Strenge über Hunderte von Schuljungen gebieten konnte, die lange, ehe sie alt genug waren, ihm ernstlichen Widerstand entgegenzusetzen, aus seinem Gesichtskreis verschwanden, und deren spätere Meinung über ihn er nie erfahren würde? Oder weil er nach einem behaglichen Stundenplan lebte, der sich von einem Jahr zum anderen kaum änderte – so und so viele Stunden Latein, so viele für Leibesübungen, so viele für den Religionsunterricht und das Aufstellen geeigneter Lehrsätze? Du sollst Vater und Mutter ehren, du sollst die Regeln über die Anwendung des Ablativus absolutus lernen, du sollst bei Examensarbeiten nicht mogeln, du sollst dich auf Harvard vorbereiten. Außer diesen festen Grundmauern und geschützten Korridoren seiner Existenz hatte er eine hübsche, gesunde junge Frau, die ein wenig Geld mit in die Ehe gebracht hatte, die ihn stets an führender Stelle sah und die infolge der Eigenart seines Berufes täglich, beinahe stündlich mit ihm zusammenarbeitete, so daß ihr gemeinsames Wirken mit jedem Jahr nutzbringender, enger, intimer wurde. Vielleicht würde Oliver das nächste Mal, wenn er das freundliche Arbeitszimmer betrat und den herzlichen Händedruck erwiderte, delphisch-geheimnisvoll flüstern: »Denken Sie an Leontes...«

Alles in Ordnung, Herr Lehrer? Oliver grinste innerlich über seine vulgären Gedanken. Schicken Sie Ihre Frau doch mal für einen Sommer in die Berge. Vielleicht...

Er wollte eben einen zweiten Whisky bestellen, als er durch die Tür der Bar Tony in die Empfangshalle des Hotels treten sah.

Tony hatte seinen Vater noch nicht entdeckt, und Oliver beobachtete ihn ein paar Sekunden, wie er sich durch seine Brille, ein wenig kurzsichtig, in der Halle umsah. Er hatte keinen Mantel an, seine Tweedjacke war in den Ärmeln zu kurz, und unter dem einen Arm trug er ziemlich ungeschickt ein großes Zeichenbrett. Obwohl Oliver ihn erst vor sechs Wochen gesehen hatte, erschien er ihm jetzt größer, als er ihn in Erinnerung gehabt hatte, außerdem sah er mager, unterernährt und vom kalten Novemberwind durchfroren aus. Im Gegensatz zu den anderen Schülern mit kurzgeschnittenen Haaren, die Oliver im Internat gesehen hatte, war Tonys Haar lang und fein, und in seiner Haltung lag etwas Nervöses und gleichzeitig Herausforderndes. Sein Kopf war im Verhältnis zu den schmalen Schultern zu groß, die Gesichtszüge hatten sich verfeinert, die Nase wirkte zu lang; er kam Oliver vor wie ein fremdartiger, einsamer, halb furchtsamer, halb gefährlicher zerzauster Vogel, der nicht wußte, ob er wegfliegen oder angreifen sollte.

Der Anblick seines Sohnes rief in Oliver ein merkwürdiges Doppelbildnis hervor. In der langen Nase, dem hellen Haar und den großen grauen Augen erkannte er Lucys Erbteil, während die breite, leicht gewölbte Stirn und der große feste Mund ihn unklar an Fotografien von sich selbst aus seiner Schulzeit erinnerten. Aber die verschiedenen Teile schienen keine Einheit zu bilden. Der herausfordernde Zug und das Mißtrauen, das Tony begleitete, schienen die Elemente seines Körpers und seines Gesichtes daran zu hindern, miteinander zu verschmelzen.

Tony hatte ihn jetzt gesehen, winkte und kam in die Bar, und als er neben Oliver stand und ihm die Hand gab, verwischten Vertrautheit und Nähe die bruchstückhaften Eindrücke, und es war wieder Tony, ernst, höflich, wohlbekannt.

Als sie beim Lunch saßen und die ersten zehn Minuten verstrichen waren, in denen sie sich über die Auswahl der Gerichte besprachen und Oliver die üblichen Fragen nach Tonys Befinden und der Schule und eventuellen Bedürfnissen stellte und Tony die üblichen Antworten gab, wurden die Gesprächspausen wie gewöhnlich länger und länger und für beide Teile bedrückender. Oliver war überzeugt, daß es für ihn und Tony weit angenehmer wäre, wenn er seinen Sohn überhaupt nie besuchte. Aber das kam nicht in Frage, wenn auch schwer zu sagen gewesen wäre, warum.

Oliver beobachtete Tony verstohlen über den Tisch und bemerkte, daß der Junge sehr manierlich aß, keine Flecken aufs Tischtuch machte und seine Hände geschickt und beherrscht zu bewegen wußte. Er sah beim Essen beständig auf seinen Teller, und nur ein- oder zweimal im Laufe der Mahlzeit, als Oliver für einen Augenblick in eine andere Richtung geschaut hatte und dann plötzlich wieder hersah, ertappte er Tony dabei, wie er ihn gedankenvoll und weder freundlich noch unfreundlich anblickte. Wenn ihre Blicke sich trafen, senkte Tony ohne Hast den Kopf und aß ruhig und schweigend weiter. Erst als sie beim Nachtisch angelangt waren, wurde sich Oliver plötzlich bewußt, daß ihn seit der Begrüßung die ganze Zeit über etwas an Tonys äußerer Erscheinung gestört hatte. Ein dichter, langer blonder Flaum war auf seiner Oberlippe und am Kinn hervorgesprossen, und auch auf den Wangen sah man hier und da Büschel dünnen, lockigen Haares. Es gab ihm ein struppiges, ungepflegtes Aussehen, wie bei einem jungen Hund, der in einer Pfütze naß geworden ist.

Oliver sagte zunächst nichts, aber sein Blick kehrte unwillkürlich immer wieder zu dem unregelmäßigen dünnen Bartwuchs im Gesicht seines Sohnes zurück. Natürlich, dachte er. Er ist beinahe sechzehn.

»Mr. Hollis sagte mir, er wolle dich morgen zum Thanksgiving-Dinner einladen«, bemerkte Oliver.

Tony nickte, ohne ein Zeichen von Freude oder Überraschung. »Wenn ich Zeit habe, gehe ich hin.«

»Ein netter Kerl, dieser Mr. Hollis«, sagte Oliver, froh, ein Thema gefunden zu haben. Nicht ohne ein gewisses Schuldgefühl vermied er die Frage, was Tony sonst für den Feiertag vorhaben mochte. »Er hat dich genau beobachtet und findet, daß du sehr talentiert bist. Die Karikaturen, meine ich, für die Zeitung sollen wirklich...«

»Die meisten zeichne ich während seines Unterrichts«, sagte Tony, sauber seinen Kelch Schokoladeneis auslöffelnd. »Sonst würde ich wahrscheinlich einschlafen.«

»Welche Fächer habt ihr bei ihm?« fragte Oliver und vermied eingehendere Fragen nach Tonys Meinung von Mr. Hollis.

»Europäische Geschichte. Er schwärmt für Napoleon. Er ist nur einen Meter sechzig groß, folglich schwärmt er für Napoleon.«

War ich so boshaft, fragte sich Oliver, hatte ich eine solche Beobachtungsgabe mit fünfzehn Jahren?

»Ich würde gern ein paar von deinen Zeichnungen sehen, falls du zufällig welche bei dir hast.«

»Sie taugen nichts.« Tony löffelte sein Eis weiter. »Wenn einer mit wirklichem Talent in unsere Schule käme, würde kein Mensch mehr meine Zeichnungen angucken.«

Eines kann er jedenfalls, dachte Oliver enttäuscht, Gespräche abwürgen. Er blickte im Speisesaal umher, um den sprossenden Bart seines Sohnes nicht sehen zu müssen, der ihm unerklärlicherweise auf die Nerven zu fallen begann. Verschiedene Schüler des Internats aßen an den anderen Tischen mit ihren Eltern; unmittelbar dem Tisch gegenüber, an dem Oliver und Tony saßen, war eine gutaussehende blonde Frau, nicht älter als fünfunddreißig, mit goldenen Armbändern über beiden Ärmeln ihres Kleides, deren feines Klirren im ganzen Speisesaal zu hören war, wenn sie die Hände bewegte. Bei ihr saß ein großer, grobknochiger Junge, offensichtlich ihr Sohn, der die gleiche gerade Nase und das gleiche wohlgepflegte, gesunde Aussehen hatte wie sie. Der Sohn trug sein blondes Haar sehr kurz geschnitten, und sein wohlgeformter Kopf erhob sich auf einem starken Hals über breiten, kraftvollen Schultern. Oliver bemerkte, daß er sehr höflich zu seiner Mutter war, häufig lächelte und ihr aufmerksam zuhörte, ihr ohne Aufforderung die Butter reichte und Wasser einschenkte und ohne Verlegenheit auf dem Tisch ihre Hand hielt, während ihre Stimmen sich in leisem, angeregtem Gespräch vermischten. Amerikanische Jugend, dachte Oliver, Werbungsmuster.

Mit unerfreulicher Schärfe kam ihm zum Bewußtsein, daß er und Tony einen Gegensatz dazu abgaben. Tony mit seinem langen, unmodernen Haarschnitt, seinen mageren Schultern, seiner Brille, seinem zerbrechlichen Hals und dem Bartflaum auf Kinn und Wangen. Und er selbst, steif und sichtlich voll Unbehagen bemüht, mit seinem schweigsamen, unfreundlichen Sohn ins Gespräch zu kommen. Als er zu dem Tisch hinüberblickte, sah die Dame zufällig auf und lächelte ihm in elterlichem Verständnis zu. Sie hatte glänzende, weiße, ebenmäßige Zähne, und wenn sie lächelte, sah sie viel jünger aus als fünfunddreißig. Oliver lächelte zurück und nickte grüßend. Er nickte abermals, als der Sohn, der den wortlosen Austausch beobachtet hatte, aufstand und eine kurze, zurückhaltende, respektvolle Verbeugung machte.

»Wer ist denn das?« fragte Oliver neugierig.

Tony warf einen Blick auf den anderen Tisch. »Saunders und seine Mutter. Er ist der Captain des Eishockeyteams, aber feige.«

»Wie kannst du das so einfach sagen?« protestierte Oliver, wußte aber selbst nicht genau, ob er es des Sohnes oder der Mutter wegen tat.

»Ich habe es bei ihm bemerkt«, sagte Tony. »Er ist feige. Jeder weiß es übrigens. Er ist aber der reichste Junge in der ganzen Schule...«

»So?« Oliver sah nochmals zu dem Tisch hinüber und beachtete diesmal mit größerer Aufmerksamkeit die goldenen Armbänder. »Was ist denn sein Vater?«

»Der ist hinter den Ballettmädchen her.«

»Tony!«

»Weiß doch jeder.« Tony leerte sorgfältig seinen Eisbecher. »Sein Vater hat gar nicht so viel Geld. Das ist es nicht. Saunders verdient sich sein Geld selbst.«

»Ach, wirklich?« Oliver blickte mit einem gewissen Respekt zu dem hübschen großen Jungen hinüber. »Wie denn?«

»Er verleiht Geld gegen Zinsen. Und er besitzt das letzte Kapitel des *Ulysses* und vermietet es für einen Dollar pro Nacht.«

Oliver schwieg einen Augenblick. Unklar erinnerte er sich, wie er Tony, als er sechs Jahre alt war, *Alice im Wunderland* und andere Geschichten vorgelesen hatte. Jeden Abend ein Kapitel. Als Tagesabschluß, nachdem Tony gebadet war und sein Abendessen verzehrt hatte; seifeduftend pflegte er dann in seinem langen Nachthemd, die Füße auf Olivers Schoß, auf der Lehne des Armsessels zu sitzen, damit er die Bilder besser sehen konnte.

»Wieso das letzte Kapitel?« fragte Oliver, überzeugt, daß hier ein kindliches Mißverständnis oder ein Versuch, ihn zu schockieren, vorliegen mußte.

»Du weißt doch«, sagte Tony geduldig, »Mrs. Bloom im Bett, und der Tenor und der Soldat in Gibraltar. Ja, ja, ja. All dieses Zeug.«

»Hast du es etwa auch gelesen?«

»Natürlich. Ein Dollar ist dafür nicht zu teuer.«

»Das sind ja tolle Zustände in eurer Schule.« Oliver vergaß völlig seine Befangenheit, die die Unterhaltung bis jetzt so erschwert hatte. »Ich hätte gute Lust, es Mr. Hollis zu sagen.«

Tony zuckte die Achseln. »Wozu denn? Jeder in der ganzen Schule hat es inzwischen gelesen.«

Oliver starrte seinen Sohn verblüfft an, der zwei Schritte von ihm entfernt saß, struppig, mit den Pickeln und dem Flaum der Pubertätszeit im Gesicht und einem kalten, furchtlosen, abwägenden Ausdruck in den Augen, unzugänglich, geheimnisvoll, durch nichts zu bestrafen.

»Na schön«, sagte Oliver lauter als unbedingt nötig, »vor allen Dingen rasieren wir dir jetzt einmal den verdammten Bart ab.«

Als sie den Speisesaal verließen, lächelte Mrs. Saunders wieder strahlend und schüttelte ihre goldenen Armbänder. Saunders, riesig für sein Alter, glattwangig, stiernackig, lächelte mit der Würde eines jungen Senators, stand auf und machte seine höfliche, ernsthafte Verbeugung.

Sie gingen in einen Drugstore, und Oliver kaufte einen schweren vergoldeten Rasierapparat, den teuersten im Laden, und eine Tube Rasiercreme. Tony stand mit dem unförmigen Zeichenbrett unter dem Arm dabei, sah mit unbewegter Miene zu, stellte keine Frage und warf zwischendurch einen Blick auf die Illustrierten, die auf einem Seitentisch ausgelegt waren. Dann begaben sie sich, nebeneinander gehend, wie andere Väter und Söhne auch, über den großen Rasenplatz zwischen den Internatsgebäuden, dessen Gras Oliver naß und kalt unter den dünnen Sohlen seiner Stadtschuhe fühlte, in Tonys Zimmer. Einige Väter lüfteten grüßend den Hut, und Oliver grüßte zurück, aber er bemerkte, daß die Grüße, die Tony mit anderen Jungen tauschte, recht kühl und förmlich waren. O Gott, dachte Oliver, als er Tonys schmalem Rücken die Treppe hinauf folgte, was habe ich da?

Tony hatte ein eigenes Zimmer, ein düsteres Gelaß mit grünlichen Wänden, einem Fenster, einem schmalen Bett, einem kleinen Schreibpult und einem abgenutzten hölzernen Kleiderschrank.

Der Raum war peinlich sauber. Auf dem Pult stand ein Holzkasten, der einen Stapel wohlgeordneter, durch eine Klammer zusammengehaltener Papiere enthielt, und die Bücherreihe auf dem Pult war streng ausgerichtet und an beiden Enden durch eine Buchstütze aus Granit gesichert. Das Bett zeigte keine einzige Falte, und nirgends sah man aufgehängte Kleidungsstücke. Hier sollte ich Lucy herschicken, damit sie Ordnung im Haushalt lernt, dachte Oliver unwillkürlich.

An der Wand über dem Bett hing eine große Weltkarte, auf der hier und da Orte durch Stecknadeln mit bunten Köpfen bezeichnet waren. Und vor dem Schrank hing an einer Schnur von der Zimmerdecke herab ein vergilbtes menschliches Skelett, an dem verschiedene wichtige Knochen fehlten. Auf dem Pult stand Tonys Teleskop.

Oliver war zum ersten Male in Tonys Zimmer und blinzelte verdutzt das Skelett an. Er sagte aber zunächst nichts und suchte sich statt dessen nervös einzureden, daß es wahrscheinlich bei einem Jungen, der Medizin studieren wollte, nur löblichen Eifer bewies.

Er packte den Rasierapparat aus, legte eine Klinge ein und bemerkte beiläufig: »Ich dachte, ihr schlaft hier immer zu zweien.«

»Eigentlich, ja.« Tony stand mitten im Zimmer und betrachtete gedankenvoll die Weltkarte an der Wand. »Es schlief hier auch noch ein anderer Junge, aber mein Husten hat ihn vertrieben.«

»Dein Husten?« fragte Oliver erstaunt. »Ich wußte gar nicht, daß du Husten hattest.«

»Ich hatte auch gar keinen«, grinste Tony. »Aber er war mir lästig, und ich wollte gern das Zimmer allein haben. Darum gewöhnte ich mir an, jede Nacht um zwei Uhr aufzuwachen und eine Stunde lang zu husten. Er hielt es nur ein bißchen über einen Monat aus.«

Du lieber Gott, dachte Oliver verzweifelt, Hollis verdient sein Geld wahrhaftig sauer, wenn er *ihn* überhaupt behält. »Zieh dein Hemd aus«, sagte er, »damit es nicht naß wird.« Er öffnete den Verschluß der Tube mit Rasiercreme.

Tony fing an, langsam sein Hemd aufzuknöpfen, ohne die Augen von der Karte abzuwenden. Oliver sah sie sich etwas genauer an. Eine Nadel stak in Paris, eine in Singapur, andere in Jerusalem, Assisi, Konstantinopel, Kalkutta, Avignon, Beirut.

»Was bedeuten diese Nadeln?« fragte er neugierig.

»In jeder dieser Städte werde ich ein Vierteljahr wohnen«, erklärte Tony sachlich, »wenn ich mein Medizinstudium beendet habe. Ich will zehn Jahre als Schiffsarzt fahren.« Er zog sein Hemd aus, ging an den Kleiderschrank, gab dem Skelett einen Stoß, so daß es mit einem unangenehmen Geräusch scheppernder Knochen beiseite schwang, und öffnete die Schranktür. Er hängte sein Hemd sorgsam auf einen Haken und machte die Schranktür wieder zu.

Schiffsarzt, dachte Oliver. Auch ein Ziel! Er sah Tony absichtlich nicht an und betrachtete die Karte. Paris, Kalkutta, Beirut. Ferne, dachte er.

»Woher hast du das Skelett?«

»Aus einem Pfandgeschäft in New York, Eighth Avenue«, antwortete Tony.

»Läßt man euch denn ganz allein nach New York fahren?« fragte Oliver. Er fand allmählich, daß es hoffnungslos war, die Pläne und das Woher und Wohin seines Sohnes im Auge behalten zu wollen.

»Nein«, sagte Tony und hielt mit nachdenklicher Miene das noch leise hin und her schwingende Skelett an. »Ich sage immer, daß ich übers Wochenende heimfahre.«

»Ach so«, sagte Oliver mutlos. »Ich verstehe.« Für einen Augenblick sah er wie in einer Vision seine Frau und seinen Sohn, die er beide nicht kannte, die einander nicht kannten, an den gegenüberliegenden Seiten einer Straßenecke stehen und auf den Lichtwechsel warten, dann inmitten der Menge der Fußgänger die Straße überqueren, so nahe aneinander vorbeigehen, daß sie sich berühren könnten, und in entgegengesetzter Richtung unerkannt sich entfernen. Mit einem Gefühl des Widerwillens blickte er auf Tony, der mit nacktem Oberkörper dastand und an dem Skelett herumfingerte. »Was hat es gekostet?« fragte er.

»Achtzig Dollar.«

»Was?« Oliver konnte seine Überraschung nicht unterdrücken.

»Woher hattest du denn so viel Geld?«

»Ich hatte es beim Bridge gewonnen«, antwortete Tony ruhig. »Wir spielen regelmäßig. Von vier Spielen gewinne ich drei.«

»Weiß Mr. Hollis davon?«

Tony lächelte kühl. »Der weiß nie etwas.« Er hob den Arm und berührte die Schädelbasis des Skeletts. »Das Hinterhauptbein«, sagte er. »Ich weiß die Namen sämtlicher Knochen.«

Ein normalerer Vater, dachte Oliver, mit einem normaleren Sohn würde ihn für solch einen Beweis von Interesse und Fleiß loben. Aber der Anblick des nackten, glatten Jungenkörpers neben dem gelblichen Knochen des Skeletts aus dem Pfandleihgeschäft war ihm plötzlich unerträglich.

Er trat an das Waschbecken in der Zimmerecke. »Komm her«, sagte er brüsk, »damit wir hiermit zu Ende kommen. Ich muß um sechs Uhr in New York sein.«

Tony gab dem Skelett einen letzten zärtlichen kleinen Klaps, der wieder das an ein Würfelspiel erinnernde Klappern der losen Knochen hervorrief, und trat gehorsam neben das Waschbecken.

»Wasch dir zuerst das Gesicht.«

Tony nahm seine Brille ab, ließ Wasser einlaufen und wusch mit großer Gründlichkeit sein Gesicht. Darauf trocknete er sich die Hände ab und wandte sich Oliver zu. Der Flaum auf seinen Wangen war durch das Wasser dunkler und glatt geworden.

Oliver rieb Tonys Gesicht sorgfältig mit Rasiercreme ein. Unter den Fingerspitzen fühlte er die scharfen zarten Backenknochen. Tony stand geduldig, ohne zu blinzeln, da. Wie ein blasierter alter Gaul beim Beschlagen, dachte Oliver.

Er benutzte den Rasierapparat ein wenig zögernd, in kurzen, versuchsweisen Strichen. Er hatte noch nie einen anderen rasiert, und es war ganz anders, als wenn man sich selbst rasierte. Während er sich dieser Aufgabe unterzog, fiel ihm plötzlich ganz deutlich der Tag ein, an dem sein Vater ihn das erstemal rasiert hatte. Es war in dem großen Haus in Watch Hill an der Küste gewesen, in dem Sommer, in dem er vierzehn Jahre alt geworden war; sein Vater war über das Wochenende gekommen und hatte ihn in den ersten Stunden immer wieder von der Seite angesehen, ähnlich wie er selbst während des Lunchs Tony verstohlen gemustert hatte. Nur – sein Vater war schließlich in Gelächter ausgebrochen, hatte Oliver rauh am Schopf gepackt, ihn in das altmodische, mahagonigetäfelte Badezimmer hinaufgeführt und mit lauter Stimme die ganze Familie zum Zusehen zusammengerufen.

Olivers älterer Bruder war nicht zu Hause, aber seine Mutter und seine beiden Schwestern, die eine zehn, die andere zwölf Jahre alt, durch das ungewohnte Lärmen ihres Vaters aufgeschreckt, waren unter der Tür des Badezimmers erschienen, in dem Oliver mit entblößtem Oberkörper und verlegenem Lächeln wartete, während der Vater an einem Lederriemen kunstgerecht sein Rasiermesser mit dem Elfenbeingriff schärfte.

Als Oliver mit dem Rasierapparat vorsichtig schmale Bahnen durch die Rasiercreme in Tonys Gesicht zog, erinnerte er sich genau an das regelmäßige, rhythmische, angenehme Geräusch des Schärfens an dem Lederriemen, der unmittelbar neben dem marmornen Waschbecken hing, im Badezimmer an der Küste im Jahr 1912. Er erinnerte sich auch an den trockenen Geruch der Rasierseife, an das Gefühl, das der Rasierpinsel aus Dachshaaren auf seiner Haut hervorrief, an den dünnen geheimnisvollen Duft, der stets das Badezimmer erfüllte und vom Haarwasser seines Vaters und dem Lavendel seiner Mutter gemischt war. Er erinnerte sich an das Gefühl von Meersalz nach dem morgendlichen Schwimmen in der See auf seinen nackten Schultern und an seine Mutter in einem blauen Organdykleid und seine kleinen Schwestern mit nackten Beinen und ernsthaften Gesichtern.

»Herein, immer herein, meine Damen«, hatte sein Vater gesagt. »Sehen Sie der Einweihung zum Manne zu.«

Seine Mutter und seine Schwestern hatten im Türrahmen gestanden, solange sein Vater ihn einseifte, aber als er das Rasiermesser nahm und die Klinge ein paarmal über seine Handfläche strich, hatte seine Mutter den Mädchen auf die Schultern getippt und gesagt: »Kommt, hier sind wir fehl am Platze. Das ist nur für die männlichen Stammesangehörigen.« Sie hatte dazu gelächelt, aber es war ein merkwürdiges Lächeln gewesen, wie er es noch nie bei seiner Mutter gesehen hatte, und sie hatte die Mädchen entschlossen hinausgeführt und die Badezimmertür zugemacht. Der Vater hatte ein paar lange Augenblicke ernst und nachdenklich auf die geschlossene Tür gestarrt, dann leise vor sich hin gelacht und, Olivers Kinn mit der einen Hand festhaltend, schnell, sicher und gewandt mit dem Rasieren begonnen. Oliver erinnerte sich noch an den festen, starken und doch sanften Griff seines Vaters um sein Kinn und begriff erst viel später, als sein Vater schon lange tot war, wieviel Liebe und Bedauern in dieser Berührung gelegen hatten.

Als er jetzt das Kinn seines eigenen Sohnes hielt, wußte Oliver sehr wohl, daß ihm die Sicherheit seines Vaters damals bei der gleichen Zeremonie fehlte, und empfand eine dunkle Bedrückung über die Wiederkehr des Rituals und seinem so verschiedenen Gewicht an Liebe und Fröhlichkeit. Zum ersten Male seit vielen Jahren fielen ihm verflossene Sommer, fast vergessene Kinder, Zimmer, die er nie mehr aufgesucht hatte, sein kraftvoller verstorbener Vater mit seiner sicheren Hand wieder ein, und Oliver hatte das Gefühl, daß Tony, wenn er später als gereifter Mann an diesen halb komischen, halb feierlichen Augenblick in dem kahlen, aufgeräumten Schlafraum mit dem abblätternden Skelett und der Wandkarte mit den buntköpfigen Stecknadeln der Flucht in die Ferne zurückdachte, mit seinem Vater unzufrieden sein mußte.

Oliver war sicher, daß seinem Gesicht nichts von diesen Gedanken anzumerken war, als er sachlich den weißen Schaum von Tonys Kinn und Wangen abschabte. Er beendete seine Arbeit damit, das letzte bißchen Flaum von der Oberlippe wegzunehmen und trat dann einen Schritt zurück. »So. Fertig«, sagte er. »Jetzt wasch dein Gesicht ab.«

Tony beugte sich über das Becken, schöpfte Wasser in den hohlen Händen und wusch sich kräftig. Oliver blickte auf den gebeugten nackten Rücken, dessen trotz seiner Magerkeit kraftvoll entwickelte Muskulatur das schlechtsitzende Jackett verborgen hatte. Die Haut, bemerkte er plötzlich, war von genau der gleichen Art und Farbe wie Lucys Haut, weich, sehr glatt, sehr weiß, mit einem gesunden rötlichen Schimmer dicht unter der Oberfläche.

Als Tony sich aufrichtete und sein Gesicht abtrocknete, blickte er zum erstenmal in den Spiegel über dem Waschbecken. Er betrachtete sich aufmerksam und prüfte mit den Fingerspitzen die ungewohnte Glätte seiner Wangen. Seine Augen begegneten im Spiegel Olivers Blick. Ohne die Brille hatte Tony genau Lucys Augen, groß, dunkelgrau, verschattet, klug. Während er das hagere, vom Waschen leicht gerötete Gesicht seines Sohnes im Spiegel betrachtete, kam Oliver plötzlich zum Bewußtsein, daß Tony ein auffallend gutaussehender Mann sein werde.

Fast als hätte er erraten, was im Geiste seines Vaters vorging, lächelte Tony Oliver im Spiegel zu. »Junge, Junge«, sagte er verlegen und sehr mit sich zufrieden, »werden wir Furore machen!«

Dann mußten beide lachen, und Oliver wußte im gleichen Augenblick, daß es einfach unmöglich war, Tony zum Thanksgiving-Dinner zu Hollis und seiner Frau gehen zu lassen, ihn der herzlichen, bezahlten Gastfreundlichkeit des Internatsleiters, seinen mitleidigen Befürchtungen und bedauernden Voraussagen über die Zukunft des jungen Crown, die er später seiner Frau gegenüber äußern würde, auszusetzen und der Gesellschaft der einsamen Jungen, deren Eltern in Indien waren, oder die aus unglücklichen Familienverhältnissen kamen und über die Feiertage keine Einladung in Häuser bekommen hatten, wo die Verhältnisse noch nicht unglücklich waren.

»Pack deinen Koffer, Tony«, sagte Oliver kurz, »ich nehme dich über das Wochenende mit nach Hause.«

Einen Augenblick stand Tony regungslos und blickte im Spiegel forschend in das Gesicht seines Vaters. Dann nickte er ohne zu lächeln, zog sein Hemd an und packte gelassen und geschickt seinen Koffer.

Auf der Fahrt nach New York, gerade als sie sich den Außenbezirken der Stadt näherten, fragte Tony: »Wie geht es Mutter?«

»Gut«, sagte Oliver.

Es war das erstemal seit zwei Jahren, daß sie Lucy erwähnten.

Fünf Minuten vor sechs Uhr betrat Lucy die Bar des Hotels Pennsylvania. Als Resultat einer unklaren, unausgesprochenen Abmachung mit sich selbst war sie jetzt immer pünktlich und ließ Oliver niemals warten, wenn sie zusammen ausgingen oder sich irgendwo verabredet hatten. Die Bar war voll von Pendlern, die schnell noch einen Drink oder zwei einnehmen wollten, ehe sie ihre Züge nach New Jersey oder Long Island bestiegen, und ein Anschlag besagte, daß Damen ohne Begleitung an der Bar nicht bedient würden. Lucy entdeckte einen freien Tisch in einer Ecke und bestellte einen Whisky.

Sie saß unauffällig in ihrer Ecke, wartete auf ihren Mann, warf ohne Scheu ab und zu einen Blick auf die Männer, die sich in der Bar drängten, und schlug nicht die Augen nieder, wenn einer sie anblickte. Sie sahen grau und von der Tagesarbeit verbraucht aus und tranken gierig, als brauchten sie den Alkohol, um die Heimfahrt und den Abend zu Hause überstehen zu können. Lucy, frisch gebadet und gut angezogen, innerlich auf den Feiertag eingestellt, empfand ein wenig Mitleid und Verachtung, als sie die Männer in ihren farblosen Büroanzügen beobachtete. Sie freute sich auf das Abendessen mit Oliver in einem nahegelegenen italienischen Restaurant, das sie beide gern besuchten. Und dann kam die Nacht im Zug. Eisenbahnfahren machte ihr ein kindliches Vergnügen, und sie fühlte sich behaglich und wichtig, wenn sie im Schlafwagenabteil lag und dem Geräusch der Räder lauschte. Oliver war ein guter Reisebegleiter, aufmerksam und viel gesprächiger und gelöster unterwegs.

Sie sah Oliver zwischen den vollbesetzten Tischen hindurch auf sich zukommen. Lächelnd winkte sie ihm zu. Er lächelte nicht zurück, sondern blieb einen Augenblick stehen, um jemanden, der hinter ihm ging, vorzulassen. Die zwei Gestalten standen jetzt in dem schmalen Gang zwischen den Tischen, kaum zehn Meter von ihr entfernt, die Köpfe leicht von Zigarettenrauch umwölkt.

Lucy blinzelte und schüttelte den Kopf. Unmöglich, dachte sie.

Dann kamen die beiden Gestalten auf sie zu, und sie stand unwillkürlich auf. Was für ein Ort, ihn wiederzusehen, dachte sie. In einer solchen Bar.

Oliver und Tony blieben vor ihrem Tisch stehen. Einen Augenblick standen sie einander schweigend gegenüber.

»Guten Tag, Mutter«, sagte Tony. Sie hörte sofort, daß seine Stimme anders klang als früher.

»Guten Tag, Tony«, sagte sie.

Sie sah den einen, dann den anderen an. Tony schien auf der Hut zu sein, aber keineswegs befangen oder verlegen. Oliver erwiderte eindringlich ihren Blick, sein Gesichtsausdruck war düster, wachsam und unbestimmt drohend.

Lucy stieß einen leisen Seufzer aus. Sie kam um den Tisch herum, umarmte Tony und küßte ihn auf die Wange. Er stand mit hängenden Armen da und ließ sich küssen.

Für einen Sohn von mir sieht er schrecklich groß und alt aus, dachte Lucy, sich bewußt, daß die Männer um sie her die Familienszene beobachteten.

»Wir fahren nicht nach Südkarolina«, erklärte Oliver. »Wir fahren alle zusammen über das Wochenende nach Hause.«

Sie wußte, daß dies nicht nur eine Feststellung war, sondern eine Forderung, eine Frage, die Ankündigung einer Veränderung, eine Warnung. Lucy zögerte nur einen Augenblick. »Selbstverständlich«, sagte sie.

»Ihr beide bleibt hier«, fuhr Oliver fort. »Ich gehe nur über die Straße und gebe die Fahrkarten zurück. Ich bin gleich wieder hier.«

»Nein«, sagte Lucy, von Panik ergriffen bei dem Gedanken, so unversehens mit Tony alleingelassen zu werden. »Hier ist es so gräßlich laut und rauchig. Wir gehen lieber alle zusammen.«

Oliver nickte. »Wie du willst.«

In der Bahnhofshalle stellte sie sich dicht neben Oliver an den Fahrkartenschalter, während er mit dem Schalterbeamten verhandelte. Sie sprach ununterbrochen, aber ihre Stimme klang, selbst in ihren eigenen Ohren, hoch und unnatürlich und gemacht lebhaft. »Jetzt verändert sich natürlich alles. Wir müssen uns genau überlegen, wie wir es am besten machen. Vor allen Dingen müssen wir dafür sorgen, daß wir morgen für das Thanksgiving-Dinner etwas zu essen im Hause haben. Wißt ihr, was wir tun...? Wir kaufen in diesen wunderbaren italienischen Läden in der Eighth Avenue ein, denn bei uns sind morgen alle Geschäfte zu; wir kaufen einen Truthahn und Bataten und Preiselbeersauce und Kastanien für die Füllung...«

»Herrgott«, sagte Oliver zu dem Mann am Schalter, »ich gebe Ihnen die Fahrkarten vier Stunden vor Abgang des Zuges zurück. Das dürfte doch wohl genügen. Wenn ich eine Fahrkarte kaufe, schließe ich damit doch keinen lebenslänglichen Vertrag ab, nicht wahr?«

Der Mann brummte etwas Unverständliches und sagte dann, er müsse zuerst seinen Vorgesetzten fragen, entfernte sich, und man sah ihn mit einem grauhaarigen Mann sprechen, der an einem Schreibtisch saß und zuweilen mißbilligend zu dem Fenster hinüberschaute, hinter dem Oliver wartete.

Tony stand schweigend neben seiner Mutter, hörte ihr zu und musterte dabei flüchtig die Menschenmenge.

»Und dann gehen wir zu Schrafft«, fuhr Lucy, immer noch mit der gleichen hohen, nervösen Stimme sprechend, fort, »und holen uns eine Kürbispastete und Fleischpastetchen und Brot für Truthahnsandwiches für morgen abend. Und, Oliver, weißt du, was wir meiner Meinung nach heute abend tun sollten...?« Sie machte eine Pause und wartete auf seine Frage, aber er starrte finster auf den Schalterbeamten und seinen Vorgesetzten und sagte nichts. »Wir essen heute abend mit Tony bei Luigi. Magst du italienische Küche, Tony?«

Tony wandte ihr langsam das Gesicht zu und sah sie an, über die Kluft von zwei Jahren hinweg, über die Kluft, in der das Wissen um die gegenseitigen Geschmacksrichtungen, Gewohnheiten und Abneigungen verschwunden war. »Doch, ich mag sie ganz gern«, antwortete er, ein wenig langsamer als sonst sprechend, als hätte er bemerkt, daß seine Mutter für gewöhnlich weder so rasch noch mit so hoher Stimme redete, und als hoffte er, sie durch seine eigene Nüchternheit etwas bremsen zu können.

»Gut«, sagte Lucy mit zu viel Enthusiasmus. »Es ist Vaters und mein Lieblingsrestaurant.« Sie bot es ihm damit ebenfalls an und gab ihm zugleich ein Bild gemeinsamer Neigungen, ehelicher Harmonie und Freundschaft. »Und danach, weißt du, was wir dann mit Tony tun sollten, Oliver?«

»Es wird allmählich Zeit«, sagte Oliver zu dem Beamten, der eben wieder am Schalterfenster erschienen war und verärgert das

Geld für die zurückgegebenen Fahrkarten auszahlte.

»Wir sollten miteinander ins Theater gehen«, sagte Lucy. »Gehst du gern ins Theater, Tony?«

»Ja.«

»Gehst du oft hin?«

»Hin und wieder.«

»Vielleicht bekommen wir noch Karten für eine Operette. Was meinst du, Oliver?«

Oliver bedachte den Beamten zum Abschied noch mit einem abfälligen Knurren und trat vom Schalterfenster zurück. »Was sagtest du eben?« fragte er.

»Ich sagte«, wiederholte Lucy, so schnell wie möglich sprechend, als könne sie durch den Schaum ihres Geredes jeden von ihnen davon abhalten, über sich selbst und die anderen nachzudenken, »daß wir mit Tony vielleicht in eine Operette gehen könnten. Weil doch morgen Feiertag ist und wir gerade alle zusammen hier in der Stadt sind und...«

»Wie ist es, Tony?« fragte Oliver. »Möchtest du ins Theater gehen?«

»Ja, gern«, sagte Tony, »aber wenn es euch nichts ausmacht, nicht in eine Operette. Ich habe da von einem Stück gehört... *Thunder Rock* heißt es. Das würde ich gern sehen, wenn wir noch Karten bekommen.«

»Thunder Rock«, wiederholte Lucy und verzog ein wenig den Mund. »Das soll so düster sein, habe ich gehört.«

»Es hat keinen Sinn, Zeit an eine Operette zu verschwenden«, sagte Tony entschieden. »Es wäre etwas anderes, wenn ich in New York wohnte und jederzeit ins Theater gehen könnte.«

»Oliver...?« fragte Lucy bedenklich. Sie fürchtete sich vor der Wirkung, die ein ernstes Stück auf sie alle haben könnte, vor dem Augenblick, wenn sie aus dem Theater kämen, beunruhigt durch zwei Stunden voll dunkler Erregungen, mißtrauisch, keiner des anderen sicher. Nach einer hübschen, anspruchslosen Operette wäre alles so viel leichter.

»Heute hat Tony zu bestimmen«, sagte Oliver, als sie auf die Treppe zugingen, die zum Ausgang führte. »Wir gehen jetzt sofort ins Hotel und sehen zu, ob sie uns dort noch Karten verschaffen können.«

Lucy, von Tony und Oliver flankiert, wurde schweigsam. Er fängt schon wieder an, für jedermann Entscheidungen zu treffen, dachte sie verstimmt.

Bei dem Einkaufsgang durch die am Vorabend des Festtages überfüllten Läden wurde Lucy von einer übertriebenen, fast hysterischen Kauflust ergriffen. Sie belud Oliver und Tony unterschiedslos mit ihren Einkäufen, redete beständig, erweiterte den Speisezettel des morgigen Tages, ihre Augen flogen über die reihenweise aufgehängten Truthähne, die zu Pyramiden aufgetürmten Orangen, Äpfel, Mandarinen, Pampelmusen, die Stapel südamerikanischer Melonen und Ananas, die Kisten mit Kartoffeln und Kastanien. Inzwischen war es sehr spät geworden, sie verstauten die Waren im Kofferraum des Wagens und hasteten ins Restaurant, wo Lucy, ohne es zu merken, zu viel trank und wo sie ihre Mahlzeit erheblich abkürzen mußten, um noch rechtzeitig ins Theater zu kommen. Während sie einkaufte und beständig plapperte und mit nervösem Eifer aß und trank, war sie sich nur bewußt, daß sie einen Aufschub erwirken mußte. Verwirrt durch Tonys plötzliches Erscheinen, ungewiß, ob sie darin eine Falle oder eine glückliche Fügung sehen sollte, zu nervös, um Olivers oder Tonys Reaktionen richtig zu deuten, bemühte sie sich verstört, zu verhindern, daß sie selbst in diesen ersten Stunden zu vorschnellen Entschlüssen gelangte, oder daß die anderen ihrerseits Entscheidungen trafen.

Im Theater war sie schläfrig und folgte dem Dialog auf der Bühne nur hin und wieder für kurze Zeit. In den Pausen sagte sie, sie sei zu müde, um hinauszugehen, und blieb halb betäubt allein auf ihrem Platz sitzen, während Oliver mit Tony auf ein Coca-Cola in ein gegenüberliegendes Restaurant ging. Und auf der langen Heimfahrt saß sie, nur halb wach, hinten im Wagen und nahm sich nicht die Mühe, zuzuhören, was Oliver und Tony in der ruhigen Dunkelheit auf dem Vordersitz miteinander sprachen. Als sie zu Hause anlangten, wäre sie auf den Stufen vor der Haustür beinahe gestolpert und sagte, durchaus wahrheitsgemäß, sie könne keinen Augenblick länger die Augen offenhalten. Sie gab Tony kurz und ohne etwas dabei zu empfinden einen Gutenachtkuß, als seien die zwei Jahre nie gewesen, und überließ es Oliver, den Jungen im Gastzimmer unterzubringen.

Sie wußte, daß es ein Rückzug war, und sie war überzeugt, daß zum mindesten Oliver, aber wahrscheinlich auch Tony, es so auffaßte, doch sie war zu müde, um sich darüber Gedanken zu machen. Als sie im Bett lag und das Licht ausschaltete, empfand sie ein schwaches Triumphgefühl. Ich habe den ganzen Abend hinter mich gebracht, dachte sie, und es ist nichts geschehen. Morgen werde ich frisch sein und einen festeren Stand haben.

Im Einschlafen hörte sie vor ihrer Schlafzimmertür Oliver und Tony leise, freundschaftlich, intim miteinander reden, und ihre männlichen Schritte den Gang hinunter zum Gastzimmer im hinteren Teil des Hauses. Sie gehen so schwerfällig, dachte sie, alle beide.

Ob Oliver diese Nacht wohl bei ihr schlafen würde? Und wenn er es tat, für wen tat er es? Für sich? Für sie? Für Tony?

Sie kreuzte die Arme über der Brust und legte die Hände um ihre Schultern, denn sie zitterte vor Kälte.

Als Oliver in das verdunkelte Zimmer trat, schlief sie bereits und erwachte nicht, als er sich leise auszog und zu Bett ging.

Für gewöhnlich wachte sie morgens frühzeitig auf, aber an diesem Thanksgiving-Tag schlief sie bis nach zehn Uhr, und als sie aufwachte, fühlte sie sich verkatert und schwer in den Gliedern. Beim Waschen und Frisieren bewegte sie sich nur langsam und zog sich dann mit mehr Sorgfalt an, als sie es sonst morgens tat. Was er auch von mir halten mag, dachte sie grimmig, er soll wenigstens zugeben müssen, daß seine Mutter nicht übel aussieht.

Sie hörte keinen Ton im Haus und war überzeugt, daß Oliver und Tony entweder unten im Wohnzimmer oder im Frühstückszimmer neben der Küche waren. Aber als sie hinunterkam, fand sie das Haus leer, erfüllt von Morgensonnenschein, und in der Küche im Trockengestell neben dem Spülstein zwei sauber abgewaschene Frühstücksgedecke.

Auf dem Küchentisch lag ein Zettel in Olivers Handschrift, und in der absurden Befürchtung, er könnte Mitteilungen über Abreisen, Entdeckungen, Denunziationen enthalten, zögerte sie eine Weile, ehe sie ihn nahm und las. Aber er besagte nur, daß Oliver und Tony sie nicht wecken wollten, daß sie gefrühstückt hätten und, da es ein so schöner Morgen sei, zu einem Fußballspiel gegangen seien, das um elf Uhr anfing. Sie würden, hieß es in Olivers präziser, autoritativer Handschrift weiter, etwa um halb zwei Uhr zurück sein und freuten sich schon auf den Truthahn. Herzlichen Gruß, Oliver, lautete die Unterschrift.

Sie war dankbar für die Galgenfrist und ging in der Küche geschäftig an die Arbeit, reinigte den Truthahn, setzte die Preiselbeeren aufs Feuer, röstete und schälte die Kastanien und war froh, daß sie das Dienstmädchen über das Wochenende beurlaubt hatte und die Arbeit selbst tun mußte, und daß sie allein im Haus war. Wenn sie zwischendurch, erhitzt von der Arbeit und der Wärme des Herdes, an Tony dachte, war sie kaum beunruhigt. Die Situation schien so normal zu sein – in wie vielen Häusern im Lande kam der Sohn über den Feiertag aus dem Internat nach Hause und ging am Vormittag mit seinem Vater zu einem Fußballspiel, während die Mutter das traditionelle Festmahl bereitete. Und wenn Tony am Abend zuvor nicht allzu liebevoll gewesen war, so war das zu erwarten. Er war jedenfalls auch nicht feindselig gewesen. Seine Haltung, wenn es eine Haltung gewesen war, konte man als neutral bezeichnen. Oder nein, ein bißchen wärmer und freundlicher als neutral, verbesserte Lucy sich, während sie den Truthahn mit Fett beträufelte. Sie summte in der sonnigen Küche behaglich vor sich hin. Zwei Jahre sind schließlich eine lange Zeit, dachte sie, namentlich für einen Jungen. In zwei Jahren vergißt man viele Dinge – oder sie werden zum mindesten verwischt und verlieren an Schärfe. Sie selbst, dachte sie beruhigt beim Tischdecken, konnte sich auch nicht mehr klar an alles erinnern, was vor zwei Jahren geschehen war, es hatte alles seinen Stachel verloren und konnte ihr nichts mehr anhaben. Aus dieser zeitlichen Entfernung war es sogar schwierig, sich noch zu erinnern, weshalb jedermann eine solche Geschichte aus der Sache gemacht hatte.

Als sie den Tisch mit dem weißen Leinen, den blitzenden Gläsern überblickte, bedauerte sie, daß sie nur zu dritt essen würden. Es wäre nett gewesen, wenn sie noch ein paar Familien mit anderen Jungen und Mädchen in Tonys Alter zu Gast gehabt hätten. Sie schloß die Augen und stellte sich vor, wie der Tisch aussehen würde, die Erwachsenen an einem Ende und fünf oder sechs Jungen und Mädchen am anderen, frisch gewaschen, in ihrem Sonntagsstaat, die Mädchen in dem wunderbaren, strahlenden Alter, wenn sie von Augenblick zu Augenblick hinüber- und herüberwechseln zwischen Kind und jungem Weib.

An Weihnachten, beschloß Lucy, lade ich eine große Gesellschaft ein. Während sie so dastand, den schimmernden Tisch betrachtete und an Weihnachten dachte, fühlte Lucy sich so glücklich wie seit vielen Jahren nicht mehr.

Sie sah auf die Uhr und ging in die Küche, um sich ein letztes Mal zu überzeugen, daß alles in Ordnung war, und genoß mit Behagen den warmen, würzigen Duft des fertigen Essens. Darauf ging sie hinauf in ihr Schlafzimmer, musterte lange und kritisch die Kleider in ihrem Schrank und suchte sich vorzustellen, welches Tony am besten gefallen würde. Schließlich wählte sie ein blaues Kleid aus weichem Stoff mit weitem Rock, hohem Kragen und langen Ärmeln. Heute wäre es ihm wahrscheinlich am liebsten, wenn ich recht mütterlich aussähe, dachte sie.

Oliver und Tony kamen um Viertel vor zwei Uhr zurück, die Gesichter von der Kälte gerötet und in angeregter Stimmung durch das Spiel, das sie gesehen hatten. Lucy erwartete sie im Wohnzimmer in ihrem mütterlichen Kleid, stolz, daß alles sachgemäß vorbereitet war, daß sie sogar noch eine Viertelstunde zu früh fertig gewesen war und nun bei ihrer Ankunft ruhig und gelassen in dem tadellos aufgeräumten, hellen Zimmer saß und wartete. Sie hörte sie zur Haustür hereinkommen, hörte den ruhigen, gedämpften Klang ihrer männlichen Stimmen, und als sie ins Zimmer traten, lächelte sie ihnen entgegen, nicht ohne mit geheimer Befriedigung festzustellen, daß Tony zwar unzweifelhaft Olivers Sohn war, aber durch die breite Stirn, die langgeschnittenen grauen Augen und das feine blonde Haar eine überwältigende Ähnlichkeit mit ihr selbst besaß.

»Hier riecht es aber gut«, sagte Oliver. Der Morgen hatte ihm offensichtlich Vergnügen bereitet, er lächelte und war voll Energie, und die Nervosität und düstere Wachsamkeit vom Abend zuvor waren verschwunden. Er sah sie nur einmal kurz an, aber sie wußte, daß er zufrieden mit ihr war. Vielleicht war nicht alles ganz echt – vielleicht war alles nur geschickt vorbereitet und in Szene gesetzt, sagte ihr sein Blick, aber es war gut inszeniert.

»Wir haben Fred Collins und seine Tochter beim Fußballspiel getroffen«, sagte Oliver vor dem brennenden Kaminfeuer, »und ich habe sie eingeladen, auf dem Heimweg zu einem Drink hereinzukommen. Sie müssen jeden Augenblick hier sein. Ist das Eis schon aus dem Kühlschrank?« Er blickte zu dem silbernen Eiskübel auf der Anrichte hinüber, die sie als Bar benutzten.

»Ja«, sagte Lucy, zufrieden mit sich, weil sie auch daran gedacht hatte, weil sie heute an alles dachte. Sie lächelte ihnen zu. Beide standen in ihren Tweedjacken und Flanellhosen vor dem Kamin, der Junge fast so groß wie sein Vater, und erfüllten die Atmosphäre des Zimmers mit einem Hauch der frischen, kalten Luft des Festtagmorgens. Tony sah aus, als fühle er sich hier ganz zu Hause, als sei ihm jede Zimmerecke wohlvertraut, als ob er hier lange Zeit gelebt hätte und sich unbefangen und ohne ein Gefühl der Fremdheit im ganzen Hause bewegen könne.

»Hat dir das Spiel gefallen?« fragte Lucy.

»Ja, es war ein sehr anständiges Spiel. Ein Verteidiger war dabei, der sicher später in einer Collegemannschaft groß herauskommen wird, vorausgesetzt, daß sie ihm nicht vorher das Genick brechen.«

»Interessierst du dich für Fußball?«

»Mhm, ja. Solange nicht von mir erwartet wird, daß ich für eine von beiden Seiten Partei ergreife.«

Oliver warf Tony einen raschen, forschenden Blick zu, und Lucy dachte, ich darf ihm keine direkten persönlichen Fragen mehr stellen. Die Antworten sind immer ein wenig sonderbar und nicht so, wie man sie von seinem Sohn gern hören würde. Beunruhigt stand sie auf und machte sich an der Bar zu schaffen, wobei sie Oliver und Tony den Rücken zuwendete. Sie war erleichtert, als es ein paar Sekunden später klingelte und Oliver hinausging, um Fred Collins und seine Tochter einzulassen.

Von der Haustür her wurde eine Art Gebrüll vernehmbar. Das war Fred Collins' Art zu reden. Er stammte aus Oregon und glaubte, die beste Art, die Tugenden des einfachen, großzügigen Westens zu demonstrieren, bestehe darin, jederzeit nur mit Stentorstimme zu reden. Er war groß, sein Händedruck war zermalmend, er gefiel sich in breitrandigen Hüten, die entfernt an Texas erinnerten, trank eine Menge Alkohol, organisierte Pokerspiele und nahm Oliver sehr häufig mit auf Hochwild- und Vogeljagd. Zweimal im Jahr entdeckte er Preisboxer, über deren Leistungen die Welt Joe Louis bald vergessen würde; einmal hatte er Oliver bis nach Cleveland geschleppt, um ihn zusehen zu lassen, wie seine neueste Entdeckung in der dritten Runde von einem Puertorikaner knockout geschlagen wurde. Lucy hielt ihn, obwohl sie noch nie einen Beweis dafür gesehen hatte, für großzügig und gutherzig und war ihm dankbar dafür, daß er Oliver an so vielen Abenden des Jahres und auf ausgedehnte Jagdausflüge und zu fernen Kampfplätzen mitnahm.

Er hatte eine hübsche, aber schon etwas verblühte Frau, die er mit Herzchen anredete und mit der schwerfälligen Galanterie eines Bären im Zoo behandelte. Seine Tochter Betty war erst fünfzehn Jahre alt, klein, mit honigfarbenem Haar, selbstsicher, von kalter Koketterie, und reifte, wie Lucy sie insgeheim beschrieb, von Tag zu Tag mehr zur Verdorbenheit heran. Selbst Oliver, der zu den besonders wenig empfindlichen Männern gehörte, gab zu, daß ihn Betty Collins' Gegenwart irritierte.

»Ich sage dir, Ollie«, sagte Collins draußen so laut, daß im Zimmer jedes Wort zu verstehen war, »der Junge ist eine Entdeckung. Hast du gesehen, wie er sich mit dem Ball durchschlug, als die ganze Meute sich auf ihn stürzte? Ein Naturtalent, sage ich dir, ein Naturtalent ist das!« Im Herbst ergänzte Collins seine Entdeckungen von Boxern, die jedermann Joe Louis vergessen machen würden, durch Entdeckungen von Fußballspielern, die jedermann Red Granger vergessen machen würden. »Ich werde meinem alten Trainer in Oregon schreiben und ihn auf den Jungen aufmerksam machen. Dort könnten wir ihn, weiß Gott, gebrauchen.« Collins war vor über zwanzig Jahren vom College abgegangen und seit mindestens zehn Jahren nicht mehr in Oregon gewesen, aber seine Heimattreue war unerschütterlich. Er war auch der Amerikanischen Legion treu, der er als Offizier angehörte, ferner verschiedenen Geheimbünden und dem Republikanischen Ausschuß des Staates New Jersey, der zur Zeit unter den Hammerschlägen der Roosevelt-Dynastie erbebte. »Findest du nicht auch, Ollie?« fragte Collins unsichtbar, aber laut. »Könnte er in Oregon nicht wirklich was werden?«

»Unbedingt, Fred, unbedingt«, hörte Lucy Oliver im Näherkommen sagen. Collins war der einzige Mensch, der ihn je Ollie genannt hatte, und Lucy zuckte jedesmal zusammen, wenn sie es hörte. Aber Oliver hatte niemals ein Wort darüber verloren.

Die Tür ging auf, und Betty, gefolgt von den Männern, trat ins Zimmer. Sie lächelte Lucy an und sagte: »Hallo, Mrs. Crown«, mit einem Klang in der Stimme, der, ebenso wie alles andere an ihr, Männer unruhig machte.

Collins blieb melodramatisch an der Tür stehen. »Bei Gott«, brüllte er und breitete die Arme aus wie ein Ringer, der sich auf seinen Gegner stürzen will. »Welch ein Anblick! Für so was *muß* der Mensch dankbar sein! Ollie, wenn ich ein frommer Mann wäre, ginge ich heute zum Nachmittagsgottesdienst und würde den Herrn preisen, weil er deine Frau so schön gemacht hat.« Er schlingerte schelmisch auf sie zu. »Ich kann nicht widerstehen, Ma'am«, schrie er, »nein, ich kann nicht widerstehen«, und nahm sie in seine Arme. »Sie werden alle Tage hübscher. Mein lieber Junge«, wandte er sich an Tony, der an der Tür stand und aufmerksam zusah, »mit deiner Erlaubnis werde ich deiner Mutter einen Kuß geben, weil heute Feiertag ist, und weil sie die schönste Frau auf dieser Seite des Mississippi ist.«

Ohne Tonys Antwort abzuwarten, hielt er sie noch fester als zuvor – der Ringer beim Angriff – und küßte sie laut auf beide Wangen. Lucy, von seiner Fülle fast erdrückt, lachte ein wenig verlegen und ließ sich küssen, denn wenn man Collins ins Haus ließ, mußte man ihn nehmen, wie er war, mit all seiner rauhen, lärmenden Galanterie. An Collins' Kopf vorbei warf sie einen Blick auf Tony. Aber er sah nicht zu ihr her. Er hatte sich umgewandt und betrachtete mit dem Ausdruck wissenschaftlichen Interesses Oliver.

Lucy konnte Oliver nicht sehen, und Collins preßte sie nochmals herzhaft an seine faßähnliche Brust und schrie dazu, unverständlicherweise, aber sicherlich in der allerbesten Absicht: »Venus! Venus!« Dann rollte er seinen großen Kopf lüstern hin und her und sagte in lautem Bühnenflüsterton: »Kleine, draußen steht mein Wagen mit laufendem Motor. Sag nur ein Wort, und wir verschwinden von hier. Die erste Neumondnacht. Sei auf der Hut, Ollie, mein Lieber, sei auf der Hut! Sie erweckt das Tigerblut in mir!« Er brüllte vor Lachen und ließ sie los.

»Jetzt ist es aber genug, Fred«, sagte Lucy. Sie wußte, wie wirkungslos ihre Stimme neben all dem Gebrüll und Lippenschmatzen verhallte. Sie blickte wieder auf Tony, aber seine Augen waren kühl und erwartungsvoll auf seinen Vater gerichtet.

Oliver schien indessen nichts zu merken. Er war im Laufe des vergangenen Jahres so viel mit Collins zusammen gewesen, daß ihm dessen Lärmen und Schreien schon ganz natürlich vorkam, wie das Getöse eines Wasserfalls den Leuten, die in der Nähe wohnen, schließlich fast wie Stille erscheint.

Collins ließ endlich von ihr ab und sank breit und gewichtig auf die Couch. Er zog seine Tochter neben sich und streichelte zärtlich ihre Hand. »Aah, sind eure Kissen schön weich«, sagte er. »Die Bänke auf dem Fußballplatz sind eine Strapaze für den derrière.« Er strahlte Tony mit rauhem Wohlwollen an. »Sieht gut aus, der Junge, Lucy. Noch ein bißchen mager, was, mein Junge? Aber das ist immer so in dem Alter. Als ich so alt war wie du, ob du es glaubst oder nicht, da wog ich nur hundertzwanzig Pfund, triefend naß.« Er lachte dröhnend, als hätte er einen unwiderstehlichen Witz gemacht. »Wir freuen uns jedenfalls, den jungen Mann endlich kennengelernt zu haben, was, Liebling?« Er sah seiner Tochter verliebt in die Augen.

Betty blickte Tony mit kokettem Augenaufschlag abwägend an. »Ja, Papa«, sagte sie.

»Ja, Papa«, machte Collins in zitterndem Falsett ihre Stimme nach. »Oh, Bände sprechen sie, Bände, diese zwei einfachen Worte. Ja, Papa.« Er beugte sich vor und küßte sie auf die Wange, hingerissen von dem Bild, das er sich von seiner Tochter machte. »Nimm dich vor diesem Mädchen in acht, mein Junge«, sagte er. »Sie hat ein Auge auf dich geworfen. Ich merke es ihr an. Schätze dich glücklich und nimm dich in acht! Die ganze Oberklasse der High School würde für dieses kleine ›Ja, Papa‹ das Taschengeld vom nächsten Jahr opfern.«

»Papa, nun hör doch auf...« Betty gab ihrem Vater verweisend einen Klaps auf die Hand.

»Als wir heute morgen durch die Bankreihen zu unseren Plätzen gingen«, sagte Collins strahlend, »konnte man die Seufzer des Begehrens bei den Jungen aufrauschen hören, wie den Wind im Ährenfeld.« Er lachte beglückt, stolz, einfältig.

Oliver, der jetzt am Kamin neben Tony stand, lachte auch. Tony sah ihn ohne eine Spur von Belustigung mit eisigem Erstaunen an.

»Sag mal, Betty«, fuhr Collins fort, »gehst du nicht heute abend tanzen?«

»Ja.«

»Dann nimm Tony doch mit«, schlug Collins vor. »Wenn er nur zur Hälfte so ist wie sein Vater, wirst du es bestimmt nicht bereuen.«

Lucy sah Tony beunruhigt an. Er betrachtete Collins, als wäre er ein Tier, das er noch nie zuvor gesehen hatte und das er jetzt zu klassifizieren suchte.

»Nun ja, ich würde mich freuen«, sagte Betty und schaute Tony lächelnd an. Sie fuhr mittelschweres Geschütz auf. »Ja, wirklich, ich täte es sehr gern. Aber ich habe Chris versprochen, daß er mich begleiten darf und...«

»Chris, Chris!« Collins winkte ungeduldig ab. »Du weißt doch, daß du nichts mit ihm anfangen kannst. Wir können nicht zulassen, daß Tony an seinem freien Tag bei seinen Eltern herumsitzen muß. Laß dich doch von beiden begleiten?«

»Ja, das wäre natürlich herrlich«, sagte Betty, und Lucy war überzeugt, daß sie heimlich die Wirkung berechnete, die ihr Erscheinen auslösen würde, wenn sie mit einem Jungen an jedem Arm zum Tanz käme. »Wenn Tony Lust hat...«

»Aber natürlich hat Tony Lust«, sagte Collins. »Komm du heute abend um neun Uhr bei uns zu Hause vorbei, mein Junge, und dann...«

»Ich bedaure, Mr. Collins«, sagte Tony. »Heute abend habe ich keine Zeit.«

Er sagte es sehr ruhig, ganz uninteressiert, mit kalter Höflichkeit; es durchbrach Collins' tosenden Wasserfall als ein Verweis für den geräuschvollen, törichten Vater und seine kokette, siegesgewisse Tochter. Es klang weder jungenhaft noch unsicher. Es war eine kühle, wohlberechnete Abfuhr, wie von einem Erwachsenen. Betty verstand sofort. Sie blickte Tony nachdenklich an, verärgert und zugleich interessiert, und für einen Augenblick sah man ihr wirkliches Gesicht. Dann senkte sie die Lider und versuchte, sich nichts anmerken zu lassen.

Wo hat er gelernt, so aufzutreten? dachte Lucy verwundert. Welche Erfahrungen mit Mädchen hat er in den vergangenen zwei Jahren gehabt, um eine solche Selbstsicherheit zu besitzen? Und da sie Collins jetzt mit Tonys Augen sah, wurde ihr plötzlich zu ihrer Bestürzung klar, daß Oliver noch vor einem Jahr weder ihn noch seine Tochter je in sein Haus eingeladen hätte.

Auch Collins hatte begriffen. Er kniff die Augen zusammen, schätzte Tony ab, erkannte den Gegner in ihm. Im Zimmer herrschte unbehagliches Schweigen, die Atmosphäre war gespannt. Lucy fühlte, daß Tony als einziger davon nicht beeindruckt war. Collins tätschelte beschützend die Hand seiner Tochter.

»Na, schön«, sagte er, »dann eben nicht.« Er wandte sich Oliver zu. »Ollie, hattest du nicht von einem Drink gesprochen?«

»Oh, Entschuldigung«, sagte Oliver. »Was möchtest du trinken?«

»Einen Martini. Das einzige Getränk, das für Thanksgiving in Frage kommt.« Er lachte sinnlos, um sein erschüttertes Selbstbewußtsein bemüht.

Oliver begann, Eiswürfel in den Shaker zu tun, und öffnete

dann eine Ginflasche. Alle sahen mit übertriebenem Interesse zu, wie um den Bruch zu verdecken, den Tony zwischen ihnen verursacht hatte.

»Nein, nein, nein«, rief Collins und sprang auf. »Du ertränkst ja alles in Wermut, mein Lieber.« Er ging an die Bar und nahm Oliver den Shaker aus der Hand. »Du verdirbst noch den ganzen Feiertag, Ollie! Komm, laß mich mal, laß den alten Martini-Meister ans Werk.«

»Bitte, wenn du willst.« Oliver stellte auch die Ginflasche hin. »Wir trinken meistens Whisky, und ich...«

»Liegt alles im Handgelenk, alles im Handgelenk, mein lieber Ollie«, sagte Collins, ein Auge zukneifend und sorgfältig eingießend, »das habe ich draußen in den großen Wäldern von einem alten Indianer gelernt...«

»Sie gestatten«, sagte Tony. Er war gelassen zwischen die beiden Männer getreten und nahm Collins den Shaker aus der Hand.

Collins stand töricht mit offenem Mund da. Die Hand, mit der er den Shaker gehalten hatte, war noch zu einer greifenden Geste gerundet.

»Es ist bei uns üblich, daß wir die Getränke selbst mischen, Mr. Collins«, sagte Tony.

Er goß ruhig Gin und dann Wermut ein und fing an, den Shaker zu schütteln, den Blick starr, schweigend und erbarmungslos abweisend auf Oliver geheftet.

»Bitte, bitte...« sagte Collins. Er zuckte die Achseln, fühlte sich zurechtgewiesen, hätte gern etwas gesagt oder getan, ohne zu wissen, was. Er setzte sich wieder auf die Couch und kam sich entlassen vor.

Tony beachtete ihn nicht weiter. Er sah seinen Vater beim Schütteln unverwandt und verachtungsvoll an. Oliver erwiderte den Blick kurz, lächelte verlegen und entfernte sich ein paar Schritte. »*Den* Vorteil hat man jedenfalls«, sagte er lauter als notwendig, »wenn man seinen Sohn auf eine Schule schickt. Dort lernt er, wie man Martinis macht.«

Er lachte gekünstelt, und Lucy hatte das Gefühl, es keinen Augenblick länger im Zimmer aushalten zu können. Sie stand hastig von ihrem Stuhl auf. »Ich bitte um Entschuldigung. Ich muß nachsehen, ob mein Essen nicht anbrennt.«

Sie flüchtete in die Küche und machte die Tür fest hinter sich zu, um nicht hören zu müssen, was im Wohnzimmer gesprochen wurde. Sie machte sich zerstreut irgendwie zu schaffen, ohne darauf zu achten, was sie eigentlich tat, und wünschte, daß der Tag, das Wochenende, das ganze Jahr vorüber wäre... O Gott, dachte sie, diese unglücklichen Zufälle! Warum mußten sie Collins treffen? Warum hat es nicht geregnet, so daß sie nicht aus dem Haus gegangen wären? Warum hat Oliver ihn eingeladen? Warum habe ich mich von ihm küssen lassen? Warum duldet Oliver, daß er ihn mit Ollie anredet?

Sie legte den Truthahn auf die Platte, garnierte ihn mit den Bataten, füllte die Sauce in eine Soucière und die Preiselbeeren in eine Schüssel. Dann setzte sie sich ans Fenster, die Hände trostlos auf dem Schoß gefaltet, sah in den ergrauenden Nachmittag hinaus und wartete, bis die Stimmen im Wohnzimmer verstummten und sie ein paar Minuten später Collins' Wagen wegfahren hörte.

Dann trug sie das Essen auf, lächelte dazu beinahe, wie es sich gehörte, und rief: »Zu Tisch! Zu Tisch!« Aber sie wußte, daß alles keinen Zweck mehr hatte.

Tony sprach kaum während der Mahlzeit, und Oliver sprach zu viel, leerte allein fast eine ganze Flasche Wein, redete mit vollem Mund weitschweifig über Politik und Steuern und die Möglichkeit eines bevorstehenden Krieges, ohne jemanden dabei anzusehen, ohne auf eine Entgegnung zu warten.

Kaum war das Essen vorüber, erklärte Oliver, er habe Collins versprochen, ihn auf einen Brandy zu besuchen. Er fragte Tony und Lucy, ob sie ihn begleiten wollten, und schien erleichtert zu sein, als Tony nein sagte und Lucy mit der Begründung ablehnte, sie sei zu müde und wolle eine Stunde schlafen.

Oliver verließ das Haus und sang dabei vernehmbar einen Marsch vor sich hin, den die Kapelle am Vormittag während der Spielpause zum besten gegeben hatte. Als sie mit Tony allein an dem unabgeräumten Tisch saß, dachte Lucy für einen Augenblick, daß sie jetzt endlich Gelegenheit hätte, mit ihm zu reden und alles wieder ins Geleise zu bringen, wenn sie nur das rechte Wort fände. Aber Tonys Miene war kühl und abweisend; sie stand auf, sagte: »Laß alles stehen, ich räume nachher ab«, und ging, ohne sich noch einmal umzusehen, hinauf in ihr Schlafzimmer.

Dort legte sie sich auf ihr Bett und verfiel in einen unruhigen Schlummer mit wirren Träumen von Türen, die sich öffneten und schlossen, von Schritten in einem fernen, dunklen Korridor und einem fernen Tor, das mit einem leisen, endgültigen Geräusch zufiel.

Als sie, ohne sich frischer zu fühlen, erwachte, ging sie wieder hinunter ins Wohnzimmer und war durchaus nicht überrascht, als sie den Brief auf dem Tisch liegen sah. Sie nahm ihn aus dem Umschlag und las ohne Verwunderung in Tonys Handschrift, er hätte es für besser gehalten, ins Internat zurückzukehren.

»Ich verabscheue, was du meinem Vater angetan hast«, schrieb er, »und was du aus ihm gemacht hast, und ich will ihn nicht wieder in diesem Hause mit dir und dieser Art von Freunden sehen, zu der du ihn getrieben hast.«

Am Ende des Briefes standen noch ein paar dick durchgestrichene Worte, und sie machte sich zunächst nicht die Mühe, sie zu entziffern. Sie saß müde in der zunehmenden Dämmerung des Novembernachmittags am Tisch, den Brief vor sich, und dachte bedrückt über die Reihe unglücklicher Zufälle und Fehlschläge nach.

Nach einer Weile schaltete sie die Lampe ein und betrachtete die durchgestrichene Stelle am Ende des Briefes genauer. Sie rätselte daran herum, hielt das Papier näher ans Licht, und sah, was Tony geschrieben hatte.

»Ich habe nichts mehr mit Dir zu schaffen«, hatte er geschrieben, und sie wunderte sich, daß er sich die Mühe gemacht hatte, den Satz durchzustreichen.

16

Und als sie ihn das nächste Mal wiedersah, war es durch den Zigarettenrauch in der Pariser Bar, in der hinter ihr das Klavier lärmte und der Neger mit stark nach Harlem klingender Aussprache »Le piano des pauvres« sang und der Collegestudent zwischen den Biergläsern auf dem Tisch ihre Hand hielt.

Wie viele Jahre lagen zwischen der düsteren Novemberdämmerung und den boshaften Worten des Barbesitzers: »Darf ich Ihnen empfehlen, Madame, zuerst anzurufen. Mr. Crown ist verheiratet. Mit einer sehr schönen, reizvollen Frau.«? Sechzehn Jahre. Und ein Krieg, gewonnen und verloren; Oliver tot; in das Altern ergeben oder fast ergeben; alle Schäden behoben oder doch beinahe behoben; die Vergangenheit abgeschlossen; Verlust und Leid durch Gewöhnung gemildert, verblaßt in der Erinnerung, unfähig, sollte man denken, von neuem Kummer zu bereiten.

Sie schlief in dieser Nacht sehr wenig in ihrem hohen, altmodischen Hotelzimmer, in dem nur ein schmaler Zwischenraum das breite Bett mit der unebenen Matratze von einem riesigen, dunkelfarbigen Kleiderschrank trennte, dessen Tür, die sie nicht ganz schließen konnte, in der Dunkelheit ab und zu leise warnend knarrte, wenn der Wind durch einen Schlitz in den eisernen Fensterläden hereinwehte.

Sie lag im Bett, lauschte auf die verhaltenen Klagen der Schranktür und änderte, auf der Schwelle zwischen Wachen und Einschlafen, beständig ihre Meinung, beschloß, am nächsten Morgen abzureisen, beschloß, die Adresse aufzusuchen, die der Barbesitzer ihr gegeben hatte, beschloß, sich zu verhalten, als hätte sie Tony nicht gesehen, und am folgenden Tag, wie sie es vorgehabt hatte, in den Louvre, nach Versailles zu gehen, an der Seine entlang zu spazieren, beschloß, sogleich aufzustehen und ihn anzurufen und ihm zu sagen... Ja, was? »Hier ist deine Mutter. Haßt du mich noch immer?« oder »Vor ein paar Stunden war ich zufällig in einer Bar, und wen, glaubst du, habe ich dort gesehen...?«

Im Einschlafen sah sie sein Gesicht vor sich, das dem anderen Gesicht, tot und beinahe vergessen, so sehr ähnelte, sie sah das

Kindergesicht vor sich, aus dem es sich entwickelt hatte, schmal, zarthäutig, mit den graugesprenkelten Augen, die so sehr wie ihre Augen waren.

Es war noch früh, erst kurz nach acht Uhr, als sie am Morgen erwachte. Von der Straße herauf drang der Lärm der Vespas, der Motorräder und Lastwagen. Sie lag ganz still, lauschte beunruhigt, erinnerte sich im ersten Augenblick an nichts, wußte aber, daß eine Veränderung eingetreten war, fühlte sich nicht mehr als Vergnügungsreisende, sondern wie ein Opfer in dem fremden, verdunkelten Zimmer.

Dann fiel ihr alles wieder ein, und sie erkannte die Ursache ihres Gefühls. Sie zwang sich, aufzustehen und auf die Uhr zu sehen. Sie bedauerte, nicht länger geschlafen zu haben, weil sie dann vor sich selbst die Ausrede gehabt hätte, es sei zu spät, er sei bestimmt nicht mehr zu Hause, sondern längst zur Arbeit gegangen.

Sie nahm ein kühles Bad, in der Hoffnung, dadurch endgültig aufzuwachen, und zog sich eilig und mechanisch an, ängstlich die Uhr im Auge behaltend, als müßte sie einen Zug erreichen. Als sie fertig war, sah sie noch einmal in den Spiegel. Wie er mich wohl sehen wird? dachte sie, während sie neugierig ihr Gesicht betrachtete. Selbst bei Tageslicht, sagte sie sich ohne Eitelkeit, selbst nach so kurzem Schlaf sah sie gar nicht übel aus. Ihre Augen waren klar, die Haut glatt, ihr sonnengebräuntes Gesicht brauchte außer Lippenstift kein Make-up, ihr dunkelblondes Haar wurde durch die strohblonden Streifen belebt, die immer entstanden, wenn es der Sonne ausgesetzt war.

Sie setzte einen Hut auf, besann sich anders, nahm ihn wieder ab und warf ihn aufs Bett. Außer bei offiziellen Gelegenheiten trug sie nie einen Hut, und dies hier sollte keine offizielle Gelegenheit sein. Sie bürstete nochmals nervös ihr Haar und trat dann, einem plötzlichen Impuls folgend, an ihren Koffer und entnahm der Tasche an der Innenseite des Deckels einen zerknitterten, abgegriffenen Briefumschlag, steckte ihn sorgfältig in ihre Handtasche und verließ das Zimmer.

Auf der Straße rief sie ein Taxi an, und es gelang ihr schon nach dem zweiten Versuch, dem Fahrer die Adresse verständlich zu machen. Als sie sich im Fond niedergelassen hatte und der Wagen die kühle, baumbestandene Straße entlangfuhr, verspürte sie ein kleines Triumphgefühl. Vielleicht ist das ein günstiges Omen, dachte sie. Vielleicht kann ich mich heute allen Menschen verständlich machen.

Während sie, auf dem schlechtgefederten Polster auf und ab geschüttelt, rasch durch die fremden Straßen fuhr, wußte sie noch nicht, was sie ihrem Sohn eigentlich verständlich machen wollte. Es war sogar schwierig zu verstehen, weshalb sie ihn überhaupt besuchen wollte, oder was sie sich von diesem Besuch versprach. Sie wußte nur, daß es sein mußte. Es war, als öffnete man im Traum die Tür zu einem langen Korridor und wüßte, daß man aus irgendeinem nie erklärbaren Grunde bis zum Ende des Korridors gehen mußte, ehe der Traum endete.

Das Taxi hielt vor einem Mietshaus in einer ruhigen Straße, und sie stieg aus und bezahlte den Fahrer, wobei sie sich bemühte, das leichte Zittern ihrer Hände zu unterdrücken. Ehe sie eintrat, sah sie an der Fassade des Hauses hinauf. Es war aus Steinen von anonymem Grau erbaut, ziemlich schäbig und verwittert, eines von jenen Häusern, die an sich sehr wenig Schönheit besitzen, aber in Paris zusammen mit anderen Häusern gleicher Art den Gesamteindruck einer nüchternen Freundlichkeit ergeben.

Bei uns, dachte sie, würden Leute, die in einem solchen Hause wohnen, bei der nächsten Gehaltserhöhung umziehen.

Sie ging hinein. »Monsieur Crown, s'il vous plaît«, sagte sie mit deutlicher Aussprache zu der dicken blonden Frau in der Pförtnerloge.

»Troisième à gauche«, antwortete die Concierge und sah Lucy scharf an, als sei ihr alles zuzutrauen.

Lucy übersetzte sich die Auskunft nicht ohne Mühe ins Englische und drückte im Fahrstuhl auf den Knopf für den dritten Stock. Im Treppenhaus war es dunkel, und sie mußte über eine Minute lang suchen, bis sie den Klingelknopf links vom Fahrstuhlschacht gefunden hatte. Sie hörte es in der Wohnung klingeln, und von irgendwoher im Haus kam das hartnäckige, irritierende Geräusch eines Staubsaugers.

Niemand öffnete; Lucy klingelte ein zweites Mal und hoffte dabei mit schlechtem Gewissen, daß niemand zu Hause wäre, daß sie die dunkle Treppe hinunter und hinaus auf die Straße gehen und sich entfernen könnte, ohne ihrem Sohn gegenübertreten zu müssen. Sie wollte sich eben auf den Rückweg machen, als sie drinnen Schritte hörte und die Tür aufging.

Eine junge Frau stand da in einem roten Morgenrock, eine junge, zierliche Frau mit kurzgeschnittenem dunklem Haar. Gegen das helle Sonnenlicht, das den Flur hinter ihr erfüllte, sah Lucy nur ihre schlanke Gestalt und konnte ihr Gesicht nicht erkennen.

»Mrs. Crown?« fragte Lucy.

»Ja.« Die Frau stand im Türrahmen, die Tür hatte sie arglos weit geöffnet.

»Ist Mr. Crown zu Hause?«

»Nein.« Die Frau machte eine rasche, fragende Kopfbewegung, als versuchte sie, Lucy deutlicher zu sehen.

»Kommt er bald wieder?«

»Ich weiß nicht«, sagte die Frau. Ihre Stimme klang kühl und unfreundlich. »Ich weiß nicht, wann er zurückkommt. Soll ich ihm etwas ausrichten?«

»Mein Name ist Crown«, sagte Lucy und kam sich lächerlich dabei vor. »Ich bin seine Mutter.«

Einen Augenblick schwiegen beide und sahen sich an. Dann lachte die Frau leise.

»Kommen Sie herein«, sagte sie und nahm Lucys Arm. »Es wird allmählich Zeit, daß wir uns kennenlernen.«

Sie führte Lucy durch den Flur ins Wohnzimmer. Das Zimmer war nicht aufgeräumt, auf einem niedrigen Tisch vor der Couch stand ein Frühstückstablett mit einer halbausgetrunkenen Tasse Kaffee und einer qualmenden Zigarette im Aschenbecher, und daneben lag aufgeschlagen die europäische Ausgabe der *Tribune.*

»Also«, sagte die Frau mit einem kleinen Lächeln, »willkommen in Paris.«

Es war schwer zu sagen, ob die Worte und das Lächeln, das sie begleitete, spöttisch gemeint waren oder nicht; Lucy stand vorsichtig abwartend da, unbehaglich, auf fremdem, unsicherem Boden.

Die Frau sah sie voll an. »Vor allem muß ich mich vorstellen, glaube ich«, sagte sie. »Oder wissen Sie, wie ich heiße?«

»Nein, leider habe ich...«

»Dora. Ihren Namen kenne ich. Bitte, wollen Sie sich nicht setzen? Darf ich Ihnen eine Tasse Kaffee anbieten?«

»Ja, aber... wenn Tony nicht da ist... ich möchte Sie natürlich nicht stören.«

»Sie stören mich nicht. Ich habe nichts zu tun«, sagte die junge Frau. »Einen Augenblick, ich hole eine Tasse.«

Sie ging leichtfüßig in ihrem wehenden roten Morgenrock durch die Sonnenstrahlen, die durch das offene Fenster hereinfielen, aus dem Zimmer. Lucy setzte sich auf einen Stuhl und sah sich um. Der Raum hatte wohl bessere Tage gesehen. Die Tapete war alt und beschmutzt, die Teppiche abgetreten. Offenbar war es eine möblierte Wohnung, alles schien ein wenig reparaturbedürftig, wie für ein oberflächliches, provisorisches Dasein. Lediglich zwei große Gemälde an der Wand, brillant, abstrakt und nervös, waren anscheinend eigener Geschmack und Besitz.

Sie müssen arm sein, dachte Lucy, oder doch beinahe arm. Wo mag das viele Geld hingekommen sein?

Dora kam mit Tasse und Untertasse wieder herein. Während sie Kaffee einschenkte, musterte Lucy sie von der Seite. Sie war sehr jung, mit tiefliegenden schwarzen Augen, ihr volles dunkles Haar trug sie mit reizvoller Herbheit straff nach rückwärts gekämmt. Sie hatte ein kleines, spitzes Gesicht mit einem großen, vollen Mund, dessen Sinnlichkeit durch die Blässe ihrer Haut noch akzentuierter und erregender wirkte. Als sie über den niedrigen Tisch gebeugt, eine Zigarette zwischen den Lippen, die Augen ein wenig zusammengekniffen, die Tasse füllte, hatte Lucy den Eindruck, daß Doras Gesicht von Resignation und dauernder Unzufriedenheit gezeichnet war.

Vielleicht ist das in diesem Jahr in den jungen Ehen so Mode, dachte Lucy, als sie die Tasse entgegennahm. Vielleicht haben sie dieses Jahr beschlossen, unzufrieden auszusehen.

»So – endlich«, sagte Dora und ließ sich Lucy gegenüber in einen niedrigen, zerdrückten Sessel fallen. »Es tut mir leid, daß Tony nicht hier ist, um die Honneurs zu machen.«

»Ist er schon weggegangen?« fragte Lucy.

»Nein«, antwortete Dora gleichmütig, »er ist noch gar nicht nach Hause gekommen.«

»Arbeitet er denn nachts?« fragte Lucy verwirrt.

»Nein.«

»Ich meine... ich habe ihn um zwei Uhr in einer Bar gesehen...« Lucy schwieg verlegen.

»So?« fragte Dora uninteressiert. »Wie war das Wiedersehen?«

»Ich habe nicht mit ihm gesprochen. Als er gegangen war, ließ ich mir vom Geschäftsführer die Adresse geben.«

»War er allein?« Dora lehnte den Kopf zurück und trank ihre Tasse aus.

»Ja.«

»Nein so was.« Der Ton war nach wie vor gleichgültig und ausdruckslos.

»Entschuldigen Sie bitte«, sagte Lucy. »Ich möchte mich wirklich nicht einmischen... Vielleicht ist es besser, wenn ich gehe. Wenn Sie wollen, können Sie ihm sagen, daß ich in Paris bin, ich gebe Ihnen die Telefonnummer meines Hotels, und wenn er...«

»Bleiben Sie, bleiben Sie«, sagte Dora. »Das war keine Einmischung. Außerdem muß er jeden Augenblick kommen. Oder jede Woche.« Sie lachte trocken. »Ach was, so schlimm, wie Sie denken, ist es nicht. Oder ich rede mir jedenfalls gern ein, daß es nicht so schlimm ist, wie die Leute glauben. Er hat hier in der Nähe ein Atelier, und manchmal, wenn er viel zu tun hat oder wenn er die Häuslichkeit satt hat, bleibt er dort. Aber wenn Sie ihn um zwei Uhr in einer Bar gesehen haben, wird er wohl heute nacht nicht sehr viel gearbeitet haben.«

»Ein Atelier?« fragte Lucy. »Wozu braucht er denn ein Atelier?«

»Das wissen Sie nicht?« fragte Dora erstaunt zurück.

»Nein. Die letzte Nachricht von ihm bekam ich während des Krieges, als er erfahren hatte, daß sein Vater gefallen war. Er telegrafierte mir, daß er nicht die Absicht habe, zur Trauerfeier zu kommen.«

»Das sieht ihm ähnlich.« Dora schien belustigt. »Er kann Feierlichkeit nicht ausstehen. Wenn die Zeremonie bei unserer Hochzeit noch fünf Minuten länger gedauert hätte, wäre er davongerannt wie ein Hirsch.« Sie schwieg, zog eine kleine Grimasse, zündete sich eine neue Zigarette an und blickte über Lucys Kopf weg zur Decke auf, als dächte sie an ihre Hochzeit. »Sie haben wohl auch nicht gewußt, daß er verheiratet ist?« fragte sie nach einer Weile.

»Nein.«

»Aber er ist es. Für seine Sünden. Vorläufig wenigstens. Für die Dauer kann keine Garantie übernommen werden.« Ein halblautes Lachen.

Lucy sah in das junge, bleiche, verbitterte Gesicht. Sie ist nicht so unbeteiligt, wie sie mich glauben machen möchte, dachte sie. Vielleicht gehört das auch mit zur diesjährigen Mode. Oder sie hat sich angewöhnt, so zu tun, um überhaupt mit ihrem Mann zusammenleben zu können.

»Sie wollen wissen, wozu er ein Atelier braucht«, sagte Dora. »Er ist Karikaturenzeichner. Er macht humoristische Zeichnungen für Zeitschriften und Illustrierte... Haben Sie das auch nicht gewußt?«

»Nein.« Es kam Lucy als ein unwahrscheinlicher Beruf für ihren Sohn vor. Bei dem Wort Karikaturenzeichner mußte sie naiverweise immer an Clowns denken oder an Komiker mit drolligen Hüten in Kabaretts, simple, unbeschwerte junge Männer. In der Bar letzte Nacht hatte nichts in Tonys Erscheinung auf dergleichen hingedeutet. Und als Junge war er sicherlich nur zu ernst gewesen. »Seine Schulbücher waren allerdings voll von kleinen Zeichnungen. Aber besonders gut waren sie nicht.«

»Vermutlich hat er sich ein bißchen gebessert. Wenigstens in dieser Hinsicht.«

»Aber ich habe seinen Namen nie gelesen...«

»Seine Zeichnungen erscheinen nicht unter seinem wirklichen Namen. Ich glaube, er schämt sich ihrer. Wenn er etwas anderes tun könnte, würde er dies hier sofort aufgeben.«

»Was würde er denn gern tun?«

Dora zuckte die Achseln. »Nichts. Wenigstens nicht, was er mir gesagt hätte.«

»Verdient er gut?«

»Ausreichend. Wir haben zu essen. Wenn wir nach Amerika zurückgingen, könnte er wahrscheinlich eine Menge Geld verdienen. Aber daran ist er nicht sehr interessiert. Seine Gewohnheiten sind einfach. Fürchterlich, aber einfach.« Sie lächelte trübe. »Und er hat nie das Verlangen gezeigt, seine Frau in Samt und Seide zu hüllen.«

»Warum will er nicht nach Amerika zurück?« Lucy hoffte auf eine schonungsvolle Antwort.

Dora sah sie kalt an. »Er sagt, er hätte sich in seiner Jugend daran gewöhnt, im Exil zu leben, und eine Änderung würde ihm Unbehagen verursachen. Außerdem lebt er am liebsten in Frankreich, sagt er, weil die Franzosen innerlich ohne Hoffnung sind, und das erwecke seine Bewunderung.«

Was für Gespräche müssen in diesem schäbigen Zimmer schon geführt, was für bittere, trostlose Gedanken ausgetauscht worden sein, dachte Lucy.

»Weshalb sagt er solche Sachen?«

»Das frage ich Sie«, sagte Dora gelassen.

Lucy zögerte einen Augenblick. »Ein anderes Mal«, sagte sie dann. »Er muß furchtbar schwierig sein.«

Dora lachte. »Meine Dame, Sie besitzen eine erstaunliche Fähigkeit, zu charakterisieren.«

Sie ist nicht meine Freundin, dachte Lucy. Wie sie sich auch entpuppen mag, meine Freundin ist sie nicht.

»Ach, ich sollte nicht so daherreden«, sagte Dora. »Ich stelle ihn ja als ein Monstrum hin. Aber das ist er gar nicht. Wir sind seit fünf Jahren verheiratet, ein paarmal hat es Sturmzeiten gegeben, und ich muß immer darauf gefaßt sein, daß er eines Tages nach Hause kommt und mir sagt, er habe genug von der Ehe mit mir – ich bin überzeugt, daß es tatsächlich so kommen wird –, und doch möchte ich nicht, daß es anders wäre. Ich möchte nicht, daß irgend etwas anders wäre. Es hat sich gelohnt«, sagte sie rauh, als wollte sie

Lucy herausfordern, ihr zu widersprechen, »wie es auch enden mag, es hat sich gelohnt.« Dann riß sie sich mit sichtlicher Anstrengung zusammen. »Aber Sie werden ja selbst sehen, wenn Sie mit ihm sprechen«, fügte sie in leichtem Ton hinzu. »Innerhalb von zwanzig Minuten wird er Sie wahrscheinlich so bezaubert haben, daß Sie ihn für den liebevollsten, treuesten Sohn halten, den es jemals gegeben hat. Wenn er will, wird er Ihnen einreden, daß er seit zwanzig Jahren ständig versucht hat, Sie anzurufen, nur waren Sie jedesmal, wenn er telefonierte, zufällig nicht zu Hause...«

»Das glaube ich kaum«, erwiderte Lucy. Sie war nervös und unglücklich und mußte sich zusammennehmen, um die Hände stillzuhalten. Welch ein Pech, dachte sie. Sie war so völlig darauf eingestellt gewesen, ihn zu treffen und mit ihm zu sprechen, und nun war er nicht zu Hause. Statt seiner saß ihr diese feindselige, unzufriedene, zynische, ergreifende junge Frau gegenüber, mit ihren beunruhigenden Eröffnungen über ihn, ihrer kleinen Anthologie der bitteren Aphorismen ihres Mannes über Verbannung und Hoffnungslosigkeit, und die sich trotz Vernachlässigung oder Schlimmerem offen zu ihrer Liebe zu ihm bekannte.

»Aber jetzt haben wir lange genug von mir gesprochen« – Dora war plötzlich ganz die höfliche Gastgeberin –, »ich würde gern auch etwas über Sie hören. Sie sehen so jung aus...«

»Ich bin aber nicht so jung.«

»Ich weiß von Tony, daß Sie eine Schönheit waren« – sagte die junge Frau. Es klang aufrichtig und ungekünstelt, ihre lächelnden Augen blickten unerwartet bewundernd auf Lucy, als hätte sie sich entschlossen, sie vorurteilslos zu betrachten, ohne Bezug auf ihre Vergangenheit, ohne Bezug auf das, was sich hinter diesem modisch geschnittenen dunkelblonden Haar, den großen, tiefen Augen, dem vollen, jugendlichen, wohlgeformten Mund verbarg. »Aber ich hätte nie gedacht, daß Sie *so* aussehen könnten, daß heute noch alles da ist...«

»Es ist nicht mehr alles da«, sagte Lucy.

»Sie sollten *meine* Mutter sehen.« Dora lachte boshaft. »Gartenklub-Typ. Halbschwergewicht. Als sie entschlossen war, sich künftig gehenzulassen, unternahm sie auf einem Vergnügungsdampfer die längste Seereise, die ausgeschrieben war.«

Beide Frauen lachten, entspannt, klatschlustig. »Sie müssen in der Nähe bleiben und mich den Trick lehren«, sagte Dora. »Ich habe mich nie mit dem Gedanken abfinden können, alt zu werden. Als ich sechzehn war, legte ich vor mir selbst ein heiliges Gelübde ab – an meinem vierzigsten Geburtstag Selbstmord zu begehen. Vielleicht können Sie mich davor retten.«

Der Trick, dachte Lucy und lächelte ihre Schwiegertochter an, innerlich nüchtern und verschattet, der Trick besteht darin, zu leiden und allein zu sein und sich niemals dem sicheren, wohligen Gefühl hingeben zu können, sich treiben zu lassen, weil man weiß, daß jemand da ist und einen auffängt. Der Trick, wenn du es wissen willst, besteht darin, beständig zu kämpfen.

»Wie schade, daß es nicht Nachmittag ist«, sagte Dora. »Wir müßten unsere erste Begegnung nach so vielen Jahren eigentlich mit einem Drink feiern.« Sie sah Lucy fragend an. »Würden Sie es für sündhaft halten, schon so früh am Morgen etwas zu trinken?«

Lucy sah auf ihre Armbanduhr. Es war fünf Minuten nach halb zehn.

»Ich weiß nicht recht…«, sagte sie zweifelnd. Sie kannte verschiedene Frauen, die dauernd nach Vorwänden suchten, zu jeder Tages- und Nachtzeit zu trinken. Vielleicht war Tony deshalb so selten zu Hause…

»Sehen Sie mich nicht so an«, sagte Dora lachend. Sie hatte bereits verstanden. »Vor zwölf Uhr mittags habe ich noch nie in meinem Leben Alkohol getrunken.«

Lucy gefiel diese rasche Auffassungsgabe. Sie lachte ebenfalls. »Ich halte es für eine glänzende Idee.«

Dora trat zu einem kleinen Tisch an der Wand, auf dessen Marmorplatte ein paar Flaschen und Gläser standen, und schenkte Whisky und etwas Soda in zwei Gläser. Ihre Bewegungen waren graziös und ausgewogen, sie sah aus wie ein schlankes, ernsthaftes Kind, als sie, den Kopf zur Seite geneigt, die Drinks abmaß. Lucy sah ihr zu und empfand plötzlich Ärger über ihren Sohn, weil er dieser Frau Kummer bereitete, die wahrscheinlich seit ihrem ersten Blick in den Spiegel erwartet hatte, daß ihre Schönheit ihr ein

Leben in einer steten Atmosphäre von Güte, Nachsicht und Liebe sichern würde.

Dora reichte ihr ein Glas. »In den Kleinstädten trinken die Franzosen bei festlichen Gelegenheiten häufig schon morgens«, sagte sie. »Sie laden eine Menge Leute dazu ein und annoncieren es in den Lokalblättern als Verre d'Amitié oder Coupe d'Honneur. Das heißt Glas der Freundschaft«, übersetzte sie gewissenhaft, »oder Pokal der Ehre. Wie wollen wir dieses Glas nennen?«

»Lassen Sie mich nachdenken«, sagte Lucy. »Vielleicht ein bißchen von beidem?«

»Ein bißchen von beidem.« Dora nickte und hob ihr Glas, und sie tranken. Dora ließ das Getränk prüfend über die Zunge rollen. »Jetzt weiß ich, weshalb manche Leute schon morgens trinken. Am Morgen schmeckt es viel bedeutsamer, nicht wahr?«

»Ja, das stimmt«, pflichtete Lucy ihr bei. Der Beigeschmack von Feindseligkeit war verschwunden, und sie begann, sich mit der jungen Frau sehr vertraut zu fühlen und ihren Sohn wenigstens insofern zu billigen, als er sie zur Frau gewählt hatte.

»Aber jetzt«, sagte Dora, zwischendurch an ihrem Glas nippend, »habe ich wirklich genug von Tony und mir selbst gesprochen. Wie steht es mit Ihnen? Weshalb sind Sie hier? Als Touristin?«

»Nur zum Teil. Ich bin bei einer New Yorker Organisation angestellt, die mehr oder weniger inoffiziell den Vereinten Nationen angeschlossen ist. Ihr Zweck besteht in der Kinderfürsorge. Wir mischen uns sozusagen überall in der Welt ein, machen Politikern das Leben schwer, die gegenüber der Kinderarbeit nicht die richtige Einstellung haben, beschaffen Geldmittel für Schulen, sorgen dafür, daß die Kinder geimpft werden und daß sie wenigstens ein paar Liter Milch im Jahr bekommen. Außerdem setzen wir uns sehr hartnäckig für die rechtliche Gleichstellung unehelicher Kinder ein. Dergleichen Dinge.« Trotz ihres leichten Tones war nicht zu überhören, daß sie stolz war auf ihre Arbeit und sie im Grunde sehr ernst nahm. »Aus freiwilligen Spenden amerikanischer Bürger fließt uns eine Menge Geld zu, und wir entscheiden über die Art der Verwendung dieser Mittel. Ich bin jetzt fünf Wochen in ganz Europa herumgereist, habe bei Konferenzen ein feierliches Gesicht und Notizen gemacht und in Griechenland und Jugoslawien und Sizilien dunkelhaarige Köpfchen gestreichelt. Gestern abend hatte ich eine Konferenz, bei der alles in drei Sprachen übersetzt werden mußte. Sie dauerte bis ein Uhr nachts, und als ich in mein Hotel kam, war ich ganz ausgehungert, weil ich nicht zu Abend gegessen hatte. So kam es, daß ich in diese Bar ging, in der ich Tony gesehen habe...«

»Sie scheinen eine sehr wichtige Persönlichkeit zu sein«, sagte Dora, jugendlich beeindruckt. »Halten Sie auch Pressekonferenzen ab und so weiter?«

»Gelegentlich.« Lucy lächelte. »Mein Spezialgebiet ist Geburtenbeschränkung.«

»Ich habe noch nie etwas getan«, sagte Dora nachdenklich und drehte ihr Glas in den Fingern. »Nicht einmal das College habe ich ganz durchgemacht. Im zweiten Jahr kam ich in den Ferien hier herüber, lernte Tony kennen, und aus war's mit dem College... Es muß ein herrliches Gefühl sein, etwas Nützliches zu tun.«

»Allerdings«, sagte Lucy aus eigener Überzeugung nüchtern.

»Wenn Tony mich einmal endgültig verläßt«, meinte Dora sachlich, »unternehme ich vielleicht auch etwas, um mich nützlich zu machen.«

Die Tür zum Eßzimmer öffnete sich langsam, und ein kleiner Junge steckte den Kopf herein. »Mami«, sagte er, »Yvonne hat heute nachmittag frei, hat sie gesagt, und wenn du ja sagst, nimmt sie mich mit zu ihrer Schwägerin. Ihre Schwägerin hat einen Käfig mit drei Vögeln.«

»Komm herein, Bobby«, sagte Dora, »und sag guten Tag.«

»Aber ich muß doch Yvonne Bescheid sagen. Sofort.«

Er kam aber doch ins Zimmer, wobei er aus Schüchternheit so tat, als sähe er Lucy nicht; er war stämmig und gerade gewachsen und hatte nachdenkliche graue Augen und einen länglichen, gewölbten Schädel. Sein Haar war kurz geschnitten, er trug Shorts und ein Trikothemd, und seine überraschend starken nackten Arme und Beine trugen die üblichen Spuren kleiner Unfälle und Pflaster der Kinderzeit.

Lucy betrachtete ihn benommen, sie vergaß zu lächeln und dachte daran, wie Tony im gleichen Alter ausgesehen hatte. Warum hat sie mir nichts davon gesagt, daß sie ein Kind haben? dachte sie, von neuem bekümmert und mißtrauisch. Sie hatte das Gefühl, daß Dora ihr diese wichtige Tatsache mit irgendeinem Hintergedanken absichtlich verschwiegen hatte.

»Das ist deine Großmutter«, sagte Dora und strich dem Jungen leicht übers Haar. »Sag ihr guten Tag, Bobby.«

Der Junge ging schweigend, noch immer mit abgewandtem Gesicht, zu Lucy hinüber, und sie gaben sich ernsthaft die Hand. Dann konnte Lucy nicht länger widerstehen, und auf die Gefahr hin, ihn zu erschrecken oder zu beleidigen, nahm sie ihn in den Arm und küßte ihn. Bobby wartete höflich, daß sie ihn losließ.

Lucy hielt ihn fest, nicht um die Zärtlichkeit zu verlängern, sondern weil sie ihn nicht sehen lassen wollte, daß sie weinte. Das Gefühl, sich selbst um vieles gebracht, viele Jahre vergeudet zu haben, das bis jetzt nur theoretisch, in einem abstrakten Sinne, in ihr vorhanden gewesen war, wurde nun plötzlich, als sie den Jungen im Arm hielt und seine glatte, straffe Kinderhaut unter ihren Händen fühlte, schmerzhaft und machtvoll lebendig.

Sie senkte den Kopf und küßte das borstige Kleinjungenhaar und sog den trockenen, frischen, längst vergessenen Kindergeruch ein. Sie wußte, daß Dora sie gespannt beobachtete.

Lucy holte tief Atem und drängte die Tränen zurück. Sie ließ den Jungen los und zwang sich zu einem Lächeln. »Robert«, sagte sie, »das ist aber ein hübscher Name. Wie alt bist du denn?«

Der Junge wandte sich schweigend ab und stellte sich wieder neben seine Mutter.

»Sag deiner Großmutter, wie alt du bist, Bobby«, sagte Dora.

»Meine Großmutter ist dick«, sagte der Junge.

»Das ist deine andere Großmutter«, erklärte Dora. »Die, die letztes Jahr hier war.«

»Vier«, sagte der Junge. »Mein Geburtstag ist im Winter.«

Lucy hörte, daß die Wohnungstür aufgeschlossen wurde, und dann Schritte auf dem Flur. Dann trat Tony ins Zimmer. Als er

Lucy sah, blieb er stehen. Er erkannte sie nicht gleich und blickte erstaunt und mit höflich fragender Miene von ihr zu Dora. Sein Anzug war noch der gleiche wie in der Nacht zuvor und sah zerknittert aus, als hätte er darin geschlafen. Er schien müde zu sein und war unrasiert und blinzelte nach der Dunkelheit des Fahrstuhlschachtes ein wenig in dem sonnigen Wohnzimmer. In der Hand trug er eine Brille mit getönten Gläsern.

»Papa«, sagte der Junge, »Mama hat gesagt, ich darf heute nachmittag mit Yvonne zu ihrer Schwägerin gehen. Sie hat drei Vögel in einem Käfig.«

»Guten Tag, Tony«, sagte Lucy aufstehend.

Tony schüttelte zwei-, dreimal rasch den Kopf. »Nanu«, sagte er leise. Er lächelte nicht.

»Deine Mutter und ich haben ein Plauderstündchen gehalten«, sagte Dora.

Tonys Augen wanderten von ihren Gesichtern zu den Whiskygläsern. »Das sehe ich.« Er lächelte. Aber das Lächeln war kühl und zurückhaltend. »Was für eine nette Idee!« Er reichte Lucy die Hand, und sie begrüßten einander formell. Dann wandte er sich dem Jungen zu. Einen Augenblick stand er schweigend da und sah seinen Sohn forschend, gespannt, liebevoll an, als suche er in dem weichen Kindergesicht, das in erwartungsvoller Willkommensfreude zu ihm aufsah, ein verborgenes Geheimnis.

Auch das hat sie mir verschwiegen, dachte Lucy, wie sehr er seinen Sohn liebt.

»Robert«, sagte Tony ernsthaft, »möchtest du heute morgen mein Bote sein?«

»Das kommt darauf an«, war die vorsichtige Antwort. Der Junge fürchtete, hinausgeschickt zu werden.

»Würdest du für mich zu Yvonne in die Küche gehen und ihr sagen, dein Vater möchte gern Speck und Eier und eine große Kanne Kaffee?«

»Darf ich dann wieder hereinkommen?« begann der Kleine zu verhandeln.

Tony blickte erst seine Frau, dann Lucy an. »Natürlich«, sagte er, »uns liegt sogar viel daran, daß du wieder hereinkommst.«

»Das sage ich Yvonne«, versicherte der Junge. »Euch liegt sogar viel daran.«

»So ist es«, bekräftigte Tony.

Der Junge rannte hinaus in die Küche. Tony sah ihm mit nüchterner Miene nach, bis er die Tür hinter sich zugemacht hatte, und wandte sich dann Dora und Lucy zu.

»Also?« fragte er. »Wo fangen wir an?«

»Warte«, warf Dora ein, »ich glaube, ich gehe lieber. Ich ziehe mich an und gehe mit Bobby...«

»Nein«, rief Lucy dazwischen, lauter als sie beabsichtigt hatte. Der Gedanke, mit Tony allein in dem schäbigen, provisorisch möblierten Zimmer zu sitzen und zu warten, bis Dora und der Junge gegangen waren, erschien ihr unerträglich. Sie brauchte Zeit und neutralen Boden. »Wenn du mit mir sprechen willst, Tony, verabreden wir uns lieber für später.«

»Ganz wie es dir am besten paßt«, erwiderte Tony liebenswürdig.

»Ich möchte aber nicht deine Pläne für den heutigen Tag stören...«

»Mein Plan für heute ist«, sagte Tony leichthin und nickte ihr freundlich zu, »mich meiner Mutter zu widmen. Aber...« Er sah sich im Zimmer um und verzog ein wenig mißbilligend das Gesicht. »Ich kann gut verstehen, daß du hier heraus willst. Ich mache dir einen Vorschlag. An der Ecke ist ein Bistro. Wenn es dir nichts ausmacht, etwa eine halbe Stunde zu warten, dann...«

»Gut«, sagte Lucy schnell. »Ausgezeichnet.« Sie wandte sich an Dora. »Auf Wiedersehen, Dora.« Sie hätte ihr gern einen Abschiedskuß gegeben, aber unter Tonys wachsamen Blicken konnte sie sich nicht dazu überwinden. »Und vielen Dank.«

»Ich begleite Sie hinaus.«

Linkisch nahm sie Handtasche und Handschuhe auf – seit ihrer Mädchenzeit war sie sich nicht mehr so ungewandt vorgekommen – und folgte Dora in den Flur. Tony, müde, übernächtigt und kalt belustigt, blieb im Zimmer zurück.

Dora öffnete die Wohnungstür, und Lucy zögerte noch einen Augenblick auf der Schwelle.

»Wollten Sie mir noch etwas sagen?« flüsterte sie.

Dora dachte einen Moment nach. »Seien Sie vorsichtig«, sagte sie. »Seien Sie um Ihrer selbst willen vorsichtig. Vielleicht wäre es sogar das beste, wenn er Sie in einer halben Stunde nicht in dem Bistro vorfinden würde.«

Lucy beugte sich impulsiv vor und küßte Dora auf die Wange. Dora blieb unbeweglich stehen. Sie wartete. Alle Sympathie war wieder verschwunden.

Lucy begann nervös ihre Handschuhe anzuziehen.

»Sie müssen zu Fuß hinuntergehen«, sagte Dora. »Das hier ist ein französischer Fahrstuhl. Er kann nur zum Hinauffahren benützt werden.«

Lucy nickte und ging die Treppe hinunter. Sie hörte die Wohnungstür zufallen; ihre Absätze klapperten kühl auf den Steinstufen, als sie sich vorsichtig in der Dunkelheit hinuntertastete. Irgendwo im Haus lief immer noch der Staubsauger, und das nervöse, pochende Geräusch verfolgte sie wie ein Schwarm riesiger Insekten in einem Traum, bis sie auf der Straße war.

17

Sie ging eine Viertelstunde ziellos durch verschiedene Straßen, warf ab und zu einen Blick in die Schaufenster der fremdartigen Läden, ohne indessen die Auslagen bewußt zu betrachten, und kehrte dann schnell wieder zu der Straße zurück, in der Tony wohnte. An der Ecke war ein Bistro, wie er gesagt hatte; auf einer kleinen Terrasse standen unter einer Markise ein paar Tische im Freien, und sie setzte sich und bestellte Kaffee, um sich bis zu Tonys Ankunft irgendwie zu beschäftigen.

Die Szene in Tonys Wohnung hatte sie aus der Fassung gebracht. Im Laufe der Jahre hatte sie natürlich von Zeit zu Zeit an ein Wiedersehen mit ihm gedacht, aber in ihrer Phantasie hatte es sich immer unter dramatischen Umständen abgespielt – sie selbst auf dem Totenbett, und der eilig herbeigerufene Tony, jung, mildgesinnt, angesichts des letzten Lebewohls bereit, zu vergeben. Dann würde als endgültiger Ausdruck der Liebe ein letzter, alles heilender Kuß kommen (das Gesicht vor ihr war allerdings hartnäckig das eines mageren, dreizehnjährigen, von der Sonne jenes fernen Sommers gebräunten Jungen geblieben) – dann ihre Genesung, wie durch ein Wunder, und von da an dauernde Versöhnung und Freundschaft. Sie hatte auch einen immer wiederkehrenden Traum, der sie in den letzten Jahren allerdings seltener heimgesucht hatte, in dem Tony neben ihrem Bett stand, ihren Schlaf beobachtete und mit rauher Stimme flüsterte: »Stirb! Stirb!« Aber nun war das Wiedersehen in der Wirklichkeit schlimmer gewesen als der bittere Traum und die naive Totenbettphantasie. So beiläufig, so wirr und nichtssagend. In der Bar war sie nicht einmal sicher gewesen, ob er es wirklich war, und verlegen, weil sie in einer Nachtbar mit zwei Collegestudenten am Tisch saß, von denen sie sich, wenn auch noch so harmlos, hatte ansprechen lassen. Und dann der unerfreuliche Eindruck der schäbigen Wohnung und der enttäuschten Frau mit ihren trüben Bekenntnissen und ihrer Zukunftsangst. Dazu der unerwartete Schmerz, den kleinen Jungen mit dem fast vertrauten Gesicht zu sehen, seine milden, ernsthaften, ererbten Augen, in denen die Generationen sich zu wiederholen schienen und die sie nach ihrem Empfinden über die Jahre hinweg von neuem verurteilten und ihr die Bürde der Verantwortung von neuem und noch lastender aufluden. Und schließlich Tony selbst – vorzeitig ergraut, vorzeitig erschlafft, unerquicklich zurückhaltend und nachlässig gegen seine Frau, unbeteiligt höflich, unbewegt und kühl gegen sie selbst. Es war natürlich denkbar, hielt sie sich vor, daß sie von dem wenig anziehenden und vielleicht verzerrten Bild beeinflußt gewesen war, das Dora ihr von Tony entworfen hatte, ehe er nach Hause kam. Womöglich war Doras Schilderung beträchtlich von weiblicher Verstimmung besonders über Tonys nächtliches Ausbleiben getönt. Aber selbst wenn sie Doras etwaige Übertreibungen abrechnete, blieb der Eindruck, den Tony auf sie gemacht hatte, beunruhigend.

Vor ihrem geistigen Auge tauchte immer wieder das Bild ihres Enkels auf, der, erwartungsfroh und verwundbar, den Fehlern und Feindseligkeiten seiner Eltern ausgeliefert und noch zu jung war, um die düsteren Unterströmungen zu erkennen, die seine Entwicklung beeinträchtigen und unweigerlich seinen Charakter formen und schädigen mußten. Mein Gott, dachte Lucy, was für ein Mann wird aus *ihm* werden? Wie lang soll die Bestrafung weitergehen?

Plötzlich fiel ihr das Lächeln auf Tonys Gesicht ein, der in zynischer Belustigung verzogene Mund, als er in dem unordentlichen Wohnzimmer zwischen seiner Frau und seiner Mutter stand, und es erschien ihr abstoßend und erschreckend. Dieses Lächeln schien sie zu verspotten und herabzusetzen und alles in Frage zu stellen, was sie seit dem Krieg mit vieler Mühe errungen hatte – ihre Befriedigung über Sinn und Erfolg ihrer Arbeit, das Gefühl, endlich gereift zu sein, mit sich selbst auf Grund ehrenwerter, strenger Bedingungen im Frieden zu leben, ihren Stolz darauf, widrige Umstände gemeistert und ihre charakterlichen Schwächen überwunden zu haben und unversehrt, stark und brauchbar in das sechste Jahrzehnt ihres Lebens getreten zu sein. Die Erinnerung an Tonys Lächeln erschütterte das alles, und sie fühlte sich wieder so wie am Ende jenes Sommers am See – unsicher, voller Scham über sich, liebeleer. Irgendwie, irgendwie muß ich ihn dazu bringen, dachte sie, nicht mehr auf diese Art zu lächeln.

Sie fühlte sich überrumpelt, der Situation durchaus nicht gewachsen, und fürchtete sich vor dem Zusammensein mit Tony. Was konnte sie hier in ein paar Minuten bei einer Tasse Kaffee erreichen? Es galt, einen Abgrund zu überbrücken, ein ganzes Leben zu erklären, und das konnte sie nicht innerhalb einer halben Stunde in einem Bistro. Sie brauchte Zeit dazu, möglichst viel Zeit, und eine andere Atmosphäre als hier in diesem häßlichen kleinen Café, in dem schmierige Kellner am Schanktisch mit den Gläsern lärmten und ein unrasierter junger Mann, der aussah, als habe er Grund, sich vor der Polizei zu verstecken, an einem Tisch saß und ein Wettformular für ein Pferderennen ausfüllte.

Nervös öffnete sie ihre Handtasche, nahm einen kleinen Spiegel heraus und betrachtete ihr Gesicht. Es sah verängstigt aus, unecht, es war nicht ihr wirkliches Gesicht, nicht den Umständen angemessen. Sie steckte den Spiegel wieder ein und wollte eben ihre Handtasche schließen, als sie den Brief darin bemerkte, den sie im Hotel aus ihrem Koffer genommen hatte. Sie holte ihn heraus, und langsam begann sich in ihren Gedanken ein Plan zu formen.

Sie zog den Brief aus dem Umschlag, vier Bogen dünnen Papiers, das in den Falten nahezu durchsichtig war. Sie hatte ihn seit Jahren nicht mehr gelesen und ihn, ohne eigentlich selbst zu wissen, weshalb, noch in letzter Minute vor ihrer Abreise von Amerika in ihren Koffer gelegt. Wenn ich schon nach Europa fahre... hatte sie unklar dabei gedacht.

Sie faltete die Bogen auseinander und begann zu lesen.

»Sehr geehrte Mrs. Crown«, lautete die Anrede. »Ich bin im Lazarett und benutze die Gelegenheit, Ihnen zu Ihrem Verlust zu schreiben.« Das Papier trug das Zeichen des Roten Kreuzes, und die Handschrift war verkrampft, halbgebildet, ungewandt. »Ich nehme an, daß man Sie schon offiziell vom Tode von Herrn Major benachrichtigt hat, aber ich war dabei, und ich weiß, daß die Anverwandten es lieber haben, wenn sie von jemand, der alles gesehen hat, erfahren können, wie es zugegangen ist. Die Stadt hieß Ozières, wenn die Zensur den Namen nicht herausschneidet, man weiß ja nie, was sie durchgehen lassen, und ich werde ihn lange nicht vergessen, weil ich auch verwundet wurde, nur daß ich Glück gehabt habe, weil ich kleiner bin, und der Herr Major war, was Sie sicher noch wissen, sehr groß, und das Maschinengewehr wird wohl einfach geschwenkt haben, und so habe ich nur einen Treffer in die Schulter und einen in den Nacken bekommen (zwei 30 Kal.), aber Herr Major, weil er größer war, kriegte einen Lungenschuß. Er hat nichts mehr gemerkt, wenn Ihnen das ein Trost ist. Ein Franzose war auch noch dabei, aber der war sehr flink und sprang in den Graben und hat überhaupt nichts abgekriegt. Seit ich im Lazarett bin, lese ich immer die Zeitungen aus der Heimat, und darin tun sie immer, als ob nach dem Durchbruch alles wie bei der Parade vor sich gegangen wäre, aber glauben Sie einem, der dabei war, es war gar nicht wie bei der Parade. Ich war in einer Aufklärungseinheit, die dem Korps angeschlossen war, wir hatten ein paar leichte Lkw, aber sonst hauptsächlich Jeeps, und wir waren eigentlich überall, weil alles durcheinander war und dazwischen eingekesselte deutsche Einheiten, von denen manche Widerstand leisteten, und andere wieder wollten sich ergeben. Man wußte nie, wen man eigentlich vor sich hatte, bis es anfing zu knallen. Dann mußten wir sofort zurückgehen und konnten, wenn wir Glück hatten, über Funk Verstärkung anfordern. Das war unsere Aufgabe. Ich beschwere mich nicht darüber, denn wahrscheinlich ging es gar nicht anders. Wie Sie wahrscheinlich wissen, gehörte Herr Major beim Korps zu Abteilung G2, und an sich gibt es kaum einen ruhigeren und bequemeren Posten, aber Herr Major war nicht so wie die meisten Offiziere beim Korps, obwohl ich ja gern glauben will, daß die auch ihre Arbeit zu tun haben und sich viel Mühe geben. Herr Major war aber immer da, wo was los war, und sah selbst nach dem Rechten, wir kannten schon alle seinen Jeep, und er nahm persönlich an allerlei kleinen Unternehmungen von uns teil, und ich kann gern bestätigen, daß er wer weiß wie tapfer und mutig war, trotz seinem Alter, und freundlich und demokratisch im Umgang war er auch. Wenn er einen Fehler hatte, so war es der, daß er sich immer in Gefahr begab, wenn es gar nicht nötig war. An dem Tag, an dem er fiel, waren wir in einem kleinen Dorf, etwa fünf Meilen von Ozières, es war gar nichts los, und wir machten gerade Pause. Ein französischer Bauer kam zu uns und sagte, er wohne außerhalb Ozières, und im Ort seien ein paar deutsche Soldaten versteckt, etwa 18 bis 20 Mann, die sich ergeben wollten. Also ließ Herr Major den Franzosen in seinen Jeep einsteigen und nahm noch einen zweiten Jeep mit vier Mann Besatzung mit, und wir fuhren los. Wenn Sie zufällig mal in Frankreich sind und wollen sich Ozières ansehen, dann werden Sie, wenn Sie von Norden kommen, etwa 200 Meter vor der Stadt an einen Kreuzweg gelangen, und als wir kurz vor diesem Kreuzweg waren, ließ Herr Major die Jeeps anhalten und sagte, wir wollten lieber zu Fuß in die Stadt gehen. Er schnitt sich von einer Hecke einen Stock ab, und im Jeep hatte er ein weißes Handtuch, das band er an dem Stock fest und sagte zu dem Franzosen auf französisch: Kommen Sie mit, und zu mir sagte er, Sergeant, Sie gehen am besten auch mit, und den anderen sagte er, sie sollten die Jeeps wenden für den Fall, daß es Schwierigkeiten geben sollte, und ein bißchen ausschwärmen und uns Feuerschutz geben, falls die Sache schiefginge. In der Stadt war alles still. In Frankreich haben sie Läden vor jedem Fenster, und die waren alle zu, kein Mensch war zu sehen weit und breit, und alles war so still und friedlich, daß man denken konnte, man sei zu Hause in Iowa. Der Franzose und der Herr Major und ich gingen den Weg lang, Herr Major in der Mitte, und es war gar kein Anzeichen, daß irgendwas passieren würde, und der Franzose sprach mit Herrn Major französisch, und Herr Major antwortete ihm und sagte, er sei früher schon mal, aber lange vor dem Krieg, in Frankreich gewesen, und da hätte er die Sprache gelernt, und auf einmal, als wir an den Kreuzweg kamen, fing ohne jede Warnung das Maschinengewehr an zu feuern. Ich wurde, wie ich schon sagte, an der Schulter und am Nacken verwundet, aber ich konnte trotzdem noch schnell in den Graben neben dem Weg rollen, und der Franzose machte es auf der anderen Seite ebenso. Falls Sie denken sollten, der Franzose sei nicht ganz astrein gewesen, so möchte ich Ihnen sagen, daß es für ihn ebenso unerwartet kam wie für mich, und ich hörte ihn die ganze Zeit im anderen Graben vor Wut heulen und auf französisch fluchen. Herr Major war noch in der Mitte des Weges, und nach einer Weile hob ich den Kopf, um nach ihm zu sehen, aber ich merkte sofort, daß ihm nicht mehr zu helfen war. Nach dem einen Feuerstoß hörten die Deutschen auf zu schießen und ließen nichts mehr von sich hören. Wenn Ihnen mal jemand sagt, die Deutschen hielten sich an die Genfer Konvention, schicken Sie ihn zu mir, dann zeige ich ihm die Löcher in meiner Schulter und meinem Nacken. Aber natürlich kann man nicht wissen, ob sie sich nicht vielleicht wirklich ergeben wollten, und dann kam irgendein verrückter Offizier in die Stadt und hielt ihnen eine Propagandarede. Jedenfalls, die Soldaten bei den Jeeps feuerten ein paar Salven über unsere Köpfe weg, um den Deutschen zu zeigen, daß es Ärger geben würde, wenn sie aus der Stadt kämen, um uns zu holen, und einer fuhr mit dem einen von den beiden Jeeps ins Dorf zurück zum Leutnant, und der war in Rekordzeit da und holte uns ab, ganz offen, ohne sich darum zu kümmern, daß die Deutschen jeden Augenblick wieder schießen konnten. Als der Leutnant sich den Herrn Major ansah, hörte ich ihn sagen, er hat nichts davon gemerkt, wie ich oben erwähnte, und das heißt schon was. Sie machten mir einen Notverband und brachten mich schnell nach rückwärts, und ich hätte mir keine bessere Behandlung wünschen können. Falls Sie sich mit dem Leutnant in Verbindung setzen wollen, er heißt Leutnant Charles C. Draper, und zwischen ihm und Herrn Major bestand ein Verhältnis beinahe wie Vater und Sohn, nur habe ich im Lazarett ein Gerücht gehört, daß der Leutnant in Luxemburg in einem Hinterhalt gefallen sein soll, aber das ist nur ein Gerücht.

Hochachtungsvoll
(Sgt.) Jack McCardle

P. S. Man hat mir gesagt, daß ich als dienstuntauglich entlassen werde und eine Rente bekomme.

(Sgt.) Jack McCardle«

Lucy faltete den Brief sorgfältig zusammen, tat ihn wieder in den Umschlag und steckte ihn in ihre Handtasche. Dann sah sie Tony auf der Schattenseite der Straße herankommen. Er ist wenigstens gutaussehend, dachte sie, wenigstens das. Sein Gang wirkte, als berechne er jeden Schritt. Er hatte nichts von der Kraftfülle oder unbewußten Grazie eines Sportlers an sich, es war eher der Gang eines Großstadtmenschen, der vor langer Zeit schon den Entschluß gefaßt hat, sich nicht vom Gerenne der Menschen um ihn her anstecken zu lassen. Er trug seine dunklen Gläser, wie aus Affektiertheit, denn es war ein kühler Tag ohne Glast. Sie schienen eine zusätzliche Schranke zu sein, die er bewußt zwischen sich und der Welt errichtete.

Er blieb bei ihrem Tisch stehen, und Lucy sah, daß er sich rasiert und ein frisches Hemd und einen gebügelten, gutsitzenden und teuer aussehenden Anzug angezogen hatte, den er völlig ungezwungen trug. Lucy mußte unwillkürlich an die geschmackvolle Sorgfalt denken, mit der Oliver sich gekleidet hatte. Tonys Gesichtsausdruck war höflich, aber um den einen Mundwinkel lauerte noch immer das leise, rätselhafte Lächeln.

Lucy lächelte ihn an, ohne damit einen Anspruch auf Vertraulichkeit zu verbinden.

»Hast du es ohne weiteres gefunden«, fragte Tony und setzte sich an den Tisch, »das Bistro?«

»Ja, sofort.« Lucy bemerkte, daß seine Stimme tiefer und weicher als Olivers Stimme klang.

Tony nickte, winkte einem Kellner und bestellte zwei Tassen Kaffee, ohne zu fragen, ob sie noch eine mochte. »Dora sagte mir, du habest mich heute nacht in der Bar gesehen. Du hättest zu mir herüberkommen sollen.«

»Ich wollte mich erst sammeln.« Lucy verschwieg, daß sie ihn nicht sicher erkannt hatte.

»Wir hätten bei einer Flasche Champagner Wiedersehen feiern können. Eine solche Begegnung wäre mitten in der Nacht passender gewesen.« Er sprach ruhig und mit einer Aussprache des Amerikanischen, die sich kaum auf eine bestimmte Landesgegend zurückführen ließ; Lucy wußte nicht, ob seine Worte spöttisch gemeint waren oder nicht. »Naja, jetzt muß uns eben Kaffee genügen. Dora hat mir erzählt, weshalb du in Frankreich bist. Das klingt ja sehr eindrucksvoll.«

»So eindrucksvoll ist es gar nicht«, sagte Lucy, auf der Hut vor Spott und bemüht, ihn abzubiegen, falls er vorhanden war.

»Eure Organisation beschützt überall in der Welt die neue Generation. Aber sie braucht auch einigen Schutz, nicht wahr? Was hältst du von Bobby?«

»Ein sehr hübscher kleiner Junge.«

»Ja, nicht wahr?« sagte Tony sachlich, gleichsam als objektive Feststellung. »Aber das wird sich ändern, ehe es zu spät ist.« Er lächelte. »Als du fort warst, wollte er wissen, wo du denn die ganze Zeit gewesen seist.«

»Und was hast du ihm geantwortet?«

»Oh, ich habe ihm gesagt, du habest viel zu tun gehabt«, sagte Tony leichthin. »Damit schien er zufrieden zu sein. Du kennst natürlich die neuen Grundsätze der Kindererziehung. Man soll die Wahrheit sagen, aber nur soviel davon, wie sie im Augenblick wissen wollen. Einen Vierjährigen soll man nicht mit Wahrheit überbürden, steht im Buch.«

Der Kellner brachte den Kaffee, und Lucy sah zu, wie Tony den

Zucker in seiner Tasse umrührte. Er hatte lange Hände mit oberflächlich manikürten Nägeln, und sie erinnerte sich, daß er sie, bis er acht war, oft so kurz abgebissen hatte, daß die Nagelhaut blutete. Jetzt sagten die Psychiater, das sei ein Symptom für innere Unsicherheit, für Angst vor dem Verlassenwerden und Nichtgeliebtsein. Warum in aller Welt hätte er mit acht Jahren sich unsicher fühlen sollen? dachte Lucy. Vielleicht fange ich heute abend selbst an, meine Nägel abzubeißen.

Sie hob die Tasse und kostete den Kaffee. »Ich bin überrascht, wie gut er ist«, sagte sie wie ein wohlerzogener Gast, den ein Bekannter in sein Lieblingsrestaurant eingeladen hat. »Man hört doch so allerlei über den französischen Kaffee.«

»Wenn man in ein fremdes Land kommt, stellt man immer fest, daß alle Berichte darüber unwahr sind.«

Er nahm seine Brille ab und rieb sich mit einer anscheinend gewohnheitsmäßigen Bewegung leicht die Augen. Ohne die Gläser waren seine von langen, dunklen Wimpern umsäumten Augen mild und gedankenvoll, und der strenge, zurückhaltende Ausdruck war aus seinem Gesicht verschwunden.

»Mußt du immer noch diese dunklen Gläser tragen?«

»Meistens.«

»Sind deine Augen nicht besser geworden?«

»Nein.«

»Hast du nicht versucht, etwas dagegen zu tun?«

»Schon lange nicht mehr«, sagte Tony und setzte die Brille wieder auf; für Lucy war es, als hätte er eine undurchdringliche Barriere gegen sie errichtet. »Ich hatte allmählich genug von der Kurpfuscherei.« Während sie seiner langsamen, tiefen Stimme mit ihrem Unterton von Müdigkeit und Skepsis lauschte, mußte sie an die rasche, schrille Sprechweise seiner Kinderzeit denken. *»Wir haben heute ein Reh gesehen«*, hörte sie mit ihrem inneren Ohr seine hohe Jungenstimme. *»Unten am See. Es kam zur Tränke ...«*

»Tony«, sagte sie impulsiv, »was ist los? Was fehlt dir?«

Er machte ein überraschtes Gesicht. Einen Augenblick zögerte er und drehte die Tasse auf der Untertasse hin und her. »Aha«, sagte er dann, »ich merke, daß Dora die Zeit gut ausgenützt hat.«

»Ich habe es nicht nur von Dora. Man sieht dir auf den ersten Blick an…«

»Mir fehlt gar nichts«, sagte Tony rauh. Er schüttelte verstimmt den Kopf. Dann lächelte er wieder und fiel in den formell-höflichen Ton zurück. »Übrigens, was hältst du von ihr? Dora…«

»Sie ist sehr hübsch.«

»Nicht wahr?« sagte Tony liebenswürdig.

»Und sehr unglücklich.«

»Das ist der Gang der Dinge«, erwiderte er gleichmütig.

»Und hat Angst.«

»Wer hat heutzutage keine Angst?« fragte Tony. Es klang flüchtig und ungeduldig, und Lucy hatte das Gefühl, daß er drauf und dran war, aufzustehen und zu flüchten.

»Sie hat Angst, daß du sie verlassen willst«, fuhr sie hartnäckig fort, in der Hoffnung, eine Verbindung zwischen ihnen herstellen zu können, wenn sie ihn beunruhigte, fragte, verletzte.

»Das wäre wahrscheinlich das Beste, was ihr passieren könnte«, sagte Tony lächelnd. »Es wäre auch weiter keine große Angelegenheit. Unsere sämtlichen Bekannten verlassen sich andauernd gegenseitig.«

»Tony«, sagte Lucy, hastig von diesem Thema ablenkend, »warum lebst du eigentlich in Europa?«

Tony sah sie belustigt an. »Du bist typisch amerikanisch«, sagte er. »Die Amerikaner halten es für irgendwie unmoralisch, in Europa zu leben.«

»Das ist es nicht.« Lucy dachte an die schäbige, unpersönliche, unbehagliche Wohnung, deren Ausstattung so offensichtlich auf vorübergehenden Aufenthalt und wurzellose Existenzen eingestellt war. »Nur – du bist hier nicht zu Hause… und deine Frau und dein Kind auch nicht.«

Tony nickte. »Stimmt. Das ist das Großartige daran. Das Verantwortungsgefühl wird wesentlich eingeschränkt.«

»Wie lange warst du nicht mehr zu Hause?«

Tony machte ein Gesicht, als dächte er nach. Er legte den Kopf zurück, schloß die Lider halb, auf seiner dunklen Brille glitzerte die Sonne. »Achtzehn Jahre«, sagte er.

Lucy fühlte, wie sie errötete. »Das meinte ich nicht. Ich meinte, wie lange du nicht mehr in Amerika warst.«

»Fünf, sechs Jahre«, sagte er lässig und schob nachdenklich seine Tasse auf dem Tisch ein kleines Stück von sich weg, wie jemand, der auf einem Schachbrett einen Zug tut.

»Hast du überhaupt vor, nach Amerika zurückzugehen?«

Tony zuckte die Achseln. »Vielleicht. Wer weiß?«

»Ist es eine Geldfrage?«

Tony grinste. »Aha, du hast also gemerkt, daß wir nicht die reichsten jungen Amerikaner in Europa sind.«

»Was ist aus dem vielen Geld geworden, das du nach der Erbschaftsregelung und dem Verkauf des Geschäfts bekommen hast?«

Tony zuckte wieder die Achseln. »Das Übliche. Falsche Freunde, wildes Leben und schlechte Investierungen. Leicht gewonnen, leicht zerronnen. Ich habe mir keine sonderliche Mühe gegeben, es zu behalten. Es bereitete mir Unbehagen.« Er sah sie scharf an. »Und du? Macht es dir kein Unbehagen?« Sein Ton war nicht tadelnd, nur fragend.

Lucy beschloß, die Frage zu übergehen. »Wenn du je Geld brauchen solltest...« fing sie an.

Tony winkte ab. »Sei vorsichtig«, unterbrach er sie. »Das könnte teuer werden.«

»Ich meine es im Ernst.«

»Ich werde daran denken«, sagte er ernsthaft.

»Dora sagte, deine Arbeit mache dir nicht viel Freude.«

»Hat sie das wirklich gesagt?« fragte Tony überrascht.

»Das gerade nicht«, räumte Lucy ein. »Aber sie sagte, du arbeitest nicht unter deinem wirklichen Namen und...«

»Ich bin nicht begabt genug, um wirklich etwas zu leisten«, sagte er nachdenklich, als spräche er mehr mit sich selbst als mit ihr. »Und wenn es so steht, ist es nur eine Schinderei. Eine ziemlich nutzlose, deprimierende Schinderei.«

»Weshalb wechselst du deinen Beruf nicht?«

»Du redest genauso wie meine Frau«, lächelte Tony. »Offenbar hegen alle Frauen diese optimistische Auffassung – wenn man keine Freude an seinem Beruf hat, braucht man nichts weiter zu tun, als seinen Laden zuzumachen und am folgenden Tag einen neuen Beruf zu ergreifen.«

»Und dein Medizinstudium? Ich habe gehört, daß du sehr gute Fortschritte gemacht hast, bis du es plötzlich aufgabst...«

»Ich habe zwei Jahre an Leichen herumgestümpert. Meine Professoren hielten viel von mir, weil ich mit den Toten so gut umgehen konnte...«

»Ich weiß. Ich kenne jemanden von der Columbia-Universität, der es mir gesagt hat. Weshalb hast du aufgehört?«

»Nun ja, als die Erbschaftssache geregelt war, kam es mir töricht vor, mich vierzehn Stunden am Tag abzurackern, mit so viel Geld auf der Bank, und plötzlich bekam ich große Lust zu reisen. Im übrigen«, sagte er, »merkte ich, daß ich in Wirklichkeit gar kein Interesse daran hatte, Kranke zu heilen.«

»Tony...« Ihre Stimme klang gepreßt.

»Ja?«

»Bist du wirklich so, Tony? Oder tust du nur so?«

Tony lehnte sich zurück und folgte mit dem Blick zwei Mädchen in schwarzen Kleidern, die schräg die Straße kreuzten. »Ich weiß nicht. Ich warte immer auf jemand, der es mir sagt.«

»Tony, möchtest du lieber, daß ich gehe und dich in Ruhe lasse?«

Er antwortete nicht sofort. Er nahm langsam seine Brille ab und legte sie mit großer Sorgfalt auf den Tisch. Dann sah er sie nüchtern an, sein Gesicht, in dem kein Zug der Abwehr lag, war ihrem Blick ausgesetzt, und in den tiefen, vertrauten Augen lag ein trauriger, sinnender Ausdruck. »Nein«, sagte er endlich, reichte über den Tisch und berührte leicht ihre Hand. »Das könnte ich nicht ertragen.«

»Willst du mir einen Gefallen tun?«

»Ja?« In seiner Stimme lag wieder Vorsicht.

»Willst du mich heute in die Normandie begleiten? Ich möchte die Stadt aufsuchen, bei der dein Vater gefallen ist, und auch sein Grab auf dem Friedhof. Ich habe einen Brief von einem Soldaten, der dabei war, als er fiel, und ich weiß auch den Namen der Stadt... Sie heißt Ozières.«

»Ozières«, wiederholte Tony. Er setzte seine Brille auf und stellte damit die Barriere wieder her, als bedauerte er bereits seine augenblickliche Weichheit. »Durch die Stadt bin ich schon gefahren. Gedenktafeln habe ich aber keine gesehen.« Er lächelte säuerlich. »In einem solchen Nest umzukommen!«

»Wußtest du das nicht?«

Tony schüttelte den Kopf. »Nein. In deinem Telegramm stand nur, daß er gefallen sei. Weiter nichts.«

»Weißt du, wie es passiert ist?«

»Nein.«

»Er hatte erfahren, daß ein paar Deutsche in der Stadt waren, die sich ergeben wollten, und ging mit einer weißen Flagge hin, und fünf Minuten später war er tot.«

»Für derartige Unternehmen war er ein bißchen zu alt.«

»Er wollte sterben.«

»Lies die Zeitungen. Die Welt ist voll von Leuten, die sterben wollen.«

»Hast du ihm das nicht angemerkt, als du während des Krieges mit ihm zusammen warst?«

»Ich habe ihn selten gesehen«, sagte Tony. Er sah an Lucy vorbei und wollte offensichtlich nicht über dieses Thema sprechen. »Und wenn ich ihn sah, war das einzige, was ich ihm anmerkte, seine Verlegenheit darüber, daß ich nicht auch Soldat war.«

»Tony! Das ist nicht wahr.«

»Nicht?« Er zuckte die Achseln. »Vielleicht nicht. Vielleicht war er nur verlegen, weil ich überhaupt lebte.«

»Sprich nicht so!«

»Warum nicht?« fragte Tony rauh. »Ich habe mir schon vor langer Zeit vorgenommen, kein Hehl daraus zu machen, wie mein Vater und ich zueinander standen.«

»Er hat dich geliebt.«

»Unter einer weißen Flagge«, sagte Tony, als hätte er nichts gehört. »Ich glaube, für Väter gibt es schlimmere Arten, zu sterben. Sag mal...«

»Ja?«

»Hast du mich wirklich heute nacht nur zufällig in der Bar gesehen, oder bist du in der Absicht nach Paris gekommen, mich zu suchen?« Er sah sie spöttisch an, bereit, ihr nicht zu glauben.

»Ich wußte nicht einmal, daß du in Europa bist. Und als du gegangen warst und ich den Mann nach deiner Adresse fragte, hoffte ich eigentlich, daß er sie nicht kannte und daß ich sie auch auf andere Weise nicht erfahren würde.«

Tony nickte. »Ja, das kann ich verstehen.«

»Ich wußte, daß wir uns eines Tages irgendwo begegnen mußten.«

»Natürlich«, sagte Tony. »Wenn man einen Sohn hat, muß man ihm bei Gelegenheit einmal begegnen...«

»Ich hätte es allerdings anders eingerichtet«, sagte Lucy und dachte an ihre Phantasien – das Totenbett, den Kuß, »wenn ich die Möglichkeit dazu gehabt hätte.«

»Jetzt muß uns das hier eben genügen. Du willst also das Grab besuchen... nun ja, der Gedanke ist naheliegend. Ich sage nicht, daß wir es tun sollten, aber es ist sehr naheliegend. Sag mal«, fragte er im Konversationston, »hast du eigentlich bemerkt, wie gewöhnlich er gegen das Ende zu geworden war?«

»Nein.«

»Nichts Schlechtes über die Toten.« Tony lächelte herb. »Selbstverständlich. Laut und geistlos, voll von Witzen aus dem Offizierskasino und patriotischen Leitartikeln und Betrachtungen über Ballettmädchen. Er fragte mich immer, ob ich genug Geld fürs Vergnügen hätte. Und er blinzelte dazu. Ich habe ihm immer geantwortet, ich könnte hundert Dollar gut gebrauchen.«

»Er war sehr großzügig.«

»Vielleicht war das sein großer Fehler.« Tony blickte zum Himmel empor. Er war wolkenlos blau, nach Süden zu weißlich ausgebrannt. »Ein schöner Tag für eine Fahrt aufs Land. Ich habe zwar eine Verabredung zum Lunch, aber ich könnte tote Väter und zurückgekehrte Mütter als Entschuldigung angeben. Ich werde sagen, ich müsse unter einer weißen Flagge eine Fahrt zu einem Schlachtfeld unternehmen.«

»Hör auf«, sagte Lucy gepreßt und stand auf. »Du brauchst mich nicht zu begleiten, wenn du so darüber denkst.«

»Sag mir«, sagte Tony, ohne sich zu rühren, noch zum Himmel aufblickend, »warum willst du hinfahren?«

Lucy stützte sich auf die Tischplatte, um sich Halt zu geben. Sie fühlte sich erschöpft. Sie blickte in das angespannte Gesicht ihres Sohnes. Die dunkle Brille legte einen scharfen, rauchfarbenen Schatten auf die straffe Haut seiner Backenknochen.

»Weil er an uns zugrunde gegangen ist«, sagte sie dumpf. »An mir und an dir. Weil wir ihn nicht vergessen dürfen.«

Plötzlich bemerkte sie, daß Tony weinte. Sie sah ungläubig zu, ihre Handschuhe umklammernd, wie die Tränen unter seinen Augengläsern hervorkamen. Mit einer raschen Bewegung beugte er sich vor und verdeckte sein Gesicht.

Er weint, dachte sie. Noch ist Hoffnung. Er weint.

18

Sie fuhren schweigend in Tonys kleinem schwarzen Zweisitzer durch den leuchtenden Mittagssonnenschein. Das Verdeck war heruntergelassen, und der Fahrwind, der böig über sie hinwegstrich, hätte eine Unterhaltung schwierig gemacht, auch wenn sie ein Bedürfnis danach gehabt hätten. Tony fuhr achtlos und zu schnell, die Hühner flüchteten gackernd von der Straße, wenn sie an den alten steinernen Bauernhäusern vorüberfuhren, und in den Ortschaften starrten ihnen die Leute mit vorwurfsvollen Blicken nach, weil sie Amerikaner waren und so schnell fuhren. Auf den grünen Weiden graste schwarz-weißes Vieh, und die Straße war auf lange Strecken von hohen graziösen Pappeln eingefaßt, die das Geräusch des vorbeisausenden Wagens als weichen, huschenden, in rascher Folge ständig wiederkehrenden Laut zurückwarfen, wie gedämpfter Trommelschlag in nervösem, besessenem Rhythmus aus einem abgelegenen Zimmer klingt.

Die Eile ist ganz unnötig, hätte Lucy am liebsten gesagt; sie hatte sich einen Schal über das Haar gebunden, der Wind verursachte ihr Unbehagen, und sie fand sich zu alt für ein solches Fahrzeug und eine so hohe Geschwindigkeit. Kein Grund zur Eile. Er liegt dort seit elf Jahren, nun kann er auch noch eine Stunde länger warten.

Zuweilen kamen sie an Familien vorbei, die am Straßenrand an kleinen, zusammenklappbaren Tischchen mit Tischdecken, einer Flasche Wein und winzigen Blumenvasen neben den langen Brotlaiben einen Imbiß einnahmen. Ab und zu führte die Straße durch von Granattreffern gezeichnete Dörfer, deren von Wind und Wetter geglättete Häuserruinen aussahen, als seien sie seit Jahrhunderten nicht anders gewesen. Lucy versuchte sich vorzustellen, wie die Häuser wohl ausgesehen hatten, ehe sie von den Granaten getroffen wurden, und wie es im Moment des Einschlags gewesen sein mußte, als Steine flogen und Rauch aufstieg und die Bewohner unter stürzenden Mauern nach einander riefen. Aber es gelang ihr nicht. Die Ruinen sahen fortdauernd, friedlich, ungefährlich aus – und die Leute am Straßenrand mit ihren Tischdecken und Weinflaschen und Nelken sahen aus, als hätten sie sich nie einen Sommerurlaub versagen müssen. Wo war ich, dachte sie, als dieser Stadtturm auf den Marktplatz stürzte? Ich bereitete in einer Küche, dreitausend Meilen weit weg, den Lunch zu. Ich ging gerade über den Linoleumfußboden zum elektrischen Brotröster und öffnete den Kühlschrank, um zwei Tomaten und ein Glas Mayonnaise herauszunehmen.

Sie sah zu ihrem Sohn hinüber. Sein Gesicht war ausdruckslos, seine Augen blickten auf die Straße. Er beachtete weder die Esser am Straßenrand noch die Überreste des Krieges. Wenn man in Europa lebt, dachte Lucy, gewöhnt man sich anscheinend an den Anblick von Ruinen.

Sie war sehr müde. In ihrer Stirn pochte ein dumpfer Schmerz vom dauernden Anprall des Fahrtwindes, und die Augen fielen ihr immer wieder zu. Sie hatte Magendrücken, ihre Gürtelschnalle bohrte sich ihr in den Leib, und es war gar nicht einfach, sich in dem schmalen Sitz so zu setzen, daß der Druck aufhörte. Von Zeit zu Zeit verspürte sie vor Müdigkeit einen Brechreiz im Hals, und Tony am Steuer schien vor ihrem Blick ein wenig zu verschwimmen.

Irgend etwas sollte ich doch sagen können, dachte sie verwirrt, um ihn aus einem Fremden wieder in meinen Sohn zu verwandeln, aber ich bin zu müde, um darüber nachzudenken.

Sie schloß die Augen, und während der Wagen in schneller Fahrt an frischen Weiden und wettergebleichten Ruinen vorbeisauste, schlief sie ein.

Sieh an, dachte Tony, sieh an. Da ist sie also. Wenn man eine Mutter hat, wäre es auch zu unbescheiden, zu hoffen, daß sie nicht eines Tages wieder auftaucht.

Da schläft sie behaglich, dachte er nach einem Seitenblick, und verdaut die Gefühlswallungen des Tages, angenehm gesättigt von Tod und Wiedervereinigung, Tränen und Schuld. Immer noch hübsch, selbst mit dem Schal um den Kopf und bei hellem Mittagslicht, immer noch – mit dreiundfünfzig oder vierundfünfzig? – dieser dezente und doch verheißungsvolle Sex-Appeal, den er als Junge nicht bemerkt hatte, aber rückblickend und nach zahlreichen eigenen Erfahrungen mit Frauen nur zu deutlich erkannte. Immer noch kräftig, mit festen Schultern und wohlgeformtem Busen und klarer Haut und diesen verdammten langgeschnittenen, grauen, östlichen Augen. Wie lange sie wohl in Frankreich bleiben wollte? Eine Woche, zwei Wochen? Jedenfalls lange genug, um ihm Schaden zuzufügen und sich an den Franzosen zu versuchen, für die eine Frau in den Fünfzigern, namentlich wenn sie so aussah, interessantes Wild bedeutete. Lange genug, um Wunden aufzureißen, Kummer zu verlangen, verwandtschaftliche Gefühle zu fordern, Gräber zu besuchen, Tränen zu bewirken, Sicherheit zu untergraben, in einer neuen Sprache zu flirten, fremde Betten zu erproben…

Wir saßen am Grabe meines Vaters und erfüllten die Luft über den Kreuzen mit dem Klang pikanter Geschichtchen. Wir hielten mit unserem Sportwagen an der Stelle, wo ihn die Kugel getroffen hatte, und erinnerten uns, daß er ein Narr war. Auf der Straße zu den Sommerurlaubsorten hinterließen wir die Abdrücke unserer Reifen in dem vertrockneten Blut und wiederholten blinzelnd die Pointe des Witzes. Die Touristensaison ist auf ihrem Höhepunkt, und Mama und Mamas Junge suchen überall auf dem Kontinent die Denkmäler auf. Zur Linken sehen wir den Mont Saint-Michel. Zur Rechten sehen Sie Untergang und Tod. Dort drüben, in der Nähe der interessanten normannischen Kirche aus dem vierzehnten Jahrhundert, die leider während eines Luftangriffs einen Treffer bekam, bemerken Sie den Graben, in den Papa rollte, als ihn das Geschoß aus dem Maschinengewehr traf. Er setzte großes Vertrauen auf die Genfer Konvention, unser Papa, der Konventionen besser gekannt haben sollte.

Dort sehen Sie Mamas Jungen am Steuer. Der Wagen läuft munter, obwohl er billig ist, und bildet ein beliebtes Motiv für Leute, die gern Vergnügungsreisende knipsen. Zur Not eignet er sich auch für Leichenbegängnisse, wenn sie vor genügend langer Zeit stattfanden. Der Ausdruck von Mamas Jungen ist ebenfalls munter, wenn er auch, im Gegensatz zu dem Automobil, nicht billig gewesen war.

Lucy öffnete die Augen. »Sind wir bald da?« fragte sie.

»Noch zwei Stunden. Schlaf weiter.«

Lucy, nur halbwach, versuchte ein Lächeln und schloß dann wieder die Augen. Tony sah sie einen Augenblick an und wandte sich wieder der Straße zu. Sie war eng, in der Mitte gewölbt, an zahlreichen Stellen notdürftig und häufig ausgebessert, und der Wagen sprang, wenn er über die aufgefüllten Schlaglöcher fuhr. In der Luft lag der Geruch des Teers, der an den Straßenrändern klebrig in der Sonne schmolz.

Wie einfach wäre es, dachte Tony und blickte mit zusammengekniffenen Augen in die Hitzewellen, die in mittlerer Entfernung vor dem Wagen aufstiegen, nur noch eine Kleinigkeit schneller zu fahren und den Wagen mit einer raschen Bewegung des Rades gegen einen Baum zu knallen. Wie einfach. Und wie endgültig.

Er grinste bei dem Gedanken an seine Mutter, die vertrauensvoll neben ihm schlief. Das wäre eine Lektion für sie, dachte er, nicht mit fremden Männern Autofahrten zu unternehmen. Er starrte wieder in die Hitzewellen, die sich flirrend über jeder kleinsten Erhebung der Straße bildeten und wie Dunst verschwanden, wenn der Wagen sich näherte.

Das Grab wartet, dachte er. Die Stelle des Todes ist noch zwei Fahrstunden mit einem kleinen offenen Wagen entfernt. Das ist der Ort, wo mein Vater starb... Aber stimmt das auch? Oder ist er, lange ehe er an den Kreuzweg gelangte, in einem anderen Erdteil gestorben, nur daß die Tat lautlos ausgeführt wurde und alle Beteiligten, das Opfer nicht ausgenommen, sie erst lange Zeit danach zugaben? Es ist nicht so einfach, dachte Tony, in Raum und Zeit den Punkt zu bezeichnen, an dem ein Vater stirbt.

Die Augen voraus auf die Straße gerichtet, dachte Tony an sein letztes Zusammensein mit seinem Vater.

Es war in New York, er war zwanzig Jahre alt, und der Abend begann in einer Bar in der Nähe der Madison Avenue; sein Vater in Uniform, an der er das Ordensband aus dem Ersten Weltkrieg trug, stand, frisch und soldatisch aussehend, mit einem Glas in der Hand am Bartisch.

Es war etwa sieben Uhr abends, und in dem vollen Lokal sah man viele Uniformen und gutgekleidete Frauen mit Pelzmänteln, die aussahen, als freuten sie sich, daß Krieg war. Draußen war es kalt und regnerisch, und die Leute, die hereinkamen, hatten es ein wenig eilig, rieben sich die Hände und gaben zu erkennen, wie froh sie waren, im Warmen zu sein, weil Krieg war und ein Drink auf sie wartete. In einer Ecke spielte ein Pianist Songs aus *Oklahoma. Pore Jud is daid* spielte er und sang leise den Text dazu.

Oliver hatte Tony etwa eine Stunde zuvor angerufen und jovial und ein bißchen geheimnisvoll gesagt: »Tony, am besten läßt du alles stehen und liegen und kommst her und ißt mit deinem alten Herrn zu Abend. Es könnte die letzte Gelegenheit für dich sein.«

Tony hatte keine Ahnung gehabt, daß sein Vater in New York war. Als er das letzte Mal von ihm hörte, war er irgendwo unten im Süden gewesen. Die Luftwaffe hatte Oliver nur Schreibtischarbeit in Washington angeboten, daher hatte er sich zur Spionageabwehr versetzen lassen und war zwei Jahre lang von einem Schulungslager ins andere geschickt worden, zwischendurch manchmal ohne vorherige Ankündigung für ein paar Urlaubstage in New York erschienen und nach einem Dinner oder zweien wieder verschwunden. Tony war überzeugt, daß sein Vater den Krieg im Lande verleben und den Waffenstillstand nutzlos und töricht in irgendeinem Offizierskasino in Carolina oder in einem Militärzug, der langsam dem Mittelwesten zurollte, feiern werde.

Bei Tonys Ankunft gaben sie sich die Hand. Oliver legte übermäßige Kraft in seinen Händedruck, als hätte er zur Zeit unwillkürlich das Bedürfnis, in jeder Situation zu beweisen, daß die Uniform ihn jugendlicher und leistungsfähiger machte, als er aussah. Im Dienst war er etwas schlanker geworden, und das Koppel saß ihm flach über dem Leib. Sein dunkles Haar war grau durchzogen und kurz geschnitten. Aus der Entfernung sah er mit seinem wettergegerbten Gesicht und dem kräftigen Haarwuchs und der gutsitzenden Uniform beinahe aus wie ein höherer Offizier auf den Zeichnungen im Werbeteil der Illustrierten. Indessen war er kein höherer Offizier. Er trug die Rangabzeichen eines Majors (seit seiner Einstellung war er erst einmal befördert worden), und wenn man neben ihm stand, erkannte man die dunklen Säcke unter den ungesund gelblichen Augen, deren nervös suchender Ausdruck typisch war für einen Mann, der entweder aus Eitelkeit keine Brille tragen oder seine Vorgesetzten nicht merken lassen wollte, daß seine Augen nicht so scharf waren, wie sie sein müßten. Auch sein Gesicht, das aus der Entfernung eine gesunde Farbe zu haben schien, war bei näherem Hinsehen eher hager als muskulös und zeigte unter der Haut eine lehmige, von Ermüdung herrührende Tönung.

Er lächelte strahlend, als er Tony die Hand schüttelte. »Na also«, sagte er, »wie schön, daß du da bist. Was willst du trinken?«

Tony trank nicht gern und hätte am liebsten abgelehnt. Aber er dachte, wenn ich schon kein Soldat bin, muß ich ihm wenigstens den Gefallen tun, mit ihm zu trinken. Er blickte auf das Glas seines Vaters. »Was trinkst du?«

»Bourbon. Guten alten Kentucky Bourbon. Auf Vorrat.«

»Bourbon«, sagte Tony zum Barmixer.

»Den besten, den Sie haben«, sagte Oliver. Er winkte dem Barmixer jovial und unbestimmt zu, und Tony fragte sich, wieviel er wohl schon getrunken haben mochte.

»Bitte, wie Sie wünschen«, sagte der Barmixer.

»Gut siehst du aus, mein Sohn«, sagte Oliver. »Ausgezeichnet.«

»Es geht mir auch gut«, antwortete Tony nach einem leichten Zusammenzucken bei dem Ausdruck »mein Sohn«. Bis zu seinem Eintritt ins Heer hatte Oliver ihn immer beim Namen genannt. Welcher obskure militärische Beweggrund diese Änderung wohl verursacht hat? dachte Tony.

»Bißchen dünn«, sagte Oliver sachverständig, »bißchen blaß. Als kämest du überhaupt nie an die frische Luft.«

»Wirklich, mir geht es gut«, sagte Tony abwehrend.

»Du würdest dich wundern, wenn du wüßtest, wie viele junge Leute täglich für untauglich erklärt werden. Junge Kerls. Wenn man sie so sieht, würde man denken, sie sind kerngesund. Sind aber mit allen möglichen Krankheiten behaftet. Großstadtleben. Verweichlichung. Weißbrot. Keine körperliche Arbeit.«

»Ich könnte gebaut sein wie Joe Louis«, sagte Tony ruhig, um dieses Thema zu beenden, »sie würden mich doch nicht nehmen.«

»Natürlich, natürlich«, sagte Oliver hastig. »Dich habe ich auch gar nicht gemeint. Ich sprach nur so im allgemeinen. Ich habe dabei nicht an Einzelfälle gedacht. Folgen von Unfällen und so weiter.« Er war ganz verlegen, und Tony war froh, daß der Barmixer ihm in diesem Augenblick sein Glas hinstellte und sie das Thema fallenlassen konnten. Tony hob sein Glas.

»Auf den Sieg«, sagte Oliver feierlich.

Tony hätte es vorgezogen, wenn sein Vater einen anderen Trinkspruch gewählt hätte, aber er stieß mit ihm an und kam sich dabei in seinem Zivilanzug in der diskret erleuchteten Bar mit den hübschen Frauen in Pelzen und dem Mann am Klavier etwas melodramatisch vor.

»Ich habe von einem Restaurant gehört, wo es wunderbare Steaks geben soll«, berichtete Oliver. »Third Avenue. Ein bißchen Schwarzhandel natürlich.« Er grinste. »Aber wenn schon! Für die Truppe ist das Beste gerade gut genug. Wo ich hingehe, wird es verdammt wenig Steaks geben.«

»Gehst du nach Übersee?«

Oliver blickte verschmitzt nach links und nach rechts. »Ich sage nicht ja, und ich sage nicht nein.« Er schlug Tony auf die Schulter und lachte. »Na, ich will dir einen Tip geben. Sieh dir deinen alten Herrn noch einmal gut an. Du siehst ihn lange, lange nicht wieder.«

So war er früher nicht, dachte Tony müde. Wie jung ich auch war, *so* kann ich mich nicht getäuscht haben.

»Vielleicht ist der Krieg bald zu Ende.«

»Mach dir nichts vor, mein Sohn.« Oliver dämpfte seine Stimme zu einem Flüstern und beugte sich näher zu Tony. Seinem Atem war der nachmittägliche Whisky anzumerken. »Das wird eine sehr, sehr langwierige Angelegenheit. Wenn du gesehen hättest, was ich gesehen habe... wenn du von manchen Dingen wüßtest...« Er schüttelte wichtigtuerisch den Kopf in morbider Befriedigung, weil er geheime Informationen über die Dauer und die noch bevorstehenden Leiden des Krieges besaß. »Mixer«, sagte er, »noch zwei.«

»Nur einen, bitte«, sagte Tony zum Barmixer. »Ich habe an diesem hier noch eine Weile genug.«

»Als ich am College war«, sagte Oliver, »verweigerten wir einen Drink nur, wenn wir unter dem Bartisch lagen.«

»Ich habe morgen einen arbeitsreichen Tag.«

»Schon gut, schon gut.« Oliver wischte sich nervös mit der Hand über den Mund; sein whiskyduftender Atem war ihm plötzlich bewußt geworden. »War ja nur Spaß. Ich freue mich, daß du so solide bist. Wirklich. Das gibt mir Hoffnung, daß ich mit dir trotz allen Fehlern gar keine so üble Leistung vollbracht habe. Viel zu viele junge Leute wollen heutzutage...« Er unterbrach sich, weil Tony den Kopf gesenkt hatte und mit seinem Glas spielte. »Ich meine, es gibt heute so verdammt viele junge Leute, die... naja, sie denken nur ans Trinken und Sichaustoben und Amüsieren und scheren sich den Teufel um ihre Zukunft.«

Jedesmal, wenn wir zusammen sind, dachte Tony, gebraucht er dieses Wort. Wenn er es jetzt noch einmal tut, gehe ich. Einerlei, wohin er kommt.

»Im Prinzip bin ich nicht etwa dagegen, damit du mich richtig verstehst«, sagte Oliver und machte dazu die joviale, ausladende leere Armbewegung. »Absolut nicht. Kann einem jungen Mann nur guttun. Zu seiner Zeit. Übrigens: sich austoben.« Er lachte und trank sein Glas aus, weil der Mixer eben mit dem nächsten kam. »In meiner Jugend habe ich das gründlichst besorgt. Na, du kannst dir ja denken. Junger Leutnant in Frankreich, nach dem Waffenstillstand.« Er schüttelte den Kopf und lachte. Dann wurde er plötzlich ernst, als schien im Hintergrund seiner Gedanken, jenseits der Whiskydünste, jenseits des Augenblicks und der jüngsten Kasernenerinnerungen, ein fernes Licht. »Aber das kann ich zu meinen Gunsten vorbringen: Die meisten Männer – in der Jugend toben sie sich aus, und, bei Gott, später können sie es nicht mehr lassen und bändeln noch auf dem Totenbett mit der Krankenschwester an. Aber ich nicht. Ich habe es ganz schön getrieben. Das will ich nicht leugnen, und ich sage auch nicht, daß ich mich deswegen schäme. Aber – ich habe aufgehört.« Er schnalzte mit den Fingern. »So – mit einem Schlag. Ein für allemal.«

Er blickte in sein Glas, das er mit beiden Händen hielt. Seine Augen waren ernst und nachdenklich, jede Derbheit war daraus verschwunden, sein Gesicht sah plötzlich abgespannt und ganz unmilitärisch aus.

Der Pianist war inzwischen zu anderen Songs übergegangen. *Many a new face will please my eye*, sang er leise, *many a new…*

»Deine Mutter«, sagte er und spielte zwischen seinen aufgerauhten Händen mit dem Glas. »Hast du etwas von ihr gehört?«

»Nein.«

»Sie hat jetzt eine wichtige Arbeit übernommen, weißt du.«

»So?« sagte Tony höflich und wünschte, daß Oliver aufhörte von ihr zu sprechen.

»Im Laboratorium des Lazaretts in Fort Dix. Blutproben, Forschungsarbeiten über Tropenkrankheiten und so weiter. Als wir in den Krieg eintraten, dachte sie, es wäre ein Jammer, wenn sie ihre Ausbildung nicht ausnützte, und ich konnte ihr nur beistimmen. Sie hatte inzwischen viel vergessen und mußte sich wer weiß wie abschinden, bis sie wieder auf dem laufenden war, aber sie ließ sich keine Mühe verdrießen. Jetzt hat sie sechs Assistenten unter sich. Du wärest stolz auf sie.«

»Bestimmt«, sagte Tony.

»Du, wir könnten sie anrufen. In zwei bis drei Stunden könnte sie hier sein...«

»Nein«, sagte Tony.

»An einem solchen Abend«, sagte Oliver, ohne seinen Sohn anzusehen. »Ich weiß, daß sie sich freuen würde...«

»Wir wollten doch Steaks essen gehen«, sagte Tony.

Oliver sah ihn an und nippte an seinem Glas. »Ich habe noch nicht ausgetrunken. Das eilt nicht so.« Dann sah er Tony wieder an. »Ein zäher Bursche bist du, was?« sagte er ruhig. »Du siehst aus wie ein Junge, der sich höchstens einmal in der Woche rasieren muß, aber vielleicht stellt sich heraus, daß du der zäheste in unserer Familie bist.« Er lachte vor sich hin. »Naja, so einen braucht jede Familie. Übrigens, habe ich dir schon erzählt, daß ich Jeff getroffen habe, als ich das letztemal in New York war?«

»Nein«, sagte Tony.

»Leutnant bei der Marine. Kam gerade zurück von Guadalcanal oder Philippeville, ich weiß es nicht mehr genau, und war sehr seemännisch. Ich sah ihn zufällig in einer Bar, und nach einer Weile dachte ich, ach was, warum nicht, und wir setzten uns zusammen und leerten ein paar Gläser. Er hat nach deinen Augen gefragt.«

»Wirklich?« O Gott, dachte Tony, dieser Abend ist der schlimmste. Der allerschlimmste.

»Ja. Er hat sich sehr gut herausgemacht, fand ich. Bißchen ruhiger geworden. Wir beschlossen, zu vergessen, was gewesen war. Gaben uns die Hand darauf. Schließlich ist das alles ja lange her, und jetzt sind wir alle im gleichen Krieg.«

»Außer mir«, sagte Tony. »Komm, Vater, ich finde, wir sollten jetzt essen gehen.«

»Ja, ja.« Oliver zog seine Brieftasche heraus und legte eine Fünfdollarnote auf den Bartisch. »Vorbei«, sagte er vage. Er strich die Note sorgfältig glatt. »Alles lange vorbei.« Er lachte. »Wer denkt noch daran? Inzwischen sind zehn Länder zusammengebrochen. Warte, warte!« Er legte hindernd die Hand auf Tonys Arm. »Ich muß schließlich auf das Wechselgeld warten, nicht?«

Aber als sie eben gehen wollten, kamen zwei Leutnants mit ihren Mädchen herein, und es ergab sich, daß sie von einer Dienststelle in Virginia waren, der Oliver auch eine Zeitlang angehört hatte, und sie waren, laut Oliver, zwei famose Jungen, die prächtigsten Kerle, denen man begegnen konnte, und sie mußten einen Drink haben, und dann noch einen, weil sie die prächtigsten Kerle waren, denen man begegnen konnte, und weil sie alle geheimnisvoll zu geheimen Bestimmungsorten abkommandiert waren, und dann fiel ihnen Swanny ein, der zur Panzerwaffe versetzt worden war und der, wie einer sagte, auf Sizilien vermißt war, und sie mußten noch einen Drink haben, um auf Swanny anzustoßen, weil einer sagte, er sei auf Sizilien vermißt, und mittlerweile hatte eines der Mädchen angefangen, Tony sehr ungeniert und provozierend anzusehen und ihn beim Sprechen zu berühren, und sie sagte: »Sieh mal an, so ein hübscher Zivilist«, und Oliver mischte sich, wie gewöhnlich, schleunigst ein, um über Tonys Augen und den Herzfehler zu berichten, und Tony, der sich im begeisterten Aufwallen der soldatischen Kameradschaft einem weiteren Drink nicht hatte entziehen können und die Wirkung spürte, sagte: »Ich lasse mir ein Schild malen und hänge es mir um den Hals. ›Verachten Sie mich armen Kriegsuntauglichen nicht. Ich habe mit patriotischem Opferwillen meinen Vater für alle Invasionen zur Verfügung gestellt‹.« Alles lachte, auch Oliver, wenn auch nicht sehr herzlich, und einen Augenblick später sagte Oliver: »Tja, ich habe meinem Jungen ein Steak versprochen«, und legte abermals eine Fünfdollarnote auf den Bartisch, und dann gingen sie.

Das Restaurant, in dem es Steaks geben sollte, war überfüllt, und sie mußten an der Bar warten, und Oliver ließ sich wieder einen Drink geben, und seine Augen fingen an, etwas glasig auszusehen, aber er sagte nichts, nur einmal brummte er mit einem Blick auf die Tafelnden: »Gottverdammte Schwarzhändlerbande.«

Noch ehe sie einen Platz fanden, kam ein Mädchen, mit dem Tony ein paarmal ausgegangen war, mit einem Sergeanten der Luftwaffe herein, der eine Brille trug. Sie hieß Elizabeth Bartlett und war sehr hübsch und konnte höchstens achtzehn sein; ihre Eltern lebten in St. Louis, sie hatte in New York irgendeine Arbeit, die weder anstrengend noch zeitraubend war, und machte für sich das Beste aus dem Krieg. Jedesmal, wenn Tony mit ihr ausgegangen war, hatte er sich erschöpft von ihr verabschiedet, als die Sonne über den Dächern erschien; nach Elizabeths Meinung gehörte es zum Leben in Kriegszeiten, vier- bis fünfmal in der Woche die ganze Nacht aufzubleiben. Der Sergeant war nicht mehr jung und trug die kummervolle Miene eines Mannes zur Schau, der als Zivilist sein gutes Auskommen gehabt hatte und den Wechsel jedesmal aufs tiefste bedauerte, wenn er durch einen zufälligen Blick auf seine Ärmelstreifen daran erinnert wurde.

Tony mußte wohl oder übel Elizabeth und Oliver bekannt machen, und sie sagte kehlig, als sie ihm die Hand gab: »*Major* Crown.« Dann stellte sie den Sergeanten vor, der »Hallo!« sagte, um deutlichzumachen, daß er nicht im Dienst war. Oliver bestand darauf, sie zu einer Runde einzuladen, und sagte in väterlichem Ton zu Elizabeth: »Sie sind ja ein bildhübsches Mädel«, und zum Sergeanten: »Ich bestreite keinen Augenblick, Sergeant, daß der Unteroffizier das Rückgrat der Armee ist.«

Der Sergeant reagierte darauf ohne Wärme. »Ich finde, Herr Major, daß die Idiotie das Rückgrat der Armee ist.«

Oliver lachte demokratisch, und Elizabeth sagte: »Er ist Industrietechniker von Beruf, und jetzt ist er wütend, weil sie ihn zur Luftwaffe gesteckt haben.«

»Ich kann Flugzeuge nicht ausstehen«, sagte der Sergeant. Er blickte freudlos im Raum umher. »Hier kriegen wir nie einen Tisch. Wir sollten irgendwo anders hingehen.«

»Ich denke schon den ganzen Tag an Steaks«, sagte Elizabeth.

»Okay.« Der Sergeant nickte düster. »Wenn du schon den ganzen Tag an Steak denkst...«

Dann kam der Oberkellner und teilte Oliver mit, daß ein Ecktisch für ihn frei sei, und Oliver lud den Sergeanten und Elizabeth ein, sich zu ihm und Tony zu setzen, worauf der Sergeant ein noch unglücklicheres Gesicht machte als zuvor. Aber es stellte sich heraus, daß der Tisch zu klein war und daß unmöglich vier Personen daran sitzen konnten. Oliver und Tony nahmen ihre Gläser und ließen das Paar an der Bar zurück. Im Weggehen hörte Tony Elizabeth sagen: »Mein Gott, Sidney, bist du ein Ekel!«

Tony hätte es gern gesehen, wenn die beiden sich zu ihnen gesetzt hätten. Er war zwar weder an Elizabeth noch an ihrem Sergeanten sonderlich interessiert, obwohl Elizabeth durchaus ihre Reize hatte, aber er wollte nicht den ganzen Abend mit seinem Vater allein sein. Seit vielen Jahren nahm er nun schon mit Oliver solche unvorhergesehenen, unerfreulichen Abendessen ein; in Hotelspeisesälen in den Landstädten, wo Tony zur Schule gegangen war, in irgendwelchen Ausflugslokalen während der Schulferien, wenn Oliver pflichtbewußt mit ihm zu den Naturschutzparks gefahren war, hier in New York, wenn Oliver auf Urlaub war. Manchmal war es mehr, manchmal weniger unangenehm, am schlimmsten, wenn Oliver trank, aber Tony dachte an kein einziges Abendessen mit Vergnügen zurück. Und heute trank Oliver besonders viel. Er bestand darauf, auch während des Essens Whisky zu trinken. »Churchill macht es auch so, habe ich gehört«, sagte er, als Tony Wein vorschlug, »und was gut genug ist für Churchill, ist auch gut genug für mich.« Für den Augenblick mit einem der Großen dieser Welt verbunden, sah er Tony dabei stolz und grimmig an.

Etwas an Olivers Art zu trinken war heute anders als sonst. Er war kein Säufer, und wenn er bei anderen Gelegenheiten ein paar Glas zuviel gehabt hatte, so schien es mehr oder weniger Zufall zu sein. Aber heute abend leerte er anscheinend mit zweckbewußter Absicht ein Glas nach dem anderen, als hätte er, noch ehe der Abend vorüber war, etwas zu tun, das er nur nach ungewöhnlich hohem Alkoholkonsum vollbringen konnte. Tony, der auf Wasser zurückgekommen war, beobachtete ihn aufmerksam, in der Hoffnung, verschwinden zu können, ehe Oliver völlig betrunken war. Das Fünfte Buch Moses machte es Vätern zur Pflicht, sich ihren Söhnen nicht nackt zu zeigen, aber damals war der Bourbon noch nicht erfunden.

Sein Vater aß geräuschvoll und zu schnell; die Bissen, die er nahm, waren viel zu groß.

»Die besten Steaks von ganz New York«, sagte er. »Sie reiben sie zuerst mit Olivenöl ein. Italiener. Glaub den Schwindel nicht, den man über die Italiener hört. Sind prächtige Kerle.« Er verschüttete etwas Salat auf seine Uniform und wischte ihn achtlos mit der Hand ab, so daß ein öliger Flecken zurückblieb. Als Junge, als er noch bei seinen Eltern lebte, hatte Tony sich widerwillig der Hartnäckigkeit fügen müssen, mit der sein Vater auf tadelloses Benehmen bei Tisch sah.

Oliver aß eine Weile schweigend, nickte beifällig, weil er das Steak gut fand, schlang mit zwanghafter Hast, trank jeweils mit einem Schluck ein halbes Glas Whisky, mischte im Munde das Essen mit dem Getränk. Er kaute heftig, wobei seine Kiefer ein schwaches, taktmäßiges, klickendes Geräusch verursachten. Plötzlich legte er die Gabel hin. »Hör endlich auf, mich anzustarren«, sagte er grob. »Ich dulde nicht, daß irgend jemand mich auf diese Art anstarrt.«

»Das habe ich doch nicht getan«, sagte Tony verlegen.

»Mach mir nichts vor. Wenn du etwas an mir bemängeln willst, tu es ein andermal. Aber nicht heute abend. Verstanden?«

»Ja, Vater«, sagte Tony.

»Das niedere, geifernde Tier kaut an seinem blutigen Knochen«, sagte Oliver dunkel. Er sah Tony einen Augenblick finster an, streckte dann die Hand aus und berührte ihn freundlich. »Entschuldige«, sagte er. »Mir ist so komisch heute abend. Du mußt gar nicht darauf achten. Der letzte Abend...« Er brach mitten im Satz ab. »Vielleicht wäre es gar kein schlechter Gedanke, wenn du bei Gelegenheit einen ausführlichen Bericht für mich ausarbeiten würdest. ›Meine Eindrücke von meinem Vater.‹« Er lächelte. »›Mein Vater betrunken, nüchtern und im Irrtum.‹ Etwas in dieser Art. Und nichts auslassen. Könnte vielleicht uns beiden sehr guttun. Könnte vielleicht sein, daß du dann ein weniger verkrampftes Gesicht machst, wenn du mich das nächstemal siehst. Lieber Himmel, machst du immer ein unglückliches Gesicht. Selbst wenn du gute Augen hättest, würde die Armee dich wahrscheinlich nicht nehmen, weil du den Geist der Truppe gefährden könntest. Du würdest ein ganzes Regiment mit deiner Melancholie anstecken. Was hast du eigentlich? Was hast du? Ach, schweig lieber. Wer will das wissen?« Er blickte unsicher um sich. »Wir hätten heute abend lieber in eine Operette gehen sollen. Das Vaterland singend und tanzend in Erinnerung behalten. Aber die verdammten Theaterbilletts sind ja ewig ausverkauft. Hast du noch etwas zu sagen?«

»Nein«, antwortete Tony; er hoffte, daß die Leute an den Nachbartischen nicht zuhörten.

»Natürlich nicht. Mit dreizehn Jahren hielt er eine große Rede, die seine Zuhörer durch ihre Klarheit und Reife verblüffte, und verfiel für den Rest seines Lebens in Schweigen. Dieses Mädchen von vorhin lächelt dir dauernd zu...«

»Was?« fragte Tony verwirrt.

Oliver deutete nicht sehr diskret auf den Ausgang. »Die mit dem Sergeanten. Sie ist auf dem Weg zur Latrine und winkt dir, wie der Schiffer am Mast.«

Elizabeth stand an der Tür, lächelte und machte Tony Zeichen. Der Raum war L-förmig, und der Sergeant saß jenseits der Biegung des L, so daß er sie nicht sehen konnte. Er hockte zusammengesunken in seinem Sessel und aß mißgelaunt eine Salzstange.

»Entschuldige bitte«, sagte Tony, froh, einen Vorwand zu haben, sich vom Tisch zu entfernen. »Ich bin gleich wieder hier.«

»Meinetwegen brauchst du dich nicht zu beeilen«, hörte Tony im Aufstehen. »Wir segeln nicht, ehe sich der Wind dreht.«

Tony ging zu Elizabeth hinüber. Sie lachte halblaut, als er zu ihr trat, und zog ihn in eine kleine Vorhalle. »Bist du bereit, ungezogen zu sein?« fragte sie.

»Und dein Sergeant?«

»Der muß um elf Uhr die Betten kontrollieren«, sagte Elizabeth sorglos. »Kannst du Papa weglaufen?«

»Und wenn es mein Tod wäre«, sagte Tony grimmig.

Elizabeth lachte wieder leise. »Sie sind eine Landplage«, sagte sie, »die Väter.«

»Eine Landplage«, stimmte Tony zu.

»Eigentlich finde ich ihn ja süß, so als Soldat gekleidet.«

»Das ist der richtige Ausdruck«, sagte Tony.

»Ins Village?« fragte Elizabeth.

»Okay.«

»Ich bin um elf Uhr fünfzehn an der Bar in Nummer Eins«, sagte sie. »Wir wollen feiern.«

»Was wollen wir denn feiern?«

»Wir wollen feiern, daß wir beide Zivilisten sind.« Sie lächelte und schob ihn aus der Vorhalle hinaus. »Jetzt geh nur wieder zu Papa.«

Tony kehrte an den Tisch zurück; er war jetzt in besserer Stimmung. Wenigstens war nicht der ganze Abend vergeudet.

»Um wieviel Uhr wollt ihr euch treffen?« fragte Oliver.

»Morgen.«

»Nur keine Irreführung der Truppe.« Er lächelte unfroh und blickte auf die Tür, durch die Elizabeth verschwunden war. »Wie alt ist sie? Zwanzig?«

»Achtzehn.«

»Sie fangen immer früher an, was? Armer Sergeant.« Oliver sah zum Sergeanten hinüber, der ahnungslos hinter der Biegung saß, und lachte vor sich hin, ohne Mitleid. »Zahlt fünf Dollar pro Steak, und an der Toilettentür schnappt ein hübscher Junge ihm die Kleine weg.« Oliver lehnte sich zurück und sah seinen Sohn forschend an. »Du hast es sehr leicht, nicht wahr? Ich wette, sie werfen sich dir geradezu an den Hals.«

»Vater, bitte.«

»Sei nicht undankbar«, sagte Oliver ruhig. »Vielleicht gibt es nichts Besseres in der Welt als die Gabe, gut auszusehen. Damit hat man schon von vornherein halb gewonnen. Es ist zwar ungerecht, aber man kann nichts dafür und sollte es wenigstens so weit wie möglich ausnützen. Ich sah selbst nicht übel aus, als ich jung war, aber dieses gewisse Etwas hatte ich nie. Die Frauen verloren nicht gleich den Kopf in meiner Gegenwart. Wenn du älter bist, schreib mir über deine Erfahrungen. Ich hätte schon immer gern gewußt, wie das ist.«

»Du bist betrunken«, sagte Tony.

»Natürlich.« Oliver nickte freundlich. »Nur ist es nicht sehr höflich, seinem Vater so etwas zu sagen, wenn er in den Krieg zieht. In meiner Jugend waren die Väter nie betrunken. Das war natürlich vor der Prohibition. Eine andere Welt. Ja«, sagte er, »du hast dieses Gewisse, das deine Mutter auch hat...«

»Bitte, Vater, hör jetzt auf davon. Trink eine Tasse Kaffee.«

»Sie war eine schöne Frau«, sagte Oliver mit rhetorischer Verve;

er benutzte das Imperfekt, als spräche er von einer Frau, die er vor fünfzig Jahren einmal gekannt hatte. »Wo sie erschien, drehte sich alle Welt nach ihr um. Sie hatte eine bescheidene, wie um Verzeihung bittende Art, einen Raum zu betreten. Das lag daran, daß sie Angst hatte; sie bemühte sich, so wenig Aufmerksamkeit wie möglich zu erregen, aber es hatte eine ganz eigenartige Wirkung. Eine provozierende Wirkung. Sie hatte Angst... ist das nicht ein merkwürdiger Ausspruch über deine Mutter? Wie?« Er starrte Tony an. »Was meinst du?« fragte er herausfordernd.

»Ich weiß nicht.«

»Angst. Viele Jahre. Lange, lange Jahre...« Oliver psalmodierte jetzt beinahe, und die Gäste an den Tischen ringsumher waren still geworden und lauschten. »Lange, lange Jahre. Ich neckte sie immer damit. Fortwährend sagte ich ihr, wie schön sie sei, weil ich ihr Selbstvertrauen stärken wollte. Ich dachte, ich selbst hätte so viel davon, daß ich ihr, ohne es zu merken, etwas davon abgeben könnte. Selbstvertrauen... Dein Selbstvertrauen braucht niemand zu stärken. Du hast es, und um deinetwillen bin ich froh darüber. Du hast es, und weißt du auch warum?« Er beugte sich kampflustig vor. »Weil du alle Welt haßt. Das ist sehr gut«, sagte er, »das ist ein großes Glück – schon mit zwanzig alle Welt hassen zu können. Damit kannst du es weit bringen. Vorausgesetzt, daß New York nicht bombardiert wird.« Er blickte grimmig umher, und die Umsitzenden, die zugehört hatten, begannen plötzlich, sich laut zu unterhalten. »Wäre das nicht ein Mordsspaß?« sagte er. »Wenn alle diese Fettwänste dort eben sagten: ›*Ich* möchte meines halbroh‹, und dann plötzlich das Pfeifen hörten und aufguckten und sähen, wie die Decke über ihnen herunterkäme. Gott, ich möchte hier sein und das miterleben.« Er schob seinen Teller zurück. »Möchtest du noch Käse?«

»Nein.«

»Aber ich. Ich will alles, was ich noch kriegen kann.« Er winkte dem Kellner, wollte aber keinen Kaffee bestellen. Statt dessen bestand er darauf, noch ein Glas Whisky zu trinken.

»Vater...« protestierte Tony. »Sei vorsichtig.«

Oliver winkte in gutgelaunter Ungeduld ab. »Ruhig, ruhig«,

sagte er. »Ich habe meinen Geschmack vereinfacht. All dieser Unsinn – Cocktails vor dem Essen, zwei Sorten Wein, Brandy hinterher... wir leben unter Notstandsbedingungen. Stromlinienform heißt die Parole heutzutage. Sogar beim Militär. Stromlinienförmige Divisionsaufstellung. Dreiecksform. Die Brigade ist abgeschafft worden, genau wie ich Wein und Likör abgeschafft habe. Ein bedeutender Schritt zum Endsieg. Sieh nicht so mißbilligend aus. Ehe ich verschwinde, möchte ich dir noch ein paar Dinge sagen, und das gehört auch dazu. Mißbillige nicht. Das ist... ist trivial.« Ein befriedigter Ausdruck trat in sein Gesicht, weil ihm das Wort eingefallen war. »Dafür bist du zu intelligent. Das Erstrebenswerte ist Originalität. Liebe deinen Vater. Was könnte es heutzutage und in unserer Zeit Originelleres geben? Du wärest das Tagesgespräch der akademischen Welt. Ein völlig neues Phänomen auf dem Gebiet der Psychologie. Größte Angelegenheit seit Wien. Der Cordeliakomplex.« Er mußte selbst über seinen Witz lachen.

Tony saß wortlos da, blickte auf das Tischtuch und fragte sich, wann dieser wilde, unerwartete Monolog wohl ein Ende nehmen würde? Plötzlich sehnte er sich nach den wohlbekannten steifen, schweigsamen Abendessen früherer Jahre, bei denen sein Vater immer so förmlich, so zurückhaltend gewesen und mühsam nach Gesprächsthemen gesucht hatte, über die er sich mit Tony in den zwei oder drei Stunden unterhalten konnte, die sie im Monat zusammen verbrachten.

»Mein Vater, zum Beispiel«, sagte Oliver gedehnt, »nahm sich das Leben. Das war in dem Jahr deiner Geburt. Er ging bei Watch Hill in die See und ging einfach immer weiter, bis er ertrank. Damals war Watch Hill durchaus kein fashionabler Ort für einen Selbstmord, und natürlich erwähnte auch niemand das Wort Selbstmord, sondern es hieß, er hätte einen Krampf bekommen. Vielleicht hatte er am Morgen bemerkt, wie ich ihn ansah, und sich gesagt: ›Jetzt habe ich genug – heute ist der richtige Tag dafür.‹ Seine Leiche wurde nie gefunden. Vielleicht treibt sie heute noch irgendwo im Golfstrom. Die Versicherungssumme war respektabel. Es war ein windiger Tag, und die See ging hoch. Mein Vater war immer sehr dafür, den Anstand zu wahren. Das ist ein charakteristischer Zug in unserer Familie, und wie ich merke, hast du ihn auch geerbt. Hast du irgendwelche Vermutungen, weshalb dein Großvater sich 1924 bei Watch Hill ertränkt haben könnte?«

Tony seufzte. »Vater, ich muß morgen sehr früh aufstehen, und du hast wahrscheinlich auch einen anstrengenden Tag vor dir... Wollen wir nicht für heute Schluß machen und nach Hause gehen?«

»Nach Hause?« sagte Oliver. »Mein Zuhause ist Zimmer 934 im Hotel Shelton, Lexington Avenue. Aber ich gehe, wenn du mitkommst.«

»Ich bringe dich im Taxi hin und setze dich dort ab.«

»O nein.« Oliver legte verschlagen den Finger an die Nase. »So nicht. Darauf lasse ich mich nicht ein. Ich will noch eine ganze Menge mit dir besprechen, mein Lieber. Vielleicht bleibe ich dreißig Jahre lang weg, und wir müssen doch vorher einen Plan festlegen. Odysseus gibt Tele --- Telemachos letzte Anweisungen. Sei gut zu deiner Mutter und führe Buch über die Gäste.« Er grinste. »Sieh mal – ich bin nur ein einfacher Soldat – aber es gibt immer noch Überbleibsel aus einem früheren, freundlicheren Dasein, vor dem Hotel Shelton.«

Tony sah auf seine Armbanduhr. Es war bereits ein Viertel nach zehn Uhr. Er blickte zu Elizabeth hinüber. Sie und der Sergeant waren schon beim Kaffee angelangt.

»Mach dir keine Sorgen«, sagte Oliver. »Sie wird schon warten. Komm.« Er stand auf. Sein Sessel kippte, ohne daß er es bemerkte, und wäre beinahe umgefallen. Elizabeth lächelte ihnen zu, als sie hinausgingen, nachdem Oliver die Rechnung bezahlt hatte, und Tony versuchte, durch sein Mienenspiel seine Entschlossenheit auszudrücken, so pünktlich wie möglich in Nummer Eins an der Bar zu sein.

Als sie im neunten Stock aus dem Fahrstuhl traten, schloß Tony das Zimmer auf, weil sein Vater den Schlüssel nicht ins Schlüsselloch brachte, und schaltete das Licht ein. Es war ein kleines Zimmer, in dem allerlei militärische Ausrüstungsstücke unordentlich herumlagen; ein offener Feldkoffer stand auf dem Fußboden, auf dem Bett war ein grünlicher Regenmantel, auf der Kommode ein halb zusammengefalteter Stapel gewaschener Khakihemden, auf dem Schreibtisch ein Haufen Zeitungen.

»Mein Zuhause«, sagte Oliver. »Mach es dir bequem.« Ohne Mütze und Trenchcoat abzulegen, ging er an die Kommode, zog eine Schublade auf und holte eine Flasche Whisky heraus. »Ein erstaunliches Hotel«, sagte er, die Flasche hochhaltend, um zu sehen, wieviel noch darin war. »Die Zimmermädchen trinken nicht.«

Er ging ins Badezimmer, ließ Wasser in ein Glas laufen und summte dazu *Pore Jud is daid* vor sich hin. Tony trat ans Fenster und zog die Vorhänge zurück. Die Aussicht ging auf den Hof, und von allen Seiten erwiderten leere Fenster seinen Blick. Über ihm verlor sich alles in trostloser Schwärze.

Oliver kam mit seinem Glas aus dem Badezimmer und schenkte sich Whisky ein. Dann ließ er sich, noch immer in Mütze und Mantel, in den einzigen vorhandenen Sessel fallen.

Tief zusammengesunken saß er da in seinem zerdrückten Trenchcoat, die Mütze auf den Hinterkopf geschoben, das Glas mit beiden Händen haltend, wie ein alternder Soldat nach einer verlorenen Schlacht, der sich für einen Augenblick seiner Erschöpfung und Verzweiflung überläßt. »Ach Gott«, sagte er, »ach Gott.«

Vom Korridor her hörte man das leise Heulen der Fahrstühle unheildrohend und hektisch durch die Großstadtnacht.

»Ein Sohn«, murmelte Oliver undeutlich. »Warum hat ein Mann Söhne? Normalerweise kommt man nicht darauf, sich diese Frage zu stellen. Wenn man ein normales Leben führt, wenn man sich jeden Abend mit ihm an den Tisch setzt, wenn man ihm gelegentlich eins hinter die Ohren gibt, weil er einen ärgert, dann betrachtet man es als selbstverständlich. Was ist schon dabei, jeder hat Söhne. Aber wenn alles zerreißt, sich auflöst, sich trennt« – er sprach die Verben, die Teilung, Zerstörung, Abschied ausdrückten, langsam und gedehnt, mit selbstquälerischem Behagen –, »das ist etwas anderes. Etwas ganz anderes.« Oliver, tief in seinen Sessel vergraben, nippte an seinem Glas. »Man fragt sich – warum habe ich es getan? Was habe ich mir davon versprochen? Willst du die Antwort hören? Willst du wissen, zu welchem Ergebnis ich gekommen bin?«

Tony trat zurück vom Fenster und stellte sich besänftigend neben den Sessel. »Darf ich dir nicht behilflich sein? Du willst doch sicher jetzt zu Bett gehen.«

»Ich will nicht ins Bett. Ich will mit dir über Söhne sprechen. Wer weiß – vielleicht hast du eines Tages selbst welche und legst dir die gleiche Frage vor, wenn du selbst an der Angel hängst. Man hat einen Sohn, um seinen Optimismus zurückzugewinnen. Da hat man ein gewisses Alter erreicht, sagen wir fünfundzwanzig, dreißig, je nach Intelligenzgrad, in dem man sich sagt: ›O Himmel, alles für nichts und wieder nichts.‹ Man beginnt langsam zu merken, daß es der gleiche Trott bleibt, nur täglich schlimmer. Wer religiös ist, wird sich vermutlich sagen: ›Das Endziel ist der Tod. Halleluja, ich höre sie schon die goldenen Harfen stimmen, meine Seele schult sich für Glanz und Herrlichkeit.‹ Aber wer nicht religiös ist – wer sich sagt: ›Immer der gleiche Trott, jetzt auch noch am Sonntag‹, was hat der? Ein Bankkonto, unbezahlte Rechnungen, kühler werdendes Blut, was gibt es zum Abendessen, wer ist eingeladen zum Abendessen – Speisezettel von voriger Woche, Gäste vom vorigen Jahr. Sieh dir an jedem beliebigen Abend in der Woche einen Zug voll Pendler an, wenn sie um sechs Uhr nach Hause fahren, und du hast eine derart konzentrierte Ladung von Langeweile, daß sie eine große Stadt von der Landkarte wegsprengen könnte. Langeweile. Anfang und Ende des Pessimismus. Und hier tritt das Kind in Erscheinung. Ein kleiner Junge weiß noch nichts von Pessimismus. Man sieht ihm zu und hört ihm zu, er ist in jeder Minute seines Daseins in Ekstase. In einer Ekstase des Wachsens, des Fühlens, des Lernens. Etwas in ihm sagt ihm, es sei der Mühe wert, größer zu werden, sprechen zu lernen, mit dem Löffel essen zu lernen, auf die Toilette gehen zu lernen, lesen, kämpfen, lieben zu lernen... Er wird noch getragen von der großen Woge, die ihn vorwärts schiebt – er denkt wenigstens, es sei vorwärts –, und niemals kommt ihm der Gedanke, zurückzuschauen und zu fragen: ›Wer schiebt mich vorwärts? Wohin führt der Weg?‹ Man schaut auf seinen Sohn, und man erkennt, daß etwas im Menschen unwillkürlich an den Wert des Lebendigseins glaubt. Wenn der eigene Vater bei Watch Hill in die See gegangen ist, kann das zu einer verdammt wichtigen Erwägung werden. Als du drei Jahre alt warst, sah ich immer zu, wenn du auf dem Fußboden saßest und versuchtest, mit vieler Mühe Strümpfe und Schuhe selbst anzuziehen, und ich konnte mich kaum halten vor sinnlosem Gelächter. Und während ich in deinem Zimmer unter den Spielsachen saß und lachte wie der Bauer im Zirkus, war ich mit dir auf dem Kamm der Woge und leitete etwas von deinem Optimismus in meine eigenen Kanäle. Ich war dir dankbar und hielt dich wert. Jetzt...« Oliver nippte an seinem Glas und grinste Tony schlau über den Rand an. »Jetzt halte ich dich gar nicht mehr wert. Wieder der gleiche Trott. Ein junger Mensch mit einem Groll, der mich an mich selbst in meiner Jugend erinnert, an eine hübsche Frau, die ich zufällig geheiratet habe, der mich daran erinnert, daß wir alles total verdorben haben...«

»Vater«, sagte Tony mühsam, »ist das alles nötig?«

»Unbedingt«, murmelte Oliver in sein Glas. »Das ist nötig. Letzter Wille und Testament. Vor dem Aufbruch in den Krieg. Der Krieg ist übrigens eine Hilfe. Kannst du keinen Sohn haben, nimm statt seiner den Krieg. Das ist auch eine Woge. Wo ich hingehe, hat man keine Zeit, zurückzuschauen und zu fragen, wer mich schiebt. Man lebt in der Illusion, alles habe Zweck und Ziel. Eine Stadt einnehmen. Nicht fragen, wie sie heißt. Nicht fragen, wer darin ist. Nicht fragen, was dort geschieht, wenn man sie hinter sich hat. Nicht fragen, ob sie durchaus eingenommen werden mußte. Nur hoffen, das der Krieg lange genug dauert und daß der Vorrat an Städten ausreicht und daß man nicht zurückkommt...«

»Du würdest nicht so reden, wenn du nicht betrunken wärst«, sagte Tony.

»Nein? Vielleicht nicht.« Oliver lachte. »Ein ausgezeichneter Grund, betrunken zu sein. Du weißt das nicht mehr, weil du noch zu klein warst, aber früher hatte ich eine hohe Meinung von mir. Ich hielt mich für Gottes Meisterwerk an Intelligenz, Ehrgefühl,

Fleiß und Witz. Auf jede beliebige Frage hatte ich eine Antwort, flink wie der Papst oder ein Elektronenhirn. Ich war verläßlich wie die Republik, hatte niemals Fehlzündung, und Sicherheit war mein zweiter Vorname. Ich war sicher in der Arbeit, sicher in der Ehe, der Treue, der Kindererziehung, und ich machte kein Hehl daraus. Ich sah in die Welt hinaus mit klarem, irrem Blick. Ich war das Produkt einer soliden Familie und eines selbstmörderischen Vaters. Ich hatte Wohlhabenheit hinter mir und ein gutes College und einen tüchtigen Schneider, und wenn mich am Vierten Juli ein Blitzschlag zwischen die Augen getroffen hätte, so hätte mir das auch nichts anhaben können. Und dann brach in einem kleinen, erbärmlichen Sommerkurort an einem See die ganze Pracht innerhalb von fünfzehn Minuten zusammen. Ich traf eine Fehlentscheidung, selbstverständlich. Die einzig richtige Entscheidung wäre vielleicht gewesen, dich zu nehmen und an den Fersen, den Kopf nach unten, festzuhalten und dich im See zu ertränken, aber das hätte meine gesellschaftliche Stellung natürlich nicht zugelassen. Die Sache mit Abraham und Isaak hätte sich in Vermont nie zutragen können, wenn noch so viele Engel auf dem Grundstück erschienen wären. Bei uns begab es sich, daß ich das Messer gegen mich selbst wandte, wenn du auch wahrscheinlich anderer Meinung sein wirst. Was zum Teufel«, sagte er streitlustig, »ist dir denn so Schlimmes geschehen? Du bist ein bißchen früher als sonst üblich von zu Hause fortgegangen und warst an ein paar Feiertagen allein, das war alles.«

»Natürlich«, sagte Tony, jetzt bitter im Gedanken an die sieben Jahre, »das war alles.«

»Was mich anbelangt«, sagte Oliver, ohne seinen Sohn zu beachten, »so war ich eben tot. Später, als ich zurückschaute und wußte, daß ich schuldig war, sagte ich mir, meine Sinnlichkeit hätte mich verleitet. Vielleicht war es wirklich so. Nur – nach einiger Zeit war keine Sinnlichkeit mehr da. Natürlich täuschten wir sie vor, denn wenn man verheiratet ist, besteht auf diesem Gebiet eine gewisse Verpflichtung zur Höflichkeit, aber inzwischen waren zu viele Hemmnisse anderer Art eingetreten, und schließlich gaben wir die ganze Sache nahezu auf.«

»Ich will davon nichts wissen.«

»Warum nicht? Du bist zwanzig Jahre alt und hast im College, wie ich höre, in dieser Hinsicht selbst eine erfolgreiche Laufbahn eingeschlagen. Ich vergewaltige also keineswegs jungfräuliche Ohren. Du sollst Vater und Mutter kennen. Wenn du sie schon nicht ehren kannst, sollst du sie wenigstens kennen. Das ist zwar nicht gerade das allerbeste, aber immerhin etwas. Der Krieg hat mich wieder mannbar gemacht. In der Stadt Columbus in Nordkarolina hatte ich eine Affäre mit einer Kellnerin. An dem entscheidenden Wochenende hatte ich mehr Ausdauer als ein Feldwebelleutnant und zwei Hauptleute von der Dienststelle des Generaladjutanten. Es war sehr heiß, und alle Mädchen gingen ohne Strümpfe. Wenn ich katholisch wäre, würde ich mir überlegen, ob ich nicht ins Kloster gehen sollte. Du bist jetzt der Priester«, sagte er, »und mein Lieblingsbeichtstuhl befindet sich im neunten Stock des Hotels Shelton.«

»Ich gehe«, sagte Tony und näherte sich der Tür. »Laß es dir gutgehen und schicke mir deine Adresse und...«

»Als Absolution drei Schluck Bourbon. Wo ist die Flasche? Wo ist die gottverdammte Flasche schon wieder?« fragte er verdrießlich. Er tappte neben dem Sessel auf dem Fußboden umher, fand die Flasche und goß sich etwa ein Drittel eines Tumblers ein. Dann stellte er die Flasche wieder auf den Boden, kniff wie ein Schütze die Augen zu und schnellte den Korken quer durchs Zimmer in den Papierkorb. »Zwei Punkte«, sagte er befriedigt. »Weißt du, daß ich in meiner Jugend ein großer Sportsmann war? Ich hätte auch Lust gehabt, ein großer Kriegsheld zu werden, weil ein Großonkel von mir im Kampf gegen die Indianer gefallen ist, aber der Erste Weltkrieg kurierte mich von solchen Flausen. Das halbe Jahr, das ich in Frankreich war, verbrachte ich in Bordeaux und hörte nur einen einzigen im Kampfeszorn abgefeuerten Schuß. Das war, als ein Militärpolizist auf zwei Senegalesen schoß, die gerade auf der Place Gambetta das Schaufenster einer Weinhandlung einschlugen. Bleib doch noch hier«, bat er. »Vielleicht fragt dich eines Tages einer von deinen Söhnen: ›Welches waren die großen Augenblicke in unserer Familiengeschichte?‹ und du wirst dir nie verzeihen, daß du nicht fünf Minuten länger geblieben und die alten Überlieferungen in dich aufgenommen hast. Auf unserem Familienschild stehen die drei großen Worte – Selbstmord, Versagen und Ehebruch, und ich fordere jede rotblütige Familie Amerikas heraus, etwas Besseres vorzuweisen.«

»Du faselst nur noch«, sagte Tony, der noch immer an der Tür stand. »Du redest nichts als sinnloses Zeug.«

»Das gehört vor ein Kriegsgericht, mein Sohn«, sagte Oliver ernst von seinem Sessel aus. »Die werktätige Liebe beginnt im Hotel Shelton.«

Tony öffnete die Tür.

»Nein!« rief Oliver. Er arbeitete sich mühsam aus dem Sessel empor, stand leicht schwankend da, hielt aber mit großer Vorsicht sein Glas in der Hand. »Ich habe etwas für dich. Mach die Tür wieder zu. Nur noch fünf Minuten.« Seine Gesichtsmuskeln verzogen sich schmerzlich. »Ich habe einen schweren Tag hinter mir. Entschuldige bitte. Mach die Tür zu. Ich trinke nichts mehr. Siehst du...« Er stellte das Glas mit zittriger Hand auf die Kommode. »Das letzte Opfer. Komm her, Tony«, schmeichelte er. Sein Kopf schwankte vorwärts, rückwärts, nach der Seite. »Mach doch die Tür zu. Laß mich noch nicht allein. Morgen fahre ich weg, und du bist mich für weiß Gott wie lange Zeit los. Du kannst wohl noch fünf Minuten erübrigen. Bitte, Tony, ich möchte noch nicht allein sein.«

Tony machte widerstrebend die Tür zu. Er kam die paar Schritte zurück und setzte sich steif aufs Bett.

»So«, sagte Oliver. »Nett von dir. Um die Wahrheit zu sagen, ich habe nur deinetwegen so viel getrunken. Lache nicht. Du kennst mich – ich bin kein Trinker. Nur – ich wollte dir so vieles sagen – und ich habe so lange Zeit nicht mehr wirklich mit dir reden können... Diese gottverdammten Abendessen...« Er schüttelte den Kopf. »Vor allem, ich möchte mich bei dir entschuldigen.«

»O lieber Himmel.« Tony senkte den Kopf in die Hände. »Nicht jetzt.«

Oliver stand ein wenig schwankend neben ihm. »Wir haben

dich geopfert. Ich gebe es zu. Die Gründe erschienen zuerst stichhaltig. Wie konnten wir damals wissen, daß sie es später nicht mehr sein würden? Wenn du Rache willst, sieh mich an, dann hast du sie.«

»Ich will gar nichts. Mir liegt nichts an Rache.«

»Ist das dein Ernst?« fragte Oliver eifrig.

»Ja.«

»Ich danke dir, mein Sohn.« Oliver ergriff plötzlich mit beiden Händen Tonys Hand und schüttelte sie wie irrsinnig. »Danke, danke.«

»Ist das alles, was du mir sagen wolltest?« Tony hob den Kopf und sah seinen Vater an, der, den Oberkörper etwas vorgebeugt, unsicher schwankend und triefäugig vor ihm stand.

»Nein, nein.« Oliver ließ die Hände sinken und sprach hastig weiter, als fürchtete er, allein im Zimmer bleiben zu müssen, wenn er nur für einen Augenblick aufhörte. »Ich sagte doch, ich habe etwas für dich.« Er ging zu seinem Koffer, ließ sich mit einem Bums davor auf die Knie nieder und begann den Inhalt durchzustöbern. »Ich wollte es dir schon lange geben. Ich fürchtete nur, es werde sich keine passende Gelegenheit dazu finden und... Da ist es...« Er zog ein kleines, in Seidenpapier eingewickeltes und mit einem Gummiband verschnürtes Päckchen hervor. Immer noch auf den Knien, riß er ungeschickt das Papier ab. Die Fetzen ließ er auf den Boden fallen und förderte schließlich eine altmodische goldene Uhr zutage. »Sie hat meinem Vater gehört«, sagte er. »Echtes Gold. Ich habe sie immer als Talisman getragen, obwohl mir eine Armbanduhr lieber wäre. Er schenkte sie mir zwei Wochen vor seinem Tode. Echtes Gold«, sagte Oliver, die Uhr mit zusammengekniffenen Augen im Lampenlicht betrachtend und sie langsam und zitterig in den Händen drehend. »Über vierzig Jahre alt, geht noch auf die Minute genau.« Er stand auf und kam zu Tony zurück, ohne seine bewundernden Blicke von der Uhr lösen zu können. »Du brauchst sie natürlich nicht zu tragen, sie ist völlig aus der Mode, aber vielleicht für deinen Schreibtisch oder so...« Er hielt sie Tony hin, der sie nicht nahm.

»Warum behältst du sie nicht?« sagte Tony, von einer abergläubischen Anwandlung ergriffen. »Wenn sie dir doch Glück gebracht hat.«

»Glück.« Oliver verzog das Gesicht zu einem schmerzlichen Grinsen. »Bewahre du sie für mich auf. Vielleicht funktioniert das Glück dann besser. Bitte.«

Tony streckte langsam die Hand aus, und Oliver legte die Uhr hinein. Sie war überraschend schwer. Das dicke goldene Gehäuse war reich ziseliert und das ein wenig vergilbte Zifferblatt mit dünnen römischen Zahlen versehen. Tony betrachtete die Uhr und bemerkte, daß es bereits elf Uhr vorbei war. Verdammt, dachte er, ich treffe Elizabeth sicher nicht mehr. Sie wartet nicht.

»Danke«, sagte er. »Ich gebe sie an meinen Sohn weiter, wenn die Zeit dafür gekommen ist.«

Oliver lächelte befangen. »So ist es recht«, sagte er. »So habe ich es gemeint.«

Tony steckte die Uhr in die Seitentasche seines Jacketts und stand auf. »Also...« fing er an.

»Noch nicht gehen. Noch nicht. Da wäre noch eine Sache.«

»Welche?« Tony versuchte, seinen Ärger über seinen Vater, über den Abend, über das trostlose, unordentliche kleine Zimmer in seiner Stimme nicht durchklingen zu lassen.

»Warte. Warte nur.« Oliver machte eine ausladende, geheimnisvolle Handbewegung und ging zum Telefon. Er setzte sich, noch immer in Mütze und Mantel, aufs Bett und nahm den Hörer ab. Er klopfte ungeduldig auf die Taste. »Ich möchte Orange 7654«, sagte er. »In New Jersey.«

»Wen willst du denn anrufen?« fragte Tony mißtrauisch.

»Ja, stimmt«, sagte Oliver in den Apparat. »Orange.« Den Hörer am Ohr, wandte er sich zu Tony um. »Weißt du, daß wir vor ein paar Jahren nach New Jersey gezogen sind?«

»Ja.«

»Natürlich. Du warst ja bei uns. Schönes Thanksgiving damals.« Oliver lächelte trübe. »Es hatte sich herausgestellt, daß es unpraktisch war, in Hartford zu bleiben. Die Druckerei war veraltet, und ich hatte Gelegenheit, in New Jersey eine bessere zu kaufen, und das Geschäft nahm einen Riesenaufschwung. Durch den

Umzug wurde ich ein reicher Mann.« Er lachte. »Romantik des Geschäftslebens«, sagte er vage. »Ich konnte es mir sogar leisten, patriotisch zu sein und einzurücken, als das Vaterland rief. Hallo, Vermittlung, Vermittlung!« rief er ungeduldig in den Apparat.

»Wen willst du anrufen?« fragte Tony.

»Deine Mutter.« Olivers Gesicht sah aus, als könne er in Tränen ausbrechen, aber wahrscheinlich war es nur der Whisky, und in seinen Augen lag ein inständiges Bitten.

»Oh, komm, komm«, sagte Tony, »wozu denn nur?«

»Nur einmal. Nur weil es mein letzter Abend ist. Nur damit wir ihr beide zusammen guten Abend sagen. Was könnte es schaden – nur guten Abend zu sagen?«

Tony zögerte und zuckte dann die Achseln. »Also gut«, sagte er müde.

»Großartig«, sagte Oliver beglückt. »Prachtkerl.«

Prachtkerl, dachte Tony. Das Vokabular meines Vaters.

»Komm hierher.« Oliver winkte ihm heftig. »Nimm du den Hörer. Sprich du zuerst mit ihr. Komm, komm doch.«

Tony trat herzu, nahm den Hörer und hielt ihn sich ans Ohr. In weiter Ferne hörte er das regelmäßige Klingeln des Apparates in der Wohnung. Sein Vater stand dicht neben ihm, schnapsduftend, rasch atmend, als wäre er eine lange Strecke gerannt. Das Telefon klingelte und klingelte.

»Sie schläft wahrscheinlich«, sagte Oliver ängstlich. »Sie hat es noch nicht gehört.«

Tony sagte nichts. Er lauschte auf das Klingeln.

»Vielleicht ist sie gerade im Badezimmer«, sagte Oliver. »Vielleicht läßt sie das Wasser einlaufen und hört deshalb nichts...«

»Keine Antwort«, sagte Tony. Er wollte den Hörer auflegen, aber Oliver entriß ihn ihm und hielt ihn sich selbst ans Ohr, als traue er Tony nicht ganz.

Sie standen ganz still, der dünne, metallische Doppelton war in dem ruhigen Zimmer überraschend deutlich vernehmbar.

»Ich vermute, sie ist ins Kino gegangen«, sagte Oliver, »oder sie spielt irgendwo Bridge. Sie spielt oft Bridge. Oder vielleicht macht sie Überstunden. Sie hat sehr viel zu tun und...«

»Leg auf«, sagte Tony. »Sie ist nicht zu Hause.«

»Nur noch fünfmal.«

Sie warteten, bis es noch fünfmal geklingelt hatte, dann legte Oliver den Hörer auf. Er starrte auf das Telefon auf dem schäbigen Nachttisch, dessen Platte Brandflecken von vielen Zigaretten und Ringe von nassen Gläsern verunzierten.

»Also, ist das nicht ein Jammer?« sagte er sehr leise, schüttelte den Kopf und starrte noch immer auf den Apparat. »Ist das nicht ein Jammer?«

»Gute Nacht, Vater.«

Oliver rührte sich nicht. Er blickte unverwandt auf das Telefon. Sein Gesicht war ernst, nicht eigentlich traurig, sondern abwesend und nachdenklich.

»Ich sagte gute Nacht, Vater.«

Oliver sah auf. »Ach ja«, sagte er matt und streckte die Hand aus, die Tony schüttelte. In seinem Händedruck war keine Kraft.

»Ja, also ...« Tony war verlegen, er fühlte plötzlich, wie schwierig es war, sich zu verabschieden, wenn das falsche Familienmitglied in den Krieg zog. »Alles Gute.«

»Wird schon werden, mein Junge.« Oliver lächelte geistesabwesend. »War ein netter Abend.«

Tony sah ihn scharf an, aber sein Vater hatte offenbar nicht die Absicht, noch etwas zu sagen. Es war, als sei all sein Interesse an seinem Sohn erloschen. Tony ging zur Tür und verließ das Zimmer; sein Vater stand noch immer neben dem Telefon.

Er nahm ein Taxi und fuhr, in der Hoffnung, daß Elizabeth noch da war, zu Nummer Eins. An der Bar war sie nicht, als er anlangte, und er beschloß, sich einen Drink geben zu lassen und eine Viertelstunde zu warten und, wenn sie bis dahin nicht da war, nach Hause zu gehen.

Er bestellte einen Whisky, steckte absichtslos die Hand in die Tasche und fühlte die Uhr darin. Er nahm sie heraus und betrachtete sie. Es war, als hätte man 1900 in der Hand. Neben dem Flügel stand in einem Scheinwerferkegel ein dicker Mann und trug einen Song vor mit dem Titel »I Love Life«.

Tony drehte die Uhr um. An der Bar war es beinahe dunkel,

aber wenn er die Uhr nur ein paar Zentimeter über den Bartisch hielt, fiel ein Lichtstrahl von einer kleinen, hinter den Flaschen angebrachten Lampe darauf. Das Gold mit dem eingravierten verschlungenen Muster glitzerte in seiner Hand. An der einen Seite war ein kleiner Schieber, und als Tony ihn zurückschob, sprang auf der Rückseite ein Deckel auf. Eine Fotografie lag darin, und Tony beugte sich tiefer herab, um sie erkennen zu können. Es war ein Bild seiner Mutter, als sie sehr jung gewesen war. Ihr Haar war in einem komischen, altmodischen Knoten aufgebunden, aber das machte nichts, sie war trotzdem schön, wie sie in dem schräg einfallenden, verstohlenen Licht, bei dem der Mixer während des Vortrags am Klavier seine Drinks mischte, mit großen, unschuldigen Augen lächelnd und ein wenig schüchtern aus der alternden Fotografie sah.

O Gott, dachte Tony, warum mußte er mir das antun?

Er sah sich nach einem Papierkorb oder dergleichen um, aber in diesem Moment erblickte er Elizabeth, die zwischen den Tischen hindurch auf die Bar zukam. Er schloß den Deckel und steckte die Uhr in die Tasche. Ich werfe das Bild zu Hause weg, dachte er.

»Ungezogen, furchtbar ungezogen«, flüsterte Elizabeth kichernd und drückte seine Hand. »Ist Papa wohlbehalten im Bett?«

»Ja«, sagte Tony. »Gesund und wohlbehalten.«

19

Die Reifen rollten beharrlich die Straße unter sich auf, der Wagen lief durch die unruhigen Schattenbänder der Bäume zu beiden Seiten und der Kilometersteine mit den normannischen Ortsnamen, die in regelmäßigem Fluß vorbeiglitten. Tony fuhr mechanisch, in Gedanken bei dem letzten Abend in New York, den er seit vielen Jahren mit bewußter Willensanstrengung zu vergessen bemüht war.

Wenn man seinen Vater zum letztenmal sieht, bevor er stirbt, dachte er, müßte man das wissen, es müßte ein Zeichen, eine Warnung da sein, ein ›Nimmermehr‹, damit man etwas Passendes sagen kann, damit man nicht nur den einen Gedanken hat, aus einem trostlosen Hotelzimmer herauszukommen, weil man fürchtet, in einer Bar ein Rendezvous zu versäumen, mit einem achtzehnjährigen Mädchen, das in die Großstadt gekommen ist, um den Krieg genießen zu können.

Seine Gedanken kehrten zu seiner Mutter zurück, die mit geschlossenen Augen neben ihm saß. Der Fahrwind zerrte an den losen Enden ihres Schals. Was wäre wohl geschehen, überlegte er, wie hätte sich alles geändert, wenn sie an jenem Abend zu Hause gewesen und ans Telefon gegangen wäre, wenn er ihre Stimme gehört hätte, nachdem Oliver gesagt hatte: »Prachtkerl«?

Das Geräusch des Windes in den Ohren, mit großer Geschwindigkeit dem Grab entgegenfahrend, das sie nie gesehen hatte und dessen Bedeutung sie noch immer nicht wirklich verstand, saß Lucy halb schlafend in ihrem engen Sitz, und auch sie dachte an ihre letzte Begegnung mit Oliver. Es war fast drei Uhr morgens gewesen, sie wußte, daß Oliver den Abend mit Tony verbracht und versucht hatte, sie anzurufen, weil er es ihr später in dem kalten, leeren Haus in Orange gesagt hatte, als sie müde und unbefriedigt nach Hause gekommen war und den jungen Soldaten an der Haustür weggeschickt hatte…

»Nein«, sagte sie zu dem Leutnant, versperrte ihm den Weg und drehte den Schlüssel in der Haustür nicht um, »du kannst nicht hereinkommen. Es ist zu spät. Und schicke das Taxi nicht weg. Komm, sei brav, fahr nach Haus. Morgen ist auch noch ein Tag.«

»Ich liebe dich«, sagte der Junge.

O Gott, dachte sie. Und er meint es im Ernst. Das macht der Krieg. Ein paar trübe, gierige Stunden in einem schäbigen Hotelzimmer, um die Verwundeten zu trösten, und dann sagen sie, ich liebe dich. Warum tue ich es? Morgen früh um neun muß ich im Laboratorium sein. Ich muß auch mit mir selbst Mitleid haben.

»Du sollst das nicht sagen.«

»Warum nicht?« Er umarmte sie und versuchte sie zu küssen.

»Weil dadurch alles zu kompliziert wird.«

Sie ließ sich einen Augenblick küssen und schob ihn dann zurück.

»Morgen abend?« fragte er.

»Ruf mich am Nachmittag an.«

»In drei Tagen geht unser Schiff«, sagte er flehend. »Bitte...«

»Also gut.«

»Es war herrlich«, flüsterte er.

Die Bezahlung, dachte sie mit Widerwillen. Ein höflicher, wohlerzogener Junge, der seine guten Manieren in den Krieg mitgenommen hat.

»Willst du nicht vielleicht doch, daß ich mit hineinkomme?«

Sie lachte und schüttelte den Kopf, und er lächelte traurig und ging die Stufen hinunter zum Taxi, das mit laufendem Motor und eingeschalteten Scheinwerfern wartete. Er sah verloren und einsam und sogar in seinem Offiziersmantel zart aus, zu jung und zu höflich für das, was ihm bevorstand. Lucy sah ihm nach, verwirrt und plötzlich gar nicht mehr sicher, ob das, was sie heute nacht getan hatte – bis zu diesem Augenblick hatte sie es für einen Akt der Großmut und des Mitleids gehalten –, richtig gewesen war. Vielleicht macht es ihn im Grunde nur noch trauriger, dachte sie.

Das Taxi fuhr ab. Sie zuckte die Achseln, schloß die Haustür auf und ging hinein.

Im Flur schaltete sie das Licht ein und wollte eben die Treppe hinauf und so schnell wie möglich zu Bett gehen, als sie einen starken Geruch nach Zigarettenrauch bemerkte. Sie blieb stehen. Der Geruch kam offenbar aus dem Wohnzimmer. Ich muß mit der Putzfrau reden, dachte sie ärgerlich, dieses Rauchen während der Arbeit. Dann fiel ihr ein, daß die Putzfrau nur zweimal in der Woche kam, montags und donnerstags, und heute war weder Montag noch Donnerstag.

Nach kurzem Zögern ging sie ins Wohnzimmer. Von der Tür aus sah sie im Dunkeln eine Zigarette glimmen und die schattenhaften Umrisse einer Gestalt in einem Sessel, der in die Mitte des Teppichs gerückt worden war. Sie schaltete das Licht ein.

Dort saß Oliver im Mantel, eine Zigarette rauchend, tief in den Sessel vergraben, und wandte ihr das Gesicht zu. Sie hatte ihn seit fünf Monaten nicht mehr gesehen und bemerkte, daß er magerer als das letzte Mal aussah und viel älter. Die Augen lagen tief in den Höhlen, die Mundwinkel waren müde herabgezogen.

»Oliver«, sagte sie.

»Hallo, Lucy.« Er stand nicht auf. Sein Kopf rollte ein wenig hin und her, er fuhr sich mit der Zunge über die Lippen, und sie erkannte, daß er getrunken hatte.

»Bist du schon lange hier?« fragte sie. Sie zog den Mantel aus und warf ihn auf einen Stuhl. Sie war beunruhigt und empfand ein wenig Furcht. Er pflegte sonst nicht unangemeldet zu kommen oder zu viel zu trinken oder im Dunkeln im Mantel, brütend und unbestimmt drohend, in einem Sessel zu sitzen, der offenbar eigens so hingestellt worden war, daß er die Tür im Auge hatte.

»Ein paar Stunden«, sagte er. »Ich weiß nicht genau.« Er sprach langsam und sorgfältig, mit etwas belegter Stimme. »Ich habe von New York aus angerufen, aber du warst nicht zu Hause.«

»Kann ich dir etwas anbieten? Einen Drink? Ein Sandwich?«

»Ich möchte gar nichts.«

»Bist du auf Urlaub? Wie lange hast du Zeit?«

»Das Schiff geht morgen. Nach Übersee.«

»Oh.« Alle fahren diese Woche, dachte sie. Die ganze Armee. Wenn ich nicht so müde wäre, würde ich zweifellos auch noch anderes fühlen.

Sie erschauerte ein wenig. »Es ist kalt hier. Du hättest die Heizung weiter aufdrehen sollen.«

»Ich habe es gar nicht bemerkt.«

Sie ging zum Thermostaten an der Wand und stellte ihn auf größere Hitze ein, nicht, weil sie dachte, das Zimmer werde sich so rasch erwärmen, daß es ihnen noch etwas nützte, sondern um etwas zu tun zu haben, um dem forschenden Blick ihres Mannes auszuweichen.

»Ich habe Hunger«, sagte sie. »Ich will einmal im Kühlschrank nachsehen, was da ist. Soll ich dir nicht doch etwas mitbringen?«

»Nein, danke.« Er drückte seine Zigarette in dem Aschenbecher auf der Armlehne seines Sessels aus und sah ihr nach, als sie in die Küche ging.

Sie nahm sich reichlich Zeit, guckte in den Kühlschrank, obwohl sie gar nicht hungrig war, und ärgerte sich über sich selbst, weil sie nach so vielen Jahren noch Angst vor Oliver hatte und jetzt nicht zu ihm ins Zimmer zurück mochte. Ob er wohl die Nacht hier im Hause schlafen wollte? Und ob er dann wohl darauf bestehen würde, mit ihr im gleichen Bett zu schlafen? Ehe er einrückte, hatten sie getrennte Schlafzimmer gehabt, und es hatte lange Zeiträume gegeben, in denen er sie überhaupt nicht berührt hatte. Dann konnte es ihm plötzlich einfallen, drei, vier Nächte hintereinander bei ihr zu schlafen, ohne daß sie jemals erfuhr, was ihm Grund oder Anregung dazu gegeben hatte. Er war dann fast so leidenschaftlich wie in den ersten Tagen ihrer Ehe, nur daß sie neben Lust und Verlangen bei ihm eine versteckte Melancholie, ein heimliches Bedauern fühlte.

Als er Soldat geworden war, hatte sie sich freiwillig anerboten, ihn in den verschiedenen Schulungslagern zu besuchen, in denen er stationiert war, aber er hatte es nie erlaubt, weil ihre Arbeit, wie er sagte, zu wichtig sei, um geopfert zu werden. Einmal wöchentlich hatte er ihr pflichtschuldigst einen Brief geschrieben; der Ton in diesen Briefen war zärtlich und erinnerte mehr an den gewandten, selbstsicheren Mann, der er in den ersten Ehejahren gewesen war, als an den geistesabwesenden, gehetzten Manager, der aus ihm geworden war, seit sie nicht mehr in Hartford wohnten.

Nach dem Thanksgiving, zu dem er Tony mit nach Hause gebracht hatte, war ihr ab und zu der Gedanke gekommen, sich von ihm zu trennen. Wäre unter den Männern, die sie kannte, einer gewesen, den zu lieben sie sich hätte einreden können, hätte sie sich von Oliver scheiden lassen.

Dann kam der Krieg, und Oliver zog die Uniform an und wohnte nicht mehr zu Hause. Eigentlich war er für den Militärdienst zu alt, und sie war überzeugt, daß er sich nur gemeldet hatte, um sich von ihr und dem unlösbaren, beständigen Problem freizumachen, das sie für ihn bedeutete; sie hatte daraufhin alles laufenlassen und sich gesagt, daß nach dem Krieg unbedingt eine endgültige Lösung gefunden werden müßte.

Gedanken dieser Art gingen ihr durch den Kopf, während sie

vor dem Kühlschrank stand und den äußerst mageren Inhalt musterte. Wirklich keine sonderlich glückliche Ehe, dachte sie, aber immerhin eine Ehe. Wahrscheinlich sind die meisten anderen Ehen auch nicht besser.

Im Kühlschrank waren ein paar Flaschen Bier und ein Stück Schweizer Käse. Sie beschloß, auf beides zu verzichten, obwohl sie jetzt merkte, daß sie Durst hatte und gern etwas Bier getrunken hätte. Sie nahm eine Flasche Milch heraus und goß sich ein Glas davon ein. Von einem Wandbrett nahm sie dann eine Schachtel Crackers und trug sie nebst ihrem Glas Milch ins Wohnzimmer. Das soll der letzte Eindruck von seiner Frau sein, den er mit ins Feld nimmt, dachte sie, über ihre weibliche Schlauheit belustigt; um drei Uhr morgens trinkt sie unschuldig und wie ein kleines Mädchen ein Glas Milch.

Oliver hatte sich nicht gerührt. Er saß, den Kragen bis zu den Ohren hochgeschlagen, eine neue Zigarette zwischen den Lippen, in seinem Sessel und starrte vor sich hin auf den Teppich.

Lucy setzte sich auf die Couch und stellte das Glas Milch und die Schachtel auf einen kleinen Tisch vor der Couch. Von ihrem Platz aus sah sie Oliver im Profil; seine Gesichtszüge waren ungewohnt scharf und adlerähnlich, gleichsam nackt vor Müdigkeit.

»Du hättest dich anmelden sollen«, sagte sie, an ihrer Milch nippend.

»Ich hatte gar nicht vor, herzukommen. Ich hatte nur den einen Abend in New York und wollte ihn mit Tony verbringen.« Seine Stimme war leise und etwas heiser, als hätte er den ganzen Tag bei schlechtem Wetter im Freien Befehle gebrüllt.

»Wie findest du ihn?« fragte Lucy, weil sie dachte, Oliver erwarte diese Frage.

»Unerfreulich, höchst unerfreulich.«

Sie erwiderte nichts, weil darauf nichts zu erwidern war. Sie saß angespannt auf dem Rand der Couch, den Blick auf sein Profil gerichtet, das sich mit gemmenhafter Schärfe gegen das Lampenlicht abhob, und empfand deutlich den doppelten Vorwurf, den er durch sein Urteil über ihren Sohn gegen sich selbst und gegen sie richtete.

Er wandte langsam den Kopf und sah sie mit dem feierlichen Ernst eines Beschwipsten an. »Das ist ein hübsches Kleid«, sagte er unerwartet. »Habe ich das schon einmal gesehen?«

»Ja.«

»Hast du es dir selbst ausgesucht?«

»Ja.«

Er nickte beifällig. »Du warst immer eine sehr schöne Frau, aber du konntest dich nicht richtig anziehen. Du machtest nichts aus dir. Aber jetzt hast du es gelernt. Das gefällt mir. Ist zwar einerlei, aber es gefällt mir trotzdem.«

Er wandte das Gesicht wieder ab, legte den Kopf an die Lehne und schwieg länger als eine Minute. Sein Atem ging regelmäßig, und Lucy fragte sich, ob er einschlief.

»Wir wollten dich von New York aus anrufen, Tony und ich«, sagte er plötzlich aus seiner Unbeweglichkeit heraus. »Er war bereit, mit dir zu sprechen. Ich glaube, er wäre mit mir hierhergefahren, wenn du zu Hause gewesen wärest.«

»Das tut mir leid«, sagte sie leise.

»An diesem einen Abend. Warum konntest du an diesem einen Abend nicht zu Hause sein?« Er stand auf und sah sie an, in seinem zerdrückten Trenchcoat mit dem offenen Gürtel eine fast formlose Gestalt. »Wo warst du?« fragte er mit flacher, ausdrucksloser Stimme.

Endlich, dachte Lucy und zwang sich, freimütig zu ihm aufzusehen. »Ich war aus«, sagte sie. »Ich hatte eine Verabredung.«

»Du hattest eine Verabredung.« Er nickte mit der Liebenswürdigkeit eines Betrunkenen. »Und wozu hattest du dich verabredet? Ich meine, zu welchem Zweck?«

»Komm, Oliver, sei vernünftig«, sagte Lucy. »Hätte ich gewußt, daß du anrufen würdest, wäre ich selbstverständlich zu Hause geblieben. Es war eben Pech...«

»Es war eben Pech«, wiederholte er, das Kinn auf der Brust, die Hände in den Manteltaschen vergraben. »Vom Pech habe ich allmählich genug. Wann kommt wieder mal Glück? Ich habe dich etwas gefragt – zu welchem Zweck hattest du dich verabredet?«

»Ich habe mit einem Soldaten, einem jungen Leutnant, den ich im Lazarett kennengelernt habe, zu Abend gegessen«, sagte Lucy ruhig. »Einem Flugzeugführer.«

»Abendessen mit einem Flugzeugführer. Ihr müßt euch Zeit genommen haben beim Essen. Es war nach drei Uhr, als er sich an der Haustür von dir verabschiedete. Was habt ihr sonst noch getan?«

»Hör mal, Oliver...«, begann Lucy. Sie stand auf.

»Was habt ihr sonst noch getan?« wiederholte Oliver im gleichen ausdruckslosen Ton. »Bist du mit ihm im Bett gewesen?«

Lucy seufzte. »Willst du es wirklich wissen?«

»Ja.«

»Ich war mit ihm im Bett. Ja.«

Oliver nickte, immer noch freundlich. »War es das erste Mal?«

Lucy war versucht zu lügen und zögerte mit der Antwort. Dann verwarf sie den Gedanken. »Nein«, sagte sie.

»Liebst du ihn?«

»Nein.«

»Aber es macht dir Freude, mit ihm ins Bett zu gehen?«

»Offen gesagt, nein.«

»Offen gesagt, nein«, sagte Oliver ernst. »Warum hast du es dann getan?«

Lucy zuckte die Achseln. »Er ist in Afrika verwundet worden. Schwer verwundet. Jetzt hat er schrecklich Angst, weil er wieder hinaus muß, diesmal in den Pazifik...«

»Ach so, ich verstehe«, sagte Oliver einsichtig. »Bei dir ist das eine Art Patriotismus.«

»Mach dich nicht über mich lustig, Oliver. Er tat mir leid. Das ist doch verständlich, nicht wahr? Er ist jung und voll Angst und verwundet. Es schien ihm so viel daran zu liegen...«

»O natürlich, das kann ich verstehen«, sagte Oliver freundlich. »In einem Lazarett sind heutzutage sicherlich Hunderte, die jung sind und Angst haben und verwundet wurden. Ich, natürlich, bin nicht jung und habe keine Angst. Aber, ich glaube, man könnte sagen, daß ich verwundet bin. Willst du mit mir ins Bett gehen?«

»Oliver...« Lucy machte eine Bewegung auf die Tür zu. »Du

bist im Augenblick nicht in der rechten Verfassung für ein Gespräch. Ich gehe jetzt schlafen. Wenn du durchaus alle diese Dinge aufrühren mußt, bin ich gern bereit, morgen früh jede beliebige Frage zu beantworten.«

Oliver hielt sie mit einer Handbewegung zurück. »Morgen früh bin ich nicht mehr hier. Und ich bin gerade jetzt in ausgezeichneter Verfassung für ein solches Gespräch. Betrunken, unfähig zu schlafen und im Begriff zu verschwinden. Wenn ein Mann ins Feld muß, möchte er vorher gern gewisse Dinge regeln. Sein Testament, sein Andenken, die Stellung seiner Frau. Sag mal«, sagte er im Konversationston, »du hattest noch mehr Männer, nicht wahr?«

Lucy seufzte. »Vor langer Zeit. Ich habe dir ja gesagt, Oliver, daß ich dich nie mehr belügen werde.«

»Eben deshalb frage ich. Ich hätte gern über alles Klarheit, ehe ich gehe.«

»Ja, es waren auch noch andere. Und?«

»Wenn du nach dem Theater über Nacht in New York bliebst, so war es nicht nur, weil du nicht so spät allein mit dem Zug fahren wolltest?«

»Nein.«

»Hast du einen von ihnen geliebt?« Oliver sah sie scharf an und trat einen Schritt näher.

»Nein.«

»Wirklich nicht?«

»So leid es mir tut, aber ich habe keinen geliebt.«

»Warum nicht?«

»Vielleicht, weil ich unfähig bin zu lieben. Vielleicht, weil ich dich liebe. Ich weiß es nicht.«

»Warum tust du es dann?« Oliver stand vor ihr, so daß der Weg zur Tür versperrt war. »Warum zum Teufel tust du es dann?«

»Vielleicht, weil ich mir dann interessant vorkomme. Seit meiner Mädchenzeit bin ich mir immer uninteressant vorgekommen. Vielleicht, weil ich eine innere Leere empfinde. Vielleicht, weil es jedesmal zuerst den Anschein hat, als ob es mir etwas bedeuten könnte, als gäbe es da ein Rätsel, zu dem ich endlich die Antwort finden könnte. Vielleicht, weil ich von mir selber enttäuscht bin und von dir und von Tony. Vielleicht, weil ich nichts tauge, oder weil meine Mutter mich, als ich zwei Jahre alt war, einen Abend allein gelassen hat.« Sie zuckte die Achseln. »Vielleicht, weil es heutzutage so Mode ist. Ich weiß es nicht. Und jetzt gehe ich schlafen.« Sie machte wieder einen Schritt auf die Tür zu.

»Noch eine Frage«, sagte Oliver leise, seine Stimme klang hohl vor Müdigkeit. »Willst du so weitermachen?«

»Ich nehme es an«, sagte Lucy müde. »Irgendwo muß doch die Lösung des Rätsels zu finden sein.«

Sie standen einander gegenüber, Lucy steif und abweisend, Oliver ein wenig vorgebeugt, nachdenklich, fragend, zerknittert in seinem weiten, fleckigen Mantel. »Sag mir, Lucy«, sagte er mit gütiger, fast elegischer Stimme, mit einem Unterton zärtlichen Abschieds, »bist du glücklich?«

»Nein«, sagte sie.

Er nickte. »Das ist das Unverzeihliche daran, daß du dabei nicht einmal glücklich bist.«

Er trat dicht an sie heran, mit hängenden Armen, und sah sie lange forschend an.

»Du bist ein tölpelhaftes, frivoles Weib«, sagte er ruhig.

Dann schlug er sie. Er schlug sie heftig, mit geballter Faust, als schlüge er einen Mann.

Sie stolperte ein paar Schritte zurück gegen die Wand. Sie schrie nicht auf und machte auch keinen Versuch, ihn abzuwehren. Aufrecht, im Rücken von der Wand gestützt, stand sie da und sah ihm unverwandt in die Augen. Er seufzte und trat noch einen Schritt näher. Dann schlug er wieder rücksichtslos zu, gleichzeitig sich selbst bestrafend, indem er sie bestrafte.

Sie fühlte Blut auf ihren Lippen, und die Lichter im Zimmer begannen rötlich vor ihren Augen zu tanzen, aber sie machte noch immer keinen Versuch, sich zu wehren. Den Kopf erhoben, betrachtete sie ihn mit unpersönlichem Blick und wartete. Das Blut tropfte von ihren Lippen. Er hatte sie noch nie geschlagen, aber es erschien ihr weder erstaunlich noch ungerecht, daß er es jetzt tat. Und selbst als seine Schläge dichter fielen, schwer und nüchtern, mit der zeremoniellen Unvermeidbarkeit eines Urteilsspruches, der an ihr vollstreckt wurde, blickte sie noch verzeihend, verstehend, unverwandt in seine Augen.

Es mußte geschehen, dachte sie unter dem lähmenden Schmerz der Schläge, die Ohren von einem dumpfen Brausen erfüllt, schon vor langer Zeit war es so bestimmt.

Als sie vor der Wand zu Boden glitt, ihr hübsches schwarzes Kleid mit Blut bespritzt und um die Knie zerknittert, blieb Oliver noch einen Augenblick stehen und sah auf sie herunter. Sein Gesicht, eingerahmt von dem aufgeschlagenen, kriegerischen Mantelkragen, war weich und gedankenverloren.

Dann wandte er sich um und verließ das Haus.

Sie blieb lange Zeit am Boden liegen, noch lange, nachdem sie das Zufallen der Haustür gehört hatte. Endlich stand sie auf, schaltete mit hausfraulicher Sparsamkeit den Thermostaten herunter und löschte das Licht im Wohnzimmer, ehe sie hinauf in ihr Schlafzimmer ging.

Zehn Tage lang ging sie nicht aus dem Haus, weil ihre Quetschungen nicht früher ausgeheilt waren.

20

Es wurde immer später, bis nach Ozières war es noch eine Stunde, und Tony beschloß, anzuhalten und zu Mittag zu essen. Die Gräber ungeliebter Väter besucht man besser nicht mit leerem Magen, dachte er.

Er fuhr in den Hof eines einsam gelegenen kleinen Gasthofes an der Landstraße. Im Schatten einer Platanengruppe waren Tische aufgeschlagen, und am Eingang sah man die übliche Schildersammlung, die den Gasthof namens verschiedener Vereine und Organisationen als Schlemmerlokal empfahl.

Er stellte den Motor ab und blieb, steif von der langen Fahrt, noch einen Augenblick im Wagen sitzen. Seine Stirn brannte von der Sonne und dem Anprall des Fahrtwindes. Er warf einen Blick auf Lucy und wartete, daß sie die Augen öffnete. Ihr Gesicht war entspannt, und um die Lippen lag ein leichtes Lächeln, als hätte sie von fröhlichen Abenden, Tanzereien in ihrer Jugend, geheimen Freuden aus ihrer Vergangenheit geträumt. In Tony flackerte ein Gefühl von Ärger auf. So dürfte sie nicht aussehen, dachte er. An einem solchen Tage sollte wenigstens irgendein Anzeichen auf ihrem Gesicht darauf hindeuten, daß ihre Erinnerungen auch Trauer und Leid umfassen. Elastizität ist ein wiederkehrendes Charaktermerkmal der Familie Crown, aber nur bei den weiblichen Mitgliedern.

Lucy öffnete die Augen.

»Mittagessen«, sagte Tony.

»Hier ist es aber hübsch«, sagte sie, als ob sie als Touristin hier wäre, mit einem Blick auf den Gasthof, die Platanen und die Wiese mit Apfelbäumen dahinter.

»Bestelle bitte für mich mit«, sagte sie, als sie in den Garten traten, »ich muß mich ein bißchen zurechtmachen.« Tony setzte sich an einen Tisch und sah seiner Mutter nach. Sie ging zwischen den Tischen hindurch über den sauberen Kies, er bemerkte ihre aufrechte Haltung, ihre überraschend jugendlichen, langen Beine, die hochhackigen, eleganten Schuhe, die sie trug, weil sie am Morgen noch nicht gewußt hatte, daß sie aufs Land fahren würde. An einem anderen Tisch saßen zwei Herren und aßen Langusten; Tony sah, daß sie einen Augenblick zu essen aufhörten und Lucy beifällig nachblickten, bis sie im Haus verschwunden war. Wie lange sehen die Männer sie wohl schon in dieser Art an, dachte Tony. Über dreißig Jahre? Und wie hat es sich auf sie ausgewirkt?

Die Kellnerin kam, und er bestellte für Lucy und sich selbst Forelle, Salat und eine Flasche Weißwein. Wenigstens ein gutes Essen will ich aus diesem Tag herausschlagen, dachte er.

Er bedauerte jetzt, mitgefahren zu sein. Er war zu diesem Plan überrumpelt worden, außerdem war er neugierig gewesen, und es entsprach seiner Veranlagung, jederzeit höflich zu sein, den Liebenswürdigen zu spielen und zu tun, worum man ihn bat. Aber jetzt war er beunruhigt und unsicher, und die Erinnerungen, die seine Mutter in ihm erweckt hatte, waren schmerzhaft und beschämend. Auch gab ihre Anwesenheit ihm das Gefühl, alt zu sein, und machte ihm bewußt, daß er mit dreißig Jahren bereits einen großen Teil seines Lebens vergeudet hatte. Ohne daß sie darüber gesprochen hätten, war es, als hätten sie gemeinsam die Fahrt in die Normandie unternommen, um den Mann, der er heute war, gegen die Möglichkeiten des Jungen abzuwägen, der er bei ihrem letzten Zusammentreffen gewesen war. Und auf ihrer wie auf seiner Seite mußte das Urteil abfällig und negativ sein.

Sie ist von weither gekommen, um mir Kummer zu machen, dachte er.

Was ihn am meisten an seiner Mutter bestürzte, war der Ausdruck in ihrem Gesicht, kurz ehe sie erwachte, als sie vor dem Gasthof hielten. Dieses weiche, verstohlene, erinnerungsreiche Frauenlächeln. Es rief den Augenblick in ihm zurück, da er als Junge durch den Schlitz in der Jalousie geschaut und sie in Jeffs Armen gesehen hatte. Ihr Gesicht war dem Fenster zugewandt gewesen, die Augen geschlossen, die Lippen leicht geöffnet in diesem Lächeln, das er noch nie zuvor bei jemandem gesehen hatte, selbstsüchtig, gierig, unempfindlich gegen alles andere außer dem Verlangen ihrer eigenen Lust, schockierend in seiner unverhohlenen genießerischen Erregung und Selbstsucht. Dieses Lächeln hatte ihn seither verfolgt und war für ihn Kennzeichen und Warnungssignal bei allen Frauen geworden. Jedesmal, wenn er mit einer Frau zusammen war, wartete er nur auf dieses Lächeln oder ein Anzeichen, eine versteckte Andeutung davon, wie ein Spieler vor einer markierten Karte auf der Hut ist oder ein Soldat vor einer verborgenen Mine. Er war dadurch kühl und verschlossen geworden, mehr Beobachter als Partner, und es hatte ihn daran gehindert, sich irgendeiner Gemeinsamkeit jemals ganz hinzugeben. Die Frauen, denen er begegnet war, hatten seine wachsame Zurückhaltung gespürt. Keine hatte diese Eigenschaft zu deuten gewußt oder verstanden, was dahintersteckte, aber alle hatten ihm in wechselnden Tonarten der Hysterie Mißtrauen, Kälte, Unfähigkeit zur Liebe zum Vorwurf gemacht. Als er jetzt auf seine Beziehungen zum weiblichen Geschlecht zurückblickte, erschienen sie ihm wie eine einzige lange Reihe bitterer Anklagen, in der die Klägerinnen von Zeit zu Zeit wechselten, während die Anschuldigung, schwer, vernichtend und unwiderlegbar, immer die gleiche blieb.

Keine der Frauen, mit denen er in intimen Verbindungen gestanden hatte, war ihm wohlgesinnt geblieben, und er hatte sich schon daran gewöhnt, daß bei einer zufälligen späteren Begegnung in ihren Gesichtern sofort ein starrer und rachelüsterner Ausdruck erschien. Er hatte 1947 Amerika verlassen, weil ein Mädchen, das er sehr zu lieben glaubte, seinen Heiratsantrag abgelehnt hatte. »Ich liebe dich«, hatte sie gesagt, »aber ich habe Angst vor dir. Du bist niemals ganz bei mir. Selbst wenn du mich küßt, habe ich das Gefühl, daß du irgendwelche Vorbehalte machst. Ich habe dich ein paarmal dabei ertappt, wie du mich ansahst, manchmal bei höchst sonderbaren Gelegenheiten, und dein Blick ließ mir das Blut in den Adern erstarren. Ich werde bei dir nie das Gefühl los, daß du im Begriff bist, mich zu verlassen. Ich bin deiner nie sicher, und ich spüre schon heute, daß ich eines Morgens aufwachen würde, und du wärest nicht mehr da. Du bist jemand, der sich allem entziehen will, nicht nur mir oder den Frauen überhaupt. Ich habe dich auch beobachtet, wenn du mit Männern zusammen warst, und habe mit anderen Männern über dich gesprochen; am Ende hinterläßt du bei allen Menschen den gleichen Eindruck. Unter den Männern, die ich kenne, ist nicht ein einziger, der sich ehrlich deinen Freund nennen könnte...«

Das Mädchen hieß Edith und hatte langes, blondes Haar gehabt; sie heiratete bald darauf einen Mann aus Detroit, hatte zwei Kinder und war seither zweimal geschieden.

Jemand, der sich allem entziehen will. Edith gegenüber hatte er es erbittert abgeleugnet, obwohl er wußte, daß sie recht hatte. Er hatte sich der Liebe seiner Mutter entzogen und dem Mitleid seines Vaters; er hatte sich dem Krieg entzogen, dem Verlangen der Frauen und der Zuneigung der Männer. Er hatte sich dem Beruf entzogen, für den er schon nahezu ausgebildet war, und dem Land seiner Geburt. Seine Frau war überzeugt, daß er sich mit der Absicht trug, sich auch ihr zu entziehen, und in gewisser Hinsicht hatte sie recht. Mit seinem Atelier in einem anderen Stadtteil, seinen Reisen und den Nächten, die er nicht zu Hause verbrachte, hatte er sich schon halb von ihr getrennt. Er hatte sie, kurz nachdem Edith die Verlobung aufgehoben hatte, geheiratet, hauptsächlich, weil sie jung, heiter, unschuldig und hartnäckig gewesen war, und damals hatte es so ausgesehen, als ob die Ehe keine großen Anforderungen an ihn stellte. Aber dann war der Junge geboren worden, die Heiterkeit und die Unschuld waren verschwunden, und nur die Hartnäckigkeit schien geblieben zu sein, und während langer Perioden hatte allein das Verantwortungsgefühl für seinen Sohn eine oberflächliche, quälende Ehe aufrechterhalten.

An welchem Geburtstag, dachte er, entziehe ich mich auch meinem Sohn?

Er blickte auf und sah Lucy aus dem Haus treten; ihr Haar war frisch frisiert, den Schal trug sie in der Hand. Er bemerkte, daß die beiden Herren sie wieder über die roten Scheren auf ihren Tellern hinweg beobachteten, unwillkürlich interessiert, unwillkürlich angezogen von dem Anblick der hochgewachsenen, schönen, gutgekleideten Frau, der der schmeichelnde Wechsel von Sonnenlicht und Schatten unter den Platanen eine trügerische Jugendlichkeit verlieh, als sie zu dem Tisch am anderen Ende des Gartens schritt, wo ein junger Mann sie erwartete. Den Kranz der Sinnenlust um die Schläfen, dachte Tony sarkastisch, mit den immergrünen Girlanden des Begehrens geschmückt, nähert sich meine Mutter.

Er stand auf, rückte ihr den Stuhl zurecht und goß die Gläser voll. Sie tranken ohne Trinkspruch den ersten Schluck.

»Das tut gut«, sagte Lucy. Sie trank durstig und fühlte, wie der Wein den Staub in ihrer Kehle löste. Als sie Tony über den Tisch anblickte, sah sie auf seinem Gesicht wieder die belustigte Grimasse, das ironisch-verurteilende Lächeln um seine Mundwinkel, das sie am Morgen in seiner Wohnung so nachhaltig beunruhigt hatte. Es lähmte sie und machte es ihr unmöglich, unbefangen und natürlich mit ihm zu sprechen, und ihr Plan, sich ungezwungen, fraulich, unbeschwert zu geben und auf ein Zeichen der Anteilnahme und der Zuneigung von ihm zu warten, ehe sie irgendein Verlangen an ihn stellte, erschien ihr jetzt naiv und hoffnungslos.

Steif und befangen begann sie schweigend und hastig zu essen, ohne zu beachten, was ihr vorgesetzt worden war. In ihrer Nervosität trank sie beinahe die ganze Flasche Wein allein aus und bemerkte nicht, daß Tony mit der höflichen, belustigten Bosheit eines Roués, der ein Kind betrunken machen will, ihr Glas immer wieder von neuem füllte.

Der Weißwein war kalt und trocken, ihr Durst schien unstillbar, und sie war Tony dankbar, als er eine zweite Flasche bestellte. Er war sehr leicht, und abgesehen davon, daß sich unter seiner Wirkung die Dinge um sie her mit einer beglückenden Klarheit gegeneinander abhoben, war sie überzeugt, ihn nicht zu spüren.

Als sie die zweite Flasche zur Hälfte geleert hatten, schien es ihr, als sähe sie die Szene kühl und unbeteiligt aus einem gewissen Abstand: Mutter und Sohn, einander ähnlich und beide gut aussehend, in einem Wirtshausgarten in der Normandie rastend, kultiviert, zurückhaltend, voll gegenseitiger Höflichkeit und froh, beieinander zu sein, auf schickliche Weise unterwegs, um ihren Toten, lange nachdem die Geschütze schwiegen, die letzte Ehre zu erweisen. Nur – wenn man ein bißchen blinzelte und den Wein beiseite schob und etwas genauer hinsah, stimmte irgend etwas nicht an der Szene. Das gefrorene Lächeln um die Lippen des Mannes, das aus der Entfernung für einen Ausdruck von Nachsicht und Sohnesliebe gelten konnte, löste sich bei näherem Hinsehen in Spott auf, schuf eine Kluft, verbannte alle Liebe, war ein gequältes Grinsen aus der dunklen Tiefe eines Abgrundes.

»Unerträglich«, sagte sie, setzte ihr Glas nieder und starrte ihn an.

»Wie bitte?« fragte Tony überrascht.

»Sag mir, was du von mir denkst.«

»Aber ich habe doch noch gar keine Zeit gehabt«, protestierte er, »mir darüber klar zu werden.«

»Doch, du hast Zeit gehabt«, beharrte sie. Ihre Zunge war ein wenig schwer vom Wein. »Ich sehe es dir an. Du hast dir eine klare, feste Meinung über mich gebildet, und es würde mich interessieren, sie kennenzulernen.«

»Tja« – Tony lehnte sich zurück, entschlossen, sie bei Laune zu halten, »ich muß sagen, ich bewundere dich schon den ganzen Tag.«

»Du bewunderst mich?« fragte Lucy hart. »Weshalb?«

»Weil du so jung und so schön und so lebensvoll geblieben bist«, antwortete er lächelnd. »Sehr geschickt von dir.«

»Geschickt«, wiederholte sie. Sie wußte, daß er sie mit diesem »geschickt« verletzen wollte, und daß es ihm gelungen war.

»Ich kann mir gar nicht vorstellen, wie du das gemacht hast«, fuhr er in leichtem Ton fort.

»Deine Frau hat mir die gleiche Frage gestellt.«

»Ich muß sie fragen, was du ihr geantwortet hast.«

»Ich habe ihr keine Antwort gegeben. Gib du sie ihr doch. Ich bin überzeugt, du hast bereits eine Theorie darüber.«

»Ja, vielleicht.« Sie sahen sich feindselig über den Tisch an, bereit, Unheil anzurichten.

»Dann sage sie mir. Vielleicht ist mir die richtige Antwort in den nächsten zwanzig Jahren eine große Hilfe.«

»Also gut«, begann Tony und dachte, sie will es nicht anders, sie ist hierhergekommen, hat alles wieder aufgerührt, sie wollte durchaus das Grab besuchen, nun kann sie es auch ruhig hören. »Ich habe mich, fürchte ich, in ziemlich altmodischen Gedankengängen bewegt. Die Bösen gedeihen, dachte ich. Jung bleiben, die harten Herzens sind. Sündige und lebe. Bleibe unberührt, dann können Familien um dich her zerfallen und Reiche zusammenstürzen, und kein Haar auf deinem Haupte wird ergrauen.«

»Unberührt.« Lucy schüttelte verwirrt den Kopf. »Das also hast du in all diesen Jahren gedacht.«

»Nur im bildlichen Sinne natürlich«, sagte Tony mit einem schiefen Lächeln.

Für kurze Zeit herrschte Schweigen am Tisch, in dem beide dem Echo von Tonys frostigem Spott nachlauschten.

»Du verrechnest dich in dir selbst, Tony«, sagte Lucy ruhig. »Du hältst dich für einen bösartigen, widerwärtigen Menschen und versuchst natürlich, der Vorstellung, die du von dir selbst hast, gerecht zu werden. Ich glaube aber nicht, daß du wirklich so bist. Ich weiß, wie du als Junge warst, und dieser Junge kann nicht spurlos verschwunden sein, was auch geschehen ist. Ich weiß Bescheid mit dem Sichverrechnen, Tony, denn ich habe die letzten zehn Jahre meines Lebens hindurch versucht, den Schaden wieder gutzumachen, den ich angerichtet habe, weil ich ein völlig falsches Bild von mir selbst hatte. Völlig falsch. Völlig unzutreffend... Zufälle und Irrtümer«, sagte sie. Ihre Stimme klang unbefangen und wohllautend und ein wenig schwer vom Wein. »Zufälle und Irrtümer. Wenn dieses gräßliche kleine Mädchen in jenem Sommer nicht am See gewesen wäre, wenn sie sich an einem regnerischen Nachmittag nicht gelangweilt und zu einem Waldspaziergang entschlossen hätte – wenn die Sonne geschienen hätte und sie wäre schwimmen gegangen, oder wenn du nur eine halbe Stunde später nach Hause gekommen wärest –, dann säßen wir heute nicht in dieser Verfassung hier. Wenn du nicht krank gewesen und fast gestorben wärest, hätte dein Vater nie daran gedacht, einen jungen Mann als Gefährten für dich zu engagieren... Wäre er nicht eines Morgens in einer Autoreparaturwerkstätte gewesen und hätte dort erfahren, daß ich eine Rechnung nicht bezahlt hatte, die ich bezahlt zu haben glaubte, und hätte er mich daraufhin nicht angerufen, um mich auszuschelten, und mich dadurch rebellisch und unzufrieden gemacht ––– Nichts wäre geschehen. Gar nichts.« Sie schüttelte den Kopf, offenbar selbst überrascht über die verwikkelten Zusammenhänge und bösartigen Schicksalsfügungen, die ihr Leben aus der Bahn geworfen hatten. »Aber der Nachmittag *war* eben regnerisch, und es *gab* ein gräßliches kleines Mädchen am See, und es *gab* einen jungen Mann, und du kamst *nicht* eine halbe Stunde später. Und so wurde aus einem törichten, unnötigen Seitensprung, der sich womöglich nie wiederholt hätte – einem Seitensprung, wie ihn Millionen von Frauen begehen, der im Lauf der Zeit zu einem harmlosen Geheimnis verblaßt, auf das sie im Alter mit Nachsicht zurückblicken – ein Unheil. Eine Wasserscheide. An der sich mein Leben und deines und das deines Vaters trennte.«

»Das ist zu einfach«, sagte Tony, im stillen ergrimmt darüber, daß seine Mutter sich mit solcher Deutlichkeit an jede Einzelheit erinnerte. »Du machst es dir selbst zu leicht.«

»O nein. Das darfst du nicht denken. Das darfst du auf keinen Fall denken. Jeder ist selbst für die Zufälle verantwortlich, die ihm widerfahren, und ich stehe ein für die meinen. Nur – unglückliche

Zufälle dieser oder jener Art bleiben niemandem erspart. Glaube nicht, daß es bei dir anders sein wird. Es kommt darauf an, wie man mit ihnen fertig wird, wie man die Folgen beseitigt, wie man den Schaden wiedergutmacht. Ich tat leider das Schlimmste, was man tun kann. Ich machte aus einem unglücklichen Zufall ein dauerndes Unheil. Ich machte jeden Fehler, der überhaupt zu machen war. Nach fünfzehnjähriger Ehe hatte ich für ein paar Sommerwochen an einem jungen Mann mein Vergnügen, folglich glaubte ich, eine sinnliche Frau zu sein. Nun, ich war keine, wie sich herausstellte. Ich hatte Furcht vor deinem Vater und belog ihn deshalb; die Lüge, die ich ihm auftischte, war sehr häßlich, und er durchschaute sie, und ich schämte mich darüber, folglich glaubte ich, wir könnten das Geschehene nur überstehen, wenn ich in Zukunft rückhaltlos offen wäre. Aber – wir überstanden es nicht. Du warst da als Zeuge und warst innerlich verwundet und hattest uns verwundet, folglich glaubte ich, die Wunde unheilbar machen zu müssen. Deine Anklage als Zeuge schmerzte mich in jenem Jahr zu tief, folglich schickte ich dich fort. Aber deine Abwesenheit wirkte sich gegen uns aus, schwerer und verderblicher mit jedem Jahr...«

»Meinst du, es wäre besser gewesen, mich bei euch zu behalten?« fragte Tony ungläubig.

»Ja. Wir wären darüber hinweggekommen. Eine Familie ist wie ein lebender Organismus. Hat das Familienleben eine Verletzung erlitten, so heilt und verwächst die Wunde, wenn man ihr Zeit und Gelegenheit dazu gibt. Aber sie heilt natürlich nicht, wenn man sie künstlich offen hält. Wir machten einen Dauerzustand aus der Wunde, wir gründeten unsere Ehe, unser Leben darauf, und wir haben dafür bezahlt.«

»Haben dafür bezahlt«, wiederholte Tony nüchtern und blickte über den Tisch hinüber die kraftvolle, gesunde, guterhaltene Frau mit ihrem faltenlosen Gesicht und dem jugendlichen Mund und der zarten, von Wein und Sonne reizvoll getönten Haut über den Tisch an. »Wer hat dafür bezahlt?«

»Ich weiß, was du denkst«, sagte sie und nickte. »Du denkst, du hättest dafür bezahlt. Dein Vater hätte bezahlt. Nur ich sei frei ausgegangen. Aber du irrst dich. Ich habe auch bezahlt.«

»Wie du bezahlt hast, kann ich mir denken«, sagte Tony mitleidslos.

»Ja, du hast recht«, sagte Lucy müde. »Ich habe in vielen Betten bezahlt. Aber das ist schon lange her, und ich habe aufgehört, nachdem dein Vater eines Abends bei mir gewesen war, um mir Lebewohl zu sagen, ehe er in den Krieg zog.« Sie schloß die Augen, um ihren Sohn nicht zu sehen, und dachte zurück, wie sie an einem Wintertag um vier Uhr morgens blutbespritzt, bestraft auf dem Boden gelegen hatte, und hörte in der Erinnerung die Tür hinter ihrem Mann zufallen, den sie niemals wiedersehen sollte. »Aber ich habe nicht nur auf diese Art bezahlt. Ich bezahlte auch mit Schuldgefühl, Einsamkeit und Neid.« Sie öffnete die Augen und sah Tony an. »Ich dachte schon, ich hätte alles bezahlt, aber ich sehe, daß es noch nicht alles war. Was du auch von mir denken magst, das Schuldgefühl und die Einsamkeit wirst du mir wohl glauben. Aber der Neid war vielleicht von allem das Schlimmste. Denn ich beneidete alle anderen Menschen. Die Frauen, die ein friedliches, ereignisloses Eheleben führten, und die Frauen, die in stürmischen Ehen mit wilden Szenen, Trennungen und Versöhnungen lebten. Ich beneidete die Frauen, die unbedenklich in der Woche mit sieben verschiedenen Männern schliefen und sie ohne viel Federlesens nehmen und vergessen konnten. Ich beneidete die Frauen, die sich vorgenommen hatten, ihren Männern die ganzen Kriegsjahre hindurch treu zu sein und nie in ihrem Vorsatz wankten, und die Frauen, die sich von Liebe oder von Verlangen hinreißen ließen und bereit waren, um der Männer willen, die sie sich erwählt hatten, alles zu opfern, mit allen Waffen und allen Mitteln zu kämpfen. Ich beneidete die Frauen, die es sich schwermachten, und die, die es sich leichtmachten, weil ich nicht wußte, wie ich es überhaupt machen sollte. Im Lazarett gingen stets viele Frauen ein und aus, unter denen ein vielbelachter Witz kursierte. Sie sagten, sie gehörten zu einem Klub, der in England gegründet worden sei, weil der Krieg dort früher angefangen hatte als bei uns. Der Klub hieß W.M.J.O.G., das bedeutete: ›Wir machen junge Offiziere glücklich‹, und erregte zwischen 1940 und 1945 in allen Kreisen große Belustigung. Ich lachte mit ihnen und beneidete sie. Aber am allermeisten beneidete ich mich selbst – um die Frau, die ich bis zu jenem Sommer am See gewesen war, und um die Ehe, in der ich gelebt hatte. Ich hatte nicht etwa sentimentale Ansichten über mein damaliges Selbst oder unzutreffende Erinnerungen an meine Ehe. Vieles darin war nicht in Ordnung, und wenn dein Vater dir davon nichts gesagt hat, dann will ich es jetzt tun. Dein Vater war ein leidenschaftlicher, vom Leben enttäuschter Mann. In seiner Jugend hatte er große Zukunftspläne. Flugzeuge und Flieger waren seine ganze Liebe; die Fabrik, die er gegründet hatte, entwickelte sich vielversprechend, und ich glaube, er sah sich als Pionier und Neuerer auf dem Gebiet des Flugwesens und hoffte, später einmal eine führende Rolle spielen zu können. Dann starb sein Vater, und er mußte in das Geschäft und in die Stadt zurückkehren, denen er zehn Jahre lang zu entfliehen versucht hatte; er fühlte sich als ein Niemand, als eine verfehlte Existenz und suchte in mir einen Ersatz für alles, was das Leben ihm versagt hatte. Aber dieser Aufgabe war ich nicht gewachsen, das wußte ich, ich nahm ihm das übel, und schließlich ließ ich ihn dafür büßen. Er ängstigte mich und erwartete zuviel von mir, er ließ mir keinerlei Handlungsfreiheit, und meistens ließ er mich unbefriedigt. Aber ich liebte ihn, und wenn ich jetzt zurückschaue, sehe ich, daß unsere Ehe ausbalanciert war, aber damals erkannte ich das nicht. Ich war furchtsam, unsicher, sann auf Vergeltung und hatte von mir selbst eine schlechte Meinung, folglich suchte ich in den Armen anderer Männer eine bessere Meinung von mir zu gewinnen. Anfänglich redete ich mir ein, daß ich Liebe suchte, aber das stimmte nicht. Und ich fand auch bei anderen weder Liebe noch größere Selbstachtung, obwohl ich mir die größte Mühe gab.«

Sie schwieg und wiegte sich auf ihrem Stuhl ein wenig hin und her, beugte sich dann vor, stützte die Ellbogen auf den Tisch und legte das Kinn auf ihre gefalteten Hände; am Kopf ihres Sohnes vorbei starrte sie in ein Durcheinander schattenhafter Gesichter und glaubte in dem normannischen Wirtshausgarten das heimliche Raunen vieler Männerstimmen zu hören, flehende, lachende, seufzende, flüsternde, weinende Stimmen, die sie beim Namen riefen und sagten »Lucy, Lucy« und »Liebste«

und »Ich liebe dich« und »Es war herrlich« und »Schreib mir jeden Tag« und »Ich werde dich niemals vergessen« und in der Unpersönlichkeit schäbiger, verdunkelter Schlafzimmer »Gute Nacht, gute Nacht...«

»Männer aller Art und Veranlagung«, sagte sie mit leiser, unbewegter Stimme. »Ein Rechtsanwalt, der seine Frau und drei Kinder verlassen wollte, um mich zu heiraten, weil er nicht ohne mich leben könne, aber sehr gut ohne mich weiterleben konnte und jetzt fünf Kinder hat. Ein fröhlicher junger Mann, der bei der Fußballmannschaft von Princeton als Trainer fungierte und Apfelwein-Oldfashioneds trank, und dem ich eine silberne Tortenplatte zur Hochzeit schenkte. Ein Antiquitätenhändler, der mich zu sämtlichen Kammerkonzerten in New York mitnahm und wollte, daß ich mit ihm zusammenlebte, damit er nicht homosexuell würde, aber ich tat es nicht, und jetzt lebt er mit einem jungen Mexikaner zusammen. Ein Filmautor, den ich im Zug kennenlernte, und mit dem ich schlief, weil ich betrunken war, und weil wir ohnehin am folgenden Morgen ausstiegen. Sogar ein Kommilitone von dir von der Columbia-Universität, der mir erzählte, du hättest eine brillante Begabung und keine Freunde und würdest es seiner Meinung nach nicht sehr weit bringen. Ein Deckoffizier auf einem Touristenschiff, das im Winter Vergnügungsfahrten in die Karibische See durchführte; er besaß den Körper eines Tänzers und hatte von den Damen, die Fahrten in diese warmen Gewässer unternahmen, viel gelernt, und in der einzigen Nacht, die ich mit ihm schlief, glaubte ich, bei ihm endlich gefunden zu haben, wonach ich die ganze Zeit gesucht hatte. Aber als er am Morgen aufstand, um aus meiner Kabine zu verschwinden, verbrachte er zuviel Zeit damit, sich im Spiegel zu bewundern, während er seine Krawatte band. Ich beobachtete ihn, wie er vor sich hinpfiff, sich drehte und wendete und selbstgefällig grinste und förmlich triefte von billiger Männcheneitelkeit, und ich wußte, daß ich ihn niemals wiedersehen wollte, weil er mich erniedrigt hatte. Er war kein Liebhaber, der sich von mir verabschieden wollte, sondern ein Berufssportler, der dem Publikum eitel zulächelt. Und seit dieser Nacht«, sagte sie sachlich, »wußte ich, daß dies nichts für mich war. Für Sinnlichkeit muß man sinnlich veranlagt sein. Ich hatte mich in mir getäuscht.

Außerdem kamen dann natürlich noch das Heer, die Marine und die Luftwaffe«, fuhr sie schonungslos fort. »Aber da hatte ich es bereits aufgegeben, irgend etwas zu erwarten. Ich verteilte vielmehr Liebesgaben. Aber auch zu karitativer Betätigung gehört Talent, und wie nicht anders zu erwarten, stiftete ich als Amateurwohltäterin auf die Dauer mehr Schaden als Nutzen. Ich tat den Verwundeten weh und ließ die Trostsuchenden ungetröstet. Ich war eine Hure aus Mitleid und beleidigte die Männer, die dem Tod entgegengingen, denn ihnen stand der Sinn nicht nach Huren. Sie wollten Wärme und Ermutigung, und ich konnte ihnen nichts geben als flotte berufliche Tüchtigkeit. Und ich beleidigte mich auch selbst damit, denn das war nicht von Natur mein Metier, und ich nahm dadurch ein Wesen an, das mir selbst zuwider war. Ich wurde abgebrüht und gerissen, falsch am Telefon und raffiniert im Bett, eine Falschmünzerin, die ihren natürlichen Reichtum damit verschwendete, Banknoten zu fälschen, die am Ende niemand annehmen wollte.

Und schließlich«, redete sie schnell weiter, um Tony keine Gelegenheit zu geben, sie zu unterbrechen, wie jemand, der unbedingt zuerst eine lange Zahlenreihe addieren, die Rechnung abschließen und die Endsumme feststellen will, ehe er sich anderen Dingen zuwendet, »als der Augenblick gekommen war, die große Entscheidung, die rettende Entscheidung zu treffen, als ich vielleicht mit einem einzigen Wort deinen Vater und mich selbst hätte retten können, da sagte ich das falsche Wort. Natürlich. Man muß sich jahrelang sorgfältig vorbereiten, man muß sich selbst begreifen, um an einem Wendepunkt das rechte Wort sagen zu können. Aber ich hatte nichts begriffen und mich auf nichts vorbereitet. Er wartete im Dunkeln auf mich, ehe er sich nach England einschiffte. Es war nach drei Uhr morgens, er war vorher mit dir zusammen gewesen und muß etwas davon gehört haben, was der Leutnant an der Haustür zu mir sagte, aber viel kann es nicht gewesen sein. Er fragte mich, ob ich mit dem Jungen im Bett gewesen sei, und ich sagte ja. Er fragte mich, ob ich auch noch andere Männer gehabt hätte, und ich sagte ja. Er fragte mich, ob es noch mehr werden würden, und ich sagte ja. Ich war stolz auf mich, weil ich mich stark genug fühlte, ehrlich zu sein. Aber es war nicht Ehrlichkeit, sondern Rache und Selbstzufriedenheit. Auf jeden Fall wäre es zwischen deinem Vater und mir in diesem Augenblick nicht auf das ›Ja‹ der Ehrlichkeit angekommen, sondern auf das kluge ›Nein‹ der Barmherzigkeit. Nur war inzwischen keine Barmherzigkeit mehr in mir, und dein Vater schlug mich dafür und tat recht daran und ging weg und wurde getötet.«

Sie schwieg, und ein paar Sekunden lang hörte man unter den Platanen nur das Summen einer Biene, die über einem Körbchen Pflaumen, das auf dem Tisch stand, auf und nieder tanzte. Lucy fuhr sich mit der Zunge über die Lippen, nahm ihr Weinglas und trank es aus. »So«, sagte sie, »da hast du deine Mutter, die frei ausging. Ich habe lange Zeit gehabt, um über alle diese Dinge nachzudenken, und bisher noch nie, mit keinem Menschen, darüber gesprochen. Du bist der erste, der davon erfährt. Und wenn es dich interessiert, ich habe seit jenem Morgen bis zum heutigen Tage keinen Mann mehr berührt. Es ist mir nicht schwergefallen, und ich rechne es mir nicht als besonderes Verdienst an, denn ich geriet nur einmal in Versuchung, und auch die war nicht schwer.«

Sie schlug mit der Serviette nach der Biene, die daraufhin von den Pflaumen abließ und an einem Sonnenstrahl hinauf in das Blattwerk über ihren Köpfen flüchtete. »Als ich die Todesnachricht deines Vaters und dein Telegramm erhalten hatte, daß du nicht zur Trauerfeier kämest, ging ich allein hin. Und danach saß ich allein in diesem verdammten Haus in Orange, in dem dein Vater und ich uns in Haß und Verzweiflung aneinander aufgerieben hatten, und erkannte, daß ich mich vor mir selbst rehabilitieren mußte. Ich mußte eines Tages mir selbst verzeihen können. Und ich erkannte, daß nur ein einziger Weg dorthin führte: mich nützlich machen und Liebe geben. Ich wußte genau, daß ich nicht in der Lage sein würde, einen Mann zu lieben, das alles hatte ich bereits vergeblich versucht, und so dachte ich an Kinder. Vielleicht hatte dieser Entschluß auch etwas mit dir zu tun. Bei dir hatte ich alles von Grund auf verdorben, vielleicht wollte ich mir beweisen, daß ich eine bessere Leistung vollbringen könnte, wenn ich Gelegenheit dazu hätte. Ich beantragte eine Genehmigung für zwei Adoptivkinder, einen Jungen und ein Mädchen, und lief während der Wartezeit in den Straßen herum, um Kinder zu sehen und mit ihnen zu spielen, wenn ihre Mütter und Kindermädchen es zuließen; nebenher machte ich großartige Pläne und nahm mir vor, mich in den nächsten zwanzig Jahren ausschließlich der Aufzucht herrlicher, sonniger junger Menschen zu widmen, die sich tadellos zu benehmen und voll Güte, Mut und Klugheit in jeder Lage ihres späteren Lebens zu handeln wußten. Nur – die für die Adoption von Kindern zuständigen Stellen waren anderer Meinung. Sie waren gar nicht so begeistert von meiner Idee, als alleinstehende Dame Mitte vierzig zwei Babys anzunehmen, und stellten in aller Stille Nachforschungen über mich an und erfuhren einiges über mein Vorleben. Nicht viel. Aber genug. Mein Antrag wurde abgelehnt. An dem Tag, an dem ich diese Nachricht erhielt, lief ich kreuz und quer durch den Central Park, konnte mich nicht sattsehen an den kleinen Jungen, die auf den Rasenplätzen herumtollten, und den kleinen Mädchen, die mit Luftballons spielten, und verstand plötzlich, wie Frauen dazu kommen können, Babys aus Kinderwagen zu stehlen. Ich war nicht verbittert über die Ablehnung. Die Handlungen von zehn Jahren mußten ihre Folgen haben. Man kann nicht von den Menschen erwarten, daß sie einem glauben, wenn man eines Tages zu ihnen kommt und sagt: ›Ich habe mich gewandelt. Von heute an will ich eine Heilige werden.‹ Sie haben noch andere Dinge zu tun, als es einer Witwe mit schlechtem Ruf leicht zu machen, vor sich selbst Vergebung zu finden.«

Sie griff nach der Weinflasche und goß den Rest in ihr Glas. Es war nicht mehr viel, und sie trank ihn nicht sofort aus, sondern blickte schweigend auf das Glas, das zwischen ihren Fingern auf der gewürfelten Tischdecke stand; sie wollte und erwartete keine Äußerung von Tony, den sie nur für das bittere und heilsame Vergnügen brauchte, einen Zuhörer für ihre Selbstanklage zu haben.

»Immerhin«, sagte sie nachdenklich, den Stiel des Glases zwischen den Fingern drehend, »begann ich von da an, wieder Hoffnung für mich zu schöpfen. Erinnerst du dich noch an Sam Patterson?« fragte sie unvermittelt.

»Ja«, sagte Tony. »Natürlich.«

»Ich hatte ihn jahrelang nicht mehr gesehen, aber er kam zur Trauerfeier, und später besuchte er mich hin und wieder oder lud mich zum Abendessen ein, wenn er in New York war. Seine Frau hatte sich kurz vor dem Krieg, um fünfzehn Jahre zu spät für beide, von ihm scheiden lassen; es war angenehm, mit ihm zusammenzusein, weil er ohnehin alles über mich wußte, so daß ich ihm gegenüber nichts vorzutäuschen brauchte. Viele Jahre vorher hatte er mich einmal bei einer Tanzerei, als er zuviel getrunken hatte, in den Arm genommen und mir so etwas wie eine Liebeserklärung gemacht.« Sie lächelte trübe. »Es war an einem Samstagabend in unserem Klub. Nur stellte sich später heraus, daß es ihm damals ernst gewesen war, und als ich ihm erzählte, daß man mir die Kinder nicht gab, machte er mir einen Heiratsantrag. Wenn wir verheiratet seien, sagte er, könnten wir so viele Kinder adoptieren, wie wir wollten. Er habe mich von Anfang an geliebt, sagte er, wenn es ihm auch nur einmal in der Trunkenheit entschlüpft sei... Und ich hätte beinahe ja gesagt. Er war ein guter Freund, vielleicht der einzige, den ich besaß, und ich hatte ihn gern und bewunderte ihn, seit ich ihm das erste Mal begegnet war. Es wären auch nicht nur die Kinder gewesen. Es wäre Hoffnung auf Begnadigung von Einsamkeit gewesen. Du machst dir keine Vorstellung davon, wie einsam eine alternde Frau ohne Mann und Familie in New York sein kann. Vielleicht stellt diese wirkliche Einsamkeit im zwanzigsten Jahrhundert den äußersten, ureigentlichen Begriff des Wortes dar. Aber ich sagte nein. Ich sagte nein, weil er mich liebte und nach mir verlangte, während ich nur noch ein Kind lieben konnte und nichts weiter wollte als nicht mehr allein sein; ich hatte in meinem Leben schon genug Männer enttäuscht. Als ich es ihm gesagt hatte und er gegangen war, fing ich an zu glauben, daß ich mir doch noch eines Tages würde verzeihen können. Denke nicht, es hätte mir später nicht leid getan, denke nicht, ich wäre in den nächsten Monaten nicht mindestens zehnmal drauf und dran gewesen, ihn anzurufen und ihm zu sagen, ich hätte mich anders besonnen –

aber ich tat es nicht. Ausnahmsweise hatte ich einmal richtig gerechnet und hielt mich an meine Berechnung. Und dennoch war es am Ende Sam Patterson, der mich rettete. Er hatte von diesem Komitee gehört, das in Verbindung mit den Vereinten Nationen im Entstehen war und sich der Kinder in aller Welt annehmen sollte, die durch den Krieg heimatlos geworden waren und hungerten, und er verschaffte mir Gelegenheit, mich vorzustellen, und er veranlaßte meine Einstellung, und er überredete mich, dabei zu bleiben, als mir alles zwecklos vorkam. Denn es ist nicht dasselbe, für eine Million Kinder zu sorgen, die man niemals zu sehen bekommt, und seine Gedanken auf die Beschaffung und den Versand von Weizenladungen und Kisten mit Penicillin und Milchpulver zu konzentrieren. Es ist nicht so, wie wenn man ein Kind unter seinen Händen aufwachsen sieht, und alle Erfolge, die man vielleicht erringt, sind schrecklich kalt und abstrakt. Und ich bin keine abstrakte Frau. Und ich arbeitete zwölf Stunden am Tag und schoß so viel eigenes Geld zu, wie ich erübrigen konnte, und wenn ich nicht befriedigt war, und wenn ich noch heute hungrig und einsam bin, nun ja, was konnte ich erwarten? Es gibt auch noch andere Belohnungen. Ich bin nicht befriedigt – aber ich werde gebraucht. Das muß mir für dieses Jahr genügen. Ich bin den Millionen unbekannten Kindern dankbar, die ich nicht liebe, und die mich niemals lieben werden.«

Sie nahm die Weinflasche in die Hand und sah sie kritisch an. »Es ist wohl schon zu spät, um eine neue zu bestellen«, sagte sie.

Tony sah auf seine Uhr. »Ja«, sagte er. Er war wie betäubt und fühlte sich plötzlich unfähig, über die Frau zu urteilen, die sich so schonungslos vor ihm entblößt hatte. Später würde er sich ein Urteil über sie bilden müssen, denn die Tatsachen waren ihm jetzt alle bekannt. Aber im Augenblick war es ihm unmöglich. Er vermochte nichts weiter zu tun, als auf seine Uhr zu sehen und zu sagen: »Wenn wir jetzt nicht weiterfahren, können wir bis heute abend nicht wieder in Paris sein.«

Sie nickte und band sich den Schal um den Kopf, um ihre Frisur gegen den Wind zu schützen, und in dem weichen, warmen Schatten unter den Platanen erinnerte sie Tony an junge Mädchen, die er in offenen Wagen zum Baden an den Strand hatte fahren sehen. Er zog seine Brieftasche hervor und griff nach der Rechnung, die auf einem Teller neben ihm lag, aber Lucy kam ihm zuvor, nahm das Papier auf, kniff ein wenig kurzsichtig die Augen zusammen, um den Betrag zu erkennen und sagte: »Dieses Mittagessen bezahle ich. Das Vergnügen war ganz auf meiner Seite.«

21

Sie fuhren schweigend durch die länger werdenden Schatten des Nachmittags. Sie fuhren sehr schnell und schossen mit kreischenden Reifen um die Kurven der engen, unebenen Straße. Tony saß mit angespannter Aufmerksamkeit am Steuer, und Lucy schien es fast, als fahre er absichtlich gefährlich schnell, damit die entgegenkommenden Fahrzeuge und die Biegungen der Straße seine Gedanken völlig in Anspruch nähmen und es ihm unmöglich machten, an etwas anderes zu denken.

Sie versuchte nicht, sich mit ihm zu unterhalten. Ich habe mich gänzlich verausgabt, dachte sie stumpf. Jetzt weiß ich nichts mehr zu sagen.

Sie näherten sich einem Dorf. Es lag, noch eine Viertelmeile entfernt, an einem sanften Abhang und bestand aus einem Gewirr bläulicher Schieferdächer über grauen Mauern, die sich um einen Kirchturm scharten.

»Dort ist es«, sagte Tony.

Lucy starrte durch die Windschutzscheibe. Der Ort lag, von grünen Feldern umgeben, ruhig im Sonnenschein da, die Straße führte geradewegs ins Zentrum; es sah genauso aus wie ein Dutzend anderer Dörfer, durch die sie gefahren waren.

»Also?« fragte Tony. »Was tun wir jetzt?«

»Er ist an einer Kreuzung gefallen. Ich habe einen Brief von einem Soldaten, der dabei war, und er schreibt, sie seien von Norden gekommen, und unmittelbar vor der Ortschaft sei der Kreuzweg.«

»Norden ist auf der anderen Seite«, sagte Tony.

Sie schwiegen, als sie durch das Dorf kamen. Die Straße war eng und gewunden, und die Häuser mit ihren Blumenkästen voll blühender Geranien vor den Fenstern standen unmittelbar am Straßenrand. Sämtliche Fensterläden waren geschlossen, und Lucy hatte plötzlich das Gefühl, daß alle Bewohner heimlich aus dem Inneren ihrer Häuser mit bösen Blicken die Fremden verfolgten, die mit ihren lärmenden Fahrzeugen den jahrhundertealten Frieden ihres Dorfes störten und sie an ihre Armut, ihr hartes Leben und ihr bitteres Verwurzeltsein in diesem ländlichen Boden erinnerten.

Lucy fiel der Brief des Sergeanten ein, und sie dachte zerstreut: Er überquerte einen Ozean, um diesen leeren Ort einzunehmen. Und er hat ihn nicht einmal betreten.

Inzwischen hatten sie beinahe das Ende des Dorfes erreicht und noch keinen Menschen zu Gesicht bekommen. Die Fensterläden absorbierten das allzu grelle Sonnenlicht, und die einzige Tankstelle am Ausgang des Ortes war nicht in Betrieb. Es war fast, als wäre die Ortschaft, um ihr einen Gefallen zu tun, genauso geblieben, verschlafen und gefährlich, wie sie an jenem Tag vor elf Jahren gewesen war, als ihr Mann mit einem weißen Handtuch an einem blätterlosen Zweig die Straße entlang auf sie zugegangen war.

Tony fuhr mit finsterem Gesicht durch die Straße, als mißfiele ihm der Ort. Aber vielleicht waren seine gerunzelten Brauen auch nur auf den Sonnenschein zurückzuführen, den die schadhaften Häuserwände reflektierten. Als sie auf der anderen Seite langsam aus dem Dorf herausfuhren, erblickte Lucy den Kreuzweg. Beim Anblick der zwei schmalen, ländlichen, mit dickem weißem Staub bedeckten Straßen, die sich in einer unbedeutenden Verbreiterung ihrer Oberfläche kreuzten, empfand Lucy ein fast erfreutes Gefühl des Wiedererkennens, ähnlich wie wenn man einen seit Jahren vermißten Gegenstand, dessen Verlust man nie ganz verwunden hat, auf einmal wiederfindet.

»Hier ist es«, sagte sie. »Halt an.«

Tony fuhr den Wagen kurz vor der Kreuzung ein wenig näher an den Straßenrand, konnte aber die Straße des Grabens wegen, der sie begleitete, nicht ganz frei machen. Der Graben war fast einen Meter tief und mit dichtem, staubbedecktem Gras überwachsen. Es gab keine Bäume in der Nähe, nur eine Hecke, ein paar Meter von der Straße entfernt.

Tony lehnte sich in seinem Sitz zurück und streckte sich.

»Das ist die Stelle«, sagte Lucy. Sie stieg aus. Ihre Beine waren vom langen Sitzen steif und unbeholfen, und die Sonne brannte sehr heiß auf die weiße, schattenlose Straße hernieder. Sie nahm ihren Schal ab, fuhr sich mit der Hand durchs Haar und ging bis zur Kreuzung. Unter ihren Absätzen erhob sich der Staub in kleinen, kalkweißen Wölkchen. Die Landschaft ringsumher schien zu schlafen; sie erstreckte sich leer und unpersönlich und unbeteiligt ins Weite und erfüllte die Luft mit einem dünnen Duft nach Gras und Kräutern.

In der Ferne sah man verschiedene Gruppen von Dächern um Kirchtürme versammelt, andere Ortschaften, die verloren unter der prallen Sonne dalagen. Nur im Norden, auf der der Ortschaft abgekehrten Seite, war die Eintönigkeit der Landschaft unterbrochen. In etwa dreißig Meter Entfernung war dort eine Bodenerhebung, und die Straße, die von dort unmittelbar und leicht abfallend auf die Stelle zuführte, wo sie standen, war auf beiden Seiten mit Bäumen bepflanzt; nach dem Brief des Sergeanten konnte Lucy sich die schon gewendeten, geparkten Jeeps vorstellen, gleich unter der Bodenerhebung, und die vier Mann in ihren Stahlhelmen, die mit schußbereiten Gewehren über den Kamm spähten und die Ortschaft und die drei Gestalten im Auge behielten, die im grellen Sonnenschein durch den weißen Staub der Landstraße auf die Kreuzung zugingen, sich für einen Augenblick von der leeren, unbedeutenden Verbreiterung abhoben und sich dann auf der anderen Seite dem Ort näherten...

Sie schritt langsam bis zur Mitte der Straße und dachte: Jetzt trete ich auf die Stelle, die Stelle, die er suchte, auf die er zureiste. Warum bin ich hierhergekommen? Es ist eine Stelle wie jede andere. Eine Landstraße dritter Ordnung, mit Spuren von Wagenrädern, in einem Teil Europas, der aussieht, als könnte er irgendwo liegen, in Maryland, Maine, Delaware, und nichts, so weit das

Auge reicht, deutet darauf hin, daß hier jemals ein Krieg getobt hat, und daß Männer in Waffen hier gefallen sind.

Sie schüttelte den Kopf. Sie fühlte sich leer und ratlos. An diesem alltäglichen, leeren Kreuzweg ließ sich keine Zeremonie denken, die dem Augenblick eine gewisse Weihe und Steigerung hätte verleihen können. Hier gab es weder Symbole noch Denkmäler, nur gesichtslose Straßen ohne Geschichte. Tony fiel ihr ein, der brütend und unerbittlich ein paar Schritte hinter ihr wartete, und plötzlich empfand sie seine Anwesenheit als Störung. Wäre ich allein hier oder mit jemand anderem, irgend jemand anderem, dachte sie, so hätte mir dieser Augenblick etwas bedeuten können, so hätte ich mich der Trauer oder der Erleichterung hingeben können. Ich bin mit dem unrichtigen Begleiter hierhergekommen, dachte sie.

Wider ihren Willen ertappte sie sich bei der Überlegung: Wie lange sollte ich wohl hier bleiben? Wäre es angemessen, nach zehn Minuten zurückzufahren? Oder nach einer Viertelstunde? Müßte ich eine Blume auf den Weg werfen oder eine Träne vergießen oder in einen Stein einen Namen einkratzen?

Sie sah sich nach Tony um. Er saß immer noch am Steuer und hatte den Hut tief in die Stirn gezogen, um seine Augen vor der Sonne zu schützen. Er beobachtete sie nicht, sondern blickte gleichgültig über die leeren Felder. Wie ein Chauffeur, dachte Lucy, der vor einem Geschäft auf seine Arbeitgeberin wartet, gänzlich uninteressiert, was sie einkauft, wie lange sie ausbleibt, wohin sie dann fahren will, der einfach mit unpersönlicher, bezahlter, unbeteiligter Geduld wartet, seinen Lohn damit verdient und an seinen Dienstschluß um sechs Uhr denkt, der ihm gestattet, seine eigenen Wege zu gehen.

Sie ging zum Wagen zurück. Er wandte ihr das Gesicht zu. »Was für ein Ort, um getötet zu werden«, sagte er.

Lucy antwortete nicht. Sie ging auf die andere Seite des Wagens und nahm sich dabei in acht, nicht in den Graben zu fallen. Sie nahm ihre Handtasche, die auf ihrem Sitz lag, öffnete sie, holte den Brief des Sergeanten daraus hervor und zog ihn vorsichtig aus dem Umschlag. Das Papier war vor Alter brüchig, und als sie es auseinanderfaltete, sah sie längs der Falten kleine Löcher.

»Hier«, sagte sie, »vielleicht möchtest du das lesen.«

Tony sah sie mißtrauisch an – der Chauffeur, der sich nicht gern in die Geheimnisse der Herrschaft hineinziehen lassen möchte. Dann nahm er den Brief entgegen, breitete ihn auf dem Steuerrad aus und begann zu lesen.

Lucy ging hinter den Wagen und lehnte sich an den Gepäckträger. Sie wollte Tony nicht zusehen, wenn er den Brief las. Er sollte das Gefühl haben, ihretwegen diesen oder jenen Gesichtsausdruck aufsetzen zu müssen, oder Trauer über die Ereignisse jenes fernen Nachmittags. Es kam ihr zum Bewußtsein, wie still es um sie her war, so ganz anders als in Amerika auf dem Lande, und sie erkannte, daß sie die Vogelstimmen vermißte. Richtig, dachte sie, die Franzosen schießen ja nach allem, was sich bewegt, die Vögel sind entweder tot oder haben gelernt, sich ruhig zu verhalten.

Sie hörte Tony mit dem Papier rascheln, als er den Brief wieder in den Umschlag schob, und wandte sich um. Er ging sehr sorgfältig mit dem altersschwachen Papier um und steckte die Ecken sauber hinein. Dann tippte er mit dem Umschlag ein paarmal nachdenklich auf das Rad, saß eine Weile regungslos da und blickte nach vorn auf die verlassene Straße. Schließlich schob er den Brief in die Tasche und stieg aus. Er ging bis in die Mitte der Straße, blieb stehen und scharrte mit der Schuhsohle im Staub.

»Fehler hat er bis zum letzten Augenblick gemacht, nicht wahr?« sagte Tony, den Staub hin- und herschiebend und mit der Sohle glättend. »Er war immer so verdammt sicher, daß die Menschen bereit seien, sich zu ergeben.«

»Ist das alles, was du zu sagen hast?«

Tony zuckte die Achseln. »Was soll ich sagen? Soll ich eine Rede auf unseren toten Helden halten? Er hat doch nur einen Spaziergang gemacht.« Er trat zu ihr. »Er hätte eben beim Korps bleiben sollen, wie der Sergeant schreibt.«

»Das schreibt er nicht.«

Tony zuckte wieder ungeduldig die Achseln. »Aber er deutet es an. Alle anderen – die Vernünftigen – blieben dort. Sie waren nicht wer weiß wie tapfer und mutig und nicht freundlich und demokratisch im Umgang...« Tony grinste. »Und heute sind sie alle wieder zu Haus.«

Er wandte sich um und warf einen Blick auf die Kreuzung. Dann beugte er sich in den Wagen, tastete unter dem zusammengelegten Leinenverdeck umher und brachte den dünnen, zusammenklappbaren Griff eines Wagenhebers zum Vorschein. Er klappte ihn auseinander und blockierte die Gelenke. Das Werkzeug sah jetzt ähnlich wie ein Spazierstock aus. Tony suchte abermals im Wagen unter dem Verdeck und zog diesmal eine von einer Strohhülle umgebene Flasche hervor. Er löste die Hülle ab, und Lucy sah, daß es eine noch ungeöffnete Flasche Brandy war.

»Für kalte Nächte und durstige Reisende«, sagte er und warf die Strohhülle in den Graben. »Hast du zufällig einen Korkenzieher bei dir?«

»Nein.« Lucy sah ihm verblüfft und mißtrauisch zu.

»Das ist ein Fehler. In Frankreich sollte man immer einen Korkenzieher bei sich haben.« Er trat wieder in die Mitte der Straße, überlegte einen Augenblick und begann, langsam und sorgfältig etwas in den Staub zu schreiben. Lucy kam neugierig näher.

Oliver Crown, zeichnete er in großen, ebenmäßigen Druckbuchstaben in den Staub. *Gatte. Vater.* Er zögerte. Dann fügte er noch ein Wort hinzu. *Unterhändler*, schrieb er. Er trat einen Schritt zurück und legte den Kopf auf die Seite, wie ein Künstler, der kritisch sein Werk betrachtet. Dann trat er wieder näher und zog einen Rahmen um die Inschrift. »So ist es schon besser«, sagte er. Er ging an den Straßenrand, bückte sich, schlug an einem Stein den Flaschenhals ab, kam wieder zurück und goß den Brandy vorsichtig in kleinen Stößen in die Linien der Buchstaben.

»Damit alle Welt es deutlich lesen kann«, sagte Tony.

Der Brandy duftete stark und süß in der Hitze, und als Tony mit den Buchstaben fertig war, hatte er noch genug für den Rahmen in der Flasche. Für einen Augenblick hob die Inschrift sich dunkel gegen den glitzernden Staub ab und sah dauerhaft und sinnvoll aus.

Tony richtete sich auf und sah Lucy an. Sein Gesicht war zu einer traurigen, gequälten Grimasse verzogen. »Etwas mußte doch geschehen«, sagte er, die Flasche mit ihrem zackigen Hals in der Hand.

Gleich darauf hörte Lucy das Geräusch von Schritten, vielen Schritten in grobem, unregelmäßigem Rhythmus, das stärker und stärker wurde. Sie sah auf. Über dem Kamm der Bodenerhebung erschien, klein und dreieckig, ein Banner, das an einem Stab befestigt war. Eine Sekunde später wurden uniformierte Männer auf dem Kamm sichtbar, die in Zweierreihe aus dem Schatten der Bäume hervorkamen und sich rasch näherten. Lucy blinzelte. Ich habe Halluzinationen, dachte sie, sie marschieren schon lange nicht mehr.

Die Kolonne war jetzt nicht mehr weit entfernt, und Lucy begann plötzlich zu lachen. Die uniformierten Männer, die da schwitzend über den Kamm marschierten, waren Pfadfinder in Khakihemden und Shorts, mit Rucksäcken auf dem Rücken, unter Leitung eines Pfadfinderführers mit Baskenmütze. Lucy ging zum Wagen hinüber, lehnte sich an ihn und lachte unbeherrscht.

»Was ist denn los?« Tony folgte ihr und sah sie aufmerksam an. »Worüber lachst du?«

Sie hörte auf zu lachen und sah der Kolonne entgegen. »Ich weiß es nicht«, sagte sie.

Sie und Tony standen dicht neben dem Wagen, als die Jungen herankamen. Sie waren zwischen dreizehn und sechzehn, die Gesichter hager und von der Hitze gerötet, mit langen Haaren und knotigen Knien und ernsthaften Mienen unter ihren Rucksäcken. Sie sahen aus wie Söhne von Friseuren und Musikern. Ohne im geringsten darauf zu achten, was unter ihren Füßen war, marschierten sie über die Inschrift im Staub, auf der der Brandy bereits getrocknet war. Eine kleine Staubwolke erhob sich, als sie vorüberzogen, und ihre Stiefel und Strümpfe waren wie mit grauem Puder bestäubt. Aus ihren verschwitzten, ungeformten Gesichtern blickten sie bewundernd auf den schmucken kleinen Wagen und lächelten den Fremden ernsthaft zu. Der Pfadfinderführer salutierte feierlich und sagte »Bonjour« und sah neugierig nach der Flasche in Tonys Hand.

Tony sagte »Bonjour«, und alle Jungen antworteten im Chor;

ihre Stimmen erhoben sich hoch wie im Kirchengesang über das scharrende Geräusch ihrer Schuhe auf der Straße.

Sie marschierten zielbewußt auf die Ortschaft zu, und als sie sich auf der geraden weißen Straße ein Stück entfernt hatten, waren sie keine Kinder mehr, sondern wieder Soldaten, müde und einsam im heißen Sonnenschein, aber entschlossen und stark unter ihren Rucksäcken und dem Banner, das ihnen voranflatterte. Lucy und Tony sahen ihnen wortlos nach, bis sie im Ort verschwunden waren, der sie schweigend aufnahm.

Tony schleuderte die Flasche unter die Hecke.

»So«, sagte er, »ich glaube, wir sind hier fertig.«

»Ja«, sagte Lucy. In tiefer Ermüdung, kaum die Füße vom Boden hebend, ging sie auf die andere Seite des Wagens, um wieder einzusteigen. Am Grabenrand lagen ein paar lose Steine, und auf einem von ihnen rutschte sie mit ihrem hohen Absatz aus, stolperte und fiel heftig auf Hände und Knie in den Staub der Straße. Benommen fühlte sie den Schmerz in den Knien und Handflächen einsetzen und die Schockwirkung ihr Rückgrat entlang träge bis ins Gehirn vordringen, das Haar fiel ihr in die Stirn und über die Augen, und sie verharrte in dieser Stellung, keuchend wie ein überbürdetes, erschöpftes Tier.

Tony blickte einen Augenblick ungläubig auf seine Mutter, die unbeholfen und schmerzgequält zu seinen Füßen lag. Dann beugte er sich herunter, faßte sie an der Schulter und wollte ihr aufhelfen.

»Laß mich los«, sagte sie rauh, ohne den Kopf zu erheben.

Er trat zurück und lauschte auf das trockene, tränenlose Schluchzen ihres Atems. Nach einer Weile stützte sie sich mit der Hand auf die Stoßstange des Wagens und stand langsam und mühselig auf. Ihre Handflächen bluteten, sie wischte sie an ihrem Kleid ab und hinterließ staubige rote Streifen darauf. Ihre Strümpfe waren zerrissen, und von ihren aufgeschürften Knien sickerte ein wenig Blut herab. Mit blinden, ungeschickten Bewegungen suchte sie sich abzuklopfen, und plötzlich war sie wie eine verlassene, bemitleidenswerte alte Frau, die sich mühsam einen letzten Rest von Mut und Standhaftigkeit abringt.

Er machte keine Bewegung, um ihr zu helfen, er konnte sie nur mit starrem Gesicht anschauen und das neue Bild seiner Mutter, die blutbefleckt, staubverschmiert, verwundbar vor ihm stand, in sich aufnehmen. Während er zusah, wie sie mit plumpen, geschlechtslosen, unfraulichen Bewegungen ihr Kleid zurechtzog und sich schwerfällig herunterbeugte, um das Blut von ihren Knien abzuwischen, überkam ihn für einen Moment wie eine Vision ihr Bild, wie sie im Alter und auf dem Totenbett aussehen würde, und er erinnerte sich voll Mitleid mit ihr und sich selbst an die Nacht, die er einst in der Schaukel auf der Veranda unter den Sternen verbracht hatte, als er auf das Geschrei der Eulen lauschte und den Entschluß faßte, Arzt zu werden und ein Serum gegen die Sterblichkeit zu erfinden. Seine Augen waren von Tränen umflort, vor seinem inneren Ohr hörte er den Schrei der Eule, der unsterbliche Affe fiel ihm ein und seine Auswahl der Anwärter auf ewiges Leben, seine Mutter, sein Vater, Jeff, er selbst. Und in dem Durcheinander von alten Erinnerungen und zusammenbrechenden inneren Widerständen, die er bisher aufrechterhalten hatte, war der Junge in der Schaukel irgendwie nicht nur er selbst, sondern zugleich sein Sohn, wunderbarerweise dreizehn Jahre alt, und sein Zwilling, der nach den starren Gesetzen der Liebe Unsterblichkeit verteilte und seine Mutter leichtfüßig, heiter, mit ihrer weichen Stimme, von Zärtlichkeit umhüllt, aus dem Bett ihres Liebhabers durch den leichten Bodennebel über den Rasen kommen sah, um ihm den Gutenachtkuß zu geben.

Er trat langsam zu ihr, nahm ihre Hände, erst eine, dann die andere, und wischte sorgfältig den Schmutz von den Wunden. Dann strich er ihr das Haar aus der Stirn und wischte mit seinem Taschentuch den Schweiß von ihrem alternden, leidenden Gesicht. Darauf führte er sie an die Wagentür und half ihr in ihren Sitz. Sie schaute auf zu ihm, ihre Blicke trafen sich kurz, und der Schmerz schwand aus ihren Augen.

Er berührte leicht mit den Fingerspitzen ihre Wange, wie sie es in seiner Kindheit so oft bei ihm getan hatte, und sagte: »Jetzt brauchen wir nicht mehr an sein Grab zu gehen, nicht wahr?«

Er fühlte, wie ihre Haut leicht unter seinen Fingerspitzen erzitterte. Sie schüttelte dankbar den Kopf. »Nein«, sagte sie.

Es war beinahe Mitternacht, als sie in Paris anlangten, und Tony fuhr ohne Aufenthalt zu dem Hotel, in dem seine Mutter wohnte. Er half ihr aus dem Wagen und begleitete sie bis an den Eingang. Sie blieben vor der Tür stehen, bedrückt durch die Schwierigkeit des Abschiednehmens.

»Tony«, sagte Lucy, »ich bin nur noch einen Tag hier. Dürfte ich wohl morgen im Laufe des Tages an deiner Wohnung vorbeikommen? Ich möchte deinem Sohn etwas schenken. Ein Spielzeug.«

»Natürlich.«

»Denke nicht, du müßtest dabei sein, Tony«, sagte sie ängstlich, »das ist nicht nötig.«

»Ich weiß.«

»Gut«, fuhr sie schnell fort. »Dann komme ich morgen nachmittag. Um wieviel Uhr steht er nach seinem Mittagsschlaf auf?«

»Um drei Uhr, glaube ich.«

»Ich bin um drei Uhr dort.«

Tony empfand auf einmal, daß er so nicht von ihr gehen konnte. Mit einem erstickten, kindlichen Schrei schlang er die Arme um sie und preßte sie fest an sich; er fühlte, wie die Jahre mit ihrer Last von Irrtum und Erinnerungen wie mit einem krampfhaften Ruck von seinen Schultern abfielen, während er sie umschlungen hielt, ihr verzieh und stumm auch sie um Verzeihung bat und sich an sie, an alles klammerte, was ihnen von der Vergeudung an Liebe, die sie um sich her angerichtet hatten, noch geblieben war.

Sie drückte ihn tröstend an sich, strich beruhigend über seinen Arm, ohne sich um die neugierigen Blicke der Leute zu kümmern, die in der fremden, dunklen Straße an ihnen vorübergingen.

»Mutter«, sagte er, »weißt du noch – als ich damals am Ende jenes Sommers wegging und dich fragte, was wir sagen sollten, wenn wir uns später zufällig begegneten – weißt du noch, was du antwortetest?«

Lucy nickte, sie erinnerte sich genau an den stillen Nachmittag, an das dunkle Herbstblau des Bergsees und an den Jungen in dem Anzug, aus dem er im Laufe des Sommers herausgewachsen war. »Ich sagte, wir sagen uns guten Tag.«

Tony löste sich sanft aus der Umarmung seiner Mutter und sah ihr in die Augen. »Guten Tag«, sagte er ernst, »guten Tag.«

Sie lächelten einander an und waren einfach eine Mutter und ihr erwachsener Sohn, die sich nach einem Ausflug aufs Land friedlich voneinander verabschiedeten.

Lucy sah an ihrem beschädigten, zerknitterten Kleid, ihren zerrissenen Strümpfen und aufgeschlagenen Knien herunter. »Himmel«, sagte sie, »wie ich aussehe! Nur Gott weiß, was die Leute im Hotel darüber für Vermutungen anstellen werden.« Sie lachte. Dann beugte sie sich vor und küßte ihn kurz und sachlich auf die Wange, als hätte sie ihm seit zwanzig Jahren jeden Abend einen Gutenachtkuß gegeben. »Schlaf wohl«, sagte sie, wandte sich um und ging ins Hotel.

Er sah ihr einen Augenblick nach, wie sie durch die Halle ging, eine hochgewachsene, stattliche Frau, einsam und ihrem Alter entsprechend aussehend, gefestigt, mit sich ausgesöhnt und ohne Illusionen über sich selbst. Dann stieg er in seinen Wagen und fuhr nach Hause.

Die Wohnung lag im Dunkeln, als er die Wohnungstür öffnete; er ging ins Kinderzimmer und lauschte neben dem Bett dem regelmäßigen Atem. Nach wenigen Augenblicken erwachte der Junge und setzte sich auf.

»Papa«, sagte er.

»Ich wollte dir nur gute Nacht sagen«, erklärte Tony. »Ich habe mich eben von deiner Großmutter verabschiedet. Morgen, nach deinem Mittagsschlaf, kommt sie und besucht dich.«

»Nach meinem Mittagsschlaf«, sagte der Junge schläfrig, um es in der Vergessenheit des Schlafes nicht zu verlieren.

»Sie bringt dir etwas zum Spielen mit«, versprach Tony, in dem dunklen Zimmer flüsternd.

»Ich möchte einen Traktor. Nein, ein Schiff.«

»Morgen früh rufe ich sie an und sage es ihr. Dann bringt sie dir ein Schiff mit.«

»Ein großes Schiff«, sagte der Junge und legte sich wieder hin. »Für ganz große Reisen.«

Tony nickte. »Ein großes Schiff für viele große Reisen.«

Der Junge war schon wieder eingeschlafen.

Tony ging ins Schlafzimmer, das er mit seiner Frau teilte. Auch Dora schlief, sie lag auf dem Rücken und atmete stetig, den Kopf hatte sie etwas zurückgebogen und hielt sich beide Hände vors Gesicht, als müßte sie sich schützen und verteidigen. Tony entkleidete sich leise im Dunkeln und schlüpfte ins Bett. Ein paar Sekunden lag er ganz still und dachte: Wieder ein Tag in meinem Leben.

Dann legte er sich auf die Seite, zog seiner Frau sanft die Hände vom Gesicht, nahm sie in seine Arme und schlief ein.